ANNETTE
HOHBERG

WAS DIE NACHT AN DEN TAG BRINGT

ROMAN

DROEMER

Besuchen Sie uns im Internet:
www.droemer.de

Aus Verantwortung für die Umwelt hat sich die Verlagsgruppe Droemer Knaur zu einer nachhaltigen Buchproduktion verpflichtet. Der bewusste Umgang mit unseren Ressourcen, der Schutz unseres Klimas und der Natur gehören zu unseren obersten Unternehmenszielen. Gemeinsam mit unseren Partnern und Lieferanten setzen wir uns für eine klimaneutrale Buchproduktion ein, die den Erwerb von Klimazertifikaten zur Kompensation des CO_2-Ausstoßes einschließt. Weitere Informationen finden Sie unter: www.klimaneutralerverlag.de

FSC www.fsc.org
MIX
Papier aus verantwortungsvollen Quellen
FSC® C014496

Originalausgabe Mai 2023
Droemer Hardcover

Ein Imprint der Verlagsgruppe
Droemer Knaur GmbH & Co. KG, München

Covergestaltung: Zero Media
Coverabbildung: John Schreiner/GettyImages.com
Satz: Adobe InDesign im Verlag
Druck und Bindung: GGP Media GmbH, Pößneck
ISBN 978-3-426-28282-3

2 4 5 3 1

Für all die wunderbaren Menschen,
die ich auf Bali kennenlernen durfte –
und von denen einige im Laufe der
*Jahre zu Freund*innen geworden sind*

CHIARA

Sie trägt das weiße Kleid. Das Kleid, das sie am ersten Abend getragen hat. Dem ersten Abend mit ihm. Es hat große Taschen, das Kleid.

»Ich schleppe gern Dinge mit mir herum«, sagte sie damals.

»Es gibt doch Handtaschen«, sagte er.

Sie lachte. »Handtaschen mag ich nicht. Ich mag Freihändigkeit.«

Er lachte auch.

Sie haben viel gemeinsam gelacht.

Jetzt hat sie Steine in die Taschen des Kleides gesteckt. Die Steine hat sie am Strand gesammelt.

Sie sieht sich um. Da ist niemand außer ihr. Ein Hahn kräht, als könnte er den kommenden Tag nicht abwarten. Es ist kurz nach vier Uhr am Morgen.

Chiara setzt einen Fuß vor den anderen. Sie ist barfuß. Ihre Fußnägel hat sie korallenrot lackiert. Vorfreudig war sie damals gewesen. Sie wollte schön sein für ihn. Das Damals ist gerade mal zehn Tage her. Es ist kassiert worden vom Gestern. Das Heute ist so dunkel wie das Meer, vor dem sie nun stehen bleibt, und so schwer wie die Steine in den Taschen ihres Kleides.

Als das Wasser ihre Zehen berührt, zuckt sie kurz zusammen.

Nur nicht denken, denkt sie.

Sie nimmt die Arme zu Hilfe, damit sie schneller vorankommt. Sie spürt nun auch Steine unter ihren Füßen. Strauchelt. Geht weiter. Die Wellen sind nicht hoch. Kein Tosen. Vielmehr ein Plätschern.

Chiara schaut zurück. Ein paar Fischerboote liegen am

Strand. Bunt lackierte hölzerne Auslegerboote auf schwarzem Sand. Zu dieser Stunde eher Silhouetten, die wie riesige Kraken das Ufer besetzen.

Das Wasser reicht ihr jetzt bis zu den Hüften. Sie taucht die Hände hinein. Der Finger, an dem sie bis gestern den Ring getragen hat, ist nackt. Der Blechring liegt in einem Bananenblatt auf der Terrasse jener Frau, die sie als ihre Rettung gesehen hatte und die …

Sie erlaubt dem Gedanken nicht, wieder Raum in ihr zu besetzen. Sie hat ihn in der letzten Nacht zu oft hin und her gewälzt. Wund gescheuert hat sie sich an ihm, bis sie schweißnass aus ihrem Bett gekrochen ist, sich das weiße Kleid übergeworfen und den Ring vom Finger gezogen hat. Sie benötigte etwas Seife, um ihn zu lösen. Bei der Hitze hier werden die Gelenke schnell dicker. Selbst so dünne Gelenke wie ihre.

Die Tür des Bungalows hat sie nur zugezogen. Den Schlüssel hat sie dagelassen. Sie würde schließlich nicht mehr zurückkommen von dort, wo sie hinwollte. Sie nahm die Hauptstraße, die zu dieser Uhrzeit nahezu unbefahren war. Ein Pritschenwagen kam vorbei, mit einem Schwein auf der Ladefläche. Das Schwein quiekte. Wahrscheinlich hatte es Angst. Schweine bekommen Angst, wenn sie spüren, dass es zu Ende geht. Die Angst zerriss für einen Moment die Stille des Morgens, bis sie mit dem Geräusch des sich entfernenden Dieselmotors verschwand.

In Chiara war keine Angst. Da war nur etwas merkwürdig Taubes. Als seien ihre Gefühle betäubt worden. Unter Narkose wird es still, und in ihr war es jetzt still.

Der Markt hatte noch geschlossen. Erst in etwa ein, zwei Stunden würde hier langsam das tägliche Treiben Anlauf nehmen. Jetzt lagen nur einige von gestern übrig gebliebene Sperrholzkisten und zertretene Kohlblätter am Eingang. Ein räudiger Hund tat so, als würde er die Hinterlassenschaften bewachen. Er hob knurrend den Kopf, als Chiara vorbeikam, doch selbst ein feindseliger Hund machte ihr keine Angst mehr.

Sie brauchte etwa eine Viertelstunde, um auf das Grundstück zu gelangen, das sie am Abend zuvor so überstürzt verlassen hatte. Vorsichtig öffnete sie das große Tor. Es quietschte etwas. Chiara schlich über den Rasen, warf einen Blick zur Terrasse des großen Gebäudes. Auf dem Tisch dort standen noch die zwei Weinflaschen, die sie mit den zwei Frauen geleert hatte. Etwas weiter, im Gästehaus, lag Johanna in ihrem Bett und schlief. Johanna. Allein der Name verursachte Chiara Übelkeit. Laut war es geworden gestern. Irgendwann hatten die aufeinander zurasenden Emotionen einen Totalschaden erlitten. Da gab es nichts mehr zu retten. Danach kam die Stille.

Chiara riss ein Blatt von einer Bananenstaude, legte es vor die Tür des Gästehauses und ihren Ring darauf.

»Ich werde ihn nicht abnehmen, solange ich lebe«, hatte sie Johanna anvertraut, zu einer Zeit, als sie noch Vertrauen zu ihr hatte.

Sie würde nicht mehr lange leben. Diese Frau sollte das wissen.

Das Grundstück von Johannas Freundin lag am Meer. Wie Chiaras Bungalow. Und weil sie nicht wieder auf die Hauptstraße wollte, ging sie am Strand zurück. Stolperte vielmehr, weil die Dunkelheit keine Sicht zuließ. Auf ihrem Weg sammelte sie die Steine und füllte damit die Taschen ihres weißen Kleides.

Jetzt, im hüfthohen Wasser, werden die Steine schwerer. Das sollen sie auch, denn Chiara ist eine gute Schwimmerin.

Nun kommt die Sandbank. Die hat sie einkalkuliert. Danach geht es steil nach unten. Auch das weiß sie, und genau dort will sie sein. Weit unten.

Die Träger des weißen Kleides schneiden ihr in die Schultern. Sie halten das Gewicht der Steine nur mühsam. Es bleiben noch ein paar Schritte. Das würden die Träger schaffen, ohne zu reißen.

Dann geht es schnell. Sehr schnell.

Das Wasser ist plötzlich überall. In ihrer Nase, ihren Ohren, ihrem Hals. Es hat Kraft, das Wasser.

Arme und Beine wollen dagegenhalten, doch die Steine lassen ihnen keine Chance. Sie hat es so gewollt. Nun bekommt sie, was sie gewollt hat. Die Panik hat sie nicht gewollt, aber sie ist plötzlich da. Erfasst sie, will ihr den Brustkorb zerreißen. Es gibt kein Zurück auf ihrem Weg in die Tiefe.

Das Bild von Georg nimmt sie mit. Das Bild seines Lachens.

Es wird still. Noch stiller als ohnehin schon. Lässt sich Stille steigern? Über solche Fragen hat sie gern nachgedacht in ihrem Leben. Doch jetzt bleibt ihr keine Zeit mehr dazu. Das Leben ist angezählt.

Ein letztes Geräusch dringt wie von ferne durch zu ihr. Ein Sonarton in dem Wasser, das sie umgibt und das in sie eindringt. Chiara hört seine Stimme. Ganz klar und deutlich. »Ich will ohne dich nicht sein.«

Dann verliert sie das Bewusstsein.

Ein Ruck geht durch ihren Körper, als der Schwall Wasser aus ihrem Mund schießt.

Chiara öffnet die Augen. Sie sieht in das Gesicht eines Mannes, der über ihr sitzt, beide Hände auf ihrem Brustkorb. Er hat dunkle Haut und dunkle Augen und dunkles Haar. Er riecht nach Tabak. Tabak und Nelken. So riechen die Männer hier. Doch wo ist hier? Hier ist kein Ort, an dem sie sein wollte, sondern einer, von dem sie wegwollte.

»Miss. Are you okay?«

Chiara versucht ein Nicken. Dabei wird ihr übel. Sie dreht

den Kopf zur Seite. Wasser läuft in den schwarzen Sand, auf dem sie liegt.

Der Mann erhebt sich und dreht sie nach links. Er hat raue Hände. Sie meint, Risse zu spüren. So viele Risse. Auf ihr. In ihr.

Sie schließt die Augen wieder.

Seine Hand klopft ihr auf die Wange. »Keep awake«, fleht er. Sein Englisch ist weich. Die Konsonanten abgeschliffen wie die Steine am Strand. Steine. Sie hat Steine gesammelt. Die Steine sollten ihr helfen. Die Steine haben versagt.

Sie will nicht wach bleiben. Sie wollte nie wieder aufwachen.

Ob es Sekunden sind oder Minuten, die vergehen, weiß sie nicht. Sie fühlt nur ein wildes Hämmern in ihrem Kopf. Ein hart schlagendes Metronom, das ihr jede Orientierung raubt.

Irgendwann nimmt sie den Geruch von Parfüm wahr. Eine Frau beugt sich über sie. Die Frau nimmt Chiaras Handgelenk. Fühlt den Puls.

»Können Sie mich hören?«, fragt sie auf Französisch.

Chiara nickt. Es geht jetzt besser mit dem Nicken.

»Verstehen Sie mich? Sprechen Sie Französisch?«

»Ja.« Das ist ihre Stimme. Ihre Stimme ist noch da.

»Versuchen Sie, sich aufzusetzen.« Die Frau schiebt ihr einen Arm unter die Schultern und zieht sie vorsichtig hoch.

Erst jetzt merkt Chiara, dass sie nackt ist. Das weiße Kleid, es ist weg. Die Frau legt ihr einen Sarong um die Schultern. Auch er riecht nach Parfüm.

»Ich heiße Cécile«, sagt sie. Sie redet langsam, setzt mit Bedacht ein Wort ans andere. »Ich bin Ärztin. Die Leute hier kennen mich. Der Fischer, der Sie aus dem Wasser geholt hat, hat seinen Freund zu mir geschickt.«

Chiara sieht zu dem Mann mit dem dunklen Gesicht. Er steht nun neben ihr. Hinter ihm haben sich einige Menschen versammelt. Frauen, Männer, Kinder. Barfuß. In Sarongs und Shorts. Sie alle blicken Chiara an. Ernst und Erschrecken in den Gesichtern.

»Wo … wo ist er gewesen?«, stammelt Chiara. »Der Mann? Ich … ich war doch allein. Da war niemand, als …«

»Er hat etwas an seinem Boot repariert. Er wollte wohl fertig sein, bevor es hell wird.« Die Ärztin, die Cécile heißt, sieht zum Himmel. Die Wolken sind nun grau und rosa. Die aufgehende Sonne lässt der Dunkelheit keine Chance mehr. Sie schiebt die Nacht weg. Ein neuer Tag zieht auf.

Ein neuer Tag. Einer, den Chiara nicht mehr erleben wollte.

»Sie können von Glück sagen, dass er da war und sofort gehandelt hat«, sagt Cécile. »Ohne ihn wären Sie jetzt tot.«

Glück? Das gab es mal. Es hat sie verlassen. Ist es ein Glück, das sie nun nackt hier auf dem schwarzen Sand liegt?

Chiara sieht die Frau an. Blaue Augen. Graues Haar, das zu einem losen Knoten im Nacken zusammengebunden ist. Ein rotes Kleid mit weißen Blumen darauf.

»Wo ist mein Kleid?«, fragt sie. Mein weißes Kleid, denkt sie.

»Er hat es Ihnen ausgezogen. Wegen der Steine in den Taschen.« Sie verstärkt den Druck ihres Armes. »Meinen Sie, dass Sie aufstehen können?«

Chiara fügt sich. »Ich versuche es.«

»Na dann … Ich halte Sie fest.«

Sie spürt wieder Boden unter den Füßen, schwankt etwas.

»Es geht schon«, murmelt sie.

»Wo soll ich Sie hinbringen?«

Chiara deutet mit dem Kopf dorthin, wo die Bungalows liegen. Ihrer ist einer von vielen.

Sie gehen langsam. Die Menschen folgen ihnen mit etwas Abstand. Chiara sieht, dass eine der Frauen einen nassen weißen Fetzen in der Hand hält. Das weiße Kleid.

Irgendwann erreichen sie die kleine Terrasse vor ihrem Bungalow.

Der Schlüssel, denkt Chiara. Ich habe ihn drinnen liegen lassen.

Doch es eilt schon jemand herbei mit einem Zweitschlüssel. Einer der Angestellten. Er verbeugt sich, schließt dann die Tür auf und lässt die beiden Frauen eintreten.

Chiaras Blick fällt auf das Bett. Die zerwühlten Laken, in denen noch der Schweiß und die Wirrnis der letzten Nacht stecken.

Vorsichtig geleitet Cécile sie dorthin. Chiara setzt sich auf den Bettrand. Ihr gegenüber steht die Tür des Kleiderschranks weit offen. Der Bügel, an dem das weiße Kleid hing, ist leer. Eine Leerstelle zwischen all den bunten Stoffen. Sie hatte ihre schönsten Sachen mitgenommen auf diese Reise. Sie hatte schön sein wollen für ihn.

»Sie legen sich jetzt erst einmal hin«, sagt Cécile. »Ich hole in der Zwischenzeit etwas, das Sie beruhigen wird.« Sie ruft einen Satz nach draußen. Auf Balinesisch oder Indonesisch. Jedenfalls in einer Sprache, die Chiara nicht versteht.

Die Frau mit dem nassen weißen Fetzen tritt ein.

»Das ist Kadek«, erklärt Cécile. »Sie bleibt so lange bei Ihnen, bis ich zurück bin.«

Kadek nickt Chiara mit einem schüchternen Lächeln zu. Sie nimmt auf einem Sessel Platz und hängt das weiße Kleid über die Armlehne.

Chiara lässt sich in das Kopfkissen fallen und zieht die Beine ins Bett. Sie scheinen schwerer als sonst. Alles an ihr scheint schwerer.

Sie sieht an die Zimmerdecke aus Bambus. Ein großer Ventilator dreht dort müde seine Runden, als wollte er jeden Moment aufgeben. Sie folgt seinen Bewegungen. Seine Müdigkeit scheint eins zu werden mit ihr. Auch sie hat aufgeben wollen.

Nach etwa einer Viertelstunde ist Cécile zurück. Kadek erhebt sich, bringt kurz die Hände vor der Brust zusammen und senkt den Kopf. Dann verlässt sie den Bungalow.

Die Ärztin setzt sich an das Kopfende des Betts und stellt ein Wasserglas auf dem Nachttisch ab. Ihr Blick streift einen breiten silbernen Armreif, der dort liegt.

»Ich habe hier einen Tranquilizer für Sie. Und ein Schlafmittel. Sie nehmen jetzt jeweils eine Tablette. Die Wirkung setzt sehr schnell ein. Es ist wichtig, dass Sie erst einmal zur Ruhe kommen. Ich sehe später nach Ihnen, und dann reden wir darüber, was eigentlich passiert ist.«

»Ich wollte …«

»Nicht jetzt«, unterbricht Cécile sie. »Ich sagte, später. Jetzt ist keine Zeit für irgendwelche Erklärungen.«

»Warum tun Sie das alles?«

Cécile lächelt. Es ist ein mitfühlendes Lächeln. »Weil ich Ärztin bin und weil Sie Hilfe brauchen.«

»Woher kennen die Leute Sie hier so gut?«

»Ich wohne seit einigen Jahren im Nachbarhaus. So, und nun schlucken Sie die beiden hier runter.« Sie hält Chiara ihre Handfläche hin. Darin liegen zwei Tabletten, eine rosa, eine weiß, eine etwas größer als die andere.

Chiara setzt sich auf und greift nach dem Wasserglas. Es tut gut, dass ihr diese Frau sagt, was sie zu tun hat. Wie ein Kompass, der ihr die Richtung vorgibt, die sie verloren hat.

»Ich bleibe bei Ihnen, bis Sie eingeschlafen sind«, sagt Cécile und nimmt Chiaras Hand in ihre. Es ist eine feste, warme Hand. Eine Hand wie ein Geländer. Eine Hand, an der sich Chiara zurücktasten kann in das, was einmal ihr Leben gewesen ist.

Der letzte Spätsommer. Der Markt in Palermo. Das Teatro Massimo. Carlo. Und Georg. Immer wieder Georg.

* * *

Chiara hatte sich für den Mercato Vucciria entschieden. Der war kleiner als der Bellaro. Die umliegenden Gassen waren enger, die Graffitis an den Fassaden aggressiver, die Häuser schmutziger. Auch die Sprüche, die sich die Händler zuriefen, waren schmutziger. Das Derbe hatte hier seinen Platz. Auf dem Bellaro wurden Touristen umschmeichelt mit dem, was sie für sizilianische Lebensart hielten. Man lächelte sie an und verbeugte sich, während man die etwas zu weichen Früchte mit den dunklen Stellen auf die manipulierte Waage legte und mehr verlangte als handelsüblich. Es war den Standbesitzern nicht zu verdenken. Sie machten eben Geschäfte mit Blauäugigkeit und Ahnungslosigkeit, und sie machten gute Geschäfte. Und wenn mal wieder ein Urlauber versuchte, Garnelen mit Messer und Gabel zu essen, lachten sie ihm ins Gesicht und hinter seinem Rücken über ihn. Auf dem Vucciria dagegen bemühte man sich gar nicht erst, nett zu sein. Man hielt sich nicht auf mit guter Miene und freundlichen Floskeln. Spott wurde ausgegossen wie das Spülwasser, mit dem die blutigen Fische gesäubert wurden und das in den Rinnsteinen rundum versickerte.

Dafür war das Angebot besser. Auberginen und Tomaten waren frischer, Tintenfische fester, Kapern würziger. Wenn die Ware abverkauft und das Eis in den Auslagen der Fischstände weggeschmolzen war, wurde der Laden dichtgemacht und das Geld gezählt. Bei geschäftstüchtigen Händlern war das bereits am späten Vormittag der Fall.

Um das Beste zu bekommen, musste man also früh dort sein. Chiara wusste das. An der Tür ihres Schmuckgeschäfts in Tràpani hing heute ein Schild mit der Aufschrift »Chiuso«, auch wenn ihr dadurch ein paar Einnahmen durch die gegen Mittag anlegenden Kreuzfahrtschiffe verloren gingen. Eine Korallenkette hier, ein Silberring dort – die Passagiere mochten Souvenirs, und weil viele zudem Chiaras heitere Art mochten, liefen die Geschäfte gut. An diesem Morgen jedoch war sie zeitig aufgestanden und mit ihrem alten zerbeulten Fiat nach Palermo gefahren. Eine gute Stunde auf der Autobahn, dann durch den hektischen Straßenverkehr der Inselhauptstadt. Gehupe und Missachtung aller Vorfahrtsregeln machten ihr nichts aus. Sie kannte all das, wie ein Fisch seinen Schwarm kennt. Sie schwamm einfach mit.

Ihren Wagen parkte sie in der Nähe des kleinen Parks gleich beim Hafen, dort, wo Carlo wohnte, und lief die paar Schritte zum Vucciria.

Sie wusste, wer die besten Venusmuscheln hatte. Den Händler begrüßte sie mit Namen und einem knappen Kopfnicken. Er sah kurz auf, eine Zigarette im Mundwinkel. So etwas wie die Andeutung eines Lächelns zeichnete sich auf seinem Gesicht ab. Nicht mehr als ein leichtes Zucken, und das war schon viel.

»Vongole?«, fragte er.

Chiara nickte.

Er griff nach einem Netz mit Muscheln, besah es sich von allen Seiten, legte es zurück und wählte ein anderes.

»Und ein Kilo Sardinen«, fuhr Chiara fort und sah zu, wie er die silbrig glänzenden Fische erst auf die Waage und danach in eine Plastiktüte schüttete. Dabei fiel etwas Asche von seiner Zigarette ab.

Den Betrag rechnete er schnell im Kopf aus. Es war ein guter Preis. Die Scheine und Münzen, die er ihr als Wechselgeld aushändigte, waren feucht. So feucht wie die Fische, die er verkaufte.

»Wie geht's in Tràpani?«, fragte er beiläufig. Jetzt nahm er die Zigarette aus dem Mund; er hielt sie zwischen Daumen und Zeigefinger.

»Es läuft«, erwiderte sie. »Die Touristen bringen das nötige Geld. Meinem Vater in seiner Trattoria und mir im Laden. Und gute Fische gibt es auch. Jeden Morgen am Hafen.«

Er zog die Augenbrauen hoch, was so viel heißen sollte wie: Palermos Fische sind die besten und die auf dem Vucciria die allerbesten.

Sie lachte.

»Keine Lust, wieder herzuziehen?« Er reichte ihr Muscheln und Fisch.

Sie schüttelte den Kopf. »Nein, nein. Da oben ist es ruhiger. Und wenn ich will, komme ich einfach zu Besuch. So wie heute.«

Er brummte etwas in sich hinein. Es war seine Art, ihr einen schönen Tag zu wünschen.

Mit der linken Hand ergriff Chiara die Tüte, mit der rechten winkte sie ihm zu. Sie wusste, dass sie das Beste aus seinem Angebot bekommen hatte.

Sie besorgte noch Salat, Tomaten, Knoblauch, Zwiebeln, Petersilie, Rosinen, Kapern, frisches Brot und Pasta. Es würde ein einfaches Essen werden. Spaghetti alle Vongole und gegrillte Sardinen auf Tomatensugo. Carlo hatte einen kleinen Holzkohlengrill auf seiner Dachterrasse; dort hatten sie zusammen schon so einige Fische auf den Rost gelegt.

Chiara freute sich auf das Wochenende mit ihrem Freund. Sie hatte ihn jetzt seit drei Wochen nicht gesehen. Er fehlte ihr – und sie fehlte ihm. Das hatte er ihr gestern am Telefon gesagt. »Chiara, carissima«, nannte er sie, und es klang zärtlich, wenn er es aussprach. Er hatte eine weiche Stimme. So ganz anders als die meisten sizilianischen Männer. Wenn die in der Trattoria von Chiaras Vater beisammensaßen, konnte man es hören, das Kratzende und Kantige dieser Insel. Ein Chor von Reibeisen.

Für den Sonntagabend hatte Carlo Karten für das Teatro Massimo besorgt. Eine Sopranistin aus Skandinavien sollte auftreten, mit Liedern von Schubert und Debussy und Fauré. Das war nach Carlos Geschmack. Die große Oper lag ihm. Und er wusste, dass Chiara es genoss, mit ihm auszugehen. Er ließ es sich nicht nehmen, ihr dabei zuzusehen, wenn sie sich zurechtmachte. Heute hatte sie ein smaragdgrünes Seidenkleid eingepackt, dazu Sandalen mit grünen Riemchen und hohen Absätzen. Schmuck sowieso. Etwas Silbernes für die Ohren und fürs Handgelenk. Der Hals sollte frei bleiben. Nicht zu viel anhängen, sagte sie oft zu ihren Kundinnen. Weniger wirke mehr.

Jetzt verließ sie den Vucciria Richtung Corso Vittorio Emanuele. Sie überquerte die Hauptstraße und wandte sich wieder Richtung Giardino Garibaldi. Kurz dahinter bog sie in eine Gasse ein, und dann stand sie vor dem grauen Gebäude, in dem sie einige Jahre selbst gelebt hatte. Nach ihrem Auszug hatte Carlo die große Wohnung behalten. Er hatte sich ein Atelier dort eingerichtet, in dem er Fotos und Grafiken bearbeitete. Er war erfolgreich geworden als Grafikdesigner, hatte inzwischen namhafte Auftraggeber in der ganzen Stadt.

Chiara besaß noch einen Schlüssel, und nach wie vor hatte sie ein Gefühl von Nach-Hause-Kommen, wenn sie die steilen Treppen hinauf in den fünften Stock stieg. Einen Aufzug gab es nicht. Es war ein sehr altes Haus, und an so einigen Stellen im Treppenhaus blätterte bereits der Putz von den Wänden.

Als sie Carlos Wohnung betrat, die auch mal ihre gewesen war, nahm sie sofort den vertrauten Geruch wahr. Sein Eau de Toilette hatte Carlo nie gewechselt. In dessen herb-würzige Note mischte sich ein leichter Hauch von Zigaretten. Carlo rauchte nicht viel, aber mit Genuss. Manchmal rauchte Chiara mit, weil sie es mochte, wie er ihr erst eine Zigarette aus einem silbernen Etui anbot und ihr dann mit seinem alten Dupont-Feuerzeug Feuer gab. Er zelebrierte die Dinge.

»Ciao, Chiara, carissima«, rief er aus der Küche.

»Ciao, Carlo.« Sie warf ihre Tasche auf den Boden und stellte die Tüten mit den Lebensmitteln auf dem Tresen in der Mitte des Raums ab.

Sie umarmten sich und hielten sich eine Weile fest.

»Wie schön, dich zu sehen!«, sagte er.

Sie nickte. »Ich hab dich auch vermisst.«

»Caffè?« Er wartete keine Antwort ab und drehte sich zu einer Espressomaschine um. Ein paar Handgriffe, und schon lief der starke Kaffee in hauchdünnem Strahl in zwei Tassen.

Chiara rührte sich einen Löffel Zucker hinein. »Ich hab uns Vongole und Sardinen vom Vucciria mitgebracht.« Sie wies mit einem Nicken auf die Tüte. »Gemüse, Brot und Pasta sind auch dabei. Ich wusste nicht, ob du noch Nudeln im Haus hast, daher …«

»Ich habe immer Nudeln hier, aber frische Pasta ist natürlich besser.«

»Dachte ich mir.«

Er holte alles aus der Tüte, öffnete die Tür des Kühlschranks und räumte Muscheln und Fisch hinein. »An Rosinen und Kapern hast du auch gedacht.«

»Ich weiß ja, wie du den Sugo magst.«

»Warum hast du mich nur verlassen?«

»Weil ich meinen Laden in Tràpani habe. Und weil mein Vater mich dort braucht, obwohl er es nie zugeben würde.«

Der Vater. Der Vater mit seiner Trattoria. Der Vater, der nach dem Unfalltod seiner Frau mit einer vierzehnjährigen Tochter dagestanden und zunächst nicht gewusst hatte, wie das Leben weitergehen sollte. Er hatte es gut gemacht, alles in allem. Die Trattoria hatte ihm Halt gegeben. Die tägliche Routine. Nachbarn und Freunde und Stammkunden hatten ihm geholfen. Hatten ihn getröstet und Einkäufe für ihn erledigt und Chiara bei den Hausaufgaben unterstützt. Nach der Schule war die Tochter nach Palermo gezogen. Um dort bei einem Goldschmied in die Lehre zu gehen. Carlo hatte Chiara bei Freunden kennengelernt. Ein junger Mann aus Neapel, der in Palermo an Werbekampagnen für Hotels und Tourismusbüros arbeitete und eine Bleibe suchte. Bald suchten sie gemeinsam und fanden die große Wohnung im fünften Stock des alten grauen Hauses. Sie gaben sich als junges Paar aus; das machte vieles einfacher.

Als Chiara schließlich ihren Abschluss gemacht hatte, wollte der Lehrmeister sie übernehmen. Sie war begabt, schön und fast immer gut gelaunt. Das zog die Kunden an. Doch ihr Vater kaufte ihr einen kleinen Laden in Tràpani. Ein Geschenk zum Geburtstag. Es war seine Art, ihr zu sagen, dass sie ihm fehlte. Etwas in ihr zögerte, aber das ließ sie ihn nicht spüren. Sie wusste, dass sie keine Chance hatte; dafür liebte sie ihren Vater zu sehr. Sie willigte also ein. Obwohl es ihr leidtat. Nicht zuletzt um Carlo, ihren Freund.

»Ist ja nur eine Autostunde entfernt«, sagte sie damals zu ihm, als sie ihre Habseligkeiten in Umzugskartons packte.

Er saß auf einem Schemel, den sie gemeinsam auf dem Flohmarkt erstanden hatten, und sah ihr zu.

»Was soll ich nur ohne dich anstellen?«, fragte er.

»Ich werde dich oft besuchen«, versprach sie.

Sie hatte Wort gehalten. All die Jahre, die seitdem vergangen waren. Weil sie ihn vermisste. Weil sie diese schmutzige und lärmende und tränentreibend schöne Stadt vermisste. Und weil sie das Leben vermisste, das hier aus jeder Schweißpore und jeder Mauerritze kroch. Da war ständig Bewegung, da wurde deklamiert und krakeelt, da stand nichts still. Und wenn es etwas gab, das Chiara nicht leiden konnte, dann war es Stillstand.

Sie trank den letzten Schluck Kaffee, und dann taten sie und Carlo, was sie immer taten. Er zeigte ihr seine neuesten Arbeiten, und sie gab ihre Kommentare ab. Sie war streng in ihrem Urteil, und das schätzte er. Wenn sie sagte: »Das ist nichts geworden, das kannst du vergessen«, wusste er, dass er noch einmal von vorn anfangen musste. Sie besaß einen untrüglichen Sinn für Stil, und oft schon hatte er seine Entwürfe in den Papierkorb geworfen.

Heute lobte sie ihn. »Du wirst immer besser, Carlo.«

Er sah zu Boden. Ein bisschen verlegen. Wie ein Schüler, der unverhofft eine gute Note bekommen hatte.

Sie lachte und stieß ihn in die Seite. »Nicht so bescheiden, mein Lieber. Ich vermute mal, deine Kunden werden begeistert sein. Erhöhe also ruhig demnächst dein Honorar ein bisschen. Die werden schon zahlen.«

»Was wäre ich ohne meine Geschäftsfrau?«

Sie zuckte die Schulter. »Das hab ich im Blut. Schon als Mädchen habe ich bei meinem Vater abends die Einnahmen in der Kasse gezählt. Ich mag es, wenn die Dinge sich lohnen.«

Er räumte seine Entwürfe zusammen und ging zurück in die Küche. Sie folgte ihm, holte ihre Reisetasche und brachte sie ins Gästezimmer. Die Fensterläden dort waren geschlossen. Wegen der Hitze, die jetzt bereits durch die Ritzen kroch. Palermo Anfang September; da gab der Sommer noch einmal alles.

Die Dachterrasse lag um diese Zeit schon im Schatten. Von dort aus sah man Richtung Meer, das der Sonne Tag für Tag die Bühne zum Aufgang bereitete. Als Chiara und Carlo noch zusammengewohnt hatten, hatten sie oft hier oben gefrühstückt und über die Häuserdächer aufs Wasser gesehen, begleitet vom ungeduldigen Hupen der Autos unten in den Straßen.

Auf die beiden Liegen hatte Carlo Polster gelegt. Sie würden den Tag verbummeln, wie schon so viele Tage zuvor. Lesend. Redend. Schweigend. Die Anwesenheit des anderen, nicht mehr und nicht weniger brauchten sie, und das nahmen sie sich in diesen Stunden, die ihnen wertvoll waren, weil sie nicht mehr die Regel waren.

»Was macht die Liebe?«, fragte Carlo an diesem Nachmittag irgendwann.

Chiara öffnete die Augen und blinzelte. Sie war für ein paar Minuten eingeschlafen. »Die Liebe? Ach je …«

»Niemand in Sicht?«, fasste er nach. »Du hast schon länger nichts mehr erzählt.«

Sie schüttelte den Kopf. »Es gab jemanden. Erst kürzlich. Es ging ein paar Wochen, ab und an sind wir zusammen zum Essen und danach ins Bett gegangen, aber dann habe ich das Ganze beendet.«

»Warum diesmal?«

»Der Mann hatte so etwas Gesetztes und Steifes. Da war keine Spontaneität, keine Kreativität, kein Humor. Er sah gut aus, das ja, aber es hat einfach nicht gepasst.«

»Es passt nie bei dir.«

Sie zuckte zusammen, als hätte sie ein Insekt gestochen.

Carlo entging das nicht. »Ich hab doch recht, oder?«

»Da war eben noch nicht der Richtige dabei«, entgegnete sie. »Aber jetzt hör auf, wie mein Vater zu reden. Der macht sich auch ständig Sorgen um mich, weil noch kein Schwiegersohn in Sicht ist. Mit Mitte dreißig nur ein paar mehr oder weniger lange Beziehungen, das zählt nicht wirklich als Erfolg bei ihm. Er ist eben Sizilianer ...«

»Immerhin ein Sizilianer, der eine Deutsche geheiratet hat.«

Chiara lächelte. »Meine Mutter hat ihm sicher etwas Weltoffenheit beigebracht und vorgelebt, was das mit der Emanzipation auf sich hat. Sonst hätte er mich niemals nach Palermo ziehen lassen, sondern darauf bestanden, dass ich sofort einen Ehemann finde.«

»Na ja, mit Fabio und dir hätte es ja damals durchaus was werden können ...«

»... wenn ich nicht kurz vor der Verlobung Cesare kennengelernt und mich Hals über Kopf verliebt hätte. Nun, das Ende vom Lied kennen wir.«

Cesare hatte sie von heute auf morgen verlassen. Weil er sich nicht fest binden wollte. Und Fabio war kein Mann, der verzeihen konnte. Er hatte jeglichen Kontakt zu Chiara abgebrochen. Inzwischen hatte er eine andere, und zwei Kinder hatte er auch bereits. Sicher würden noch weitere folgen. Alle ein, zwei Jahre ein dicker Bauch, das war Chiara erspart geblieben.

Sie seufzte. »Papa bedauert es, dass du nicht sein Schwiegersohn sein kannst, Carlo.«

»Nun, ich …«

»Ich weiß, ich weiß, aber er mag dich sehr. So wie ich auch.« Sie sah ihn an und griff mit ihrer rechten Hand hinüber zur anderen Liege. Sein Unterarm fühlte sich zart und sehnig zugleich an. Er war ein Mann, in dem Kraft steckte. Er trieb viel Sport, das sah man ihm an. Die strubbeligen schwarzen Haare ließen ihn jungenhaft wirken. Die dunklen Augen hatten etwas Tiefgründiges; wenn er lachte, schienen sie sich aufzuhellen, als würde die Sonne hineinscheinen.

»Warum bist du nur schwul?«, fragte sie. Sie hatte diese Frage schon öfter gestellt. Sich und ihm.

Da war es, sein Lachen. »Du kennst meine Antwort.«

»Jaja, weil du Männer magst«, seufzte sie. »Ich hab wirklich gern Gemeinsamkeiten mit dir, aber auf diese könnte ich gut verzichten. Wir könnten unsere Suche augenblicklich einstellen und hätten es gut miteinander, so als Ehepaar.«

Sie hatten dieses Thema schon oft gehabt. Sie spielten damit. Doch manchmal wurde aus diesem Spiel Ernst. Immer dann, wenn bei ihm oder ihr plötzlich jemand anderer ins Spiel kam. Ich darf doch gar nicht eifersüchtig sein, sagte sich Chiara in solchen Momenten. Sie war es trotzdem. An Carlos Verhalten spürte sie, dass es ihm ähnlich ging. Er wünschte sich einen Mann für sie, das wusste sie, aber sobald einer auf dem Platz erschien, zeigten sich Haarrisse in ihrem sonst so harmonischen Miteinander. Fabio hatte er nie leiden können. Einen Macho hatte er Chiaras einstigen Verlobten mal genannt, als er zu viel Wein getrunken hatte. Weil sie insgeheim wusste, dass er recht hatte, hatte sie umso aggressiver reagiert. Chiara und Fabio, das war die größte Bewährungsprobe gewesen für Chiara und Carlo. Sie hatten beide keine Gefangenen gemacht.

»Du bist ja auch schon seit einiger Zeit Single«, nahm sie jetzt den Faden wieder auf.

»Ist vielleicht auch besser so«, erwiderte er. »Die Liebe lenkt einen nur ab.«

Sie wickelte sich eine Haarsträhne um den Zeigefinger. »Ich würde mich sehr gern etwas ablenken lassen«, sagte sie schließlich. »Glaubst du, dass mir irgendwann einmal ein Mann vom Himmel vor die Füße fällt?«

»Das tun sie meistens. Sie fallen einem von einem Tag auf den anderen ins Leben, und dann haben sie nichts Besseres zu tun, als dort alles in Unordnung zu bringen.«

»Du machst mir Mut.« In ihr Lachen mischte sich eine Ahnung von Bitterkeit. Wie ein Spritzer Angostura, der imstande war, jegliche Süße aufzulösen. Die Alchemie der Gefühle, sie besaß ihre Rätsel, spürbar, doch nicht begreifbar.

Gegen sechs Uhr erhob Chiara sich und ging in die Küche. Carlo folgte ihr und sah zu, wie sie Zwiebeln und Tomaten schnitt, Knoblauch hackte und von den Kapern das Salz abwusch, in dem sie konserviert waren. Die Rosinen weichte sie in etwas Weißwein ein. Sie goss sich und Carlo jeweils ein Glas ein.

»Auf uns. Und auf die Liebe, die irgendwo da draußen auf uns wartet«, sagte sie und stieß ihr Glas gegen seines. Sie bemühte sich, ihrer Stimme Zuversicht beizumischen; so ganz gelang ihr das nicht.

Sie gab Olivenöl in eine große Pfanne und dünstete erst die Zwiebelstückchen darin, bevor sie die Tomaten zufügte. Sie stellte die Weinflasche und einen Messbecher mit Gemüsebrühe neben den Herd. Zum Nachgießen.

»Hast du noch Thymian auf der Terrasse?«, fragte sie.

Er lief hinaus und kam mit einem kleinen Büschel zurück.

Sie löste die Blättchen von den Stielen und rührte sie unter die Tomaten. Sie holte die Zuckerdose aus dem Küchenschrank, griff mit den Fingern hinein und ließ eine Prise auf das Gemüse rieseln. Eine der getrockneten Chilischoten, die Carlo in einem Schraubglas aufbewahrte, kam ebenfalls in die Pfanne. Kapern, Rosinen, Salz und Pfeffer würden später folgen.

»Jetzt haben wir viel Zeit«, sagte sie. »Der Sugo wird besser, je länger er vor sich hin köchelt, aber das weißt du ja.«

Er nickte. Das Kochen überließ er gern ihr. Das war immer so gewesen. Sie war schließlich die Tochter eines Trattoria-Besitzers, er der Sohn einer Universitätsprofessorin.

»Du kannst schon mal den Grill draußen anheizen«, sagte sie. »Je stärker die Glut nachher, umso besser. In etwa einer halben Stunde essen wir die Muscheln.«

Während er nach draußen ging, säuberte sie die Venusmuscheln, setzte Wasser für die Pasta auf, hackte Petersilie und Knoblauch und nahm noch eine von Carlos Chilischoten.

Sie arbeitete schnell. Die Handgriffe in der Küche waren von klein auf eingeübt. »Du solltest Köchin werden«, hatte ihr Vater früher gesagt, wenn sie neben ihm stand und ihm zusah und irgendwann selbst zu Messer, Kochlöffel und Pfannenwender griff. Als seine Frau noch lebte, hatte der Vater selbst gekocht; in der Zwischenzeit taten das andere für ihn, während er sich um seine Gäste kümmerte wie Chiaras Mutter vor ihrem Unfall. Doch die Tochter wurde größer, und ihre Pläne wurden andere. Sie sah ihre Zukunft nicht in der Küche einer Trattoria. Sie wollte erst mal fortgehen. In die Stadt. Sie wollte Schmuck machen und das Leben feiern und junge Leute treffen. Leute wie Carlo. Sie hatte ihren Willen durchgesetzt. Sie hatte all das bekommen, bis der Vater sie wieder eingefangen hatte. Es war ihr schwergefallen, in Schuhe zu steigen, die sie bereits abgelegt hatte.

Chiara sah auf die Fotogalerie, die Carlo an der Küchenwand aufgehängt hatte. Lauter Schwarz-Weiß-Aufnahmen bekannter Schauspieler. Lauter Männer. Schöne Männer. Markant, nachdenklich, herausfordernd, verträumt. Blond oder dunkelhaarig. Das Haar wild zerzaust oder glatt gekämmt. Mit Dreitagebart oder frisch rasiert. Manche mit Brille.

Irgendwo da draußen muss es einen geben, dachte Chiara. Einen für sie. Bis sie ihn traf, würde sie genießen, was das Leben ihr bot. Und das war gar nicht so wenig, beschloss sie. Abgelegte Schuhe hin oder her …

Als sie die Spaghetti abseihte und noch tropfend in den Topf mit den Vongole gab, stieg ihr der Duft des Meeres in die Nase. Jedes Mal, wenn Muscheln sich öffneten, gaben sie etwas von dem Element frei, das sie umgeben hatte. Das war stets der Augenblick, in dem Chiara spürte, warum sie ihre Heimat Sizilien liebte. Trotz allem oder gerade deshalb. Eine Insel, von Wasser umgeben. Wenn die Menschen hier ihr Herz öffneten, war das wie mit den Muscheln. Die Seele wurde fühlbar.

Sie und Carlo aßen und tranken, und als sie die Sardinen auf den Rost des Grills legten, öffneten sie bereits die zweite Flasche Wein. Und als der Himmel zum Nachtprogramm ansetzte und einen nicht ganz halben Mond zum Leuchten brachte, lehnte sich Chiara zurück und schloss für einen Moment die Augen.

»Es ist gut, wie es jetzt ist, Carlo«, sagte sie.

Sie wusste, dass er nickte. Sie kannte ihn.

Sie blieben noch bis weit nach Mitternacht hier oben sitzen. Die Hitze des zurückliegenden Tages hinterließ Restwärme. Von irgendwo da unten drang Musik zu ihnen herauf. An einem Samstagabend legte sich Palermo nicht schlafen. Es presste die Nacht aus wie eine der Zitronen, die hier auf der Insel wuchsen. Bis aller Saft draußen war. So machte man es eben mit dem Leben. Nur nichts ungenutzt lassen.

Chiara schlief bis in den späten Vormittag hinein. Carlo

hatte bereits alles aufgeräumt, als sie zum Frühstück erschien. Draußen auf der Terrasse war der Tisch gedeckt. Weißbrot, Schinken, Feigenmarmelade, Akazienhonig. Zwei Gläser mit frisch gepresstem Orangensaft. Eine Kanne mit heißer Milch; den Kaffee dazu ließ Carlo gerade aus der Maschine in zwei Tassen laufen.

»Gut geschlafen?«, fragte er.

Chiara nickte. »Wie ein Stein.«

Sie blinzelte, als sie durch die Terrassentür ins Freie trat. Wieder schien die Sonne. Wieder würde es ein heißer Tag werden.

***

Sonntag, das hieß bei ihnen Passeggiata. Chiara und Carlo zelebrierten ihre Rituale, und der Spaziergang durch die Stadt gehörte dazu. Als sie noch zusammengewohnt hatten, hatten sie damit begonnen. Wenn Chiara jetzt am Wochenende zu Besuch kam, nahmen sie die alte Gewohnheit wie selbstverständlich wieder auf. Ein Milzbrötchen hier, ein Sorbetto dort, im Vorbeigehen. Sie liebten die kleinen Happen so ganz nebenbei. Sie kamen gar nicht auf den Gedanken, sich mittags in ein Lokal zu setzen. Das hätte ihr Schlendern gestört. Die Freude darüber, in Bewegung zu bleiben und zuzugreifen, wann immer sie Lust hatten.

Chiara hatte sich bei ihrem Freund untergehakt. Sie wirkten wie ein Liebespaar. Das wussten sie, und sie hatten ihren Spaß daran. Ihr Spiel eben; der Ernst hatte sich fürs Erste davongemacht. Immerhin waren sie gerade beide ohne Mann, das erleichterte die Sache.

Sie schlenderten den Cassaro hinunter. An der Piazza Quattro Canti stauten sich die Touristen, viele mit Teleskopstangen, an denen Smartphones steckten. Die Leute sahen auf die kleinen Displays, kaum jemand sah noch auf die

Steinfiguren, die an den vier Ecken des berühmten Platzes in der barocken Fassade saßen. Die Schönheit dieses Ortes, seine Magie entging den meisten. Alle waren damit beschäftigt, Instagram-taugliche Bilder zu fabrizieren. Beweisfotos schießen, nannte Carlo das, und jedes Mal schüttelte er darüber den Kopf.

»Die sehen nur noch austauschbare Kulissen und sich selbst darin«, fluchte er. »Diese Typen haben verlernt hinzuschauen. Kaum einer nimmt sich die Zeit, die Dinge wirklich wahrzunehmen. Man drückt auf den Auslöser und rennt weiter zum nächsten Motiv. Es ist wie eine Jagd, bei der die Jäger am Ende die Verlierer sind. Sie haben alles in ihren Handys, aber in ihren Herzen herrscht Leere.«

Chiara legte den Kopf an seine Schulter. »Ich mag es, wenn du dich aufregst.«

Er sah sie erstaunt an. »Warum das?«

»Weil dann alles an dir so lebendig ist. Viele Männer beginnen irgendwann, innerlich abzusterben. Sie werden stumpf. Vielleicht ist auch das der Grund, warum es mir so schwerfällt, jemanden zu finden.«

»Du magst eben keine Kompromisse.«

»Ich sag's ja. Wir passen gut zusammen.«

Sie schaute an den von jahrelangen Autoabgasen schwarz gewordenen Steinmauern hinauf. »Es ist gut, dass der Platz für den Verkehr gesperrt wurde«, sagte sie. »Lange hätten diese Steine den Dreck nicht mehr ausgehalten.«

Carlo nickte. »Dafür haben wir jetzt diese Handy-Fetischisten hier. Aber du hast recht. Die verpesten wenigstens nicht die Luft.«

Sie zeigte auf die vier Wasser speienden Figuren ganz unten an der Fassade, deren leises Plätschern in dem Lärm der Menschenmenge unterging. »Denen scheint all das nichts anzuhaben. Die machen einfach ungerührt ihren Job und spucken auf das ganze Treiben.«

»So kann man's auch sehen.« Er legte den Arm um sie. »Komm, wir gehen zu deinem Lieblingsplatz.«

San Giovanni degli Eremiti. Das Auge im Innern des Orkans – hier wurde spürbar, was das hieß. Draußen drehte die Stadt den Lärmpegel hoch und höher, drinnen vernahm man wieder das Geräusch der eigenen Schritte. Eine Klosterkirche, gebaut auf den Überresten einer arabischen Moschee und eines noch älteren Benediktinerklosters.

»Die Zeiten überlagern sich«, sagte Chiara. »Und alle haben Schönheit hinterlassen, obwohl sie sich einst so bekriegten. Vielleicht siegt am Ende eben doch die friedliche Eintracht.«

Carlo wusste, dass sie nicht nur diesen Ort meinte. Unzählige Male waren sie bereits dort gewesen. Hatten den Campanile und die orientalischen roten Kuppeln betrachtet. Den Kreuzgang, dessen Säulen und Bögen islamische Verzierungen trugen. Alles griff ineinander. Chiara mochte die Gegensätze, liebte das vermeintlich Widersprüchliche, das zur Koexistenz zusammenfand. Das zeigte sich auch in dem Schmuck, den sie machte. Altes Handwerk und neue Techniken – es waren die Brüche, die sie interessierten und aus denen das entstand, was Carlo ihren Kern nannte.

Heute setzten sie sich in den Kreuzgang. Umgeben von Palmen, Zitrusbäumen, Kakteen. Sie waren fast allein. Außer ihnen war da nur ein Fotograf. Einer mit Stativ, das er sorgfältig ausrichtete. Einer, der sich Zeit ließ.

»Solche gibt es auch«, sagte Carlo und wies mit einem Nicken seines Kopfes zu dem Mann.

»Du bist ebenfalls ein solcher«, erwiderte sie. Sie stellte ihre Füße auf die Mauer und zog die Knie zu sich heran.

»Übermorgen ist der Todestag meiner Mutter«, sagte sie unvermittelt.

»Wie viele Jahre …?«

»Etwas über zwanzig«, unterbrach sie ihn.

»Du sprichst selten über sie.«

»Vielleicht, weil es noch immer wehtut. Ich vermisse sie, obwohl die Erinnerung an sie verblasst.«

»Du hast sie immer als eine sehr schöne Frau beschrieben. Über ihre Art hast du jedoch kaum geredet. Was war sie für ein Mensch?«

»Neugierig. Sie war neugierig. Wollte immer alles wissen. Fragte den Leuten ein Loch in den Bauch. Gab keine Ruhe, bis ich ihr nicht haarklein erzählt hatte, was in der Schule vorgefallen war. Aber das mochte ich auch an ihr. Sie war niemals gleichgültig. Ja, sie hatte diese Lebendigkeit, von der ich vorhin geredet habe. Das Leben war für sie ein riesiges Reservoir, aus dem sie schöpfte, und andere Menschen waren ihre Quellen.«

»Klingt so gar nicht deutsch.«

»Ach, du und deine Vorurteile! Nicht alle Deutschen sind steif und pedantisch. Meine Großeltern zum Beispiel, also die Eltern meiner Mutter, waren liebenswert-chaotische Menschen. Ich erinnere mich noch an die Ferien, die ich als Kind bei ihnen verbracht habe. In ihrem Haus herrschte heillose Unordnung, aber es wohnte ein Geist darin, der mich Geborgenheit fühlen ließ. Leider leben auch sie nicht mehr.«

»Ich erinnere mich, dass du mal erzählt hast, deine Eltern hätten sich auf Sizilien kennengelernt.«

»Ja, ja. Mama kam mit einer Gruppe von Biologiestudenten nach Sizilien. Sie wollten irgendwelche Pflanzen hier in unseren Naturparks untersuchen. Eines Abends landeten oder vielmehr strandeten sie in einer Trattoria in Tràpani. Der Sohn des Padrone konnte seine Augen nicht von der blonden Deutschen lassen …«

»Sie war blond? Und du …« Er griff in Chiaras Haare.

»Mein Vater hat sich bei mir durchgesetzt. Von ihr habe ich die langen Finger und die dünnen Gelenke.«

»Wie ging es weiter mit deinen Eltern?«

»Na ja, meine Mutter hat in Freiburg schnell zu Ende studiert und ist danach sofort nach Sizilien gezogen. Die Biologie hat sie an den Nagel gehängt. Die zwei heirateten, sie wurde schwanger, ich kam auf die Welt, und irgendwann stand mein Vater in der Küche der Trattoria, und meine Mutter unterhielt die Gäste. Das konnte sie gut. Niemand wusste besser als sie über die Leute Bescheid, die zu uns kamen. Ihre Neugier eben …«

»War's eine gute Ehe?«

Chiara überlegte. »Ja, ich denke schon. Sie waren grundverschieden. Er der sizilianische Mann, der die Traditionen seiner Insel lebte, sie die selbstbewusste Frau, die sich nicht reinreden ließ. Aber er liebte sie und sie ihn. Das war wohl der Kitt, der alles gut halten ließ. Sie haben ihre Verschiedenheiten gelebt, und irgendwie hat es funktioniert.«

»Gab es nie Auseinandersetzungen?«

»Ach, richtig gestritten haben sie sich nur selten. Er mochte es zum Beispiel nicht, dass sie so schnell Auto fuhr. Er sagte immer, sie sei schlimmer als die Sizilianer.« Chiara schluckte. »Tja, er hat bitter recht behalten. Es war ein riskantes Überholmanöver, bei dem meine Mutter ums Leben kam. Sie war sofort tot. Die Straße, auf der es passierte, meide ich bis heute. Ich fahre immer einen Umweg. Wie mein Vater.«

»Hatte er danach nie den Wunsch, wieder zu heiraten?«

Sie schüttelte den Kopf. »Er hatte mich. Und seine Erinnerungen. Das hat ihm gereicht, um weiterzumachen. Er ist stark, mein Vater, und zäh auf seine Art.«

»Da kommst du wohl nach ihm.«

»Einerseits, ja. Aber ich habe auch etwas Leichtsinniges. Manchmal denke ich, ich erkenne die Gefahren nicht. Wie meine Mutter.«

»Wie meinst du das?«

Sie ließ sich Zeit mit der Antwort. »Vielleicht muss ich das noch herausfinden. Ich spüre es. Ab und an scheint es nach mir zu greifen, aber ich bekomme es nicht richtig zu fassen. Eine Art Phantom, das in mir Verwirrung stiftet.«

Sie war jetzt ganz ernst. So kannte er sie kaum. »Weißt du, immer wieder mal fühle ich den Drang, mich in Wagnisse zu stürzen, von denen ich nicht weiß, wie sie ausgehen. Auf eine gewisse Weise mag ich Grenzüberschreitungen. Habe ich dir schon mal erzählt, dass ich mir als kleines Mädchen zweimal den Arm gebrochen habe?«

Er schüttelte den Kopf.

»Ich bin immer auf alles raufgeklettert. Mauern, Gerüste, Leitern. Mich reizte es, die Gefahr herauszufordern. Da oben habe ich gespürt, wer ich bin und was ich kann. Meist ist es gut gegangen, nur diese beiden Male eben nicht. Aber das hat mir nicht viel ausgemacht. Ich bekam einen Gips und war um zwei Erfahrungen reicher. Gott sei Dank hatte ich einen guten Kinderarzt. Der hat das perfekt wieder hinbekommen.«

»Du hast bislang noch nie so viel von früher erzählt.«

»Ich kann dir nicht sagen, warum ich es ausgerechnet heute tue. Vielleicht wegen übermorgen. Vielleicht aber auch, weil ich immer öfter darüber nachdenke, warum ich so bin, wie ich bin, und wohin mich das noch führt. Irgendwie komme ich mir manchmal vor wie ein Schiff, das bislang keinen Hafen gefunden hat.«

»Ach, Chiara. Du bist schön, du bist talentiert, du hast einen gut gehenden Laden und einen liebevollen Vater …«

»… und nicht zu vergessen einen liebevollen Freund.« Jetzt lachte sie wieder. Sie lachte den Ernst weg. Als würde sie Staub von ihrer Seele pusten.

»Lass uns gehen«, sagte sie. »Es ist bald fünf Uhr, glaube ich. Und ich möchte mich noch duschen und natürlich umziehen für heute Abend.«

»Welche Farbe hat dein Kleid?«

»Grün. Du wirst es mögen.«

Es wurde ein Abend, an den sie noch lange zurückdenken sollten. Ihr letzter, bevor alles anders wurde.

Das Teatro Massimo war voll besetzt. Einige Touristen, ein paar junge Leute – und viele ältere sizilianische Ehepaare. »Die Upper Class Palermos«, raunte Carlo. Männer in perfekt sitzenden dunklen Anzügen, mit Einstecktuch und unbewegter Miene. Nicht wenige von ihnen machten seit jeher Geschäfte mit der Mafia; da wurde Undurchschaubarkeit zur Lebensversicherung. Wie erfolgreich – oder auch skrupellos – sie waren, ließ sich an Anzahl und Wert der Schmuckstücke ablesen, an denen ihre Frauen schwer trugen. Brillanten, Perlen, Gold – diese Währung verstand hier jeder. Der Besuch der Oper war mehr als nur Kunstgenuss. Schon immer gewesen. Auch heute noch war das so. Obwohl man der Mafia seit Langem den Kampf angesagt hatte, existierten die Bande der Familien weiter. Die Mächtigen zeigten sich und ihre Macht, und in der Pause wurden bei Spumante Seilschaften gefestigt.

Davon scheinbar ungerührt gab die skandinavische Sopranistin ihr Bestes. Sie sang sich regelrecht hinein in die Seele ihres Publikums, und nachdem ihr alle stehend applaudiert hatten, lächelte sie vielsagend, legte den Blumenstrauß, den sie bereits in den Händen hielt, auf dem Flügel ab und stimmte »Mamma« an, jenen italienischen Schlager von Cesare Andrea Bixio aus den Dreißigerjahren. Ein Gassenhauer inzwischen, aber einer, der niemanden ungerührt ließ. Chiara sah sich um, und sie sah, wie die alten Sizilianer ihre Einstecktücher herausholten und sich die eine oder andere Träne von der Wange wischten. Die Stimme dieser Frau und dieses Lied brachen das Unbewegliche der Mienen auf. Legten frei, was darunterlag. Für einen Moment besetzte die pure Emotion dieses alte Theater im Herzen der sizilianischen Hauptstadt.

Chiara summte die Melodie noch vor sich hin, als sie und Carlo längst draußen waren.

»Ausgerechnet heute«, sagte sie. »Wo ich dir so viel von meiner Mutter erzählt habe … Ist das Zufall?«

»Du weißt doch, dass ich nicht an Zufälle glaube.«

»Glaubst du denn, dass wir jetzt noch einen Wein vertragen könnten?«

»Das wiederum glaube ich.«

Ohne lange nachzudenken, schlugen sie den Weg zu einer Vinothek ein, die sie seit Längerem kannten. Etwas abseits der Fußgängerzone.

Sie fanden einen Platz draußen. Bestellten einen Teller mit Schinken, Salami und Käse und eine Flasche Weißwein.

»Ich habe vorgestern übrigens eine Mail aus Bali bekommen«, erzählte Chiara und steckte sich ein Stück Käse in den Mund.

»Aha.« Carlo sah sie fragend an.

»Ich war doch vor drei Jahren mal dort und habe ein Praktikum bei John Hardy gemacht. Erinnerst du dich? Dieser Schmuckdesigner, der da groß was aufgezogen hat.«

»Ja, ja, ich weiß. Du warst damals ziemlich begeistert.«

»Und nun haben die mir geschrieben und ihre neueste Kollektion vorgestellt. Seitdem überlege ich, ob ich nicht einfach für zwei, drei Wochen hinfliegen sollte. Die haben tolle Handwerker auf der Insel. Ich könnte was lernen und nebenbei Urlaub machen. Würde mir vielleicht ganz guttun, mal rauszukommen.«

»Und dein Laden?«

»Den könnte meine Freundin Isabella für die Zeit übernehmen. Das hat sie schon mal gemacht. Sie freut sich, wenn sie sich ein bisschen was dazuverdienen kann.«

Ein Kellner kam mit der Weinflasche, entkorkte sie und schenkte beiden ein. Carlo probierte und nickte dem Mann zu.

Chiara hob ihr Glas. »Hättest du nicht Lust mitzukommen?«, fragte sie.

»Große Lust, aber leider keine Zeit. Ich muss ein Projekt für einen Kunden zu Ende bringen, und dafür brauche ich noch gut zwei Monate.«

»Schade. Es wäre ja auch zu schön gewesen. Du und ich auf der Insel der Götter …«

»Aber lass dich nun bloß nicht davon abhalten. Flieg einfach ohne mich. Du bist doch damals auch allein dort gewesen.«

Sie nickte langsam. »Wahrscheinlich hast du recht. Ich tu's. Gleich morgen buche ich mir einen Flug. Ich kann nur gewinnen.«

Dass sie fast alles verlieren sollte, konnte sie in diesem Moment noch nicht wissen.

JOHANNA

Der Mann wartet schon. Er sitzt auf einem der Ausleger seines Bootes und raucht eine Zigarette. Der Geruch von Nelken liegt in der Luft. Damit parfümieren sie hier ihren Tabak.

Er ist barfuß. Seine dünnen Beine stecken in verblichenen zerrissenen Shorts. Das T-Shirt, das er trägt, macht Werbung für eine amerikanische Biersorte.

Er lacht. Der schneeweißen Zahnreihe fehlt ein Frontzahn. Seine Augen sind dunkel, fast schwarz. Sie lachen mit.

Als sie bei dem Boot ist, steht er auf, wirft seine Zigarette weg, wischt sich die linke Hand an der Hose ab und streckt sie ihr entgegen.

Sie reicht ihm ihre rechte.

»Good morning, Madam. How are you?«

»Fine.« Eine Lüge. Sie lächelt, als könnte sie damit der Lüge die Spitze nehmen, sie polieren, wie das Wasser bei Flut die Steine poliert, die hier am Strand liegen.

Er bückt sich und schiebt sein Boot mit sanftem Druck in die Wellen, die mit einem leise schmatzenden Plätschern an Land rollen. Ein schmales Holzboot, dessen weiß-blaue Lackierung an einigen Stellen bereits abblättert. Der Bug deutet eine geschwungene Verzierung an, die vier Ausleger greifen wie Kraken ins Meer.

Die Javasee liegt noch in fast völligem Dunkel. Die Sichel des abnehmenden Mondes hängt träge am Himmel, flankiert von einigen Sternen, die nach getaner Nachtarbeit am Verblassen sind.

»A good morning for watching the dolphins.« Der Mann zeigt mit einladender Geste ins Boot auf eine Holzbank. Ein rotes Kissen liegt auf der Bank.

Sie schüttelt den Kopf. »I don't want to see the dolphins.«

Er legt seine Stirn in Falten. Touristen wollen immer Delfine sehen. Nur aus diesem Grund buchen sie ihn über den Manager des Resorts, das hinter ihnen zwischen hohen Kokospalmen noch zu schlafen scheint. Was soll er nun tun mit dieser Frau, die abweicht von einem Geschäft, das ihm seinen Lebensunterhalt sichert? Die womöglich nicht mehr zahlen will? Deren Sprache er kaum spricht?

Sie scheint seine unausgesprochenen Fragen in seinem Gesicht lesen zu können. Zur Antwort hält sie ihm eine Kiste entgegen. Eine kleine, mit Schnitzereien verzierte Holzkiste, um die sie eine Schnur gewickelt hat.

»Please«, sagt sie. »Please bring this box to the dolphins and throw it into the sea.«

Er nimmt ihr die Kiste ab. Sie ist schwer. Sie wird sofort auf den Meeresgrund sinken.

»I pay for it«, schickt sie hinterher.

Die Falten auf seiner Stirn verschwinden. Eine Verrückte, sicher. Aber viele Leute aus dem Westen sind verrückt. Diese hier hält sich zumindest an die Abmachung und zahlt. Er bräuchte da draußen nicht lang zu warten, bis die aufgehende Sonne das Meer rosarot färbt und die Delfine sich zeigen. Er könnte gleich wieder kehrtmachen, im Dorf auf den Markt gehen und früher zurück bei seiner Familie sein.

Sie hält ihm ein Bündel Scheine entgegen. Eine Million Rupiahs. Mehr als drei Mal so viel, wie dieser Bootstrip kostet.

»Okay, Madam. Thank you, Madam.« Er nickt eifrig. Er will gar nicht wissen, was diese Holzkiste so schwer macht. Er legt sie auf das rote Kissen, stopft das Geld in die Tasche seiner Shorts und springt ins Boot. Einige Male zieht er an dem Seil, das am Außenbordmotor befestigt ist. Nach fünf Versuchen springt der Motor an. Der Geruch von Diesel vertreibt selbst die letzten Reste von Nelken.

Als er etwa fünfzig Meter vom Strand entfernt ist, winkt er

ihr zu. Da ist wieder diese Zahnlücke, die sein Lachen entblößt.

Sie winkt ebenfalls. Diesmal bleibt ihre Miene regungslos.

Sie weiß, sie würde sich auf ihn verlassen können.

Sie setzt sich auf eine der Liegen des Resorts und sieht aufs Meer. Grau ist es nun, vom herannahenden Morgen seiner Schwärze beraubt. Der Mond gibt sein letztes Leuchten auf, die Sonne wird den Himmel bald übernehmen.

Auf die Gestirne ist Verlass, denkt sie. Ganz anders als auf die Menschen. Die führen einen hinters Licht.

Das Boot sieht jetzt nur noch aus wie ein Spielzeug. Es schaukelt auf den Wellen seinem Ziel entgegen. Weit draußen sind sie, die Tümmler, die sich nicht jedem zeigen. Glücksbringer, hatte Georg sie genannt. Und als damals gleich ein ganzer Schwarm ihr Boot begleitet hatte, denen sich immer mehr hinzugesellten, konnten er und Johanna ihr Glück kaum fassen. Das Omen hatten sie mitgenommen in eine über fünfundzwanzigjährige Zukunft, die zu dem Zeitpunkt gerade mal zwei Tage alt war. Hier an diesem Strand war das gewesen. Damals stand noch kein Luxusresort dort. Stattdessen waren da eine Handvoll Bambusbungalows, ohne Klimaanlage, ohne Moskitonetz, ohne Dusche. Man schlief unter fadenscheinigen Laken, saß auf von der Sonne ausgeblichenen Rattanstühlen und goss sich mit einer in einem großen gekachelten Becken schwimmenden Kelle Wasser auf die vom Schwimmen im Meer salzig gewordene Haut. Man trank Bier, Bintang hieß das auf Bali, und es war das einzig Kühle in heißen Nächten.

Bintang gibt es noch heute. Die Boote, mit denen die Fischer rausfahren, sehen aus wie früher. Und die Kinder, die nackt in den Wellen herumhüpfen und einem ihr lautes »Hello, hello« zurufen, sie sind auch noch da. Die Kinder und Kindeskinder derer von einst.

Nicht alles ist also verschwunden.

Nur Georg, den gibt es nicht mehr. Er ist tot. Seit zwei Monaten. Aus der über fünfundzwanzigjährigen Zukunft hat er Vergangenheit gemacht. Plötzlich und unerwartet. Doch als wäre das nicht schon grausam genug, hat er ihre gemeinsame Vergangenheit entwertet. Betrogen hat er sie, Johanna. Mit einer anderen Frau. Ohne ein Wort zu sagen. Und dann ist er einfach weggestorben.

Johanna kneift die Augen zusammen. Blinzelt aufkommende Tränen weg. Wut oder Kummer oder beides. Sie sieht, wie das Boot wendet und dann wieder aufs Land zufährt. Glaubt, die Holzkiste auf den Grund sinken zu sehen, schnell und ohne zu trudeln. Viele Steine hat sie gestern Abend gesammelt und hineingelegt – zu den zwei Ringen aus Gold. Johanna ist in den einen eingraviert, Georg in den anderen – und eine Jahreszahl. 1978. Sie verschloss die Kiste gut. Getrieben von dem Plan, das Versprechen einzulösen, das sie sich an diesem Ort einst gegeben hatten – und es dem ewigen Kreislauf der Gezeiten zu übergeben. Sie hat Georg schließlich geliebt. Ihre Liebe soll weiterleben, da draußen auf dem Meer, wo die Delfine leben.

Es hatte da noch den dritten Ring gegeben. Aus billigem Blech. Etwas verbogen vom ständigen Tragen. Für ihn war kein Platz in der Kiste. Johanna versuchte, ihn anzuprobieren, bevor sie gestern hierhergekommen ist, aber er passte nicht mal auf ihren kleinen Finger. Sie hatte dünne Hände gehabt, diese Frau. Diese Chiara. Fast die Hände eines jungen Mädchens. Noch nicht von Altersflecken übersät wie Johannas.

Als die Sonne ihren Feuerball aus dem Meer hinaus über den Horizont schiebt, erhebt sich Johanna. Ihre Füße hinterlassen Spuren in dem schwarzen Sand, der noch kühl ist, aber schon in ein, zwei Stunden zu glühen beginnen würde.

Bislang ist kein Gast im Strandrestaurant. Ein junger Kellner in blau gemustertem Sarong und blütenweißem Hemd deckt dort die Tische für das Frühstück ein. Er unterbricht seine Arbeit, als er sie sieht, bringt die Handflächen vor der Brust zusammen. »Good morning, Madam. How are you?«

»Fine«, entgegnet sie. Wieder dieses Lügenwort, das sie mit einem mechanischen Lächeln unterstreicht. Nicht zu lächeln wäre unhöflich, und sie will nicht unhöflich sein. Sie mag die Menschen hier. Hat sie immer gemocht. Wie Georg. In der Hinsicht waren sie sich einig gewesen.

Ob sie eine Tasse Tee bekommen könne, fragt sie. Nur Tee, schickt sie hinterher, als sie die irritierte Miene des Mannes sieht. Sie weiß, dass das Restaurant erst um halb acht öffnet.

Zwei Minuten später steht ein weißer Porzellanbecher mit heißem Wasser und einem Beutel darin vor ihr. Sie rührt lange in der hellbraunen Flüssigkeit, als könnte sie damit ihre Gedanken beruhigen. Gedanken, die in den letzten beiden Wochen ein böses Spiel mit ihr getrieben haben. Ganze Filme haben sie ihr gezeigt. Unerträgliche Filme. Filme von Georg und Chiara. Bis zu jener Nacht vor zwei Tagen, als alles plötzlich aus ihr herausgebrochen ist und sie dieser jungen Frau gezeigt hat, wer sie wirklich ist. Eine laue Tropennacht ist es gewesen, in der man das Kreuz des Südens hat sehen können und die Hähne gekräht haben, als könnten sie den Morgen nicht erwarten. Den Morgen danach, als Johanna den Blechring vor ihrer Terrassentür fand. Unübersehbar, auf einem Bananenblatt. Den Ring, von dem seine Trägerin gesagt hatte, sie werde ihn nie ablegen, solange sie lebe. Johanna hat ihn dort gelassen. Irgendjemand würde das welke Bananenblatt beizeiten wegkehren und nicht auf ein bisschen Blech achten.

Das Leben sei eine Abfolge von Momentaufnahmen, hatte Georg oft gesagt. Wie eine Kamera, die Fotos produziere. Die letzte Momentaufnahme von Chiara ist ein Blechring auf einem welken Bananenblatt. Die letzte Momentaufnahme von Johanna und Georg sind eine Holzkiste und neugierige Delfine.

Sie legt dem Kellner ein paar Rupiah-Scheine hin. Für den Tee.

Sie ist jetzt bereit für die Heimreise.

Ihr Koffer steht schon gepackt in dem voll klimatisierten Bungalow. Der Flug geht in fünf Stunden. Das Taxi, das sie zum Airport bringen soll, ist bestellt.

Bis dahin wird sie auf der Terrasse sitzen, unter einem riesigen Ventilator, der die von Minute zu Minute schwüler werdende Luft in so etwas wie Kühle zu verwandeln versucht. Auf dem Teakholztisch vor sich eine Obstschale mit Schlangenfrüchten und ein Blumen-Arrangement mit Frangipani-Blüten. Ein Aschenbecher steht auch dort, daneben liegt ein Päckchen Streichhölzer mit dem Logo des Resorts.

Die Streichhölzer wird Johanna später einstecken. Das hat sie schon immer gemacht; wo sie auch war, hat sie Streichholzschachteln eingesammelt. Georg hatte das amüsiert. Was willst du mit all den Streichhölzern?, fragte er oft. Du rauchst doch gar nicht. Vielleicht zünde ich damit Kerzen in Kirchen an, sagte sie dann. Oder Mückenspiralen in den Tropen. Oder Teelichter im heimischen Winter.

Was sie mit diesen Hölzern hier anzünden wird, weiß sie nicht. Muss sie auch nicht; es ist ja kein Georg mehr da, der fragt. Was bleibt, ist der Hauch einer Konstante. Sieh da, wenigstens diese kleine Marotte hält stand.

Ein Gärtner kommt vorbei. Mit einer hölzernen Zange sammelt er Blätter ein, die der Wind in der Nacht von den Bäumen gepflückt hat. Seine Bewegungen sind langsam, bedächtig, konzentriert. Die Andeutung eines Lächelns verbindet er mit einer kaum wahrnehmbaren Neigung des Kopfes.

»Good morning, Madam.« Seine Stimme ist kaum mehr als ein Hauch.

Sie grüßt zurück und lässt ihren Blick einen Moment auf dem Mann ruhen. Er hat schwarz schimmerndes Haar. Wie diese Frau es hatte. Die mit dem Blechring. Chiara.

Johannas Haar ist rot gefärbt. Rot, das war ihre Farbe von früher. Nun ist es ein künstliches Rot mit grauem Ansatz. Sie hilft nach, bemüht, etwas aufrechtzuerhalten, das vorbei ist.

Vorbei.

Das Wort wird sie mitnehmen nach Deutschland. Es wird sie halten, sie hinausführen aus dem, was hinter ihr liegt. Wie ein Seil an einem gefährlichen Hang.

Ihren Kindern hat sie gestern eine Mail geschickt und darum gebeten, dass ihr Sohn sie in Hamburg abholt. Max hat sofort geantwortet. »Ich freue mich so sehr auf dich«, schrieb er. Er hat sich Sorgen gemacht. Aus seinen Zeilen las sie Erleichterung.

Er darf nicht erfahren, was passiert ist, denkt sie. Genauso wenig wie Tessa, seine Schwester.

Das Geschehene wird Johanna mit sich allein ausmachen müssen.

Bis zur Landung in Hamburg bleiben ihr ein ganzer Tag und eine ganze Nacht. Danach würde sie zurückkehren in das, was ihr Leben übrig gelassen hat.

Sie sieht auf ihre Armbanduhr. Eine halbe Stunde noch. Dann wird das Taxi kommen.

Sie hat also Zeit. Zeit, um den Film der Ereignisse zurückzuspulen.

* * *

Als das Flugzeug vor vierzehn Tagen zum Landeanflug auf Singapur ansetzte, ahnte Johanna nicht, dass diese Reise ihr bisheriges Leben gänzlich aus seiner Verankerung reißen würde. Ein Leben, das ohnehin nicht mehr das war, was es Jahrzehnte vorgegeben hatte zu sein. Zufriedenheit und Sicherheit hatten sich von einem Tag auf den anderen davongemacht. An ihre Stelle waren Verlassenheit und Trauer getreten.

Während die Maschine beim Verlassen der Flughöhe zu schaukeln begann, hörte Johanna es wieder – das Schrillen des Telefons an jenem Montagmorgen im April, zwei Monate vorher. Ein Geräusch, das ihre Welt in zwei Hälften zerschnitt – in eine davor und eine danach.

Es klingelte sieben Mal, daran erinnerte sie sich noch. Scheinbaren Belanglosigkeiten räumt das Gedächtnis manchmal viel Platz ein. Sie stand gerade im Bad vor dem Spiegel, die Zahnpastatube in der Hand. Wer rief sie um diese Zeit an? Es gab nur wenige Menschen, die ihre Festnetznummer kannten. Sie warf sich ihren Morgenmantel über und lief ins Wohnzimmer. Dorthin, wo das alte Telefon stand.

Es war Paula. Georgs langjährige Arzthelferin.

»Dein Mann«, stammelte Paula ohne eine Begrüßung. »Er liegt auf dem Boden in seinem Sprechzimmer. Er bewegt sich nicht. Ich glaube ...« Sie suchte nach Worten. Fand keine.

»Was glaubst du?«, rief Johanna und spürte, wie Panik in ihr hochkroch.

»Ich glaube, er ... er ist tot. Er atmet nicht mehr ...« Der Rest ging in Weinen unter.

»Ich komme.« Mehr sagte Johanna nicht. Als sie den Hörer auflegte, sah sie ihre Hand zittern. Es kam ihr vor, als würde diese Hand nicht zu ihr gehören. Genauso wenig wie die Eiseskälte, die ihren Körper erfasste und Schüttelfrost auslöste.

Sie sah an sich hinunter. Sie stand nackt neben dem Telefon. Der Morgenmantel war aufs Parkett gefallen.

Schlimmer kann es nicht mehr kommen, dachte Johanna nun in dem schaukelnden Flugzeug, während das Schrillen des Telefons vor zwei Monaten noch immer in ihr nachhallte. Sie schnallte den Sicherheitsgurt fester, klappte das Tischchen vor sich hoch und stellte ihre Rückenlehne senkrecht. Fast instinktiv suchte sie Georgs Hand. Das hatten sie immer getan – sich an den Händen gehalten, wenn es hoch- oder runterging. Jetzt ging es runter, und sie war allein.

»Ich halte das für keinen guten Plan, Mama«, hatte ihr Sohn gesagt, als sie ihm von der bevorstehenden Reise erzählte. Sein Ton war vorsichtig gewesen; mit Bedacht setzte er ein Wort ans andere. So war Max. Ein junger Mann, dem das Laute nicht lag. Der eher zauderte als zankte. Trotzdem hatte er sie gestern zum Flughafen gefahren, ihr mit dem Gepäck geholfen, ihr nachgewinkt, als sie Richtung Sicherheitskontrolle verschwand. Johanna sah die Sorgen in seinem Gesicht, die ihre eigenen nur mühsam unterdrückten Ängste spiegelten.

Ihre Tochter hatte erst fassungslos, dann wütend reagiert. »Du bist egoistisch und verantwortungslos, Mama«, hatte sie ins Telefon geschrien. Tessa war schon als Kind vehementer gewesen als Max. Die drei Jahre ältere Schwester, die den stets zaghaften Bruder unter ihren Schutzschirm nahm. Georg hatte darüber lächelnd den Kopf geschüttelt, und wenn Johanna mal wieder meinte, so lerne der Junge nie, sich zu wehren, sagte er nur, Max habe Glück, denn Tessa sei so stark wie ihre Mutter.

Das mit der Stärke war so eine Sache. Johanna spürte nichts mehr davon seit jenem Montagmorgen im April. Dem Morgen, als das Telefon sieben Mal geschrillt hatte. Dem Morgen, als der Notarzt ihr mitteilte, dass alles sehr schnell gegangen sei. Georg habe nicht leiden müssen, und tun hätte man ohnehin nichts mehr können. Es gebe eben Erstinfarkte, die mit tödlicher Wucht daherkämen.

Auf dem hellblauen Linoleumboden hatte Georg gelegen. Dort hatte Paula ihn gefunden, als sie um halb acht in die Praxis gekommen war. Er war stets der Erste gewesen. Den Schreibtischstuhl hatte er umgerissen; der lag neben ihm, die vier Rollen zeigten in die Luft, als suchten sie dort Halt. Die Kinderzeichnungen an den Wänden, alles Geschenke seiner kleinen Patienten, schienen mit ihren lachenden Gesichtern und strahlenden Sonnen dem Tod die Härte abtrotzen zu wollen, aber letztlich wirkten sie in diesem Moment wie

Hohn. In einem Anfall von Verzweiflung hatte Johanna sie von den Wänden gerissen und zerknüllt und in den Papierkorb geworfen, nachdem man ihren Mann weggebracht hatte. Etwas in ihr flammte auf, das sie nicht kannte. Deshalb wohl mussten die fröhlichen Zeichnungen dran glauben. Blitzableiter für Unfassbares.

Johanna trug eine zerbeulte Jogginghose und ein altes Sweatshirt, das sie sich nach Paulas Anruf schnell übergezogen hatte. Die rot gefärbten Haare hingen ihr ungekämmt ins bleiche Gesicht. Es war ihr freier Tag. Nach vielen Jahren im Schuldienst gehörte der Montag ihr. Ein verlängertes Wochenende, das hatte sie sich lange gewünscht, und als es vor einem halben Jahr endlich so weit gewesen war, hatte sie Georg gefragt, ob er denn nicht auch … Es wäre doch schön, wenn sie beide mehr Zeit füreinander hätten. Sie erhielt ein Zögern zur Antwort. Seine Patienten bräuchten ihn, hatte er schließlich gemurmelt. Wir brauchen uns auch, hatte sie gedacht. Gesagt hatte sie es nicht.

Sie wollte weinen. Dachte, sie müsse doch jetzt weinen, aber da war nur Dürre hinter ihren Augen.

Stattdessen drehte sie den am Boden liegenden Stuhl um, setzte sich darauf und schaute aus dem Fenster des Sprechzimmers.

Ein großer Apfelbaum stand davor, mit rosa-weißen Blüten. Als Tessa geboren wurde, hatte Georg ihn gepflanzt. Johanna sah ihn noch, mit Spaten und hochgekrempelten Ärmeln, im Vorgarten seiner gerade übernommenen Praxis stehen. Der junge Kinderarzt mit einem jungen Baum.

Als drei Jahre später Max auf die Welt kam, hingen bereits vier Äpfel an den dünnen Zweigen. Georg nahm das als Omen. Wie die Delfine auf Bali. Ein gutes Omen. Er hatte in allem stets irgendwelche Zusammenhänge vermutet. Er liebte Zahlenspiele und Zufälle und Zeichen. Johanna hatte das meist abgetan, lachend anfangs, kühler später. Anfangs, da hatte sie ihn noch ihren Zeichensucher genannt. Später verglich sie ihn mit einem Kind. »Kinder sind doch etwas Wunderbares«, entgegnete er darauf.

Der Ton, in dem sie solche Dialoge führten, war über die Jahre ein anderer geworden. Sie mochte Georgs guten Glauben an die Welt immer weniger teilen, weil ihre Welt eine andere war. Die Kinder in seinem Behandlungszimmer waren bedürftig und krank. Die Kinder in ihrer Schule waren schwer erziehbar und gewalttätig. Als Konrektorin hatte Johanna Disziplinarstrafen zu verhängen und Schulverweise auszusprechen. »Das sind keine armen unschuldigen Wesen«, erklärte sie Georg. Er zuckte dann meist mit den Schultern und sah sie traurig an. Er sah die Dinge anders.

Sie hatte gespürt, wie sich etwas zwischen sie legte. Doch dieses Etwas anzusehen, darauf kamen weder sie noch er. Natürlich waren da ihre eigenen Kinder. Die Tochter und der Sohn, die Risse kitteten, die sonst vielleicht früher sichtbar geworden wären. Es war einfach keine Zeit geblieben, in diese Risse hineinzusehen und sie auszuleuchten. Oft wechselten Johanna und Georg nur ein paar karge Worte am Tag. Sie arrangierten sich im sparsamer werdenden Miteinander. Johanna hielt das Räderwerk zu Hause am Laufen. Georg vergrub sich immer tiefer in seine Arbeit. Da stand nichts Böses zwischen ihnen, aber das Gute hatte leise, nahezu unbemerkt abgenommen. Die Waage ihres Glücks zeigte leichtes, doch zunehmend spürbares Untergewicht.

An etwas hielten sie beide jedoch in all den Jahren fest: Sie fuhren nach Bali. Allein, ohne die Kinder. In diesen Wochen schienen sie sich dorthin zurückzutasten, von wo aus sie einst aufgebrochen waren. Sie fanden sich und ihre Sprache wieder. Sie legten die Panzer ab, in die sie der Alltag geschnürt hatte. Sie fassten Vorsätze, die sie daheim dann verloren wie die Muscheln, die sie gemeinsam am Strand gesammelt hatten.

Als erst Tessa und kurz danach Max vor drei Jahren ausgezogen waren, um in Hamburg zu studieren, machten sie die weite Reise zum letzten Mal. Sie versprachen sich, wiederzukommen an ihren Delfin-Strand, aber sie lösten ihr Versprechen nicht mehr ein.

Im vergangenen Spätsommer dann hatte Georg noch mal einen Versuch unternommen. Er wollte spontan einen Flug buchen, doch Johanna lehnte ab, führte Dinge an, die angeblich wichtiger waren. Ausräumen der ehemaligen Kinderzimmer, Entrümpeln des Kellers, Einrichtung eines neuen Arbeitszimmers.

»Das lässt sich auch aufschieben«, sagte Georg.

»Ich will aber nichts aufschieben«, sagte Johanna.

Es war zum Streit gekommen zwischen ihnen. Einem heftigen Streit. Dabei stritten sie sonst nie. Zumindest nicht offen. Ihre Waffen waren eher Blicke und Ungesagtes.

Georg reiste allein nach Bali, für zwei Wochen. Johanna erhielt nur eine kurze Nachricht, dass er angekommen sei. Am 23. September. Sie sah das Datum immer wieder an, bevor sie ihm nach mehr als einer Woche eine SMS schickte. *»Wie geht es dir auf unserer Insel?«*

Erst zwei Tage später kam seine Antwort. *»Alles gut.«*

Kein Wort darüber, dass er an sie denke und dass sie ihm fehle, dort, wo sie zusammen so oft glücklich gewesen waren.

Sie starrte auf seine knappe Mitteilung und fühlte Traurigkeit in sich aufsteigen. Und Wut auf sich selbst. Georg hatte recht gehabt – den ganzen Herbst und Winter hätte sie Zeit gehabt, das Haus umzuräumen. Einzig ihr Trotz war es gewesen, der ihn auf diese Reise geschickt hatte und der sich jetzt in bittere Reue verwandelte.

Johanna rief ihre Kinder an, fragte, ob sie nicht zusammen etwas unternehmen sollten in Hamburg. Museumsbesuch und danach vielleicht ein Essen in einem guten Restaurant. Die beiden willigten ein.

Es wurde ein schöner Tag, bis Tessa eine ihrer unverblümten Fragen stellte: »Warum ist Papa eigentlich ohne dich verreist?«

Johanna wusste, dass ihr Schulterzucken eine unbefriedigende Antwort war. Sie sah den Blick, den Max seiner Schwester zuwarf. Einer seiner Bitte-halt-dich-zurück-Blicke. Die hatte er von seinem Vater.

»Wollt ihr noch einen Nachtisch?«, wechselte Johanna das Thema.

Die beiden nickten, jetzt wieder einig.

Damit war das Thema vom Tisch. So war Johanna. Sie räumte Themen einfach ab, wenn sie ihr nicht schmeckten.

Als sie an jenem Abend nach Hause fuhr, vermisste sie Georg mehr denn je.

Nach zwei Wochen war er wieder da. Stieg mit seiner Reisetasche aus einem Taxi. Braun war er geworden. Gut sah er aus. Er hatte etwas abgenommen, seine blonden Haare waren heller geworden. Er umarmte Johanna und gab ihr einen Kuss auf die Wange.

Er erzählte ein bisschen, als sie fragte, wie es gewesen sei. Viel herumgefahren sei er, abseits vom touristischen Trubel.

»Hast du Fotos gemacht?«, fragte sie und zeigte auf seine alte Spiegelreflexkamera.

Er schüttelte den Kopf.

»Warum nicht?« Er hatte stets fotografiert. Solange sie ihn kannte.

»Ach, keine Lust gehabt«, erwiderte er.

»Es tut mir leid, dass ich nicht mitgekommen bin«, sagte sie schließlich. »Die Sache mit dem Haus vorzuschieben, das war dumm von mir.«

Er sah sie an. Er wusste, dass ihr Entschuldigungen schwerfielen.

Sein Lächeln hatte etwas Versöhnliches und zugleich Fernes.

Sie nahmen ihren Alltag wieder auf.

Von seiner Reise sprachen sie nicht mehr.

Es war leerer und stiller in dem großen Haus auf dem Land geworden. Johanna hatte ganze Arbeit geleistet. Skateboards, Kisten mit Spielsachen, bekritzelte und beklebte Schränke waren verschwunden. Verschenkt oder auf dem Recyclinghof. Es wurde offensichtlich: Eine Familie gab es hier nicht mehr. Im Garten befand sich nur noch der Sandkasten, in dem die Kinder gespielt hatten, als sie klein waren. Georg protestierte, als Johanna dort Rasen aussäen wollte. Ihre Enkel würden sich vielleicht irgendwann freuen, sagte er. Sie gab auf, weil ihr die Schärfe in seiner sonst eher sanften Stimme nicht entgangen war. In einem Anfall von Zärtlichkeit legte sie ihm die rechte Hand auf die Schulter, in der linken hielt sie die Tüte mit den Grassamen.

Ich liebe dich, dachte sie. Sie sagte es nicht.

Sie hatten sich eingerichtet in der Stille und der Leere. Große Themen fassten sie nicht an. Ihr Umgang miteinander war freundlich. Sie verkauften sich das als Zufriedenheit. Daran hielten sie fest. Wie an ihrem Silvesterritual. Seit Jahren schon sahen sie sich an diesem Abend gemeinsam alte Dias von Bali an. Der Projektor ruckelte etwas und gab die Farben nicht mehr ganz scharf wieder. Das Grün der Reisterrassen, das Blau des Meeres, das Gelb der Schirme an Tempeleingängen – all das hatte Patina angesetzt. Aber das störte sie nicht. Ihre Erinnerungen leuchteten und verbanden sie für ein paar Stunden. Sie lachten, und Johanna bekam rote Backen von dem Sekt. Um zwölf gingen sie auf die Terrasse, wünschten sich ein gutes neues Jahr und guckten zusammen in den Himmel. Auf dem Land war das Feuerwerk eher klein und nach etwa einer knappen Viertelstunde schon wieder vorbei. Fröstelnd kehrten sie ins Haus zurück und legten sich schlafen. Sie schliefen noch immer in dem großen Doppelbett, das sie zu Beginn ihrer Ehe gekauft hatten. Sie schliefen nur noch selten miteinander. Doch die Wärme ihrer Körper hatte etwas Beruhigendes, Unerschütterliches, Verlässliches.

Im letzten November, zwei Monate nach Georgs Rückkehr aus Bali, hatten sie silberne Hochzeit gefeiert. Es wurde eine große Feier. Alte Freunde, Kollegen, ihre Kinder, die Freunde ihrer Kinder – alle waren gekommen. Es wurden Reden gehalten, in denen von Liebe, Vertrauen und Treue gesprochen wurde. Tessa und Max schenkten den Eltern ein Miniaturmodell eines dieser balinesischen Auslegerboote, mit denen Johanna und Georg damals zu den Delfinen hinausgefahren waren.

Doch als die ersten Takte des Walzers gespielt wurden, war Georg plötzlich verschwunden. Johanna lief aus dem Saal, um ihn zu suchen. Sie fand ihn auf der untersten Stufe einer Treppe sitzend. Er war blass.

»Komm tanzen«, rief sie ihm zu. »Die Leute warten auf uns.«

Sie reichte ihm die Hand und zog ihn hoch. Seine Hand war kalt und nass. Schwerfällig folgte er ihr. Die Gäste klatschten, als das Paar auf die Tanzfläche trat. Es war Johanna, die Georg führte. Seine Beine schienen nicht zu wissen, was sie tun sollten. Seine Mundwinkel zeigten wie festgefroren nach oben, als hätten sie bei dem Versuch zu lächeln kapituliert.

Die Stimmung im Saal war gut. Da fiel es nicht weiter auf, dass der Gastgeber wie benommen durch die trunkene Ausgelassenheit wankte. Hoffentlich hält er durch, dachte Johanna, und fast schämte sie sich für diesen Gedanken.

Sie schämte sich auch, weil sie ihn überrumpelt hatte. Georg hatte kein Fest gewollt; es war ihre Idee gewesen. »Das wird uns guttun«, hatte sie gesagt. »Ist doch schön, sich mal richtig hochleben zu lassen. So wie damals, vor fünfundzwanzig Jahren. Weißt du noch …?« Die Erinnerung daran hatte ihre Wangen rot gefärbt, als sei schon im November Silvester. Am Ende hatte Georg eingewilligt. Um ihr eine

Freude zu machen. »Wenn dir so viel daran liegt«, hatte er eingelenkt und dabei versucht, nicht resigniert zu wirken.

Nachdem die letzten Gäste gegangen waren, blieben sie beide an der langen Tafel mit den vielen Gläsern und den vielen Blumen sitzen. Da nahm er ihre Hand, und diesmal war seine Hand warm. Es war ein inniger Moment zwischen ihnen. Der erste und einzige an diesem Tag.

In den Wochen danach stand er abends nicht sofort vom Esstisch auf, sondern blieb länger bei ihr sitzen. Er redete über Tessa und Max. Fragte Johanna nach der Schule. Erzählte von seinen Patienten. Es war ein bisschen wie früher, als sie lange geredet hatten, wenn die Kinder endlich im Bett gewesen waren.

Zu Weihnachten schenkte er ihr eine Halskette mit einem Turmalin. An Silvester öffneten sie nach Mitternacht eine zweite Flasche Sekt und legten sich erst um zwei Uhr ins Bett.

Als die Ferien zu Ende waren, ging Johanna wieder in die Schule und Georg in die Praxis. Es war alles wie immer, nur ein bisschen besser.

Bis heute Morgen war es so gewesen, als Georg mit seinem üblichen »Tschüss« die Haustür hinter sich zugezogen hatte. Johanna hatte ihm noch im Nachthemd vom Küchenfenster aus nachgesehen. Sein Gang war ihr so vertraut wie ihr eigenes Spiegelbild. Sie wartete. Wartete auf sein Winken. Auch das ein Ritual. Am Gartentor drehte er sich noch einmal kurz um und hob die Hand. Sie tat es ihm gleich, dort am Fenster.

Und nun, keine zwei Stunden später, saß sie hier auf seinem Schreibtischstuhl und sah auf den blühenden Apfelbaum. Ihr Blick schien sich an den Zweigen geradezu aufgehängt zu haben, unfähig, sich wieder zu lösen, da das unweigerlich freien Fall bedeutet hätte.

Georg ist tot. Der Satz irrte durch den Raum, suchte Zugang zu Johannas Gedanken, die sich ihm verweigerten, als hätten sie Mauern hochgezogen, um nur ja keiner Silbe Durchschlupf zu gewähren.

Paula kam herein und brachte eine Tasse Tee. »Ich habe allen Patienten abgesagt«, erklärte sie. »Kann ich noch etwas für dich tun?«

Sie kannten sich seit vielen Jahren, sie und Paula. Sie war eine Frau, die wenig Worte machte, aber stets den richtigen Ton traf. Zurückhaltend und doch entschieden in dem, was sie tat. Auch sie war zur silbernen Hochzeit eingeladen gewesen. An dem Abend hatten ihre Augen gestrahlt, jetzt waren sie gerötet.

Johanna schüttelte den Kopf.

»Ich bin draußen – falls du etwas brauchst.« Paula schloss die Tür leise hinter sich.

Eben waren da noch der Notarzt und die Sanitäter gewesen, mit all ihren Koffern und Gerätschaften. Sie hatten Georg untersucht, abgehorcht und schließlich hinausgetragen. Georg, der sich nicht mehr bewegte. Der nicht mehr atmete. Wo würden sie ihn hinbringen? Johanna hatte vergessen, danach zu fragen. Sie hatte nur eines gewollt: endlich allein sein.

Ihr Blick riss sich von den Zweigen des Apfelbaums los und flüchtete sich zum Telefon, das auf Georgs Schreibtisch stand, neben dem Stethoskop, dem Rezeptblock, dem Kalender.

Ich muss die Kinder anrufen, durchfuhr es sie. Doch was sollte sie ihnen sagen? Georg ist tot. Der Satz bremste noch immer vor ihr ab. Wie sollte er da Tessa und Max erreichen? Und wo waren sie überhaupt? Im Hörsaal? In der Mensa? In der Bibliothek? Kein Ort schien ihr geeignet für eine solche Nachricht.

Johanna blieb eine halbe Stunde regungslos sitzen. Einmal nippte sie am Tee. Kamillentee. Er war lauwarm geworden.

Sie rief erst Max an, danach Tessa. Sie sagte ihn, den Satz, allerdings ohne ihn zu begreifen; er schien in Tiefen zu verschwinden, zu denen ihr Bewusstsein keinen Zugang hatte.

Ihre Stimme war tonlos, ihre Kehle trocken, trotz des Kamillentees.

Max schwieg lange. Johanna hörte ihn nur atmen.

Tessa begann sofort, Fragen zu stellen. Ein Trommelfeuer an Fragen, die Johanna nicht beantworten konnte.

Beide sagten, sie würden sofort kommen.

Johanna saß noch auf dem Schreibtischstuhl in Georgs Sprechzimmer, als die Kinder eintrafen. Erst da löste sie sich langsam aus ihrer Erstarrung. Eine innere Stimme flüsterte ihr ein, sie müsse jetzt eine gute Mutter sein, Dinge in die Hand nehmen, von denen sie zwar keine Ahnung hatte, aber die anstanden.

Sie begann, mit Tessa zu reden. Antworten auf deren Fragen zu suchen. Max stand mit verweinten Augen daneben. Er hatte nach einem kleinen tönernen Affen gegriffen, der auf dem Schreibtisch seines Vaters stand, und streichelte ihn. Was seine Mutter und seine Schwester besprachen, schien an ihm vorbeizurauschen wie ein Zug mit überhöhter Geschwindigkeit.

»Können wir Papa noch mal sehen?«, fragte er plötzlich.

Johanna und Tessa sahen ihn überrascht an, weil es das Erste war, was er überhaupt sagte. Das Äffchen in seiner Hand war bereits ganz warm.

»Ja, ja, ich denke schon«, entgegnete Johanna, und in diesem Moment füllten sich ihre Augen mit Tränen.

***

Eine Stewardess tippte ihr sanft auf die Schulter und fragte, ob alles in Ordnung sei. Johanna sah die junge Frau an; sie hatte gar nicht bemerkt, dass sie auch jetzt weinte. Der Mann neben ihr hatte sich weggedreht und schaute unverwandt aus dem kleinen Fenster in die Wolkenlandschaft.

»Danke, es geht schon«, beeilte sie sich zu sagen. Sie räusperte sich. »Von welchem Terminal geht der Flug nach Denpasar?« Eine Fluchtfrage. Weg von den Gefühlen.

»Das kann ich Ihnen nicht sagen, weil es je nach Frequenz der Abflüge oft noch kurzfristig geändert wird. Schauen Sie bei der Ankunft auf die Monitore. Es bleiben Ihnen ja noch zwei Stunden zum Umsteigen.«

Ja, es blieben immer diese zwei Stunden. Zeit, in der sie und Georg sich die Beine vertreten hatten. Nach dem langen Nachtflug plötzlich hineingeworfen in eine helle, bunte Welt voller Shops und Restaurants und Bars. Der Geruch diverser Parfüms mischte sich mit dem von Nudelsuppe, frittierten Teigtaschen und frisch gebrühtem Kaffee. Unzählige Menschen aus aller Welt schoben ihre Trolleys von einem Terminal zum anderen, für kurze Zeit hier verknotet, um sich dann wieder zu lösen und in unterschiedlichste Richtungen davonzufliegen. Die großen Anzeigetafeln schienen wie Choreografen dieses frühmorgendlichen Balletts; im Sekundentakt ratterten sie neue Arrival- und Departure-Zeiten runter. Just landed. Boarding. Last call.

»Transit, das ist wie ein Schwebezustand zwischen Nichtmehr und Noch-nicht«, hatte Georg beim letzten Mal gesagt, als sie in einem der Coffee Shops in ihren heißen Cappuccino pusteten. Er liebte solche Gedanken. Und sie liebte ihn in diesem Augenblick dafür. Heute hatte sein Satz eine völlig andere Bedeutung bekommen. Der Cappuccino war zwar wieder zu heiß, aber Georg lebte nicht mehr, und Johanna irrte im Transit-Bereich ihres eingestürzten Lebens umher. Wie sollte es weitergehen? Weitergehen ohne ihn?

Sie saß in demselben Coffee Shop wie damals mit ihm, und während sie die Leute beobachtete, die an ihr vorbeiliefen, liefen auch die letzten Wochen an ihr vorbei.

Als hätte sich irgendein innerer Mechanismus auf Autopilot gestellt, hatte sie alles erledigt, was man von ihr erwartete. Manchmal ertappte sie sich dabei, dass sie dachte, sie arbeite eine To-do-Liste ab, mit verschiedenen Programmpunkten, wie bei einer heiklen Elternkonferenz in der Schule. Dann erschrak sie, weil man doch den Tod des Ehemannes nicht abarbeiten konnte wie Pausenzeiten und Zeugnisse. Doch es war eben genau dieser sachliche Blick auf die Situation, der sich wie ein Stützkorsett um ihren inneren Ausnahmezustand legte. Nur so konnte sie Trauerfeier und Beerdigung ausrichten und sich am Grab einigermaßen aufrecht halten. Sie warf Rosenblätter auf den Sarg und sagte »Suksama«. Das war Balinesisch und hieß Danke.

Als sie an dem Abend zu Hause eine Flasche des Rotweins trank, von dem Georg noch eine Kiste bestellt hatte, bevor er gestorben war, lief der hinter ihr liegende Tag wie ein Film vor ihr ab, und als hätte die Cutterin dieses Films nicht aufgepasst und Sequenzen der silbernen Hochzeit und des Jahreswechsels mit hineingeschnitten, fügte sich alles zu einem absurden Ganzen, das bei Johanna Fragezeichen hinterließ. Ohne einen Hinweis darauf, wo sich die Antworten verbargen.

Sie fühlte Schuld in sich aufsteigen. Schuld, nicht wirklich hingesehen zu haben, was mit Georg geschehen war. Ein Infarkt sandte doch Vorboten. Was für eine Ehefrau war sie gewesen, derlei Zeichen nicht erkannt zu haben? Und gleichzeitig war da Wut. Wut darüber, von ihm allein gelassen worden zu sein. Allein gelassen mit einem Haufen Fragezeichen. Er konnte ihr keine Antworten mehr geben. Als sie ins Bett ging, war sie zu betrunken und zu müde, um schlafen zu können. Es wurde eine unruhige Nacht, die sie um vier Uhr beendete, indem sie aufstand und sich einen starken Kaffee kochte.

Als sie tags darauf wie gewohnt im Lehrerzimmer auftauchte, sahen die Kollegen sie erstaunt an.

»Ich denke, die Arbeit lenkt mich ab«, erklärte sie, weil sie spürte, dass eine Erklärung erwartet wurde. Sie tat, was sie immer getan hatte – den Mantel des Alltags über alles breiten, was sich einer Klärung widersetzte, darauf vertrauend, dass sich die Dinge von allein lösten.

Tief in ihrem Inneren aber rief irgendwer, dass das diesmal nicht gut gehen würde. Dass die Fragen nicht ruhen würden, bis die Antworten gefunden wären. War es Georg, der da rief? Johanna ignorierte die Stimme und ging mit festen Schritten zu dem Klassenzimmer, wo der Unterricht wartete. Die Schüler waren weniger aufsässig. Sie wussten, dass die Lehrerin ihren Mann verloren hatte. Der Tod ließ selbst dreiste Jugendliche kleinlaut werden.

In den darauffolgenden Wochen arbeitete Johanna Punkt für Punkt den Nachlass ab. Akribisch tat sie das, wie es ihre Art war. Versicherungen kündigen, Banken informieren, Konten umschreiben lassen, Georgs Patienten benachrichtigen, Beileidswünsche beantworten. All das verlieh ihrem Leben die Struktur, die sie brauchte, um nicht aufzugeben.

Max und Tessa halfen ihr; sie kamen immer wieder aus Hamburg, damit sie bei ihrer Mutter sein konnten. Max war noch stiller als sonst. Tessa gab weniger Widerworte. Aufkommende Tränen wischten sie schnell weg, damit die Mutter sie nicht sah. Aber Johanna entgingen sie nicht. In solchen Momenten nahm sie ihre Kinder in den Arm, beide gleichzeitig, und dann weinte sie mit ihnen.

Die zwei kümmerten sich um die Praxis ihres Vaters, fanden bald schon einen Kinderarzt, der sie übernahm. Er übernahm sie samt Paula. Ein junger Mann mit großen Idealen, so einer wie Georg damals. Johanna wünschte ihm Glück, als sie ihm die Schlüssel übergab, und sie sagte, dass die Äpfel von dem Baum im Vorgarten ideal seien, um daraus Kuchen zu machen. Er bedankte sich und erwiderte, das werde seine Frau freuen, die sei eine leidenschaftliche Bäckerin. Johanna zuckte zusammen, weil sich plötzlich von fern ein längst vergangenes Familienleben meldete. Eines, in dem es in dem großen, jetzt noch leereren und noch stilleren Haus noch nach Kuchen statt nach schnell aufgewärmter Pizza gerochen hatte.

Sie wusste, dass auch das Haus verkauft werden musste; sie würde dort nicht mehr leben können. Es war zu riesig für sie allein, und Georgs Gegenwart ließ sich aus den Räumen nicht wegdenken. Nicht wegleben. Johanna war stets auf der Hut, doch immer wieder erwischten sie die Stromschläge der Erinnerung. Eine CD, die Georg am Wochenende vor seinem Tod in den Player gelegt hatte. Ein Socken, der unters Bett geraten war. Einkaufsnotizen auf dem Schreibblock im Arbeitszimmer – Knoblauch, Tomaten, Fenchel, Lamm. »Ich koch uns mal wieder was Gutes«, hatte er gesagt, nachdem er Dutzende Pizzakartons zum Altpapier getragen hatte. Johanna fand ein paar seiner blonden Haare im Kamm, der auf der Konsole im Badezimmer lag. Da waren seine Zahnbürste, die noch immer neben ihrer stand, seine Hausschuhe, die an der Eingangstür auf ihn warteten. Sie wagte es nicht, die Sachen fortzuwerfen. Genauso wenig, wie sie es wagte, ihren Kindern zu sagen, dass sie das Haus verkaufen würde.

Irgendwann holte Johanna die Dias aus dem Schrank. Die Dias ihrer Bali-Reisen. Sie tat sich etwas schwer mit dem Projektor, denn es war immer Georg gewesen, der das alte Ding zum Laufen gebracht hatte, aber irgendwann erschienen sie auf der Wand im Wohnzimmer, die Bilder von Reisterrassen und Tempelfesten, von bunt gekleideten Frauen, die Opfergaben auf dem Kopf trugen, von Kindern, die in die Kamera lachten, von Fußspuren im Sand, die Johanna und Georg gehörten.

Zum ersten Mal sah sie sich die Aufnahmen ohne ihn an; oft schaute sie nach links zu dem Sessel, in dem er immer gesessen hatte, als wartete sie darauf, dass von dort einer seiner ironischen Kommentare kam. Er hatte einen feinen Sinn für Humor gehabt, der an ihrem zunehmend kantigen Wesen immer öfter zerschellt war. In den letzten Jahren hatte er ihn nur noch am Silvesterabend herausgeholt, und in diesen Momenten wollte sie alles besser machen. Aber der Alltag hatte sie mit braver Regelmäßigkeit weggefegt, ihre Neujahrsschwüre.

Ich muss wieder nach Bali!

Der Gedanke kam unvermittelt, kurz nachdem Johanna den Projektor ausgeschaltet hatte. Schlich sich wie aus dem Hinterhalt in dem dunklen Wohnzimmer an, setzte sich in Georgs Sessel und schien sie von da aus zu durchdringen. Etwas Beharrliches lag darin, und sie gab dem nach, spürte, wie ihr kalt und heiß zugleich wurde. Plötzlich kamen sie zurück, die Fragen, die sie an dem Abend nach Georgs Beerdigung bedrängt hatten. Geistern gleich, die keine Ruhe gaben, bis sie erlöst wurden.

Sie musste Georg zurückholen. Musste sich erinnern. An den, der er gewesen und geworden war. Und an die, die sie gewesen und geworden war. Diese Erinnerung würde Johanna nur dort finden, wo sie beide sich so oft so nah gewesen waren. Wo ihre Liebe jedes Mal verlässlich wiederauferstanden war. Nicht hier in diesem Haus lagen die Antworten, sondern an den Orten, die ihnen gegeben hatten, wonach sie im täglichen Einerlei immer vergeblicher gesucht hatten.

Georg war im letzten Jahr allein dorthin gereist; nun würde sie seiner Fährte folgen. Klar vorgezeichnet schien ihr dieser Weg auf einmal, ohne jede Alternative. Sie durfte sich nicht mehr davonstehlen.

Johanna holte ihren Laptop aus der Tasche, die sie für die Schule schon bereitgestellt hatte. Die großen Ferien begannen Mitte Juni, also in knapp zwei Wochen. Sie loggte sich ins Internet ein und googelte Last-Minute-Flüge. Nach einer halben Stunde bekam sie die Bestätigung ihrer Reise per Mail.

Anschließend schrieb sie eine Mail an Ute. Eine gemeinsame Freundin von ihr und Georg, die im Norden Balis ein

Haus besaß. Häufig waren sie dort gemeinsam gewesen. Johanna erwähnte den Tod Georgs nicht; so etwas gehörte nicht in eine Mail, fand sie. Sie kündigte nur ihr Kommen an.

Ute meldete sich zwei Stunden später. »Ohne deinen Mann? So oder so, du wirst deine Gründe haben, meine Liebe. Ich freu mich auf dich!« Ute machte nie große Worte, lenkte den Blick stets aufs Wesentliche. Eine Frau, die früher in Köln als Psychoanalytikerin gearbeitet hatte, bevor sie ausgewandert war und sich durchgeschlagen hatte. Sie unterrichtete jetzt Kinder in einer Dorfschule und arbeitete an einigen sozialen Projekten mit. Pragmatisch und zupackend und ausgestattet mit einem Herzen, in dem jeder seinen Platz bekam.

An diesem Abend rief Johanna auch ihre Kinder an. Es war bereits nach Mitternacht. Dass sie auf Unverständnis treffen würde, wusste sie. Doch mochten Tessa und Max denken, was sie wollten – sie musste zu ihrem Mann. Und der war nicht auf dem Friedhof, wo sie ihn beerdigt hatten, sondern auf dieser fernen Insel. Dort würde sie ihm begegnen und endlich ins Gleichgewicht bringen, was über die Jahre in Schräglage geraten war. Sie würde das, was sie sich einst versprochen hatten, hinüberretten in das Leben ohne Georg. In ein Leben ohne gegenseitige Schuldscheine. Die wollte sie da drüben, am anderen Ende der Welt verbrennen.

Johanna pustete in ihren Cappuccino und trank einen Schluck. Der Kaffee war kalt geworden. Die Anzeigetafel mit den Abflügen vermeldete, dass die Maschine nach Denpasar startklar war. Last call. Johanna hatte zwei volle Stunden in diesem Coffee Shop gesessen. Jetzt griff sie nach ihrer Handtasche und rannte im Dauerlauf zum Gate. Sie war die Letzte, die an Bord ging. Hinter ihr schlossen sie sofort die Türen.

***

Am Flughafen wurde sie abgeholt. Wie immer stand ein vom Hotel beauftragter Fahrer dort, wo die Ankommenden herausströmten, und hielt ein Schild mit ihrem Namen hoch. Kein Georg mehr, nur noch Johanna. Sie winkte dem jungen Mann zu. Er eilte ihr entgegen, nahm ihr das Gepäck ab und führte sie zu der großen Parkgarage, wo im Sekundentakt blasse Touristen in Minivans kletterten. In der feuchtwarmen Luft lag ein Geruch von Abgasen, in die sich selbst hier ein Hauch von Nelken mischte – von den Zigaretten, die auf Bali überall geraucht werden.

Der Fahrer fragte Johanna, wie ihr Flug gewesen sei, ob sie das erste Mal auf der Insel sei, woher sie komme und wie das Wetter in Deutschland sei. Sie antwortete höflich, wusste sie doch, dass dieses ritualisierte Frage-und-Antwort-Spiel hier zum guten Ton gehörte.

Der Mann lächelte und regulierte die Klimaanlage. Sicher lenkte er den Wagen durch den dichten Verkehr.

Sie lehnte sich zurück und schloss die Augen. Endlich wieder da! Mit der rechten Hand tastete sie auf dem glatten Ledersitz ein wenig nach links, als würde sie dort eine andere Hand erwarten. Eine vertraute Hand. Georgs Hand. Für einen kurzen Moment meinte sie, seine Wärme zu spüren. Sie war sich sicher: Er war jetzt bei ihr, so nah, wie ein Mensch einem anderen nur sein konnte.

Die Fahrt verging schnell. Eine gute Stunde später bremste der Wagen abrupt ab. Erst jetzt merkte Johanna, dass sie eingeschlafen war.

Sie standen vor einem großen Tor. Einige Hühner liefen aufgescheucht über die Straße, ein Hund erhob sich schläfrig und trottete ein paar Meter weiter, um sich dort erneut mit einem Gähnen niederzulassen. Ein notdürftig zusammengezimmerter Laden verkaufte Früchte und Gemüse und Mineralwasser. Daneben stellte eine Galerie großflächige bunte Bilder aus und bot gleichzeitig Massagen an. Ein paar Kinder kickten einen zerbeulten Fußball gegen eine Hausmauer. Sie winkten, als sie das Auto sahen. Johanna winkte zurück.

Sie hatte in Ubud ein Hotel gebucht, das sie seit Jahren kannte. Etwas außerhalb des Ortes, in den Reisfeldern gelegen. Vor langer Zeit war es ein kleines Guesthouse mit gerade mal vier Zimmern gewesen. Johanna und Georg hatten sich damals mit dem jungen Besitzerpaar angefreundet. Wayan und Illuh. Die zwei luden sie irgendwann zu sich nach Hause ein, zu Spanferkelessen und Puppenspiel und Gamelan-Musik. Zwei Monate nach der Geburt ihres Sohnes Gede war das gewesen. Auf Bali wurde acht Wochen gewartet, bis man einen Säugling auf der Welt mit einem großen Fest willkommen hieß. Bis dahin, so der hinduistische Glaube, befinde sich die Seele noch in einer Art Zwischenreich.

Wie meine Seele im Moment, dachte Johanna, die weiß auch nicht mehr und noch nicht, wohin sie gehört. Sie musste wieder daran denken, was Georg in Singapur über Transit gesagt hatte: Niemandsland eigentlich und doch ein Land von großer Tragweite. Ihre Augen wurden feucht.

Das Auto fuhr durch das Tor auf einen langen schmalen Weg, der ein paar Kurven nahm. Links und rechts standen Bananenstauden und rot blühende Hibiskusbüsche. Fünfzehn Bungalows lagen in einem weitläufigen Garten. Die Rezeption befand sich in einem offenen Pavillon.

Ein Balinese mit weißem Hemd, weinrotem Turban und dunkelblauem Sarong legte seine Handflächen vor der Brust zusammen und neigte den Kopf. »Welcome, Madam.«

Johanna tat es ihm gleich, begrüßte ihn in seiner Sprache und bekam ein strahlendes Lachen zur Antwort.

Er wies auf die hölzernen Sofas und Sessel mit dicken Polstern, die sich um einen großen Tisch gruppierten. »Nehmen Sie Platz, Madam.«

Sie reichte ihm ihren Pass und erklärte, dass sie per Mail reserviert habe.

Ein junges Mädchen mit langem, schwarz glänzendem Zopf servierte Johanna ein hellrotes Getränk, in dem ein Bambusstrohhalm steckte – »Our welcome cocktail.« Papaya, Ananas, Wassermelone.

Johanna sah sich um. Im Garten kehrte ein Mann Blätter zusammen. Ein anderer lud ihren Koffer auf einen Rollwagen und schob diesen langsam über den Rasen zu dem Bungalow, den sie gebucht hatte.

Unser Haus, hatte Georg das zweistöckige Gebäude genannt. Ein eigener doppeltüriger Eingang führte zu einem separaten kleinen Areal mit Privatpool, an dem zwei Liegen unter einem Sonnenschirm standen. Morgens vor dem Frühstück waren sie dort schwimmen gegangen, wenn rundum die Hähne krähten, und viele Male auch spät am Abend, wenn der Mond über den Reisfeldern stand und die Zikaden ihr Zirpen anstimmten, das in Wellen kam und ging. »Gott muss einen Ort wie diesen im Sinn gehabt haben, als er das Paradies entwarf«, hatte Georg oft gesagt. Und genau dort wollte sie auch diesmal wieder wohnen – im Paradies.

Der Balinese, der sie begrüßt hatte, reichte ihr den Reisepass zurück und bat sie, ihm zu folgen. Er erklärte, wann und wo es Frühstück gebe und wie Dusche und Safe funktionierten, und obwohl sie das ja alles wusste, ließ sie ihn gewähren. Zum Schluss fragte er, ob sie im Restaurant zu Abend essen wolle.

Sie schüttelte den Kopf. »Nein, danke. Ich würde mir gern etwas bringen lassen, wenn das möglich ist.«

Er verbeugte sich. »Selbstverständlich, Madam. Rufen Sie einfach den Roomservice an.«

»Ach ja, noch etwas«, sagte sie. »Wo ist Wayan?«

»Sie kennen Wayan?«

»Seit vielen Jahren, ja. Ihn und Illuh und Gede.«

Er sah sie interessiert an. »Dann sind Sie nicht zum ersten Mal auf Bali?«

»Nein. Ich war schon sehr, sehr oft hier.«

»Es hat sich viel verändert bei uns.«

Sie lächelte. »Ja, aber das, was ich liebe, ist noch da.«

»Das hoffe ich, Madam. Wayan kommt morgen. Er ist in Denpasar, zum Einkaufen. Er wird sich sicher freuen, Sie zu sehen.«

»Ich freue mich auch.«

Als er die Tür hinter sich geschlossen hatte, öffnete Johanna die großen Glastüren zur Terrasse und trat hinaus. Sie ließ sich auf das breite Sofa fallen, streckte die Beine aus, legte die Hände unter den Kopf und atmete tief durch.

Da war auf einmal eine fast aufdringliche Fröhlichkeit in ihr, die für ein paar Momente den schweren grauen Vorhang der letzten Wochen beiseiteschob. Das leere Haus auf dem Land, die rücksichtsvoll gedämpften Stimmen der Kollegen in der Schule, die letzten Rechnungen vom Bestattungsinstitut, die Auswahl von Grabbepflanzung und -stein – all das rückte einige kostbare Sekunden lang weit weg, machte Platz für den Wasserbüffel, den ein Bauer über das vor ihr liegende Feld trieb, für die Enten, die zwischen den Reispflanzen umherschnatterten. Die Luft war warm. Sie konnte einen streicheln, diese Luft, und genau das war es, was Johanna jetzt brauchte.

Wann hatte Georg sie das letzte Mal gestreichelt? Sie überlegte. Es war gar nicht so lange her. Zwei Tage vor seinem Tod hatten sie einen Spaziergang gemacht. An einem Sonntag. Der Frühling setzte Narzissen und Tulpen und Vergissmeinnicht in die Vorgärten. Georg und Johanna schlugen den Weg zu dem kleinen See in der Nähe ihres Hauses ein. Sie taten das ohne Absprache. Ein Verstehen ohne Worte, gewachsen über die Jahre. Sie setzten sich auf eine Bank am Ufer. Ihre Bank. Sie saßen stets auf derselben. Auch das eine stille Übereinkunft. Sie redeten über Johannas Schüler und Georgs Patienten. Wie so oft. Doch diesmal war es ein gutes Gespräch, eines ohne Seitenhiebe. In den Monaten seit ihrer silbernen Hochzeit waren sie milder geworden, einander wieder zugewandter. Das gelegentlich Schroffe im Umgang hatte den Rückzug angetreten, die Gleichgültigkeit nahm Auszeiten. Kleine Leuchtfeuer im Alltag, immerhin.

Auf der Bank sprachen sie irgendwann auch von Bali.

»Wir sollten vielleicht doch noch mal hin. Wir beide«, sagte Georg.

Da war ein Bedauern in seiner Stimme. Etwas vehement Wehmütiges, das Johanna so nicht an ihm kannte. Sie sah ihn an. Da nahm er ihr Gesicht in beide Hände und streichelte mit seinen Daumen über ihre Wangen.

Alles in ihr wurde in diesem Moment weich. Es war, als würde ihr Körper seinen Aggregatzustand ändern. Schmelzen wie Eis in der Sonne.

»Ja, das sollten wir«, stammelte sie, und sie unterlegte ihr Stammeln mit einem ungelenken Lächeln. Fast hätte sie ihm jetzt und hier gesagt, dass sie ihn liebe. Sie dachte es nur. Wie damals im Garten, als sie Rasen hatte aussäen wollen, dort, wo der Sandkasten der Kinder stand.

»Wir haben Zeit, Johanna«, sagte Georg.

Zwei Tage später war er tot.

Die Zeit, sie war ihnen genommen worden. Geklaut von einem hinterhältigen Dieb. Nichts hatte er dagelassen, keine drei Sekunden für ein letztes »Ich liebe dich«. Alles hatte er eingesackt. Von jetzt auf gleich.

Johanna richtete sich auf. Der Bauer trieb noch immer seinen Wasserbüffel an. Die Enten schnatterten nun etwas weiter weg.

Auf dem Tischchen vor dem Sofa stand ein Teller mit Früchten. Johanna griff nach einer Mangostan. Sie schälte die violette Schale ab und brach dann die kleinen weißen Fruchtstückchen heraus. Süß waren sie. Süß und weich. Etwas Saft lief über Johannas Finger Richtung Handgelenk. Sie leckte die Spuren ab. Es hatte Tage gegeben, damals vor der Zeit, die ihre gemeinsame werden sollte, da hatten sich Georg und Johanna von Mangostans ernährt. Ganze Beutel hatten sie für ein paar Rupiahs auf dem Markt gekauft, und sie hatten sich gegenseitig die Finger abgeleckt.

Johanna erhob sich vom Sofa. Ihre Beine fühlten sich steif an. Das ewige Sitzen im Flugzeug machte kurzen Prozess mit den Muskeln, heute mehr als früher.

Langsam ging sie ins Bad. Ein großer Raum, abgeteilt durch eine in der Mitte zu öffnende, mit Schnitzereien versehene Holztür. Drinnen zwei Waschbecken, eine Wanne, eine Dusche unter freiem Himmel. Blätter einer Palme winkten hinein.

Johanna wagte einen Blick in den Spiegel. Eine müde Frau schaute sie an. Blass, mit rot gefärbten Haaren, die am Ansatz Grau zeigten, nicht viel, doch gerade so viel, dass man es sehen konnte, wenn man genauer hinsah. Johanna sah genauer hin. Ich habe nie weggesehen, dachte sie. Und sie merkte im selben Moment, dass irgendetwas nicht stimmte mit diesem Gedanken.

Resolut drehte sie den Wasserhahn auf, hielt ihre von der Mangostan verklebten Hände unter den Strahl und griff nach der auf einem Porzellan-Lotusblatt liegenden Seife. Sie wusch sich auch das Gesicht. Ein Gesicht, auf dem der lange Flug die Falten ein wenig vertieft hatte. Ende fünfzig war sie jetzt. Die Leute sagten ihr, sie sei noch immer eine attraktive Frau. Groß gewachsen, ein paar Kilos mehr als früher, aber nach wie vor schlank, grüngraue Augen.

Georg hatte sie schön genannt; irgendwann hatte er damit aufgehört. Die Komplimente waren verloren gegangen, wie Dinge im Haushalt, von denen man irgendwann nicht mehr sagen konnte, wo sie eigentlich geblieben waren. Sie verschwanden einfach, und niemand wusste, wohin.

Sie sah erneut in den Spiegel. Er zeigte jetzt ein nasses Gesicht, an dem Tropfen die Wangen hinunterliefen. Tropfen wie Tränen.

Johanna nahm eines der weißen Handtücher auf der Ablage und steckte ihre Nase hinein. Es roch nach Waschmittel. Ein Waschmittel mit Rosennoten. Auf Bali mögen sie Dinge, die duften. Überall Blumen und Räucherwerk und Gewürze. Vielleicht, um die anderen Gerüche einzuhegen. Die nach Hühnerkacke und vergorenen Früchten und stinkenden Hunden.

Stets ging es den Balinesen um Balance. Alles galt es auszutarieren. Der uralte Kampf zwischen Gut und Böse, er strebte ihrem Glauben nach schlussendlich nach Ausgewogenheit. Sie hatten hier ihren eigenen Hinduismus geschaffen. Schwarz und Weiß würfelten sich zu einer Art Schachbrettmuster in den Tüchern, mit denen sie ihre Opferstätten und heiligen Bäume umwickelten. Tänzer wanden sich die karierten Stoffe um die Hüften. Böse Dämonen da, gute Geister dort. Schlachten, Siege, Niederlagen, Versöhnung. Seit Jahrhunderten ging es um die gleichen Themen. Die Geschichten aus dem Ramayana kannte auf der Insel jedes Kind. Johanna kannte sie auch, viele davon zumindest.

Wie oft war sie mit Georg hier gewesen? Sie schloss kurz die Augen. Zählte. Kam auf zwölfmal. Vielleicht hatte sie auch ein oder zwei Reisen vergessen. Doch das war jetzt auch egal.

Zurück im Zimmer, stolperte sie fast über ihren Koffer. Er stand neben dem Zugang zu einem begehbaren Kleiderschrank. Das Klebeband der Fluggesellschaft hing noch am Griff. Johanna riss es ab und warf es in den Papierkorb unter dem Schreibtisch. Dann holte sie den kleinen Kofferschlüssel aus ihrer Handtasche und öffnete das Schloss. Sie hatte nur wenig eingepackt. Hauptsächlich Kleider, ein paar weite Röcke und leichte Blusen. Zu Hause trug sie meist Jeans und Pullover. Das brauchte sie hier nicht. Hier war es heiß und die Kleidung am Abend durchgeschwitzt. Doch überall gab es billige Wäschereien, die einem alles am nächsten Tag frisch gebügelt zurückbrachten. Duftend natürlich.

Johanna hängte ihre Sachen in den zu großen Schrank.

Viel Weißes darunter, einiges in Türkis, manches in Hellblau. Sie besaß auch ein schwarzes Sommerkleid, ein sehr schönes mit kleiner Spitze am Ausschnitt, doch das hatte sie daheim gelassen. Selbst auf der Beerdigung hatte sie kein Schwarz getragen. Anders als ihre Kinder. Die taten, was von ihnen erwartet wurde. Was sich gehörte.

»Tessa und Max sind ziemlich brav, jeder auf seine Art«, hatte Georg vor einiger Zeit zu Johanna gesagt. Er hatte nicht unrecht. Die beiden tranken wenig, nahmen nie Drogen, lernten viel für die Uni, gingen früh schlafen und hielten sich an Konventionen. Kleidervorschriften zum Beispiel.

»Findest du unsere Kinder langweilig?«, fragte Johanna damals.

Sein Lachen hörte sie heute noch. Er verstand es, dem Lachen Gefühle beizumischen, die nichts Heiteres hatten. Eine Prise Bitterkeit. Niedrig dosiert, doch wahrnehmbar.

»Sie wagen zu wenig«, sagte er schließlich.

»Haben wir auch zu wenig gewagt?«

Er zuckte mit den Schultern. »Ich weiß es nicht. Wahrscheinlich.«

Es war einer jener Momente, in denen sich ein Graben zwischen ihnen auftat. Sie hatten eine gewisse Übung darin entwickelt, mit solchen Momenten umzugehen. Sie müsse noch Klassenarbeiten korrigieren, sagte Johanna dann zum Beispiel. Oder Georg fragte, ob er die Spülmaschine ausräumen sollte. Alltägliches war ihre Abwehr gegen Unwägbares geworden. Das Ungesagte wurde zum Wesentlichen, das sich auswuchs und den Raum besetzte, in dem sie sich eingerichtet hatten. Damit kamen sie irgendwie klar.

Nur auf Bali, da hatte es keinen Graben zwischen ihnen gegeben. Die Insel hatte aus ihnen jedes Mal verlässlich wieder zwei Liebende gemacht, denen ein paar Delfine vor vielen Jahren das Glück prophezeit hatten. Ab wann war dieses Glück nachlässig mit ihnen umgegangen? Oder war es umgekehrt gewesen, und sie hatten ihr Glück als etwas Selbstverständliches hingenommen, woraufhin es sich rargemacht hatte? So war es nämlich, dieses launenhafte Ding – es wollte Aufmerksamkeit, während Georg und Johanna Windeln wechselten und zu Elternabenden gingen, Kindergeburtstage ausrichteten und den Zoo besuchten, eine Arztpraxis aufbauten und die Schulkarriereleiter emporkletterten. Das sogenannte gute Leben – es gaukelte einem Zufriedenheit vor. Die Farce zeigte sich immer erst später.

Johanna legte ihre Unterwäsche und Bikinis in die Fächer des Kleiderschranks, dazu zwei Sarongs für Tempelbesuche.

An diesem Abend bestellte sie beim Roomservice ein Gemüsegericht und eine Schale Reis. Und ein kühles Bintang, das musste sein. Georg und sie hatten stets ein Bier getrunken, wenn sie angekommen waren.

Ein junger Mann servierte draußen auf der Terrasse. »Noch einen Wunsch, Madam?«

Sie schüttelte den Kopf. »Nein, es ist alles gut so.«

»Soll ich Ihnen gleich das Bett herrichten?«

»Oh ja, vielen Dank.«

Er machte sich im Inneren zu schaffen, breitete das Moskitonetz über dem Doppelbett aus.

»Eine gute Nacht, Madam.« Er verbeugte sich.

Sie lächelte und nickte ihm zu. »Gute Nacht.«

Die Tür schloss er nahezu geräuschlos. Seine Schuhe hatte er draußen abgestellt. Johanna hörte das leise Schlappen der Flipflops sich entfernen.

Sie war allein. Die Dunkelheit kam schnell. Binnen einer knappen halben Stunde legte sie sich wie ein schwerer schwarzer Vorhang über die Reisfelder. So nah am Äquator hielt man sich nicht lange auf mit der Dämmerung.

Es folgte die Zeit der Moskitos und der Frösche. Ihr Surren und Quaken besetzte die laue Luft. Gegen die Mücken hatte der junge Balinese eine Spirale unter den Tisch gestellt und angezündet. Die glomm jetzt leise vor sich hin und hüllte Johannas Füße in Rauchwölkchen. Ein Gecko huschte über die Wand. Seine Zunge fing ein paar Fliegen; das Geräusch, das er von sich gab, war größer, als sein kleiner Körper erwarten ließ. Durchdringend, kehlig, gellend. Die Rufe der Geckos durchschnitten die Nächte hier wie messerscharfe Klingen.

Das Gemüse war gut gewürzt, mit Chilis und Ingwer. Das Bier war leicht und bitter. »So schmeckt Bali«, hätte Georg gesagt.

Johanna hob ihr Glas, als würde sie ihm zuprosten.

»Wieso sind wir nur so lange nicht hier gewesen?«, fragte sie.

Ihr schien, als würde er mit den Schultern zucken, so wie es seine Art gewesen war. »Du hast es ja nicht gewollt«, schien das Schulterzucken zu antworten. Sein »Wir sollten mal wieder hin«, gesagt zwei Tage vor seinem Tod, war zum leeren Vorsatz verkommen. Ein letzter Anlauf, ausgebremst von Größerem.

»Tja«, sagte sie. »Nun bin ich hier. Und wo bist du?«

Doch da war nur der Gecko.

Johanna seufzte und trank den letzten Schluck Bier.

Bevor sie ins Bett ging, loggte sie sich ins Internet ein. Sie hatten den Code hier im Haus nicht geändert; ihr Smartphone war sofort verbunden. Man kennt mich, dachte sie, und irgendwie beruhigte sie dieser Gedanke.

Sie tippte eine kurze SMS an Tessa und Max. *»Ich bin gut angekommen, meine zwei Lieben. Macht euch keine Sorgen um mich. Mir geht es gut.«* Besser als zu Hause, dachte sie, doch das schrieb sie nicht. Sie setzte ein *»Kuss, Mami«* darunter. Per SMS verteilte sie mehr Küsse als im wirklichen Leben.

Das erste Mal seit Wochen schlief Johanna in dieser Nacht tief und traumlos.

***

Als sie aufwachte, schien die Sonne durch die hölzernen Jalousien und malte Schattenmuster auf den Parkettboden. Es war acht Uhr morgens.

Johanna griff nach ihrem Handy. Zwei Nachrichten. Eine von Tessa und eine von Max. Die Tochter zweifelnd, der Sohn nachsichtig. Vorwurf und Sorge versteckten sich zwischen den Worten. Die beiden ließen nicht offen heraus, was sie wirklich dachten und fühlten. Vermutlich stritten sie wegen ihrer sonst so vernünftigen Mutter, die plötzlich übergeschnappt schien. Was suchte eine Frau, die gerade erst ihren Mann verloren hatte, am anderen Ende der Welt?

»Mama umreißt nicht, auf was sie sich da eingelassen hat«, würde Tessa sagen. »Das Ganze ist doch völlig verrückt.«

»Sie hat wohl ihre Gründe«, würde Max dagegenhalten. »Vielleicht braucht sie einfach ein bisschen Abstand von allem.«

So oder so würden die zwei nicht weiterkommen. Johanna hatte sich niemals in die Seele sehen lassen. Allenfalls Georg hatte ab und an einen Blick hineinwerfen dürfen, früher mehr als in den letzten Jahren. Tessa und Max aber sollten ihr eigenes Leben leben, unbelastet von den Untiefen, in die ihre Mutter gelegentlich geriet. So hatte es Johanna stets gehalten. Sie war für die beiden da, wenn sie sie brauchten. Wollte ihnen eine gute Mutter sein. Und eine gute Mutter klagte nicht, zumindest nicht vor ihren Kindern. Nur jetzt, nach dem Tod von Georg, hatten die zwei ihre Tränen gesehen. Johanna gestand sich ein, dass es gutgetan hatte, die Trauer zu teilen.

Nun allerdings blieb Tessa und Max nichts übrig, als den Tag herbeizusehnen, an dem ihre Mutter wieder aus dem Flugzeug steigen würde. Unversehrt.

Mute ich ihnen zu viel zu?, fragte sich Johanna, während sie sich im Bett aufsetzte.

Sie schüttelte den Kopf, als müsste sie sich selbst vom Gegenteil überzeugen. Nein, das hier war eine Sache zwischen ihr und Georg. Sie musste dem nachspüren, was sie verbunden und getrennt hatte. Sie wollte sich all die gemeinsamen Jahre in Erinnerung rufen, die Mosaiksteinchen ihrer Geschichte zusammenlegen, damit irgendwann das große Bild sichtbar würde. Zu vieles hatte sie, hatten sie im täglichen Einerlei weggelebt. Georgs Infarkt war letztlich die grausame Quittung dafür, dass sie, Johanna, nicht wahrgenommen hatte, dass da etwas die Zugänge zu seinem Herzen verengt hatte. Sie konnte sich nicht einfach freisprechen und ausschließlich trauernde Witwe sein. Es ging um Schuld. Auch um ihre Schuld. Ein großes Wort, aber der Tod war schließlich auch eine große Sache.

»Ich muss mich und euren Vater verstehen«, sagte sie jetzt zu ihren Kindern, die sie nicht hören konnten. Sie sagte es laut.

Dann warf sie das dünne Bettlaken zurück, holte ihren Bikini aus dem Schrank und schlüpfte hinein.

Als sie die Tür nach draußen öffnete, spürte sie bereits die sich anbahnende Hitze des neuen Tages. Barfuß lief sie die Treppen hinunter zum Pool. Auf eine der beiden Liegen hatte jemand vom Personal bereits eine Auflage und ein Badetuch gelegt. Obendrauf lag eine Hibiskusblüte. Rot auf Weiß. Ein Stapel mit weiteren Handtüchern befand sich auf einem kleinen Holztisch, ein Korb für gebrauchte Tücher stand daneben. Alles hatte seine Ordnung, und Johanna brauchte Ordnung. Jetzt mehr denn je.

Das Wasser war nur unwesentlich kühler als die Luft. Johanna schwamm mehrere Runden, so lange, bis sie außer Atem war. Sie hielt sich am Beckenrand fest. Georg war der bessere Schwimmer von ihnen gewesen. Früher hatten sie oft Wetten abgeschlossen, wer länger durchhalten würde. Er hatte stets gewonnen, und dann hatte er gelacht, und ihr Ehrgeiz hatte sich geschlagen gegeben.

Es war sein Lachen gewesen, in das sie sich verliebt hatte. Auf der Fähre, von Java nach Bali. Sie saßen an Deck, zwischen ihren Rucksäcken, und eine Frau spielte mit ihren zwei Kindern. Die beiden tobten herum; irgendwann machte das Mädchen einen Handstand. Die Kleine hielt trotz des Seegangs die Balance, ihr Bruder klatschte Beifall. Georg lachte. Johanna sah ihn an, und alles nahm seinen Lauf. Sie nannten einander ihre Namen und erzählten, von woher sie kamen und wie lange sie schon unterwegs waren. Was man eben so redete, wenn man auf Reisen war.

Als sie auf Bali an Land gingen, suchten sie sich zusammen ein Bemo, so nannte man die kleinen Sammelbusse, die überall auf der Insel unterwegs waren und Leute auflasen, die an der Straße standen und mit der Hand nach unten zeigten. Das Zeichen, dass man mitwollte. Klapprige Pritschenwagen waren die Bemos, mit zwei gegenüberliegenden Bänken hinten und Unmengen an Ladung auf dem Dach. Papayas, Auberginen, Okras, Zwiebeln, Matratzen, Buddhafiguren, Hühner, sogar Ferkel wurden so transportiert. Georg und Johanna überließen ihr Gepäck dem Fahrer, der die Rucksäcke mit ein paar geübten Griffen oben verstaute. Kurz darauf saßen sie eingepfercht zwischen lächelnden Menschen auf klebrigen Bänken. Georg lachte, und Johanna lachte auch. Es war staubig und heiß und eng, und es war gut, wie es war. Ein paar Kilometer fuhren sie, immer an der Küste entlang. Irgendwann ließ der Fahrer sie an einem Strand heraus. »Good for travellers here«, sagte er und zeigte auf ein paar Bambushütten.

Sie nahmen sich zwei Hütten, die nebeneinanderlagen. Die Unterkunft war billig, den Blick aufs Meer gab's gratis. Sie blieben zehn Tage. Die Delfine zeigten sich ihnen an ihrem siebten Morgen; da war das mit dem Glück zwischen ihnen eigentlich schon beschlossene Sache. Die Tümmler besiegelten das Ganze lediglich mit ihrem guten Omen.

Johanna hielt sich an dem kleinen Geländer fest, als sie jetzt aus dem Pool stieg. Sie warf sich das Badetuch um die Schultern und setzte sich auf die Liege.

Was für eine Frau war sie damals gewesen? Eine Studentin mit Rucksack. Zwanzig Jahre, rote Haare, Sommersprossen. Unbeschwert, unerschrocken, unverstellt. Ein Freigeist auf ihre Art. Eine, die sagte, was sie dachte. So echt sei sie, hatte Georg gemeint, als sie an ihrem ersten Abend ihr erstes Bintang zusammen tranken.

Dieses Echt-Sein, das er an ihr mochte, es hatte sich wohl an den Jahren abgescheuert. Johanna begann, Kompromisse zu machen. Wegen der Karriere. Wegen der Kinder. Wegen des Kleinkrams. So geht Leben, sagte sie sich. Dem leisen Zweifel in sich hörte sie nicht zu, bis er irgendwann verstummte. Und Georg? Er war kein Mann gewesen, der solche Dinge zur Sprache brachte. Freundlich blieb er und ausgeglichen, vermeintlich zumindest. Ein guter Ehemann. Ein guter Vater. Ein guter Mensch.

Verdammt, so kam sie nicht weiter. Sie musste tiefer graben, durfte sich nicht mit allzu Augenfälligem abfinden. Johanna warf das Badetuch in den Korb und stand auf.

Auch das Frühstück ließ sie sich auf der Terrasse servieren. Die Vorstellung von Urlaubern an Nebentischen ertrug sie nicht. Sie wollte allein sein.

Es gab einen großen Teller mit Früchten, Joghurt, Toast, Croissants, Butter, Marmelade, Eier nach Wahl – scrambled, boiled oder fried. Wer wollte, bekam Schinken, Speck, Pfannkuchen oder Waffeln mit Ahornsirup. Der Tourismus hatte seine Kerben hinterlassen. Deutsche, Amerikaner, Australier, Franzosen bekamen hier und heute, was sie von zu Hause gewohnt waren. Früher hatte es morgens schwarzen Reis gegeben, den die Balinesen einen ganzen Tag lang mit Kokosmilch und Pandan-Blättern einkochten. Dazu Ananas, Papaya, Bananen und Limetten. Schwarzen Reis suchte man in den meisten Hotels und Guesthouses inzwischen vergebens. Die einheimischen Angestellten freuten sich, wenn man sie darauf ansprach, lachten und strichen sich über den Bauch, aber sie schüttelten auch bedauernd den Kopf. Urlauber kannten den süßen schwarzen Brei nicht, und was sie nicht kannten, aßen sie nicht. Die meisten jedenfalls. So einfach war das.

Ich werde Putu bitten, mir schwarzen Reis zu machen, dachte Johanna. Putu war Utes Köchin, und über die Jahre war diese Balinesin Georg und Johanna ans Herz gewachsen. Viele Essen hatte sie ihnen gekocht, und oft hatte Georg in ihrer kleinen Außenküche gestanden und beim Schneiden und Rühren geholfen. Putu hatte sich amüsiert, denn eigentlich fand sie, dass Kochen Frauensache war, aber sie ließ ihn gewähren.

Georg hatte immer lieber und besser gekocht als Johanna. Ihm war wichtig gewesen, was ihr zunehmend nur notwendig erschienen war. In Putus Garten durfte er auch Kräuter und Gemüse ernten und sich wünschen, was er dann essen wollte.

Ja, bei Ute hatten Johanna und Georg immer eine gute Zeit gehabt.

Johanna griff nach ihrem Handy und gab die Nummer der Freundin ein. »Ich bin angekommen«, schrieb sie. »Bleibe noch ein paar Tage in Ubud und lasse mich dann zu dir fahren. Alles Liebe.«

Binnen einer Minute kam die Antwort. »Gib einfach Bescheid. Ich bin ja da. Freu mich. Deine Ute.«

Es war ein beruhigendes Gefühl, dass jemand da war. Eine Frau, der Johanna vertraute. Mit der sie reden konnte – über alles, was geschehen war, und darüber, weswegen sie hergekommen war. Sie allein. Ohne Georg.

Sie goss sich den letzten Schluck Kaffee ein. Mit dem Becher in der Hand stand sie auf und sah über die Reisfelder, die in kleinen Terrassen angelegt waren. Die Sonne ließ sie hellgrün leuchten. Dort, wo die jungen Pflanzen gerade erst aus dem schlammigen Boden herausguckten, tupften sie zartgrüne Sprengsel in den Schlick. Ein paar bunte Bänder, befestigt an langen Stangen, wehten im Wind. Balinesische Vogelscheuchen. Dessen ungeachtet gingen die Enten auf den Feldern ihrer Wege. Sie gehörten hier ins Bild.

Die großen Reisterrassen Balis gab es weiter im Landesinneren. Ich werde mich da vorbeifahren lassen, dachte Johanna. Auf dem Weg Richtung Norden. Es gab nichts Schöneres, als kurz nach Sonnenaufgang dort in einem der kleinen Cafés zu frühstücken. Auch das war Erinnerungsland. Sie würde sie aufsammeln, die Fragmente ihrer Vergangenheit mit Georg.

Johanna duschte ausgiebig. Danach zog sie sich eines der weißen Kleider an, schlüpfte in ihre alten braunen Sandalen, die sie schon seit vielen Jahren auf jede Reise mitnahm, und griff nach ihrer Handtasche. Den Schlüssel gab sie an der Rezeption ab.

Sie kannte den Weg ins Zentrum von Ubud. Eine kleine Dorfstraße hinab, an der einige Läden und Galerien ihre Sachen zum Verkauf anboten, danach durch den Monkey Forest. Johanna mochte die Affen nicht, die einen dort auf Schritt und Tritt verfolgten. Sie lauerten auf den Wegen und im Gebüsch, stets auf dem Sprung, um etwas Essbares zu ergaunern. Wenn man nicht aufpasste, klauten sie einem sogar die Tasche. Man solle seine Sachen gut festhalten, stand denn auch auf den Warntafeln am Eingang des Waldes.

Johanna beschleunigte ihren Schritt. Die Affen sahen sie herausfordernd an. Manche dieser Biester fletschten sogar die Zähne. Einmal hatten Johanna und Georg erlebt, wie sie eine Frau attackierten, die eine Tüte Erdnüsse in der Hand hielt. »Sind Sie wahnsinnig? Werfen Sie die Tüte weg«, hatte Georg gerufen und war mit einem Stock auf die Frau und die

Affen losgerannt. Die Nüsse landeten am Wegesrand, die Affen stürzten sich darauf. Anschließend lud Georg die völlig verschreckte Frau auf ein Bier ein. So war er. Er half den Menschen. Ein Kümmerer, in jeder Beziehung.

Aus der schattigen Kühle des Affenwalds trat Johanna hinaus in die Hitze und den Lärm zweier Hauptstraßen. Die Hanoman und die Monkey Forest Road, die den Ortskern ringförmig umschlossen, vereinten sich hier. Ein stilles Dorf in den Reisfeldern war Ubud einmal gewesen. Ein Ort, an dem sich Künstler aus aller Welt getroffen hatten. Damals hatte es hier ein paar Cafés und Wechselstuben und Guesthouses gegeben, für Rucksacktouristen wie Johanna und Georg. Selbst an der Main Road war es gemächlich zugegangen. Nachts irrte man mit Taschenlampe durchs Dunkel; elektrische Straßenbeleuchtung gab es zu der Zeit nur in der Inselhauptstadt, und die war eine gute Fahrstunde entfernt.

Johanna wich den Touristen aus, die ihr mit Einkaufstüten beladen entgegenkamen. In den zahllosen Boutiquen wurden Räucherstäbchen, Körperöle, Batikhemden, Modeschmuck, Ganesha- und Shiva-Figuren, Mangomarmelade, bunte Flipflops und billige Kunstdrucke angeboten. Die Traveller von einst hatten ihre Vorlieben gehabt; nun räumten die Pauschaltouristen den Laden aus. Von den großen All-inclusive-Hotels im Süden der Insel wurden sie zum Shopping nach Ubud gekarrt. Zwei, drei Stunden reichten, um sich die Taschen mit Ramsch zu füllen. Der früher so schöne Ort war dem Ausverkauf rettungslos preisgegeben.

Johanna passte auf, wohin sie trat, denn am Zustand der Bürgersteige in Ubud hatte sich in über zwanzig Jahren nichts verändert. Tiefe Löcher taten sich auf. Fallgruben. Ute wusste von zahlreichen Menschen zu berichten, die mit gebrochenem Fuß im Krankenhaus gelandet waren. Wahrscheinlich waren es im Laufe der Zeit sogar mehr geworden, da heute jeder ständig in sein Smartphone sah. Die Opfergaben, die frühmorgens auf die Gehwege gelegt wurden, kleine, mit buntem Reis und Blüten verzierte Körbchen, wurden von Trekkingsandalen und Turnschuhen achtlos zertreten. Junge Männer versuchten, die Urlauber mit lauten Rufen in die diversen Restaurants zu locken oder ihnen Ausflüge zu den nahe gelegenen Sehenswürdigkeiten zu verkaufen. Tempel, Höhlen, Reisterrassen. Selbst Verbrennungszeremonien, mit denen man hier seine Toten in die Freiheit der Unendlichkeit verabschiedete, wurden marktschreierisch angeboten. Cremation, tomorrow morning, please come and see!

Verstört beschleunigte Johanna ihren Schritt. Später, dachte sie. Später würde sie sich die Erinnerung zurückholen. Die Erinnerung daran, wie sie und Georg mit Einheimischen einen Tag lang eine Verbrennung gefeiert hatten. Oben im Norden Balis. Dort, wo Ute ihr Haus hatte. Doch jetzt und hier waren nicht die Zeit und der Ort für solche Gedanken.

Auf der Main Road wurde es vollends chaotisch. Auto an Auto, Bus an Bus, Motorrad an Motorrad kroch der Verkehr die Straße entlang. Eine Straße, die dafür nicht gemacht war. Minivans spuckten Urlauber aus, die orientierungslos durch Hitze und Staub und Abgase stolperten. Neben dem Ubud Palace, einem einst stillen magischen Ort, umgeben von Seerosen- und Lotus-Teichen, hatte inzwischen ein Starbuck's Coffee Shop eröffnet. Das alte Lotus Café war noch da, doch wo man früher in absoluter Ruhe auf Polstern am Boden seinen Jasmintee getrunken und den Zauber der rosa und weißen Blüten auf dem Wasser auf sich hatte wirken lassen, wurden nun von überforderten Kellnern Smoothies serviert. Man musste gleich zahlen; wahrscheinlich hatten einfach zu viele Leute die Zeche geprellt.

Was tue ich hier? Die Frage setzte sich Johanna ins Genick. Ihr brach der Schweiß aus. Unsanft stieß sie eine Frau zur Seite, die ihr eine Massage aufdrängen wollte. Sie hatte genug. Genug von alldem. In dem, was aus diesem Ort geworden war, führte ihre Spurensuche ins Nirgendwo. Da fand sich nichts mehr, das von damals erzählte. Einzig die Straßennamen waren die alten. Und ein paar Gebäude und Gemäuer, die untergingen im Meer des Kommerzes.

Die letzten Male waren Johanna und Georg jenseits des Affenwaldes geblieben.

»Unser Ubud ist verschwunden«, hatte Georg gesagt, als er eines Morgens vom Geldwechseln zurückgekommen war. »Wir haben dort nichts mehr verloren.«

Wann war das gewesen? Vor sieben oder acht Jahren? Georg sah genau hin, ließ sich nicht beirren, zog seine Konsequenzen. Er konnte unerbittlich sein. Ein Meister des Schlussstriches. In solchen Momenten wusste Johanna, dass Widerrede zwecklos war. Der Monkey Forest wurde fortan ihre Demarkationslinie. Stets verbrachten sie einige Tage in Wayans Hotel und unternahmen von dort aus kleine Ausflüge in die Umgebung. Manchmal mieteten sie sich ein Fahrrad. So sehe man mehr, fand Georg. Sie mussten nicht weit fahren, ein paar Wege abseits der Hauptstraßen, und schon spürten sie ihn wieder, den Herzschlag der Insel, die sie beide liebten.

Heute hatte Johanna ihre Übereinkunft gebrochen. Hatte die Demarkationslinie, die Georg gezogen hatte, überschritten. Hatte die Seite gewechselt, und nun stand sie hier. Allein in einer ihr fremden Welt, in der geschubst und gedrängelt und gehupt wurde.

Sie fühlte sich auf einmal so einsam, dass sie am liebsten in Tränen ausgebrochen wäre. Bloß nicht weinen vor all den Leuten, dachte sie – aber es hätte sowieso niemand bemerkt. Dies war eine Menge, in der man untergehen konnte.

Georg war nicht mehr an ihrer Seite, der sie hätte halten können. Ja, doch, das hatte er getan. Sie gehalten. Sie, die immer stark und selbstbewusst gewirkt hatte. Ein bisschen streng sei sie manchmal, hatte einer ihrer Freunde auf der silbernen Hochzeit gesagt. Eine im Scherz hingeworfene Bemerkung. Doch Johanna hatte die Wahrheit darin erkannt. Möglicherweise waren Lehrerinnen so. Oder sie wurden so. Vielleicht hätte ich doch Journalistin werden sollen, hatte sie gedacht. Sie hätte ihrer angeborenen Neugier folgen dürfen, statt sich ins Korsett von Stundenplänen einzwängen zu lassen. Aber Kinderarzt und Lehrerin – das schien einfach gut zu passen. Und dann geschah etwas, mit dem die junge idealistische Referendarin nicht gerechnet hatte. Georg liebte seine Patienten, die ihm als Dankeschön bunte Bildchen malten. Kinder, die irgendwann als Johannas Schüler freche und aufsässige Teenager wurden.

»Du hast ja keine Ahnung«, hatte sie mehr als einmal zu Georg gesagt, wenn sie abgekämpft von der Schule nach Hause gekommen war.

»Es ist immer noch Zeit, etwas anderes im Leben zu tun«, hatte er geantwortet.

Sie war unwirsch geworden. Böse geradezu. Dabei hatte er sie eben nur halten und sanft in anderes Fahrwasser dirigieren wollen. Das begriff sie plötzlich, mitten in diesem ohrenbetäubenden Lärm einer staubigen Straße am anderen Ende der Welt. Sie fühlte sich wie ein Kind, dem man ohne Vorankündigung die Luft aus seinem Schwimmreifen gelassen hatte, damit es lernte, allein zu schwimmen. Sie fühlte sich verlassen.

Ein Motorrad fuhr eng an ihr vorbei. So eng, dass Johanna zur Seite sprang und ihre Tasche enger an sich drückte. Die beiden Jungen auf dem Motorrad lachten und warfen ihr Luftküsse zu, dann steuerten sie in Schlangenlinien geschickt durch die im Stau stehenden Autos. Johanna sah ihnen nach. So sind sie, dachte sie. Hier wie dort.

An einem der zahllosen Geldautomaten reihte sie sich in eine davorstehende Schlange von Touristen ein. Als sie an der Reihe war, trat sie in das kleine Glashäuschen ein. Die Klimaanlage drinnen lief auf Hochtouren. Die Kühle tat gut. Johanna zögerte das Geldabheben hinaus, bis ein älterer Mann draußen ungeduldig an die Scheibe klopfte. Sie ließ sich nicht beirren, sondern holte übertrieben langsam die Rupiah-Scheine aus dem Ausgabefach. Millionen über Millionen.

»Wo wird man am schnellsten zum Millionär? In Indonesien!« Sie musste lächeln, als sie an Georgs Standardsatz dachte. Lächelnd trat sie hinaus ins Freie. Das Kopfschütteln des Mannes hinter ihr begleitete sie.

Sie nahm den Weg durch die Hanoman Road zurück zum Affenwald. In einem der Cafés, von dem aus man einen Blick auf ein paar rudimentäre Reisfelder hatte, bestellte sie sich einen Mojito. Sie brauchte jetzt etwas Stärkeres. Rum, Limetten, Palmzucker, viel Eis. Sie trank schnell, und sie bezahlte schnell. Als Wechselgeld erhielt sie eine Handvoll schmutzige Hundert-Rupiah-Scheine, weich wie fadenscheinige Putzlumpen. Johanna stopfte das Geld in ihr Portemonnaie, das wieder so dick wurde wie auf jeder Bali-Reise.

Draußen schaute sie zum Himmel. Dunkelgraue Wolken zogen auf. Es sah aus, als würde es bald regnen. Und zwar nicht nur ein bisschen. Johanna kannte die Güsse, die binnen Sekunden Wassermassen auf einen herabprasseln ließen. Kurz darauf kam die Sonne dann wieder hervor und tat, als ob nichts geschehen sei. Manchmal verzogen sich die Wolken auch, ohne sich zu entleeren. Ein Himmelsspiel, bei dem man nie wusste, wie es ausging.

Johanna kaufte sich in einem der Läden einen Regenschirm. Zur Sicherheit. Es regnete nicht, aber sie konnte sich mit ihrem Schirm zumindest die Affen vom Leib halten.

Als sie im Hotel ankam, wurde sie mit einem strahlenden Lachen empfangen. Wayan trat hinter der Rezeption hervor und brachte seine Handflächen vor der Brust zusammen.

»Willkommen in meinem Haus, Johanna! Es ist so schön, dich wiederzusehen.«

Sie grüßte ihn mit der gleichen Geste. »Ich freue mich auch, hier zu sein, Wayan. Wie geht es dir und Illuh und Gede?«

»Danke, wieder gut.«

Sie zog die Stirn in Falten. »Wieso wieder?«

»Illuh war im Krankenhaus in Denpasar. Man hat ihren Bauch operiert, aber seit fünf Wochen ist sie zurück zu Hause. Sie sagen, es ist alles in Ordnung jetzt.«

»Gott sei Dank, Wayan. Und der Kleine?«

Er lachte. Seine weißen Zähne leuchteten in dem dunkelhäutigen Gesicht. »Er ist gar nicht mehr so klein. Er ist jetzt schon ein großer Junge.«

Johanna rechnete zurück. »Fünfzehn Jahre?« Sie sah wieder den zweimonatigen Säugling vor sich, für den damals das Fest veranstaltet worden war. Das Fest, das Gede auf dieser Welt willkommen hieß. Zum ersten Mal ließ man die Füße des Babys an diesem Tag den Boden berühren – jener symbolische Akt, der zeigen sollte, dass der Junge auf der Erde angekommen war.

Wayan nickte. »Wir haben ihn auf die bessere Schule geschickt. Er soll mal studieren, auf der Universität in Denpasar. Er ist sehr fleißig und hilft uns viel, im Haus und auch sonst. Ich hoffe, dass ich ihm später einmal dieses Hotel übergeben kann.«

»Es ist wirklich sehr schön, dein Hotel.«

»Oh, vielen Dank. Ich habe weiter hinten etwas Land dazu bekommen. Dort werde ich vier neue Bungalows bauen können.«

Sie lächelte. »Ich erinnere mich noch an das kleine Guesthouse.«

Er lächelte auch. »Das ist lange her. Du und Georg, ihr gehörtet damals zu meinen ersten Gästen.«

»Wir haben jeden Morgen schwarzen Reis gegessen und waren tagsüber in der Gegend unterwegs. Du hast uns viel über die Insel erzählt. Und über Ubud. Ich war eben dort.«

»Und?«

»Es hat sich sehr verändert.«

Er nickte. »Zu viele Menschen. Und zu viele Autos.«

»Ich mochte es früher lieber.«

»Das hat Georg auch immer gesagt. Wie geht es ihm? Warum ist er nicht mitgekommen?«

Johannas Gesicht wurde ernst. »Ich muss dir etwas sagen, Wayan.«

»Ja?«

»Georg ist tot. Er ist letzten Monat gestorben.«

Wayan hielt sich die Hand vor den Mund. Seine Augen wirkten nun noch größer und noch dunkler; sie sahen Johanna entsetzt an. In das Entsetzen mischte sich Mitgefühl. Es schien über die Ufer zu treten, dieses Mitgefühl, wie ein Fluss angesichts einer plötzlichen Regenflut. Wayan weinte.

Er bedeutete Johanna, ihm zu folgen, in einen kleinen Raum hinter der Rezeption. Es war heiß dort. Ein Tischventilator quirlte die Luft durch, ohne sie abzukühlen. Wayan zeigte auf einen alten Rattan-Sessel, der dort stand. Er selbst setzte sich auf einen Hocker Johanna gegenüber, ergriff einen Zipfel seines dunkelblauen Sarongs und wischte sich damit die Tränen fort.

»Was ist geschehen?«, fragte er mit leiser Stimme.

»Es war das Herz. Er hatte einen Infarkt. Es kam ganz unerwartet, und es ging ganz schnell.«

»Warst du bei ihm, als es passierte?«

Sie schüttelte den Kopf. »Nein. Er ist am Morgen nach dem Frühstück zur Arbeit gegangen. Er wirkte wie immer. Bis heute Abend, hat er noch gesagt. Seine Mitarbeiterin hat mich dann angerufen, ungefähr eine Stunde später.«

»Es tut mir so leid, Johanna. Georgs Seele …«

Sie verzog ihren Mund zu der Andeutung eines Lächelns, wusste sie doch, wie wichtig den Balinesen die Seele ihrer Verstorbenen war.

»Ich denke, seine Seele ist an einem Ort, an dem sie Frieden findet«, sagte sie schließlich.

Wayan senkte den Kopf. »Ihr legt eure Toten in die Erde, nicht wahr?«

Sie nickte. »Die meisten, ja.«

Sie wusste, dass ihn das beunruhigte. Solange ein verstorbener Verwandter hier nicht ins Feuer kam und seine Asche dem Meer übergeben wurde, konnte er nicht wiedergeboren werden. Das unterbrach den ewigen Kreislauf. Stiftete Verwirrung unter den Geistern, den guten und den bösen. Ließ im Ungleichgewicht, was nach Balance verlangte. Deshalb sparten Familien oft jahrelang auf eine Verbrennung. Das kostete ein Vermögen, und bei vielen gingen sämtliche Ersparnisse dabei drauf, aber die Erleichterung dann beim Lodern der Flammen war riesig. Und die Freude. Ja, eine Trauerfeier war hier ein Freudenfest.

»Hattet ihr eine schöne Feier?«, fragte Wayan, als würde er ihre Gedanken lesen können.

Sie nickte. Ihr Nicken war eine Lüge, aber die Wahrheit wollte sie diesem mitfühlenden, liebevollen Mann nicht antun. Er hätte nicht verstanden, warum lauter schwarz gekleidete ernste Menschen einen Holzkasten in der Erde versenkten und niemand Freude empfand. Balinesen weinten auch um ihre Angehörigen, wie Wayan eben um Georg geweint hatte, aber dann entließen sie ihre Lieben in die Freiheit, aus der sie einst gekommen waren. Dass manchmal Monate, sogar Jahre zwischen dem Tod und der Verbrennung lagen, machte die Sache leichter.

»Georg war im letzten Sommer noch bei uns im Hotel«, sagte Wayan schließlich.

»Ich weiß. Ich hätte mitkommen sollen, doch …« Sie zögerte, bevor sie weitersprach. »… ich habe irgendwelche Dinge vorgeschoben. Das war nicht gut von mir.«

»Aber er war ja nicht allein.«

Sie setzte sich aufrechter hin. Das tat sie immer, wenn sie das Gefühl hatte, dass etwas nicht stimmte. Und hier stimmte etwas nicht.

»Nicht allein? Was heißt das?«, fragte sie leise.

»Er hatte doch seine Schwester dabei.«

Johanna spürte, wie ihr in diesem heißen Raum ein eiskalter Schauer über den Rücken lief.

»Georg hat keine Schwester.« Der Satz war schneller draußen, als sie beabsichtigt hatte. Er ließ sich nicht mehr zurückholen.

Wayan sah sie betroffen an.

»Nein, nein«, bekräftigte sie. »Georg hat nur einen Bruder, und der lebt in Kanada.«

»Aber sie ist hier«, entgegnete Wayan.

»Wer ist hier?«

»Seine Schwester. Sie ist jetzt gerade hier. Sie hat vor zwei Monaten einen Bungalow gebucht, und sie hat mir gesagt, dass …«

»Was hat sie gesagt, Wayan? Ich muss es wissen.«

Er war verwirrt. »Sie hat gesagt, dass ihr Bruder … dass Georg bald nachkommt. Sie scheint nicht zu wissen, dass er tot ist. Aber wenn sie nicht seine Schwester ist …«

Johanna hörte nicht mehr zu. Ihre Gedanken schlugen wie Blitze in ihrem Kopf ein und setzten alles in Brand. Ein Flächenbrand.

Wayan tat etwas, das Balinesen nur höchst selten tun. Er legte seine Hand auf Johannas. Eine zarte warme Hand.

Eine Weile saßen sie einfach so da. Schweigend.

Es war Johanna, die als Erste etwas sagte. »Kannst du sie mir zeigen?«

»Natürlich. Sie sitzt draußen im Restaurant. Was hast du vor?«

»Ich weiß es noch nicht. Aber ich muss wissen, wer sie ist. Und, bitte, Wayan, kein Wort zu ihr. Sie darf nicht erfahren, wer ich bin. Und …« Sie atmete einmal tief durch. »… von Georgs Tod darf sie auch nicht erfahren.«

Er nickte. »Ich verspreche es.«

Sie stand auf. »Ich brauche jetzt etwas Ruhe.«

Er erhob sich ebenfalls und brachte sie hinaus. Draußen begleitete er sie noch ein Stück durch den Garten, bis sie zum Restaurant kamen. Ein nach allen Seiten hin offenes Gebäude, in dem um diese Nachmittagszeit nur ein paar Tische besetzt waren.

Mit einer leichten Kopfbewegung wies Wayan nach rechts.

Johanna sah eine junge schwarzhaarige Frau, die in einem Buch las.

»Ich dank dir, Wayan.«

»Wenn du irgendetwas brauchst … Ich bin für dich da.«

Sie nickte. Sie wusste, dass sie sich auf ihn würde verlassen können. Was sie nicht wusste, war, was sie jetzt tun sollte.

Sie sah Wayan nach, der langsam Richtung Rezeption zurückging. Sein dunkelblauer Sarong umspielte seine schlanken Knöchel. Die Füße steckten in weinroten Flipflops, die sich schnell abstreifen ließen, bevor man einen Raum betrat.

Johanna drehte sich um und schlug die entgegengesetzte Richtung ein.

In ihrem Bungalow war alles geputzt. Der Parkettboden glänzte. Das Bett war frisch bezogen. Im Bad hingen neue Handtücher. Auf der Terrasse war der Teller mit den Früchten aufgefüllt worden, mit noch mehr Mangostans. Es roch nach Blüten, ein Hauch von Jasmin. Jemand hatte die Klimaanlage eingeschaltet.

Dankbar atmete Johanna die kühle Luft ein. Eigentlich

mochte sie keine Air Condition, aber jetzt hätte es nicht kalt genug sein können.

Sie zog sich das verschwitzte Kleid über den Kopf und warf es in einen Korb mit der Aufschrift »Laundry«.

Kurze Zeit später stand sie unter der Dusche und ließ das Wasser über ihren Körper laufen. Das Geräusch hatte etwas Beruhigendes, und darum ging es jetzt. Sie musste sich beruhigen. Sie musste wieder klar denken. Und sie musste handeln. Schnell handeln.

Sie wickelte sich in eines der weißen Badetücher und ging zurück ins kühle Zimmer. Dort ließ sie sich aufs Bett fallen.

Georg war im letzten Spätsommer hier gewesen. Er hatte sie mitnehmen wollen, aber sie wollte lieber zu Hause bleiben. Sie hatten gestritten. Er hatte spontan einen Flug gebucht. Er hatte nur kurze Nachrichten an sie geschickt, und auf ihre hatte er erst nach Tagen geantwortet. Er hatte diese schwarzhaarige junge Frau, die jetzt dort drüben im Restaurant saß, als seine Schwester ausgegeben. Er hatte keine Schwester. Er hatte also gelogen. Er hatte etwas zu verbergen vor Wayan, von dem er wusste, dass der Johanna und ihn seit Jahren kannte.

Das Bild, das vor ihr entstand, war noch blass, fast weiß, wie ein Foto, das im Entwicklerbad erst langsam Konturen annehmen würde. Johanna spürte bereits jetzt, dass das, was sie zu sehen bekäme, etwas Bedrohliches haben würde, aber sie konnte sich dem nicht mehr entziehen. Ihr war, als hätte sie eine Brücke betreten, die sie nun überqueren musste. Der Rückweg war versperrt. Es gab solche Träume, die einem keinen Ausweg mehr ließen und aus denen man schweißgebadet erwachte. Aber dies hier war kein Traum, und es gab auch kein Erwachen.

Johanna erhob sich vom Bett. Das Badetuch ließ sie dort liegen. Sie zog sich ein frisches Kleid an, ein hellblaues Kleid.

Dann bürstete sie ihre Haare durch und trug etwas rosenholzfarbenen Lippenstift auf.

Sie hatte einen Plan gefasst. Genau genommen war es nicht mehr als die vage Idee eines Plans, aber das musste genügen.

Viel Zeit blieb ihr nicht. Sie hoffte, die Frau würde noch im Restaurant sitzen. Alles Weitere würde sich ergeben.

Johanna beschleunigte ihren Schritt, als sie durch den Garten lief.

An dem Bild hatte sich nichts geändert. Die junge Frau las in ihrem Buch, vor sich einen Fruchtsaft. Das Glas war zur Hälfte ausgetrunken. Auf dem Boden lag eine zusammengerollte Yogamatte.

Johanna trat an den Tisch.

***

Die Frau sah auf. Sie hatte tiefbraune Augen. Sie trug ein weites dunkelrotes Kleid und eine breiten Silberreif am Handgelenk. Ihre Haut war leicht sonnengebräunt. Sie wirkte neugierig und freundlich. Es gab Menschen, die einem sofort zugewandt sind. Sie war so ein Mensch. Ihr offener Blick hatte etwas Entwaffnendes.

Die Waffe, die Johanna blieb, war ein Lächeln. Ein aufgesetztes Lächeln, einzig dazu angetan, Kontakt herzustellen. Einen Kontakt, der so reißfest sein müsste, dass er diese ersten Sekunden überdauern würde.

»Wo machen Sie Yoga?« Johanna zeigte auf die Matte.

»Woher wissen Sie, dass ich Deutsch spreche?«

»Ihr Buch. Es trägt einen deutschen Titel.«

Die Frau lachte. Ihr Lachen war umwerfend. Es ließ einen auf der Stelle kapitulieren. »Sehr aufmerksam!«, erwiderte sie. »Ich gehe hier ins Yoga Barn. Das ist ein großes Center, auf der anderen Seite vom Monkey Forest. Kennen Sie es?«

Johanna schüttelte den Kopf. »Über einen Yoga-Volkshochschulkurs bin ich nie hinausgekommen. Ist wohl Bequemlichkeit.« Ehrlich gesagt hatte Johanna jenen Kurs nach nur einer Stunde wieder verlassen. Aber hier ging es nicht um Ehrlichkeit.

»Ich bin auch eher faul«, erwiderte die Frau, »aber auf Bali fällt mir das mit dem Üben leichter. Der Platz dort drüben in Ubud ist einfach herrlich. Mitten in den Reisfeldern Sonnengrüße machen. Es gibt nichts Besseres, um in den Tag zu starten.« Da war er wieder, dieser Blick, der sich mit diesem Lachen zu einem unschlagbaren Gespann verband. »Ach, wollen Sie sich nicht setzen?« Mit einer schnellen Handbewegung griff sie nach ihrer Tasche auf dem Stuhl gegenüber und stellte sie neben sich auf den Boden.

Johanna schwindelte. Es ging schneller als erhofft. So leicht hatte sie sich das nicht vorgestellt. Sie bekam Angst vor dem, was sie hier losgetreten hatte. Unter ihren Achseln sammelte sich Schweiß; er färbte den hellblauen Stoff des Kleides dunkel.

Sie nahm Platz und legte die Unterarme vor sich auf den Tisch, die Hände faltete sie, als wollte sie gleich beginnen zu beten.

Ein Kellner näherte sich, fragte sie, ob er ihr etwas bringen könnte.

Dankbar für die Unterbrechung, nickte sie.

»Die machen hier tolle Fruchtsäfte«, sagte die Frau und zeigte auf ihr Glas. »Ich habe Mango mit Papaya.«

»Das nehme ich auch«, entgegnete Johanna zu dem Mann, der mit Block und Stift in der Hand neben dem Tisch wartete.

Er nickte, schrieb etwas auf und entfernte sich.

»Wir sollten uns erst mal vorstellen.« Dazu wieder das Lachen und diesmal eine ausgestreckte Hand. »Ich bin Chiara.«

Überrumpelt ergriff Johanna die Hand. Chiaras Finger fühlten sich fest und knochig an. Sie konnten zupacken.

»Und ich bin …« Fast hätte sie ihren richtigen Namen genannt und damit ihr Spiel verloren gegeben, bevor es richtig angefangen hatte.

Sicher hatte Georg von seiner Frau gesprochen. Von Johanna. Aus dem Augenwinkel sah sie auf das Buch, in dem Chiara gelesen hatte und das nun mit dem Cover nach oben auf dem Tisch lag. »… Elisabeth. Ich bin Elisabeth.« Der Vorname der Autorin hatte sie gerettet. Sie wurde zu einer anderen Frau. Mit einer anderen Geschichte und einem anderen Leben. Sie durfte keinen Fehler machen. In Chiaras Gegenwart durfte es keine Johanna geben.

»Du kannst nicht lügen«, hatte Georg sie oft aufgezogen, wenn er sie bei kleinen Schwindeleien ertappt hatte. Jetzt musste sie lügen.

»Sind Sie schon öfter auf Bali gewesen?«, fragte sie. Eine harmlose Frage, die hier jeder Taxifahrer stellte.

»Das dritte Mal jetzt. Ich habe auch beruflich auf der Insel zu tun.«

»Was machen Sie?«

»Ich stelle Silberschmuck her und handle damit. Hier haben sie in der Hinsicht eine lange Tradition. Kennen Sie John Hardy?«

Johanna schüttelte den Kopf.

»Der Mann ist großartig. Ein kanadischer Schmuckdesigner, der sich Mitte der Siebzigerjahre auf Bali niedergelassen und seitdem unheimlich viel für das alte Handwerk getan hat. In seinem Zentrum ganz in der Nähe von Ubud lässt er ausgefallenen Schmuck herstellen. Es ist ein herrlicher Ort. Ruhig, voller Schönheit, Poesie und Kreativität. Ich habe dort mal ein Praktikum machen dürfen. John und seine Frau Cynthia sind ökologisch sehr engagierte Menschen; auf der Insel haben sie eine Green School gegründet, die inzwischen Ableger überall auf der Welt hat. Die Gebäude, in denen sie arbeiten und leben, sind architektonische Meisterwerke aus

Bambus. Auch das ein Material mit Tradition. Sie sehen schon, ich gerate ins Schwärmen, wenn ich davon rede.«

»Ihr Armreif ist mir vorhin gleich aufgefallen.«

»Ja, ja, er stammt aus Hardys Kollektion. Gehämmertes Silber. Eines meiner Lieblingsstücke.« Chiara hielt ihren Arm hoch und bewegte ihr zierliches, knochiges Handgelenk. Am Ringfinger steckte ein schmaler Ring. Er sah billig aus im Vergleich zu dem kunstvoll gearbeiteten Silberreif.

»Inzwischen verkaufen sie seinen Schmuck sogar auf dem Flughafen in Denpasar und in den Luxus-Resorts im Süden«, fuhr Chiara fort. »Die reichen Amerikaner und Chinesen sind ganz verrückt danach. Aber John macht unbeirrt sein Ding. Ihm liegt daran, der Insel, die er so liebt, etwas zurückzugeben. Den Leuten zu zeigen, aus welcher Kraft und welchen Reserven sie schöpfen können. Und dass es darum geht, Dinge zu bewahren, statt sie zu zerstören.«

Meine Güte, diese Frau hielt ja ganze Referate!

Johannas Gesichtsausdruck ließ Chiara innehalten. »Es tut mir leid. Ich texte Sie hier zu …«

»Nein, nein«, wehrte Johanna ab. »Ich mag es, wenn Menschen leidenschaftlich sind und für eine Sache brennen.« Das stimmte nicht ganz. Vielleicht hatte es mal gestimmt, vor vielen Jahren, aber inzwischen sah sie vieles nüchterner. Enthusiasten empfand sie heute eher als Fantasten. Trotzdem hatte Chiara im Kern nicht unrecht mit dem, was sie sagte. Dieser Kern war Johanna verloren gegangen; zusammengeschmolzen war er, bis kaum noch etwas von ihm übrig blieb. Die Kernschmelze der Überzeugungen – war das der Preis des Älterwerdens?

»Ich war vorhin in Ubud«, beeilte sie sich zu sagen. »Den Ort haben sie jedenfalls gründlich zerstört.«

Chiara sah sie neugierig an. »Kennen Sie Ubud von früher?«

Das durfte Johanna zugeben. Damit verriet sie nichts. »Ich

bin vor fast vierzig Jahren zum ersten Mal hier gewesen«, erzählte sie. »Damals war der große International Airport in der Hauptstadt noch so ein kleiner Dritte-Welt-Flugplatz. Es gab keine Staus auf den Straßen, und Ubud war ein verschlafenes Nest in den Reisfeldern.«

»John hat auch davon erzählt. Es muss magisch gewesen sein.«

Johanna nickte. »Das war es, ja.«

Es war mehr als das. Es war ihre Insel. Die Insel von Georg und Johanna. Diese Chiara eignete sich etwas an, das ihr nicht gehörte. Wie alt mochte sie sein? Mitte dreißig vielleicht? Ihre Jugend griff nach einer Vergangenheit, die nicht ihre war.

»Woher kommen Sie?«, wechselte Johanna das Thema.

»Aus Sizilien.«

»Sind Sie Italienerin?«

»Eine halbe. Mein Vater ist Sizilianer, meine Mutter kam aus Deutschland.«

»Kam?«

»Sie ist bei einem Verkehrsunfall gestorben.«

»Das tut mir leid.«

»Ist lange her. Papa kommt inzwischen einigermaßen damit klar. Er hat ein kleines Lokal, nicht weit von meinem Laden. Das hält ihn vom Nachdenken ab. Ein Wirt, mit Leib und Seele. Einer, der um Mitternacht Lokalrunden ausgibt. Die Gäste sind sein Leben. Na ja, und ich natürlich. Seine einzige Tochter.« Jetzt lachte sie wieder.

»Wo auf Sizilien leben Sie?«

»In Tràpani. Kennen Sie's?«

»Nein.«

»Ein schöner und hässlicher Ort zugleich. Zauberhafte Altstadt am Hafen, abgeschirmt von trostlosen Vororten. Wenn man nach Tràpani reinfährt, möchte man am liebsten gleich wieder umkehren. Nur der, der durchhält, wird belohnt. Meine Wohnung liegt dort, wo es nicht mehr weitergeht. Die Straße ist eine Sackgasse. Danach kommt nur noch das Meer. Ich sage immer, ich lebe am Ende der Welt. Und Sie? Wo leben Sie?«

»In Hamburg.« Johanna merkte, wie einsilbig sie wirkte im Gegensatz zu dieser munter drauflosplappernden Frau. »Ich arbeite dort als Anwältin in einer Kanzlei«, fügte sie daher hinzu. Als Lehrerin wollte sie sich nicht ausgeben. Sie sollten so klein wie möglich bleiben, die Schnittmengen mit der Realität.

»Welches Fachgebiet?«

»Scheidungsrecht.«

»Sind Sie verheiratet?«

»Geschieden.«

Beide lachten. Ein Treffer für Johanna.

»Haben Sie Kinder?«

Johanna schüttelte den Kopf. Tessa und Max hielt sie besser raus aus dem Lügengebilde, das sie gerade vorsichtig aufbaute. Das war auf jeden Fall unverfänglicher.

Der Kellner kam an den Tisch und stellte den Fruchtsaft vor Johanna ab. »Mango und Papaya, Madam.«

Sie dankte und trank einen großen Schluck.

»Wann sind Sie auf Bali angekommen?«, fragte Chiara.

»Gestern. Ich will ein paar Tage hierbleiben, und dann geht's weiter in den Norden. Eine Freundin von mir wohnt dort.« Von Ute hatte Georg sicher nichts erzählt. Ute war zu nah dran an Johanna.

»Ach, das muss schön sein, eine Freundin hier zu haben. Mit John und Cynthia hatte ich ja nur geschäftlich zu tun. Oben im Norden bin ich noch nie gewesen. Irgendwie hat mich meine Arbeit meist hier in der Gegend festgehalten.«

»Und diesmal?« Eine Frage, mit der sie sich in unwägbares Gelände vorwagte.

»Um ehrlich zu sein, weiß ich es noch nicht genau. Ich bin

seit vorgestern da, und seit gestern warte ich auf jemanden, der nicht kommt.«

Johanna zog die Stirn in Falten. Jetzt nur nicht zu neugierig wirken.

»Das ist eine lange und komplizierte Geschichte«, antwortete Chiara, ohne gefragt worden zu sein. Ein Schatten huschte über ihr Gesicht. Sie lächelte ihn weg. »Sagen Sie, wollen wir heute Abend vielleicht zusammen essen gehen? Ich habe ja sowieso nichts weiter vor, als dazusitzen und abzuwarten.«

Das kam unerwartet. Als wollte ein geheimer Spielmacher plötzlich mehr Tempo in die Inszenierung bringen. Andererseits war es nicht ungewöhnlich. Auf Bali tat man sich schnell zusammen mit Menschen, die man eben noch nicht gekannt hatte. Auch sie und Georg hatten das getan. Wie damals mit der Frau aus dem Affenwald.

»Oh, sehr gern«, stammelte Johanna.

»Haben Sie eine Idee, wo wir hingehen könnten? Bislang habe ich mir nur im Hotel beim Room Service etwas bestellt.«

»Das hab ich auch. Ja, ich kenne ein hübsches Restaurant gleich nebenan. Da ist es nicht so trubelig wie drüben in Ubud.«

»Umso besser. Die Touristen jenseits des Affenwalds gehen mir auch auf die Nerven. Um wie viel Uhr?«

»Um sieben?«

»Perfekt. Muss man in dem Lokal reservieren?«

»Ich kümmere mich darum und hinterlasse Ihnen an der Rezeption die Adresse des Restaurants.«

»Das ist nett von Ihnen. Vielen Dank.«

»Wir treffen uns dort, schlage ich vor.«

»Einverstanden.« Chiara winkte den Kellner heran und machte eine kleine schreibende Bewegung mit der Hand. Der Mann verstand sofort und eilte mit einem Rechnungsblock herbei, auf den er ihre Zimmernummer sowie den Betrag vermerkte. Chiara unterschrieb. Sie hatte eine schwungvolle Handschrift. Alles an ihr wirkte schwungvoll.

Sie stand auf. »Entschuldigen Sie, dass ich so schnell aufbreche. Ich habe noch ein bisschen was zu erledigen.« Nahm Tasche und Yogamatte und verschwand. Die langen schwarzen Haare warf sie im Gehen zurück in den Nacken. Das rote Kleid umwehte ihre dünnen Beine.

Sie hätte einem sympathisch sein können, diese junge Sizilianerin. Sie tat alles, damit man sie mochte. Wahrscheinlich hatte auch Georg sie gemocht. Wie hatte er sie kennengelernt? Warum hatte er sie als seine Schwester ausgegeben? Der sandblonde Georg und die schwarzhaarige Chiara – ein ungleiches Geschwisterpaar.

Heute Abend würde Johanna Antworten bekommen. Antworten, die das Zeug hatten, sie aus ihrer Umlaufbahn zu schleudern. Das wusste sie, und trotzdem forderte sie das Schicksal heraus.

Ich muss vorsichtig sein, dachte sie. Darf mir nichts anmerken lassen. Nur ein falsches Wort, ein verräterischer Blick, und Chiara würde Verdacht schöpfen.

Johanna hatte sich nie gut verstellen können. Dieses Echt-Sein, in das sich Georg damals verliebt hatte, es wurde ihr jetzt und hier zur größten Hürde.

Sie sah auf ihre Armbanduhr. Gut drei Stunden blieben noch bis zum Abendessen. Sie würde den Tisch reservieren und sich dann auf ihre Terrasse legen. Sie würde die Augen schließen und ihren Plan ausmalen, so wie ihre Kinder früher mit Buntstiften Bilder ausgemalt hatten. Sie würde dabei präzise vorgehen. Präzision war schließlich ihre Stärke.

Sie trank den Rest ihres Fruchtsaftes aus und unterschrieb dem Kellner danach ebenfalls die Rechnung. Ihrer Schrift fehlte das Schwungvolle. Dafür war sie gut lesbar, eine Lehrerinnenschrift eben.

Johanna zog ihr Kleid zurecht, als sie sich erhob. Die Schweißflecken unter ihren Achseln waren tellergroß geworden.

***

Das Restaurant lag inmitten von Reisfeldern. Es bestand aus mehreren durch Holzbrücken verbundene Plattformen, von denen der Blick auf Seerosenteiche ging. Johanna mochte diesen Ort. Er erinnerte sie an das alte »Lotus Café« in Ubud. Sie war öfter mit Georg hier gewesen, und dann hatten sie ihre Weißt-du-noch-Gespräche geführt. So nannten sie es, wenn sie sich in eine andere Zeit fallen ließen, um dort umherzutollen. Wie Kinder auf einem Spielplatz. Sie konnten ausgelassen sein. Es war der Alltag, der ihnen Handschellen anlegte, und dann vergaßen sie, wo sie die Schlüssel hingelegt hatten, und verkleinerten ihren Radius. Gefangene ihrer selbst.

Die Tische waren niedrig; man saß auf dicken, mit weinroten Stoffen bezogenen Polstern am Boden. Von weiter hinten erklang Gamelan-Musik. Diese größtenteils aus Bronzegongs und Metallofonen erzeugten Töne. So etwas wie die Grundmelodie Balis. Überall begleiteten einen das Hämmern und Schlagen; manche Orchester spielten auch auf Bambusinstrumenten; das verlieh dem Ganzen Wärme und Tiefe. Gamelan kam bei Hochzeiten, Tempelfesten, Tanz- und Puppentheater-Vorführungen zum Einsatz. Es gab kaum eine Feier, zu der sie nicht erschienen, die in goldbestickte Sarongs gekleideten Musiker mit kunstvollen Turbanen auf dem Kopf. Mit ernsten Gesichtern nahmen sie an ihren Instrumenten Platz, um kurz darauf wie auf ein geheimes Zeichen hin loszulegen. Kontakt zu den Göttern wollten sie herstellen, und angesichts der Vehemenz, mit der sie die Gongs und Xylofone bearbeiteten, hatten Georg und Johanna nie einen Zweifel daran gehabt, dass ihnen das auch gelang. Heute war Gamelan vielerorts zur Dauerberieselung verkommen; aus jedem Lautsprecher in jedem Souvenirshop erschallte ein blecherner Verschnitt dessen, was der Seele dieses Volkes Gehör verschaffen sollte. Hier jedoch, in diesem Restaurant, spielte noch jeden Abend ein Live-Orchester.

Johanna kam eine Viertelstunde zu früh. Sie brauchte etwas Zeit mit sich allein.

Eine junge Balinesin brachte sie zu ihrem Platz und legte zwei Speisekarten auf den Tisch. Ob sie schon etwas bestellen wolle, fragte sie.

Johanna schüttelte den Kopf. Sie würde warten.

Ihr Atem war kurz und flach, als bereitete es ihm Mühe, ihren Körper mit Luft zu versorgen. Wie ein Rinnsal versickerte der Sauerstoff. Die Aufregung schnürte Johanna die Kehle zu. Der Mund fühlte sich trocken an. Im Magen schien ein Stein zu liegen, der wie ein Geschwür auf die Eingeweide drückte.

Worauf hatte sie sich hier bloß eingelassen? Würde sie dem standhalten, was sie heute Abend erfahren würde? Noch wusste sie nicht, was Chiara ihr offenbaren würde, aber die Ahnungen wetzten bereits jetzt die Messer. Bilder drängten sich auf, die in ihrer Unschärfe der Fantasie soufflierten und Raum ließen für Spekulationen aller Art. Raunende Einflüsterer in der Grauzone des Vagen.

Unbewusst griff Johanna nach ihrer Tasche, als wollte sie ihn ergreifen, den letzten Ausweg. Die Flucht vor dem, was käme. Sie könnte Unwohlsein vortäuschen und morgen in aller Früh abreisen. Sie würde diese Frau niemals wiedersehen. Doch damit würde sie ihren Koffer mit Unwissen beschweren. Einem Unwissen, dessen Gewicht das Zeug hatte, sie zugrunde zu richten, indem es ihr quälende Fragen in Dauerschleife stellte. Fragen, auf die sie nie eine Antwort fände.

In diesem Augenblick sah sie Chiara das Restaurant betreten. Sie trug jetzt Grün, leuchtend wie Balis Reisfelder im Morgenlicht. Die schwarzen Haare hatte sie zu einem lockeren Knoten am Hinterkopf festgesteckt. Dadurch wirkten die Konturen ihres Gesichts noch ausgeprägter – hohe Wangenknochen und eine etwas zu lange Nase. In den kleinen Ohrläppchen steckten schlichte mattsilberne Knöpfe. Und wieder dieser breite Armreif und der billig wirkende Ring.

Sie winkte, als sie Johanna entdeckt hatte, und ließ sich von der Balinesin zum Tisch bringen. Dort entledigte sie sich schnell ihrer schwarzen Sandalen und nahm im Schneidersitz auf dem ihr zugewiesenen Polster Platz. Ihre Bewegungen waren geschmeidig; es waren die Bewegungen einer noch jungen Frau. Im Gegensatz dazu kam Johanna sich schwerfällig vor.

Chiara warf ihr Lachen über den Tisch. Jenes unwiderstehliche Lachen. »Bin ich zu spät? Eine meiner Schwächen. Ich komme meistens zu spät.«

»Nein, nein«, wehrte Johanna ab. »Ich war zu früh. Schön, Sie zu sehen.«

»Dito.«

Johanna hasste dieses Wort. Es hatte in Gesprächen nichts zu suchen, fand sie. Sie ließ sich ihren Unwillen nicht anmerken.

»Wollen wir erst mal unser Essen aussuchen?«, fragte Chiara. »Ich habe einen Riesenhunger.« Sie griff nach der Speisekarte. »Die machen hier einen wunderbaren Tintenfischsalat, ganz frisch und schön scharf. Den nehme ich als Vorspeise und danach ein Entencurry.«

»Ach, Sie kennen das Restaurant?«

»Ja, ja, ich hab mich gleich erinnert, als man mir an der Rezeption die Adresse gegeben hat. Ich war letztes Jahr schon mal da.«

Mit Georg, durchfuhr es Johanna. Sie war mit Georg da. Mit wem sonst?

Und als könnte Chiara Gedanken lesen, sprudelte sie auch schon hervor: »Ein Mann hat es mir gezeigt. Übrigens der Mann, auf den ich seit gestern warte. Wollen wir vielleicht einen Aperitif trinken? Ich komme aus Italien, und da geht nichts ohne Aperitivo.« Sie winkte die junge Kellnerin herbei. »Trinken Sie einen Gin Tonic mit mir?«

Johanna nickte. Überrumpelt. Georg hatte Gin Tonic geliebt. Mein Tropengetränk, hatte er immer gesagt und sich bereits am Flughafen in Singapur im Duty-Free-Shop eine Flasche Gin gekauft.

Ich sollte jetzt etwas sagen, dachte sie. Irgendetwas. »Und ich nehme eine Garnelensuppe mit Kokos und danach Hühner-Saté-Spieße«, stammelte sie.

Chiara gab die Bestellungen auf. Ihr Englisch war tadellos. So tadellos wie ihr Kleid, ihr Schmuck, ihr Haar.

Kurz darauf standen die Gin Tonics mit einem Schälchen Erdnüssen auf dem Tisch.

Chiara hob ihr Glas. »Wir sollten Du zueinander sagen. Dieses Sie ist so förmlich. Einverstanden?«

Auch das ein Überraschungsangriff, den Johanna mit einem hastigen »Natürlich« parierte. Früher hatte sie alle Leute, denen sie auf Reisen begegnet war, sofort geduzt. In den letzten Jahren aber war sie geiziger geworden mit dem Du; sie gab es nicht mehr so ohne Weiteres her, legte lieber eine Grenze zwischen sich und die anderen. Hier und jetzt blieb ihr jedoch nichts anderes übrig, als das schützende Sie zu opfern. Alles andere wäre ein Affront gewesen und hätte die Nähe schon im Keim zerstört, die gerade erst im Begriff war zu entstehen und die nötig war, um die Wahrheit ans Licht zu bringen. Die Nähe als Geburtshelferin der Wahrheit. Es würde eine schwere Geburt werden, so viel stand bereits jetzt fest.

Johanna nahm einen großen Schluck. Der Gin tat seine Wirkung. Die Trockenheit in ihrem Mund verschwand, die

Zaghaftigkeit ebenfalls. Es half nichts, sie musste in die Offensive gehen. »Dieser Mann«, begann sie. »Der, auf den du wartest. Ist es ein Freund aus Italien?«

»Oh, nein«, entgegnete Chiara. »Er kommt aus Deutschland. Wie du. Ein Kinderarzt. Einige Jahre älter als ich. Verheiratet. Vater von zwei Kindern.« Sie seufzte.

Johanna meinte, ihr Herz bliebe stehen. Weiter, weiter, dachte sie. Nur keine Pause zulassen. Und mit einer Stimme, in die sie möglichst viel Beiläufigkeit legte, fragte sie: »Wo habt ihr euch denn kennengelernt?«

»Das war letztes Jahr im September. Wir saßen auf dem Flug von Singapur nach Bali nebeneinander und kamen ins Gespräch. Wie das eben so ist …«

Nein, nein, wollte etwas in Johanna aufbegehren. So ist das eben nicht. Georg war immerhin auf die Insel geflogen, die ihm und ihr vorbehalten war.

Doch gegen alle inneren Widerstände ließ sie in diesem Moment einen Satz frei, der einer Einladung gleichkam. Eine Einladung, die, dessen war sie sich sicher, die junge Frau aus Italien nur zu gern annehmen würde. »Wenn du magst, erzähl mir doch einfach die ganze Geschichte.«

Johanna sollte die Geschichte hören. Die Geschichte von Georg und Chiara.

CHIARA

Fast hätte sie den Anschlussflug nach Bali verpasst. Die Maschine aus Rom landete mit gut eineinhalb Stunden Verspätung auf dem Flughafen in Singapur.

Die Uhr ständig im Blick, schob sich Chiara mit Hunderten anderer Passagiere aus dem Flugzeug und begann zu rennen, sobald sie draußen im Terminal war. Die Wege schienen endlos. Auf den Rollbändern drängte sie vorbei an Menschen, die mit Taschen und Trolleys unterwegs waren. Zwischendurch fiel ihr Blick auf eine der Departure-Anzeigetafeln. Sie hatte noch zehn Minuten.

Kein gemütlicher Kaffee im Transitbereich. Stattdessen Dauerlauf nach einer ungemütlichen Nacht. Sie hatte kaum geschlafen.

Jetzt kam die Lautsprecherdurchsage zu ihrem Flug. Last Call.

Der Mann hinter dem Schalter am Gate warf einen Blick auf ihren Boarding Pass und machte eine schnelle Handbewegung Richtung Ausgang.

Chiara hetzte durch den Tunnel, der zur Maschine führte. Atemlos grüßte sie die Stewardess, die hinter ihr die Tür schloss.

Die Passagiere hatten sich bereits angeschnallt und warteten auf den Start.

Sie lief durch den freien Mittelgang, die Reihe mit ihrem Platz suchend.

Ein Mann saß dort. Ein großer Mann mit blondem Haar. Er hatte den Platz am Gang. Als er Chiara sah, stand er auf und ließ sie ans Fenster. Dann setzte er sich wieder und nahm das Buch zur Hand, in dem er gelesen hatte. Ein Roman. Mit einem deutschen Titel.

Kein Mann wie die meisten. Die meisten scrollten auf ihren Smartphones oder Tablets rauf und runter.

Sie nickten sich zu. Tauschten einen flüchtigen Blick.

Sobald Chiara ihren Sicherheitsgurt angelegt hatte, begann die Maschine loszurollen. Sie sah aus dem Fenster, sah die anderen Flugzeuge im Dunst des frühen Morgens. Riesige Vögel aus aller Welt. Zugvögel. Bereit, im nächsten Moment abzuheben, um wiederum in alle Welt aufzubrechen. Dieses Kommen und Gehen und Gehen und Kommen faszinierte sie. Hier blieb alles in Bewegung, ohne Unterlass. Es gab keinen Stillstand.

Nachdem die Flughöhe erreicht war, der Kapitän seine Durchsagen gemacht hatte und die Anschnallzeichen erloschen waren, begannen die Stewardessen, ihre Wagen durch die Gänge zu schieben. Es wurde ein Mittagessen serviert.

Der Mann neben Chiara rümpfte die Nase, nachdem er die Alufolie von dem heißen Behälter abgezogen hatte.

Chiara lachte. »Sie wirken nicht begeistert«, sagte sie auf Deutsch. Sie beherrschte die Sprache gut. Die Sprache ihrer Mutter.

Er sah sie an. Neugierig jetzt. Seine Augen waren sehr blau. Ein Tiefseeblau, fand Chiara.

»Nein, das bin ich auch nicht«, erwiderte er. »Ich meine, wer ist schon begeistert von diesen eingeschweißten Zumutungen, die hier oben serviert werden.«

Sie ließ die Folie auf ihrem Behälter unberührt. »Ich probiere es gar nicht erst. Im Flieger nehme ich eigentlich nur diese gummiartigen Brötchen und, falls sie das anbieten, etwas Obst und Joghurt.«

»Nicht gerade viel für einen Langstreckenflug. Da hat man ja hinterher ein Loch im Bauch.«

»Aber wenigstens keine Bauchschmerzen.«

Nun lachte er auch. Es war ein offenes Lachen. Eines, von dem sie sofort mehr wollte.

Er legte die Alufolie wieder zurück auf das, was Reis mit Huhn sein sollte. »Sie haben recht. Also hungern wir gemeinsam ein bisschen.«

»Dauert ja nicht mehr lang, bis wir da sind.«

»Gott sei Dank. Ich hasse es, stundenlang eingepfercht zu sein in diesen Maschinen.«

»Das ist bereits unsere zweite Gemeinsamkeit.«

Er drehte sich jetzt mit dem Oberkörper zu ihr. Er hatte Lust, mit ihr zu reden. Das spürte sie, und das freute sie. Die Müdigkeit der letzten Nacht verflog.

»Woher kommen Sie?«, fragte er.

»Aus Italien.«

»Rom? Mailand? Florenz?«

»Nichts von alldem. Ich lebe auf Sizilien.«

»Oh, das muss schön sein.«

»Ist es, ja. Sie waren noch nie da?«

Er schüttelte den Kopf. »Man nimmt sich immer so viel vor, und dann schafft man mit etwas Glück gerade mal die Hälfte. Dort auf Ihrer Insel ist das Essen sicher besser.«

»Allerdings.« Und dann erzählte sie ihm von Couscous mit Fisch und Pasta, die mit dem, was die prall gefüllten Beutel der Tintenfische hergaben, eingefärbt wurde. Von Auberginen, Tomaten, Zitronen, Kapern, Mandeln, Oliven, die sich die Sonne Siziliens einverleibt hatten.

Er hörte aufmerksam zu. »Sie kommen ja richtig ins Schwärmen«, sagte er irgendwann.

»Ja, ich esse leidenschaftlich gern. Für mich ist das im Grunde die Essenz des Lebens. Es macht einen glücklich und verbindet die Menschen.«

»Kochen Sie auch gern?«

Sie nickte. »Mein Vater hat eine Trattoria. Ich bin praktisch in einer Küche aufgewachsen. Als kleines Mädchen stand ich auf einem Hocker neben ihm am Herd und durfte in seine Töpfe schauen.«

»Na, das erklärt einiges.«

»Und Sie? Wie ist das bei Ihnen?«

»Ich koche nur noch selten. Aber ich mag es. Sehr sogar. Früher, da … Ach, lassen wir das. Sagen Sie, welches sind Ihre Lieblingsgerichte?«

Sie begannen, Rezepte auszutauschen, italienische und deutsche, während die Stewardess die unangetasteten Tabletts wieder abräumte. Sie lachten viel, und die Zeit verging schneller, als ihnen lieb war. Es war, als hätten sie ihren Platz gefunden dort oben. Ein Mann und eine Frau über den Wolken.

Als das Flugzeug zum Anflug in Denpasar ansetzte, hatten sie so einige Menüs zusammengestellt, von denen sie nicht wussten, ob sie sie jemals gemeinsam essen würden.

Sie schnallten ihre Sicherheitsgurte fest, und der Pilot legte eine sanfte Landung hin. Es wurden einunddreißig Grad Außentemperatur gemeldet.

Bei der Gepäckausgabe standen sie nebeneinander und sahen auf das Band, das vor ihnen Koffer und Reisetaschen vorbeirollen ließ. Sie mussten lange warten. Sie redeten jetzt weniger, jetzt, da sie auf dem Boden angekommen waren. Die meiste Zeit schwiegen sie sogar, doch es war kein unangenehmes Schweigen, sondern eines, das sich aufzuladen schien mit dem Wunsch nach Fortsetzung von etwas, das gerade erst begonnen hatte.

»Wo wollen Sie jetzt hin?«, fragte er, nachdem sie ihr Gepäck auf die Trolleys geladen hatten.

»Nach Ubud. Ich habe dort in einem Guesthouse ein Zimmer reserviert.«

»Das ist auch meine Richtung.« Er sah sie an. Sie spürte, dass er innerlich Anlauf nahm. Anlauf für seine Frage, die sie herbeiwünschte. »Wollen wir uns zusammen ein Taxi nehmen?«

Sie wurde rot. »Sehr gern.«

»Ich heiße übrigens Georg«, sagte er.

»Und ich bin Chiara«, sagte sie.

Es war der 23. September. An diesem Tag begann die Geschichte von Georg und Chiara.

***

Der Taxifahrer war ein ruhiger Mann mit einem ruhigen Fahrstil, der den gut klimatisierten Wagen sicher durch den dichten Verkehr chauffierte. Chiara und Georg saßen auf der Rückbank. Zwischen ihnen lag eine Tüte aus dem Duty-Free-Shop in Singapore.

»Ich habe Gin gekauft«, sagte Georg. »Gin Tonic gehört bei mir zu einem Urlaub in den Tropen dazu.«

»Oh, den mag ich auch«, erwiderte Chiara. »Ich hätte mir gern etwas mitgenommen vom Airport, aber ich hatte ja Mühe, den Flug überhaupt noch zu erwischen.«

Er sah sie an und lächelte. »Ich bin froh, dass Sie es geschafft haben.«

Ihr wurde warm, obwohl es in diesem Auto so kühl war. Sie nickte. »Das bin ich auch.«

Sie schwiegen wieder.

Chiara versuchte, hineinzufühlen in das, was hier gerade geschah. War das bereits stille Übereinkunft? Oder war es nicht mehr als das zufällige Zusammentreffen zweier Menschen, die schon bald wieder getrennte Wege gehen würden? Spürte nur sie so etwas wie Anfang, oder spürte er es auch? Sie wollte es wissen, doch das Wissen entzog sich ihr wie ein launisches Kind.

Sie musste warten. Sie hatte noch nie gut warten können.

Nach einer guten Stunde erreichten sie Ubud. Das Guesthouse, in dem Chiara ein Zimmer reserviert hatte, lag im Zentrum, in einer Seitenstraße der Hanoman Road. Nichts Besonderes. Die Bungalows waren eng und stickig, aber wenigstens sauber und günstig. Chiara kannte das Haus von ihrer letzten Reise. Sie hatte keine Lust gehabt, sich etwas anderes zu suchen. In solchen Dingen war sie bequem.

Nachdem der Chauffeur ihr Gepäck ausgeladen hatte, stieg sie aus dem Wagen. Georg folgte ihr, und einen Moment standen sie sich gegenüber. Unschlüssig. Als wollte sie jemand zurückhalten, während ein anderer bereits die Tore geöffnet hatte. Doch wer war dieser Jemand und wer der andere?

»Ist ziemlich viel Trubel hier in Ubud«, sagte Georg.

Sie nickte. »Wo wohnen Sie?«

»Auf der anderen Seite vom Affenwald«, erwiderte er. »Da steige ich immer ab. Da ist es ruhiger.«

»Mögen Sie Ruhe?«

»Ab und an.«

»Wann?«

»Wenn der Lärm der Welt zur Zumutung wird.«

»Und wann nicht?«

»Wenn die Ruhe behäbig wird.«

Das gefiel ihr. Dieser Mann gefiel ihr.

»Sehen wir uns morgen?« Er fragte fast beiläufig.

Sie nickte. Ebenso beiläufig. Als sei es ganz selbstverständlich, dass sie sich wiedersahen. Sie wollten noch keine große Sache daraus machen. Den Ball flach halten, so sagte man doch. Sie schienen ihr Herz flach halten zu wollen, aber sie spürten zugleich, dass es im Begriff stand, ihnen davonzuspringen. Das alles hier verlangte nach Fortsetzung.

»Ich hole Sie gegen sechs Uhr ab«, sagte er. »Es gibt ein gutes Restaurant jenseits vom Monkey Forest.«

»Dafür wechsel ich gern die Seiten.«

Er grinste. Das hatte er bislang nicht getan. Er hatte gelächelt oder gelacht. Dieses Grinsen hatte etwas Freches, Herausforderndes. Und es ließ ihn jünger aussehen.

Sie wünschten sich eine gute Nacht, und bevor sie auseinandergingen, erinnerten sie sich daran, dass die Träume in der ersten Nacht an einem fremden Ort in Erfüllung gehen sollten.

Chiara wusste am nächsten Morgen nicht, was sie geträumt hatte, aber sie wusste, dass der Mann mit den blonden Haaren und den blauen Augen ihr nicht mehr aus dem Kopf ging.

»Ich habe jemanden kennengelernt«, schrieb sie Carlo.

»Wo?«, fragte er.

»Über den Wolken.«

»Geht's präziser?«

»Im Flugzeug.«

»Aha.«

»Vielleicht ist es der Mann, der mir vom Himmel vor die Füße fallen sollte. Du erinnerst dich?«

»Natürlich tue ich das. Ich hab dir damals etwas von Chaos erzählt, das solche Männer danach anrichten.«

»Vielleicht hab ich mich ein bisschen verliebt.«

»Ein bisschen verliebt geht nicht.«

»Heute Abend sehen wir uns wieder. Ich bin aufgeregt.«

»Dann hast du dich verliebt.«

»Ich kenne ihn ja gar nicht richtig.«

»Das ist doch das Schönste am Sich-Verlieben. Du betrittst Neuland. Wie bei einem Strand, auf dem noch niemand Fußspuren hinterlassen hat.«

»Denkst du an mich?«

»Das tue ich immer.«

»Wie ist es in Palermo?«

»Auch wie immer. Heiß und stickig. Ein Gewitter zieht auf.«

»Ich hätte dich jetzt gern hier bei mir.«

»Das wäre mir auch lieber, als im Atelier über meinen Entwürfen zu sitzen. Aber wahrscheinlich würde ich dich nur stören.«

»Eifersüchtig?«

»Kein Kommentar … Und nun viel Spaß im Leben. Genieß es, Chiara!«

Sie schickte ihm einen Kuss zum Abschied. Dann begann sie, die Stunden zu zählen. Bis zum Abend waren es noch sieben.

Georg kam pünktlich. Er kam mit einem Wagen. Einem Mini-Van, der zu dem Resort gehörte, in dem er wohnte.

»Da müssen wir nicht an all den furchtbaren Affen vorbei«, sagte er.

»Mögen Sie keine Affen?«

»Die hier nicht. Die sind verdorben, weil die Touristen sie ständig mit Bananen und Erdnüssen füttern. Zum Dank klauen ihnen die Viecher den Fotoapparat oder die Handtasche. Und wenn sie nichts ergattern, werden sie aggressiv. Aber klar, es sind nicht die Affen, die schuld sind, sondern die Menschen. Letztlich ist es immer das gleiche traurige Stück, das wir aufführen.«

»Jetzt klingen Sie aber sehr pessimistisch.«

»Meine dunkle Seite. Normalerweise versuche ich, sie nicht gleich zu zeigen.«

»Was ist schon normal?«

»Das frage ich mich bereits den ganzen Tag.«

»Und?«

»Ich habe bislang keine Antwort darauf gefunden. Wie war Ihr Tag?«

»Ich habe auch eine Antwort gesucht.«

»Auf welche Frage?«

»Die habe ich mir nicht zu stellen gewagt.«

»Klingt irgendwie nach Seelenverwandtschaft.« Wieder dieses Grinsen. Es hatte etwas Unwiderstehliches.

Im Restaurant spielte ein Gamelan-Orchester. Chiara und Georg nahmen an einem flachen Tisch am Boden Platz. Sie saßen sich gegenüber.

Sie bestellten Tintenfischsalat und danach Entencurry.

»Indonesian Style?«, fragte die Kellnerin.

»Sie mögen es auch scharf, oder?« Georg holte sich ein Nicken bei Chiara ab.

»Das Kleid steht Ihnen übrigens sehr gut«, sagte er, nachdem die Kellnerin sich entfernt hatte.

Sie trug ein weißes Kleid.

»Danke«, erwiderte sie.

»Es hat schöne große Taschen, Ihr Kleid.«

»Ich schleppe gern Dinge mit mir herum.«

»Es gibt doch Handtaschen.«

Sie lachte. »Handtaschen mag ich nicht. Ich mag Freihändigkeit.«

Sie redeten jetzt mehr. Das Schweigen setzten sie nur ab und zu zwischen sich, wie Kommas, um ihren Worten eine Richtung zu geben. Sie sprachen über Schmuckdesign und Kinderkrankheiten. Irgendwann sprachen sie über die Liebe. Das war der Moment, in dem sie vom Sie zum Du wechselten. Auch das taten sie beinahe beiläufig.

Chiara sagte, sie habe sich nach einigen Bruchlandungen entschieden, erst mal allein zu bleiben.

Georg sagte, seine Ehe fühle sich abgewetzt an wie die alte Arzttasche, die ihm seine Frau nach dem Studium geschenkt hatte.

Dazu sagte Chiara erst einmal nichts. Sie wartete ab.

»Der Glanz ist weg«, erklärte er schließlich. »Unser Miteinander hat Verschleißerscheinungen.« Die Diagnose schien ihm erst jetzt eindeutig. Er wirkte fast überrascht.

Chiara dachte, dass es vielleicht ihre Gegenwart war, die ihn dazu brachte, genauer hinzusehen, woran seine Ehe krankte. Dass er verheiratet war, versetzte ihr einen Stich. Sie bemühte sich, es zu verbergen.

»Wie heißt deine Frau?«, fragte sie.

»Johanna. Sie heißt Johanna. Ich hatte vor, mit ihr zusammen nach Bali zu kommen, aber sie hat abgelehnt, Ausreden gesucht und vorgeschoben. Also habe ich mir kurzerhand ein Ticket gekauft. Ich wollte einfach nur weg. Weg von dem, was wir aus unserem Leben gemacht haben. Früher, da sind wir oft zusammen auf dieser Insel gewesen, aber …« Er wirkte plötzlich müde.

»Hast du schon mal darüber nachgedacht, sie zu verlassen?«

»Ja, das habe ich.« Mehr sagte er nicht. Er führte keine Gründe an, warum er es nicht getan hatte. Dass er auf das übliche Geschwätz von den gemeinsamen Kindern und dem gemeinsamen Haus und den gemeinsamen Jahren verzichtete, beeindruckte Chiara. Er bemitleidete sich nicht. Er sezierte sich und seine Situation vielmehr.

»Man sieht oft erst auf dem Obduktionstisch, woran jemand gestorben ist«, sagte er irgendwann, als ob er Chiaras Gedanken dadurch bestätigen wollte. »Vielleicht ist das mit einer Ehe genauso.«

Chiara hatte schon einige verheiratete Männer kennengelernt, auch solche, die das Fremdgehen zur gelegentlichen Exit-Strategie gemacht hatten. Notorische Seitenspringer mit Hang zu blumigen Ausreden. Doch so wie Georg hatte noch nie jemand über die Ehe gesprochen. Analytisch war das und kein bisschen wehleidig.

»Ist deine Ehe gestorben?«, fragte sie vorsichtig.

Er überlegte. »Ich weiß es nicht. Es gibt sie noch, die Momente, in denen wir uns nah sind, aber sie werden seltener. Und als ich vorgestern ins Flugzeug stieg, war ich einfach nur wütend. Wütend darüber, dass Johanna uns nicht mal eine Chance gegeben hat. Stattdessen entrümpelt sie jetzt die Kinderzimmer.«

»Ihr habt Kinder?«

»Ja, zwei. Eine Tochter und einen Sohn. Sie sind vor Kurzem ausgezogen, studieren jetzt in Hamburg. Seitdem …«

Chiara ließ ihm Zeit.

»Seitdem ist unser Haus noch leerer«, sagte er schließlich. »Und stiller. Wir haben unsere Kommunikation auf das Nötigste reduziert. Sie war früher anders, meine Frau, musst du wissen. Spontaner. Lebendiger. Ich trauere um sie, obwohl sie noch lebt. Aber warum erzähle ich dir das alles?«

»Vielleicht, weil ich zuhöre.«

»Schockiert dich das, was du hörst?«

»Es ist traurig.«

Er nickte. »Das ist es, ja. Dabei bin ich heute Abend gar nicht traurig. Im Gegenteil. Es ist seit Langem das erste Mal, dass ich Leichtigkeit spüre. Es tut gut, dich getroffen zu haben.«

Er griff über den Tisch und legte seine Hand auf ihre. Die Berührung war nur kurz, aber Chiaras Lippen übersetzten sie augenblicklich in ein Lächeln.

»Ich möchte mehr von dir wissen«, sagte er.

»Meinst du nicht, dass es besser wäre für dich, vernünftig zu sein? Ich meine, ein verheirateter Mann, der …«

»Es ist schon zu spät, um vernünftig zu sein«, unterbrach er sie.

Sie hielt dem nichts entgegen. Wollte sie doch, dass weiterging, was gerade begonnen hatte.

Sie blieben an diesem Abend bis kurz vor Mitternacht in dem Restaurant sitzen. Die Musiker des Gamelan-Orchesters hatten ihre Instrumente schon lange zugedeckt und sich mit einer leichten Verbeugung verabschiedet. Das Personal schüttelte bereits die Sitzpolster auf und verteilte Besteck und Servietten auf den Tischen, für die nächsten Gäste am nächsten Tag.

»Wir sollten gehen«, sagte Chiara.

Und da die Pforten des Affenwaldes nachts geschlossen waren und ein Taxi nach Ubud einen langen Umweg hätte fahren müssen und zudem um diese Zeit schwer zu bekommen war, schlug Georg vor, dass Chiara in seinem Appartement übernachtete. Das sei sehr groß, sagte er. Und er könne auf dem Daybed draußen auf der Terrasse schlafen.

Das tat er denn auch.

Der Kuss, den sie sich vor dem Schlafengehen gaben, war ein zaghafter, ein flüchtiger. Einer, der sich noch nicht aus der Deckung traute, sondern Schutz suchte hinter der schon längst brüchigen Barrikade des Beiläufigen. Sie wollten sich Zeit geben, obwohl sie doch so wenig davon hatten.

Am nächsten Morgen beim Frühstück stellte Georg Chiara dem Hotelbesitzer als seine Stiefschwester vor. Er kannte den Mann, und seine Frau kannte ihn ebenfalls. Da galt es, vorsichtig zu sein.

Es war die erste Lüge in der Geschichte von Chiara und Georg.

Von dem Tag an waren sie unzertrennlich. Chiara kündigte das Zimmer in ihrem Guesthouse und zog zu Georg. Sie nahm ihn mit zu ihren Treffen mit den Handwerkern auf der Insel. Auch einen Besuch bei John Hardy unternahmen sie gemeinsam, sahen den Designern dort in den Werkstätten bei ihrer Arbeit zu.

Dass Georg ihr irgendwann in Ubud einen kleinen Blechring schenkte, freute Chiara mehr, als es ein Schmuckstück aus Silber getan hätte. Georg hatte ihr von den billigen Ringen erzählt, die man in seiner Kindheit aus Kaugummi-Automaten gezogen hatte. Einen solchen Ring hatte er seiner ersten Liebe geschenkt, einem sommersprossigen Mädchen aus der Parallelklasse. Der Kuss, den Chiara ihm gab, nachdem er ihr den Ring an den Finger gesteckt hatte, war der erste richtige Kuss.

Von da an wollten sie nicht mehr voneinander lassen. Sie hungerten förmlich nach Berührungen. Die Barrikade, die sie bis dahin noch aufrechterhalten hatten, sie war hinfällig geworden.

Sie schliefen nun auch miteinander. Oft mehrmals am Tag.

Wenn sie einen Ausflug gemacht hatten oder in dem kleinen Pool schwimmen waren, konnten sie danach nicht schnell genug wieder in ihrem Appartement sein.

»Warum habe ich nur so einen großen Hunger nach dir?«, fragte Chiara, als sie mal wieder nackt nebeneinanderlagen.

Er richtete sich halb auf und umkreiste mit seinem Zeigefinger ihren Bauchnabel. »Vielleicht weil du weißt, dass ich auch hungrig bin«, sagte er. »Und weil wir beide wissen, was wir brauchen, um satt zu werden.«

Gesucht hatten sie sich nicht, als sie in dieses Flugzeug gestiegen waren, aber sie hatten sich gefunden und in dem Moment gespürt, was sie vermisst hatten. Die Liebe war ihnen wirklich vor die Füße gefallen, ihm wie ihr, und nun hoben sie sie staunend auf.

Sie sprachen allerdings nicht von Liebe. Versprechen und Schwüre ließen sie sein.

»Keine Manifeste«, sagte Chiara, und Georg wusste, was sie damit sagen wollte. Sie hatten es gut hier und jetzt, und allein darauf kam es an. Ihr Sein in Deutschland und Italien blieb das, was es war – Tausende Kilometer weit weg.

Nach einigen Tagen und Nächten zogen sie weiter. An die Küste im Westen der Insel. Ein abgelegener wilder Strand, an den sich sonst nur ein paar Windsurfer verirrten. Georg war nie zuvor dort gewesen, Chiara ebenfalls nicht. Ein weißer Fleck auf der Landkarte ihrer beider Leben. Ihr Neuland. Ein Ort, an dem man verloren gehen konnte.

Sie mieteten ein Haus an der Steilküste, das sich ein Surfer-Paar aus Neuseeland irgendwann gebaut hatte. Hohes Spitzdach. Offenes Wohnzimmer, offener Essraum, offene Küche, offenes Bad. Geschlafen wurde hinter gläsernen Schiebetüren. Ansonsten lebte man im Freien, gestreichelt vom warmen Wind, der leise durchs Haus wehte. Es gab einen Pool, eine Art ruhiger Außenposten des immerfort bewegten Meeres. Und es gab eine Bale. So nannte man auf Bali kleine hölzerne Podeste mit einem Schatten spendenden Strohdach darüber. Sie standen auf jedem Dorfplatz, an jeder Straße, vor jedem Haus. Im Schneidersitz hockten die Menschen dort zusammen, rauchten Nelkenzigaretten, flochten Opferkörbchen, stillten ihre Kinder, begutachteten ihre Kampfhähne. Die Bale war Treffpunkt, Debattierklub, Wohnzimmer. Sie lud ein zum Verweilen. Ein Ort der langen Weilen.

Chiara und Georg saßen auf ihrer Bale und sahen den hellbraunen Kühen zu, die auf der Wiese am Steilhang Gras rupften. Die Kühe trugen Glocken um den Hals und bimmelten wiederkäuend durch die gleichförmigen Tage. Weit unten lag der Strand, an dem so wenig Spaziergänger unterwegs waren, dass man sie an einer Hand abzählen konnte. Manche hatten Hunde dabei, die die Brandung ankläfften. Die meterhohen Wellen trugen Surfer hinauf und hinunter, und Chiara und Georg schlossen Wetten ab, wer als Erster vom Brett fallen würde. Irgendwann fielen sie alle.

Von der Bale aus sahen sie auch der Sonne beim Untergang zu. Punkt sechs Uhr schickte sie sich an zu gehen, und Georg fand, dass es Zeit war für einen Gin Tonic. In der Küche bereiteten zwei Balinesinnen derweil das Abendessen zu. In Bananenblättern gegarten Fisch oder glasierte Hühnerspieße oder scharfe Bällchen aus Entenfleisch oder Garnelen in Ingwersoße. Und zum Nachtisch Schokoladen- oder Limetten- oder Kokoskuchen. Hier bekamen Chiara und Georg genau die Menüs, die sie sich wünschten. Sie hatten ihren Spaß daran, in die Küche zu gehen und dort in die Töpfe zu gucken und den Balinesinnen zu erzählen, was es bei ihnen daheim zu essen gab. Hier waren sie nicht mehr Bruder und Schwester. Sie waren ein verliebtes deutsches Paar, das in Italien zu Hause war. Eine weitere Lüge, aber wen sollte das stören?

Es gab in diesen Tagen überhaupt nichts, was störte, und

Chiara und Georg ließen sich treiben wie ein Boot, dem man die Leinen gelöst hatte und das nun durch stilles Fahrwasser schaukelte. Schwerelos fühlte sie sich an, jene Selbstvergessenheit, die sie beide ergriffen hatte und durch die Stunden trug, die gezählt waren. Den Gedanken an Abschied warfen sie täglich aufs Neue ins Meer und ignorierten, dass die Wellen ihn unablässig wieder an Land trugen.

Sie liefen Hand in Hand am Strand entlang, und manchmal setzten sie sich in die kleine Bretterbude dort unten und ließen sich von dem Mann an der Bar zwei Kokosnüsse aufschlagen. Die lagen da in großen Haufen neben dem Tresen; nie schien der Vorrat zur Neige zu gehen, im Gegensatz zu den schwindenden Tagen, die Chiara und Georg noch blieben.

Es kam der Abend, an dem Georg sein Flugticket aus dem Koffer holte. Date of Departure, die Lettern ließen Verdrängung nicht mehr zu. Chiara würde zurück nach Ubud fahren, die letzten Geschäfte dort erledigen. Ihr blieb noch eine Woche. Eine Woche ohne Georg.

Als sie am letzten Abend ein letztes Mal ihren letzten Gin Tonic auf ihrer Bale tranken, versprachen sie sich schlussendlich doch etwas. Sie vereinbarten, sich wiederzusehen, ein halbes Jahr später, auf Sizilien.

Mitte März finde immer ein Ärztekongress statt, sagte Georg. Seiner Frau würde es nicht auffallen, wenn er stattdessen ganz woanders wäre. Fünf Tage hätten Chiara und er dann für sich.

»Wir schreiben uns nicht in der Zwischenzeit«, sagte Chiara. »Und wir telefonieren auch nicht miteinander.«

»Aber warum denn nicht?«, wandte er ein.

Sie sah seine Traurigkeit, und sie fühlte ihre eigene, doch sie blieb standhaft. »Das wären nur billige Versteckspiele«, sagte sie. »Eine unwürdige Heimlichtuerei, die am Ende einen schalen Geschmack hinterlässt. Wir sollten von dem hier zehren«, sie machte eine ausladende Handbewegung, während die Surfer von den Wellen fielen und die Kühe bimmelten und die Sonne mit letzter Kraft ein paar Palmen anglühte. »Wenn wir dem in unseren Gedanken Raum geben, brauchen wir keine SMS oder Mails oder Anrufe, die du sowieso gleich wieder löschen würdest, aus Angst, deine Frau könnte sie entdecken. Ich will nicht gelöscht werden, mein Liebster. Ich will bleiben. In deinen Erinnerungen will ich bleiben und darin schon mal ein bisschen Vorfreude anzünden.«

Er ließ die schon fast geschmolzenen Eiswürfel in seinem Glas klingeln und nickte. »So habe ich das noch gar nicht gesehen«, sagte er dann, »aber, ja, du hast recht. Du bist erstaunlich, Chiara. Und du hast mich eben zum ersten Mal Liebster genannt.«

Sie lächelte und zog einen Zettel aus der Tasche ihres Kleides. »Hier ist meine Adresse in Tràpani. Ich werde dort am vierzehnten März auf dich warten, sagen wir, abends um sechs Uhr?«

»Ich werde da sein«, erwiderte er.

***

Georg hielt sein Versprechen. Er sah bleich und mitgenommen aus, als er nach etwas mehr als sechs Monaten an einem Samstag im März in einem dunklen Hausflur vor einer Wohnungstür in Tràpani stand. Die Sonnenbräune Balis war wächserner Winterblässe gewichen. Und er hatte Gewicht verloren. Sein ohnehin schlanker Körper war mager geworden.

Chiara erschrak bei seinem Anblick, aber sie ließ sich nichts anmerken, als er sie in seine Arme nahm. Sie wollte jetzt nur bei ihm sein. Ganz nah wieder ganz bei ihm sein. Zu lange hatte sie auf diesen Augenblick gewartet. Gezehrt hatte sie von dem, was auf Bali geschehen war. So wie sie es Georg an ihrem letzten gemeinsamen Abend gesagt hatte. Doch inzwischen war ihre Wegzehrung nahezu aufgebraucht. Es waren Zweifel gekommen, und sie hatten sich in Chiaras Hoffnung hineingefressen.

Würde er auch wirklich kommen?, hatte sie sich und Carlo immer und immer wieder gefragt und einen Blick zu dem Kalender in ihrer Küche geworfen, an dem ein Samstag im März rot umkreist war. Nicht mehr als ein Datum und doch so viel mehr. Trotz der Zweifel konnte sie nicht umhin, sich Zukunft auszumalen. Zukunft mit ihm. Mit Georg. All ihre Versuche, auszubremsen, was da unweigerlich rollte, blieben ohne Erfolg. Sie hatte die Grenze bereits überschritten. Der Drang zum Wagnis, die Lust an der Gefahr, über die sie an jenem Wochenende in Palermo mit Carlo gesprochen hatte, brachen sich Bahn. Der Leichtsinn hatte ihre Mutter das Leben gekostet. Was würde er sie kosten? Denn zweifelsohne war die Liaison mit einem verheirateten Mann Leichtsinn. Roulette in seiner simpelsten Form – Rot oder Schwarz, mehr als diese zwei Möglichkeiten gab es nicht.

Carlo hatte die Veränderung an Chiara bemerkt. Sie war stiller geworden. Ihre Unbeschwertheit war einer ihm an ihr unbekannten Melancholie gewichen.

»Muss ich mir Sorgen machen?«, lautete seine Frage in diesen Monaten an die Freundin, und jedes Mal schüttelte sie den Kopf und versuchte, seine Bedenken wegzulachen. Doch er merkte, dass es ein anderes Lachen war als das, das er so gut kannte. Seine Sorgen um sie blieben.

Der Weißwein, den sie an dem Samstag im März kalt gestellt hatte, kam aus Pantelleria, jener kleinen Insel unweit von Tràpani, auf der Chiara früher oft mit ihren Eltern gewesen war. Der Wein wuchs auf Vulkanböden, und er trug Noten von Zitrusfrüchten in sich. Es war ihr Lieblingswein.

Chiara und Georg tranken jeder ein Glas. Als sie nachschenken wollte, sah sie in müde Augen. Sie korkte die Flasche wieder zu und schlug vor, dass er sich hinlegen sollte, um auszuruhen. Sie beobachtete ihn beim Einschlafen, strich ihm ein paar seiner blonden Haare aus der Stirn. Die Stirn war feucht.

Am nächsten Morgen war seine Müdigkeit verschwunden. Die Blässe aber sollte bleiben, trotz der Frühlingssonne Siziliens.

Sie gingen zum Hafen, wo eine Vielzahl alter Kutter angelegt hatten und nun in großen Plastikschüsseln den Fang der letzten Nacht anboten. Chiara feilschte ein bisschen herum; sie kannte die Männer, und die Männer kannten sie. Man machte Scherze und war sich schnell einig.

Mit einer Tüte voller roter Garnelen und zwei Doraden – »Geangelt, Signora, nicht aus Aquakultur!« – steuerte Chiara danach auf ein kleines Café zu, in dem die Leute bereits draußen saßen. Sie bestellte mit Thunfisch und Schinken belegte Panini, mit Pistaziencreme gefüllte Hörnchen und zwei Cappuccini. Sie freute sich, dass Georg alles mit großem Appetit aß, und als sie über den Tisch nach seiner Hand griff, lächelte er sie an.

»Ich war krank vor Sehnsucht«, sagte er. »Ich kam mir vor wie einer dieser Gefangenen, die in ihrer Zelle die Tage in die Wand ritzen, die ihnen noch bleiben, bis sie wieder rausdürfen.«

Ihr wurde warm. Die Hoffnung gewann wieder die Oberhand. Alles würde gut werden.

»Hat deine Frau etwas gemerkt?«, fragte sie.

Er schüttelte den Kopf. »Johanna sieht mich nicht mehr, scheint mir. Nicht wirklich jedenfalls. Wir haben die Dinge getan, die wir immer tun. Da fällt es nicht auf, wenn sich etwas verschiebt. Vielleicht …« Er zögerte. »Vielleicht habe ich auch ein bisschen mehr … nun ja, versucht, damit sie nichts merkt.«

»Du hast dich um sie bemüht, meinst du? Um den Verdacht von dir abzulenken.«

»Ist schäbig, ich weiß. Mir fiel nichts Besseres ein. Ich bin noch nie … Ich habe keine Routine im Fremdgehen.«

»Wirst du irgendwann mit ihr reden? Ihr von uns erzählen?« Chiara verstärkte den Druck ihrer Hand. Stellte sie diese Frage zu früh?

Er senkte den Kopf. Als er ihn wieder hob, hatte sein Blick etwas Entschlossenes. »Ja, das werde ich. Bald sogar.«

Wann ist bald, wollte sie fragen, aber sie hielt sich zurück.

»Und, bitte, lass uns nicht noch einmal sechs Monate warten, bis wir uns wiedersehen«, fuhr er fort. »Der Raum, von dem du an unserem letzten Tag auf Bali gesprochen hast, du weißt schon, der mit den Erinnerungen, er hat meinen Kopf schier zum Platzen gebracht. Und die Vorfreude, die du anzünden wolltest, hat einen Flächenbrand ausgelöst. Ich will nicht ohne dich sein, Chiara.«

Sein letzter Satz war eine Punktlandung. Mitten ins Herz. Er sprach aus, was sie fühlte. Monat für Monat gefühlt hatte, seit sie damals zurückgekommen war. Zurückgekommen in ihr Leben, das für sie allein zu klein geworden war. Es schien nicht mehr zu passen, dieses Leben, wie die Hosen, aus denen man als Kind herausgewachsen war und die dann, sichtbar für jeden, die Knöchel entblößten. Sie hatte getan, was sie immer tat, neuen Schmuck entworfen, ihren Laden morgens geöffnet und abends geschlossen, Carlo besucht und mit ihm im Kreuzgang von San Giovanni degli Eremiti gesessen … Alles war wie immer, und doch hatte sich alles verändert. Tag für Tag hatte sie ihren Kalender mit dem roten Kreis angestarrt. Wie einen Fixstern, von dem sie hoffte, er möge nicht vorzeitig verglühen.

»Bist du verliebt, Chiara?«, hatte ihr Vater gefragt, und sie wusste, dass es keinen Zweck hatte, ihn anzulügen. Er kannte sich aus mit der Liebe, und er kannte seine Tochter.

Und nun saß der Mann, den sie liebte, hier, und er sagte ihr, dass er genauso fühlte wie sie. Dass auch er durch die Hölle der Hoffnungen und Zweifel gegangen war.

Nein, auch sie wollte nicht mehr ohne Georg sein.

Chiara und Georg saßen in diesen fünf Tagen auf Sizilien häufig am Ende der Welt. So nannte Chiara den Platz, an dem die Straße, in der sie wohnte, abrupt endete, weil das Meer begann. Sie setzten sich auf eine schiefe Mauer und sahen dorthin, wo Afrika lag, das man von hier aus nur ahnen konnte. Auch ihre Gespräche drehten sich jetzt öfter um Ende und Anfang. Die grenzenlose Unschuld der balinesischen Tage und Nächte wurde eingehegt. Die Sache zwischen ihnen wurde ernst.

Sie wanderten durch den Zingaro Nationalpark, dessen Weg etwas weiter nördlich von Tràpani oberhalb der Küste entlangführte. Die Macchia begann gerade zu blühen, wilder Rosmarin in hellem Blau, Mimosen in kräftigem Gelb. Es gab Feigenbäume, deren reife Früchte einem im Herbst das Gefühl geben würden, durch einen Marmeladentopf zu stapfen, erklärte Chiara. Dazwischen standen Zwergpalmen, von denen sie als Kind geglaubt hatte, sie seien die Babys der großen an den Prachtpromenaden der Insel sich in den meist blauen Himmel streckenden Palmen. Eine Palmen-Babystation sozusagen. Als sie Georg davon erzählte, nickte er. Mit Kinderfantasien kannte er sich aus, der Kinderarzt und Vater, und dafür liebte sie ihn gleich noch ein bisschen mehr. Sie, die nie an eigene Kinder gedacht hatte, weil es den Mann dafür nie gegeben hatte.

Die Badebuchten, die man vom Weg aus sah, waren jetzt im März menschenleer, und Chiara und Georg kletterten einen der steilen Pfade hinunter. Unten angekommen, zogen sie ihre Sachen aus und liefen ins Wasser. Es war noch kalt, doch die Sonne schenkte ihm schon mal vorfreudig sommerliches Türkisgrün. Sie schwammen ein Stück weit hinaus, und als sie zurückkamen, legten sie sich in den Sand, der bereits warm war. Chiara hörte, dass Georg schwer atmete. Sie legte ihre Hand auf seine sich schnell hebende und senkende Brust, und er lächelte die Sorgen, die er in ihrem Gesicht las, weg. Er habe sich im Winter zu wenig bewegt, sagte er, und sie wollte ihm nur zu gern glauben.

Auf dem Rückweg schlug er einen Abstecher nach Segesta vor; schon immer habe er diesen Tempel sehen wollen. Und als sie dort oben zwischen Olivenbäumen und den goldgelben griechischen Säulen saßen, die vor Jahrtausenden so schön wie unvollendet an diesen Ort gesetzt worden waren, wurden sie ganz still.

Ewigkeit könne man erspüren, wenn man sie zulasse, sagte Georg irgendwann, und an Plätzen wie diesem sei sie einem auf einmal ganz nah. Chiara legte den Kopf auf seine Schulter, weil sie ihm jetzt ganz nah sein wollte und damit er die Tränen nicht sah, die ihr plötzlich über die Wangen liefen. Er merkte es trotzdem, als er ihr Gesicht in seine Hände nahm.

»Traurig oder glücklich?«, fragte er leise.

»Beides«, erwiderte sie.

Sie beließen es dabei, und jene zwei Gefühle führten denn auch wechselweise Regie in der ihnen noch bleibenden Zeit. Wie auf Bali kam auch hier der Abschied, und wie damals wollten sie ihn auch jetzt nicht wahrhaben. Trennung schien ihnen widersinnig, weil sie doch gerade erst wieder zueinandergefunden hatten.

Ihren letzten Abend verbrachten sie in der Trattoria von Chiaras Vater. Sie aßen die von Tinte gefärbte dunkle Pasta und Rotbarben in Safran. Dazu tranken sie Chiaras Lieblingswein.

Als die anderen Gäste gegangen waren und den Lärm mitgenommen hatten, setzte sich der Mann, dem man seine dreiundsiebzig Jahre nicht ansah, zu Chiara und Georg an den Tisch.

»Sie tun meiner Tochter gut«, sagte er, an Georg gewandt. »Aber …«, er zeigte auf den goldenen Ring an dessen Finger, »… es gibt da eine andere Frau.«

Georg nickte. »Ja, ich bin verheiratet«, entgegnete er. »Doch es ändern sich gerade die Koordinaten meines Lebens, wenn Sie verstehen, was ich meine.«

Chiaras Vater wartete.

»Ich bin im Begriff, etwas abzuschließen, damit etwas anderes beginnen kann«, fuhr Georg fort. »Aber das braucht Zeit. Nach all den Jahren.«

»Wenn Ihr Herz Ihnen die Erlaubnis gibt, warten Sie nicht zu lang. Das Leben wartet auch nicht. Glauben Sie einem alten Mann.«

»Papa sagt immer, was er denkt«, erklärte Chiara, als sie später neben Georg im Bett lag.

»Er hat ja recht. Mein Herz gibt mir nicht nur die Erlaubnis, es schubst mich geradezu hin zu dir.« Er stützte sich auf dem linken Ellbogen auf und fuhr mit seiner rechten Hand durch Chiaras Haare. »Ich werde mit Johanna reden. Versprochen! Es muss sein. Je eher, desto besser. Ich halte das alles nicht mehr aus. Sie war mal …«

»Was war sie?«

»Sie war eine wunderbare Frau, Chiara. Sie ist ein guter Mensch, aber …«

Chiara entgegnete nichts.

»… aber ich liebe sie nicht mehr. Sie hat ein großes Fest zu unserer silbernen Hochzeit organisiert. Und ich? Ich bin fast gestorben vor Scham. Und dann war ich ganz besonders aufmerksam zu ihr und konnte mich selbst kaum noch im Spiegel ansehen, weil kein Augenblick vergangen ist, an dem ich nicht an dich gedacht habe. Ich fühlte mich wie ein Feigling, und ich bin nie feige gewesen. Diese Lüge jetzt mit dieser Reise zu einem angeblichen Ärztekongress, das soll meine letzte gewesen sein.«

Sie nickte, legte ihn sanft zurück aufs Kissen und ihren Kopf in seine Schulterbeuge. Silberne Hochzeit. Fünfundzwanzig Jahre Miteinander. Dagegen standen ein paar Tage Glück auf Bali und Sizilien. Es musste reichen, dieses Glück.

»Wann und wo sehen wir uns wieder?«, fragte Chiara leise.

»Ende Mai auf Bali«, erwiderte er, ohne zu zögern. Als habe er ihre Frage erwartet. »Ich möchte noch einmal dort sein, wo alles begann, um dir dann hierher ans Ende der Welt zu folgen. Ich vermute, Kinderärzte werden auch auf Sizilien gebraucht.«

»Das werden sie«, entgegnete Chiara, und in dem Augenblick hatte das Glück die Zweifel ausgezählt. Vom Platz gescheucht mit einem Sieg nach Punkten. Fürs Erste.

Bevor Georg am nächsten Morgen zum Flughafen nach Palermo aufbrach, schmückten sie ihren Plan aus. Ihren neuen Plan. Sie besprachen ihn beim Frühstück. Sie wollten sich in Wayans Hotel treffen. Bruder und Schwester. Sie vereinbarten ein festes Datum. Chiara würde einen Bungalow reservieren. Danach wollten sie noch einmal an ihren Strand fahren. Auf ihrer Bale wollten sie sitzen und die Zukunft ausleuchten, während die Sonne unterging.

Bis dahin sollte es bei ihrer Vereinbarung bleiben. Keine Mails, keine SMS, keine Anrufe. Es waren diesmal schließlich nur etwas mehr als zwei Monate, die sie überstehen mussten.

Gestern nun hätte Georg kommen sollen. Noch redete Chiara sich ein, es sei etwas Unvorhergesehenes passiert, ein verpasster Anschlussflug, eine überbuchte Maschine, irgendetwas in der Art. Er werde sich eben nur ein wenig verspäten. Zwei Tage seien schließlich nichts Ungewöhnliches bei solchen Reisen. Und trotzdem: Ihre Unruhe wuchs von Stunde zu Stunde.

JOHANNA

In dieser Nacht tat sie kein Auge zu. Nachdem sie stundenlang versucht hatte einzuschlafen, stand Johanna gegen vier Uhr auf. Sie ging auf die Terrasse und legte sich dort auf das Sofa. Es war warm draußen, doch in ihr war es eiskalt. Sie fröstelte und zog den Frottee-Bademantel, den sie sich übergeworfen hatte, fester um sich. Ihr Blick suchte nach Haltepunkten, aber da war nichts. Da war nur die Schwärze des Himmels.

Johanna hatte Chiara erzählen lassen gestern Abend beim Essen. Ab und zu brachte sie eine leise Zwischenfrage an, damit der Redefluss nicht ins Stocken geriet. So erfuhr sie jede Einzelheit. Jeden Satz, den Georg gesagt hatte. Er hatte wieder zu sprechen begonnen, ihr verstorbener Mann, durch den Mund dieser jungen Frau, die Johanna gegenübersaß, und er hatte Dinge gesagt, die sie nicht glauben konnte – und doch glauben musste. Sie aß ihre Suppe und ihre Spieße scheinbar ungerührt auf, obwohl ihre Kehle sich anfühlte, als hätte sie jemand mit einer dicken Kordel zugeschnürt.

Du hast das hier gewollt, du musst da jetzt durch, hämmerte sie sich ein – und fragte sich im selben Moment, ob die immer lauter Alarm schlagende Gewissheit in ihr nicht längst die Marke des Zumutbaren überquert hatte. Sie hatte den Startknopf gedrückt, und nun fand sie die Stopptaste nicht mehr. Es war so quälend, was sie da zu hören bekam, dass sie sich am liebsten die Ohren zugehalten hätte, aber die Qual war bereits eingesickert in jede Faser ihres Körpers, wie ein schleichendes Gift, gegen das es kein Antiserum gab.

Ihre Gesichtszüge fühlten sich an wie schockgefroren, und wenn sie ein Lächeln versuchte, spürte sie schmerzlich die Farce. Nichts an ihr war mehr echt. Die Emotionen trommelten in ihrem Inneren, wollten raus, wollten toben, schreien, heulen – doch Johannas Phalanx der Täuschung hielt stand. Sie wusste: Ein falsches Wort, ein falscher Blick, und schon würde der eiserne Vorhang fallen. Das Spiel, das im Grunde kein Spiel mehr war, wäre mit einem Schlag vorbei. Als Theater entlarvt, auf dem die Bühne Feuer gefangen hatte.

Chiara hatte nichts bemerkt. Sie schien sogar froh, dass da jemand war, vor der sie ihre Geschichte ausbreiten konnte. Sie hatte Vertrauen gefasst zu dieser älteren Frau mit den rot gefärbten Haaren, die sich so trefflich aufs Zuhören verstand. Sie lachte oft und gestikulierte mit den Händen, während sie ihre Erinnerungen auffädelte wie die Perlen einer besonders kostbaren Kette. Die Gedanken an den Mann, den sie zu lieben vorgab, ließen sie strahlen. Die leichte Unruhe darüber, dass er nicht pünktlich gekommen war, die sich wie ein Virus in ihr einzunisten begonnen hatte, schob sie einstweilen mit stimmigen Erklärungsversuchen beiseite. Noch in der Inkubationsphase war der nahende Kollaps nichts weiter als ein fernes Grollen. Das Ding würde sich verziehen, bevor es ausbrach. Chiaras Abwehrsystem hatte seine Truppen losgeschickt, und bislang wurde es mit so was wie leisen Bedenken fertig.

Als sich die zwei Frauen im Garten des Hotels voneinander verabschiedeten, hätte man sie für Freundinnen halten können. Chiara gab Johanna einen Kuss auf die Wange. Er hinterließ keinen Lippenstift, doch sosehr Johanna sich später das Gesicht mit Wasser und Seife scheuerte, er blieb da, dieser Kuss. Wie ein Brandmal.

Jetzt versuchte sie zu sortieren, was sie in den letzten Stunden gehört hatte. Zerlegte die Geschichte von Chiara und Georg, stellte ihr die von Johanna und Georg gegenüber. Aber sie wollten einfach nicht zusammenpassen. Tessa und Max hatten als Kinder manchmal Steine verschiedener Puzzles miteinander vermischt, sodass am Ende kein stimmiges

Bild mehr entstehen konnte, trotz aller Bemühungen. Stets fehlte irgendwo ein Teil, oder es blieb eines übrig. Genau so kam es Johanna jetzt vor. Nichts ergab hier Sinn. Was die junge Frau ihr erzählt hatte, schien einem anderen Lebenspuzzle entnommen – und doch hatte sie von Georg gesprochen. Dem Kinderarzt aus Norddeutschland. Verheiratet mit Johanna, die er vorhatte zu verlassen. Derselbe Georg, der mit Johanna auf der Bank am See gesessen hatte und mit ihr in Gedanken nach Bali gereist war.

»Wir sollten mal wieder hin.« Warum nur hatte er das gesagt? Er war doch längst … Oder war er nicht? Hatte er sich zur Umkehr entschlossen, nachdem er aus Sizilien zurückgekommen war? Wollte er sich womöglich gar nicht mehr mit Chiara hier in Ubud treffen? Hatte er einen einsamen Schlussstrich unter sein Techtelmechtel gezogen, um doch bei seiner Frau, bei Johanna, zu bleiben?

Techtelmechtel. Dieses Wort sprang in ihre Gedanken. Ein abfälliges Wort für etwas, das sich neben einer fünfundzwanzigjährigen Ehe wie ein flatterhaftes Leichtgewicht ausnahm, das sich mit einem beherzten Schlag schnell wieder entsorgen ließ.

Hoffnung keimte in Johanna auf. Eine Hoffnung, die ihr einen Stromstoß zu versetzen schien. Sie sprang auf, lief zurück ins Zimmer und zog ihr Smartphone vom Ladekabel. Sie loggte sich ein in Georgs Bankkonto. Die Passwörter kannte sie inzwischen auswendig; sie hatte schließlich den ganzen Nachlass geregelt, sämtliche Einzugsermächtigungen und Daueraufträge gelöscht oder umgeleitet. Sie hatte jedoch nie die Abbuchungen aus den letzten Monaten kontrolliert. Es hatte keinen Grund gegeben, so etwas zu tun. Jetzt hatte sie einen Grund. Sie scrollte zurück bis Ende März. Und da stand es: ein Flug von Hamburg nach München mit Lufthansa und mit Singapore Airlines von München nach Denpasar. Versehen mit dem Datum von gestern. Die Sicherung ihrer eben noch hochschießenden Hoffnung sprang raus. Kurzschluss.

Sie rieb sich die Augen. Wunde, müde Augen. Es war also wahr, was kaum wahr sein konnte. Als Georg zwei Tage vor seinem Tod zu Johanna von einer Reise nach Bali gesprochen hatte, hatte er bereits seit Wochen einen Flug gebucht, um seine Geliebte genau hier zu treffen.

Wieder und wieder sah Johanna auf die Buchstaben und Zahlen. Leuchtende Beweise, die keinen Zweifel daran ließen, dass das, was Chiara erzählt hatte, kein Märchen war. Kein böser Traum, aus dem einen ein Kneifen in den Arm erlöste.

Nein, so leicht kam sie hier nicht davon. Sie war auf diese Insel gereist, um Antworten zu finden. Jetzt hatte sie Antworten, aber die hatten das Zeug, ihr Innerstes vollends ins Chaos zu stürzen in einer ohnehin bereits bröckelnden Welt. Sie hatte Georg auf Bali wiederfinden wollen; nun schien sie ihn noch mehr zu verlieren. Ihre Liebe, die sie hier vermeintlich stets auf Neue reanimiert hatten, erwies sich am Ende als sterbender Patient, bei dem ein paar Stöße mit dem Defibrillator nichts mehr ausrichten konnten.

Johanna erinnerte sich an den verschwitzten, wankenden Mann in ihrem Arm, während die Gäste auf der silbernen Hochzeit im Takt des Walzers klatschten. Ein Totentanz damals schon. Erst jetzt begann sie zu begreifen. Ein Mensch wie Georg war nicht imstande, die Lüge auszuhalten.

Doch was für ein Mensch war er überhaupt gewesen? Die Antwort darauf zerbrach in unzählige Scherben.

Zitternd tastete sie sich zurück zu dem Sofa auf der Terrasse. Niemals zuvor hatte sie sich derart allein gefühlt. Stets war da Georg gewesen, selbst nach seinem Tod war er noch da gewesen. Überall in ihrem Haus hatte er seine Spuren ausgelegt. Auch sein Geruch war dort geblieben. Wochenlang hatte Johanna nachts sein Kopfkissen im Arm gehalten.

Es suggerierte Anwesenheit, Jahrzehnte verlässlicher Nähe, Geborgenheit. Doch der Geruch war dünner geworden, hatte sich am Ende verflüchtigt. Was blieb, war ein schmutziger Kopfkissenbezug, den Johanna irgendwann in die Waschmaschine steckte. Durch die Reise hatte sie sich wieder mit Georg vereinen wollen, doch nun entzog er sich ihr auch hier.

Mit ihrer munteren Art hatte Chiara ihn an sich gebunden, als er sich leer gefühlt hatte. Leer wie das Meer bei Ebbe. Ans Ufer ihrer Insel hatte sie ihn gelockt und dann darauf gewartet, dass das Wasser kam. Es kam stets langsam, das Wasser bei Einbruch der Flut, fast unbemerkt. Erst füllte es die Priele, kleine Rinnsale, die zu unüberwindbaren Strömen wurden, wenn bereits alles zu spät war. Johanna sollte zurückgelassen werden. Ein Opfer der Gezeiten. Das war der Plan gewesen von Chiara und Georg.

Johanna spürte Wut in sich aufsteigen. Wut auf die Frau mit dem billigen Blechring am Finger, die sich ihrer Sache so sicher war. Die selbstgewiss nach dem Mann einer anderen griff und das alles einer Wildfremden mal eben beim Abendessen servierte. Die meinte, ihre banalen Gefühle könnten es aufnehmen mit fast drei Jahrzehnten Zweisamkeit.

Die Wut tat Wirkung. Sie tat gut. Löste die Ohnmacht, die sich seit gestern Mittag wie Mehltau auf Johannas Gemüt gelegt hatte. Nein, sie war noch nicht fertig mit Chiara. Sie war jetzt sogar im Vorteil, wusste sie doch, dass deren Geliebter niemals kommen würde. Der Traum, den die beiden geträumt hatten, er war zerplatzt. Das gemeinsame Leben auf Sizilien würde zu Ende sein, bevor es angefangen hätte.

Ob das ein Trost für Johanna sein würde, vermochte sie noch nicht zu sagen. Aber es gab ihrer Wut die Nahrung, die sie dringend brauchte, um nicht durchzudrehen.

Bald begann ein neuer Tag, und sie hatte dringend etwas Schlaf nötig. Aus ihrem Koffer holte sie sich eine Schlaftablette. So was nahm sie nur in Notfällen. Dies hier war ein Notfall.

Als sie aufwachte, stand die Sonne bereits hoch am Himmel. Sie sah auf ihre Uhr. Es war kurz vor zwölf mittags.

Sie griff zum Telefon. Für ein Frühstück war es bereits zu spät. Sie bestellte eine große Kanne Tee.

Kurz darauf klopfte es an der Tür. Johanna ließ sich den Tee auf die Terrasse bringen. Dem jungen Mann gab sie einen Briefumschlag mit und bat ihn, diesen einer hier im Hotel wohnenden Italienerin mit dem Namen Chiara auszuhändigen.

In aller Eile hatte sie einen Zettel geschrieben. *Liebe Chiara, hättest Du Lust, heute einen kleinen Ausflug mit mir zu unternehmen? Ich möchte ein wenig über Land fahren, und da wäre mir Gesellschaft willkommen. Melde Dich doch bei mir. Elisabeth*

Die Nummer ihres Bungalows hatte sie beigefügt.

Nachdem der junge Mann verschwunden war, rief sie in der Rezeption an und bestellte einen Wagen mit Fahrer für halb zwei. Dann duschte sie, trug ein wenig Make-up und Lippenstift auf und zog sich ein frisches Kleid an. Ein hellgrünes. Sie besaß es schon lange. Georg hatte sich immer gefreut, wenn sie es anzog. »Du siehst darin so jung aus«, sagte er dann und lachte sein Lachen. Sie hatte das Kleid in den letzten Jahren selten getragen, und Georg hatte nur noch selten gelacht.

Sie betrachtete sich in dem bodenlangen Spiegel, der im Schrankzimmer angebracht war. Das Grün stand ihr; es vertrug sich mit dem Rot ihrer Haare. Früher war das Rot ganz natürlich gewachsen, doch als sich immer mehr Grau durchsetzte, begann sie nachzuhelfen. »Ich werde alt«, hatte sie im letzten Herbst zu Georg gesagt. Es war keine Widerrede von ihm gekommen, und sie hatte ohne ein weiteres Wort das Badezimmer verlassen. Wenn sie jetzt daran dachte, zog sich ihr Herz zusammen. Ihr war, als würde es von Frost überzogen. Eine Eisschicht, die jede aufkeimende Sentimentalität sofort abkühlte.

Auf der Terrasse goss sie sich Tee ein und nahm eine Banane vom Früchteteller. Die Mangostans ließ sie liegen.

Die Luft flirrte in der Mittagssonne. Das Reisfeld schien zu dampfen. Um diese Tageszeit gab es keine zauberhaften Farbspiele. Es gab nur eine alles gleichmachende, erdrückende, plumpe Hitze, die Stillstand einforderte.

Johanna ließ sich auf das Daybed fallen. Sie war sicher, dass es dieser, ihr Bungalow gewesen war, in dem Georg im letzten Herbst gewohnt hatte. Ganz der Gewohnheitsmensch, der er stets gewesen war. Auf diesem Sofa hatte er in jener ersten Nacht geschlafen, während Chiara in dem Bett gelegen hatte, das so viele Male das von Johanna und Georg gewesen war und in dem nun Johanna allein schlief. Ein Karussell, in dem drei Menschen die Plätze wechselten. Ein Tauschhandel, der Johanna am Ende als Verliererin dastehen ließ.

Wieder spürte sie die Wut der letzten Nacht. Noch ließ sie sich nicht wirklich fassen, diese Wut. Sie entglitt ihr wie Quecksilber, das, ließ man es frei, mal hierhin, mal dorthin floss. Ein nicht zu kontrollierender Stoff, der die Macht besaß, alles zu vernichten, was bedrohlich schien.

Das Schrillen des Telefons ließ Johanna zusammenzucken. Sie sprang auf, lief zurück ins Zimmer und hob ab. Ihre Stimme klang fest und bestimmt, als sie sich meldete.

»Hallo, hier ist Chiara.«

Johanna schluckte den Kloß weg, der sich beim Klang der munteren Stimme sofort in ihrem Hals bildete. »Wie schön, dass du dich meldest«, brachte sie hervor.

»Ich hab mich sehr über deine Nachricht gefreut, Elisabeth.«

Elisabeth. Das war sie. Johanna. Sie musste sich erst daran

gewöhnen. Sie musste sich an vieles gewöhnen. Dies alles war unbekanntes Land für sie. Ein Land, aus dem Georg sich davongemacht und sie zurückgelassen hatte. Eine Witwe war sie, die bereits ohne Mann gewesen war, als er noch lebte. Ahnungslos. Betrogen. So gut wie verlassen.

»Und, ja, natürlich, ich begleite dich gern auf deinem Ausflug«, fuhr Chiara fort, nachdem Johanna nichts erwidert hatte. »Ich verbringe schließlich sowieso den ganzen Tag mit Warten. Da kann ich genauso gut etwas mit dir unternehmen. Wann soll es denn losgehen?«

»Ich habe für halb zwei einen Wagen bestellt. Treffen wir uns einfach vorn an der Rezeption.«

»Okay. Dann bis gleich.« Sie hängte ein.

Johanna trank ihren Tee aus und aß eine weitere Banane. Um Viertel nach eins machte sie sich auf den Weg.

***

Wayan nickte ihr von seinem Platz hinter dem Empfangstresen zu, als er sie kommen sah.

»Wie geht es dir, Johanna?«, begrüßte er sie.

Sie lächelte ihn an. »Danke, ich komme voran. Ich habe einen Fahrer bestellt.«

»Ja, ja, ich weiß.«

»Diese Frau, Chiara heißt sie, sie begleitet mich.«

Er runzelte die Stirn.

»Sie kennt meinen richtigen Namen nicht, Wayan, und sie darf ihn auch nie erfahren. Versprichst du mir das?«

Er nickte. Sie sah ihm die Verwirrung an.

»Es ist zu kompliziert, dir alles zu erklären«, ergänzte sie. »Es ist sogar so kompliziert, dass ich es selbst noch nicht verstehe. Aber …« Sie stockte, entschied sich dann jedoch weiterzureden, »… da gab es etwas zwischen Georg und der Frau. Und für mich ist das jetzt die einzige Chance herauszubekommen, was genau es war. Seine Schwester ist sie jedenfalls nicht. Georg hatte keine Schwester und auch keine Stiefschwester.«

Er sah sie sorgenvoll an. »Aber weiß sie denn nicht, dass er … dass er tot ist?«

»Noch nicht, Wayan. Sie glaubt nach wie vor, dass er hierherkommt. Und bis sie erfährt, dass sie vergeblich wartet, muss ich von ihr erfahren, was hinter allem steckt.«

»Das ist eine furchtbare Geschichte, Johanna.«

»Das ist es. Mein Kopf zerspringt fast, wenn ich …« Sie spürte, dass ihr Tränen in die Augen stiegen.

Er zog ein Papiertuch aus einer kunstvoll geschnitzten hölzernen Box, die auf dem Tisch stand, und reichte es ihr. »Von mir erfährt niemand etwas. Das verspreche ich dir. Und dem Fahrer sage ich deinen richtigen Namen nicht. Wie soll er dich nennen?«

»Elisabeth.«

»Gut. Aber bitte pass auf dich auf. Du hast gerade erst deinen Mann verloren.«

Sie wischte sich die Tränen weg. »Ich denke, ich habe Georg schon verloren, bevor er tot war.«

»Ob und warum das so gewesen ist, wissen nur die Götter. Sie lassen manchmal Dinge zu, die wir Menschen nicht verstehen. Aber sie haben immer einen Plan. Einen großen Plan.«

Sie nickte langsam. »Vielleicht hilft es, das alles so zu sehen«, sagte sie schließlich.

»Man kann es nur so sehen. Sonst wird man verrückt im Herzen.«

Das bin ich bereits, dachte sie. Verrückt im Herzen. Sie knüllte das Papiertuch in ihrer Hand zusammen. Der Balinese schien sie besser zu kennen als sie sich selbst. »Ich verspreche dir, auf mich zu achten, Wayan.«

»Versprich es nicht mir, sondern dir selbst. Und glaub mir,

dass es nicht immer gut ist, zu viel zu erfahren. Wer alles ausgräbt, lässt nur die bösen Geister frei.«

Sie lächelte. »Du bist ein wahrer Freund.«

Er blieb ernst. »Du hast doch eine Freundin hier auf der Insel, oder? Georg und du, ihr habt öfter von ihr gesprochen.«

»Ute, ja. Sie wohnt oben im Norden. In Bondalem.«

»Wirst du sie besuchen?«

Sie nickte. »Ich habe ihr schon geschrieben, dass ich komme.«

Sie wollte nicht mehr hier sein, wenn Chiara erfuhr, was mit Georg geschehen war. Und das würde bald geschehen, sehr bald sogar. Ein Warten, das nicht irgendwann ein Ende hatte, wurde quälend. Es verlangte nach Antworten, und genau diese Antworten würde Chiara suchen – und finden.

»Morgen, ja, ich denke, morgen fahre ich zu ihr«, erklärte sie nach kurzer Pause. »Du kannst mir schon mal einen Wagen reservieren. So gegen neun Uhr werde ich aufbrechen. Dann bin ich schon um die Mittagszeit dort.«

»Gut, Johanna, ich werde mich um alles kümmern«, sagte Wayan. »Ach, da kommt Mrs Ferrace.« Er zeigte Richtung Garten.

»Wer ist …?«

»Chiara Ferrace. So heißt sie mit vollem Namen. Ich gebe dem Fahrer Bescheid. Er wartet am Parkplatz auf euch.«

Johanna holte tief Luft und drehte sich dann mit einem möglichst strahlenden Lachen um. Sie winkte.

Chiara trug heute schwarze enge Hosen und einen roten Kaftan darüber. Und wiederum Silberschmuck. Eine lange Kette mit einem fein gearbeiteten Anhänger, in dem ein roter Stein leuchtete. Vielleicht ein Rubin? Johanna kannte sich nicht aus, aber sie musste zugeben, dass die Kette gut aussah. Alles an dieser Frau sah gut aus. Selbst der billige Blechring, den sie anscheinend wirklich nie ablegte.

Die Frauen begrüßten sich. Chiara gab Johanna wie gestern Abend einen Kuss auf die Wange. Ein Brandmal auf einem Brandmal.

Wayan wandte sich ab, und Johanna wusste, dass er fühlte, was sie fühlte. Ein Tropfen Trost in einem Meer voller Untiefen.

Der Fahrer wartete am Parkplatz auf sie. Er stand vor einem blank geputzten Wagen und rauchte eine Zigarette. Als er die beiden Frauen kommen sah, warf er die brennende Zigarette auf den Boden und brachte die Handflächen vor der Brust zusammen. Er senkte den Kopf kurz und begrüßte sie. »My name is Ketut.« Der Duft von Tabak und Nelken umgab ihn.

Johanna stellte sich und Chiara vor.

Er öffnete die hintere Wagentür und ließ die beiden Frauen einsteigen.

»Wohin fahren wir überhaupt?«, fragte Chiara.

»Ich dachte mir, wir sehen uns Jatiluwih an«, erwiderte Johanna und gab Ketut entsprechende Anweisungen. Der nickte anerkennend. »Beautiful!«

»Was ist Jatiluwih?«, wollte Chiara wissen.

»Für mich sind es die schönsten Reisterrassen der Insel«, erklärte Johanna und lehnte sich in dem weichen Ledersitz zurück. Im Wageninneren roch es nach Rosen. Ob Wäsche oder Autos – die Balinesen hinterließen überall Duftspuren. Auf dem Armaturenbrett lag ein Opferkörbchen mit bunten Reiskörnern. Am Rückspiegel baumelte eine Ganesha-Figur aus Holz. Beschützer des Hauses und Gott der Hindernisse. Letztere beseitigte er, aber baute sie auch auf, wenn jemand ihm keinen Respekt zollte.

Passt ja, dachte Johanna und lächelte in sich hinein. Geradezu umzingelt von Hindernissen, konnte sie jede Art göttlicher Unterstützung gebrauchen. Auf ihren Reisen mit Georg hatten sie häufig über die hinduistische Götterwelt gesprochen. Georg hatte Shiva gemocht. »Der zerstört alles, was nicht mehr gebraucht wird, was ungut ist und krank macht – und dann lässt er auf dem Boden dessen Neues blühen. Eine Art Phönix aus der Asche.« Bei Shiva denke er stets an die große Freiheit, alles verändern zu können, hatte er gesagt.

»Aber was willst du denn verändern?«, hatte Johanna ihn gefragt. »Du hast, wir haben alles erreicht. Wir haben es doch gut.« Das »Oder etwa nicht?« versagte sie sich. Vielleicht, weil sie schon damals Angst vor der Antwort hatte.

»Es geht um die Möglichkeit, Johanna«, entgegnete Georg. »Um nicht mehr und nicht weniger.«

Er hatte ihr eine Tür geöffnet, dachte sie jetzt. Und sie war nicht hindurchgegangen. Die Freiheit, alles zu verändern, hatte er sich dann schließlich mit der Frau genommen, die nun neben Johanna auf der Rückbank eines Autos saß.

»Jatiluwih, das klingt irgendwie wie ein Zauberspruch«, sagte Chiara.

»Nun, es ist auch zauberhaft dort. Besonders am späteren Nachmittag, wenn die Sonne tiefer steht. Wir können ein bisschen durch die Reisfelder streifen und danach vielleicht einen Gin Tonic in einem der Cafés dort trinken, bevor wir zurückfahren.«

Während Johanna redete, waren ihre Gedanken schon wieder bei Georg. Sie hatte Jatiluwih allein besuchen wollen, früh am Morgen auf ihrer Fahrt in den Norden der Insel. Sie hatte sich erinnern wollen an die Male, die sie mit ihm dort gewesen war. Bis gestern war das ihr Plan gewesen. Doch dieser wie auch all ihre anderen Pläne waren plötzlich nichts mehr wert. Was nutzten ihr noch Erinnerungen, die sich den Mantel der Lüge übergeworfen hatten? Sie konnte der Vergangenheit nicht mehr trauen.

»Das ist eine wunderbare Idee«, sagte Chiara.

Johanna sah sie an, als wüsste sie einen Moment lang nicht, wovon die Rede war.

»Ich meine das mit dem Spaziergang und mit dem Gin Tonic«, schob Chiara nach, der die Irritation nicht entgangen war.

Johanna lächelte. »Ach ja, das … Bitte entschuldige mich. Ich habe heute Nacht nicht besonders gut geschlafen.«

»Warum?«

»Die Hitze«, log sie. »Ich war zwar schon so oft auf Bali, aber daran, dass es nie richtig abkühlt, habe ich mich nie gewöhnen können.«

»Ich dachte schon, meine Geschichte gestern hat dich zu sehr beschäftigt.«

Johanna erschrak. Hatte Chiara womöglich doch etwas gemerkt? »Nein, nein«, beeilte sie sich zu sagen.

»Wenn ich in Fahrt komme, rede ich häufig zu viel. Bei dir hatte ich … nun, du bist einfach eine wunderbare Zuhörerin, Elisabeth. Und ich brauchte wohl jemanden, der mir zuhört.«

»Den Eindruck hatte ich auch. Und es tut ja gut, sich mal alles von der Seele reden zu können.« Johanna mühte sich ein Lächeln ab.

»Weißt du, ich habe da einen besten Freund in Palermo. Carlo. Du erinnerst dich? Ich habe ihn gestern öfter erwähnt.«

»Ja, ja.«

»Ich liebe Carlo, und natürlich habe ich mit ihm alles rauf und runter besprochen, aber er ist eben ein Mann.«

»Du liebst ihn? Aber warum …?«

Chiara lachte. »Ich liebe ihn, ja, aber nicht so wie Georg. Carlo ist schwul, musst du wissen.« Sie zuckte die Schultern. »Das habe ich schon oft bedauert, denn eigentlich wären wir ein perfektes Paar.«

»Ich verstehe.«

»Aber er hat bei manchem eben eine andere Sicht auf die Dinge. Eine Frau wie du dagegen sieht so einiges doch etwas anders.«

Woher willst du wissen, wie ich die Dinge sehe?, dachte Johanna.

»Die Art, wie du nachgefragt hast, hat mir gezeigt, dass du genau verstehst, was ich fühle«, erklärte Chiara.

Es war kaum auszuhalten. Diese Idee mit dem Ausflug war ein Wahnsinn gewesen. Was hatte sie sich nur dabei gedacht?

»Na ja, du hast dich verliebt«, sagte Johanna, um überhaupt irgendetwas zu sagen. »Was ist daran nicht zu verstehen?«

Chiara nickte. »Es gab schon einige Männer in meinem Leben. Sogar mal einen, den ich heiraten wollte. Gott sei Dank ist etwas dazwischengekommen. Es wäre nicht gut gegangen, das weiß ich heute. Georg aber ist der erste Mann, der mir das gibt, was ich brauche. Er ist so liebevoll, so zugewandt, so aufmerksam, so …«

Johanna hörte nicht mehr zu. Angestrengt sah sie in Chiaras Richtung und doch an ihr vorbei. Ihr Blick flüchtete aus dem Fenster ins Freie. Dorthin, wo Marktleute in irgendeinem Straßendorf gerade dabei waren, ihre Stände abzuräumen. Sie warfen das, was sie nicht verkauft hatten, auf Pritschenwagen. Ihre Handgriffe waren eingespielt. Sie taten dies hier Tag für Tag. Wenn einer der streunenden Hunde sich ihnen näherte, warfen sie ihm entweder etwas Abfall hin oder scheuchten sie mit einem Fußtritt zur Seite. Sie waren nicht zimperlich beim Umgang mit Tieren. Sie ehrten in jedem Lebewesen die Seele, die darin wohnte, aber das war's dann auch schon. Mit westlicher Tierliebe kam man hier nicht weit. Das hatten Georg und Johanna oft beobachtet. Georg. Immer wieder Georg. Sie entkam ihm nicht. Ihm, der sie mit einem Fußtritt hatte wegscheuchen wollen, wie die Menschen da draußen die Hunde.

»Verstehst du, was ich meine?« Chiaras Stimme war zurück. Mit einer Frage.

Johanna nickte, obwohl sie gar nicht wusste, um was es ging.

»Das ist es«, sagte Chiara jetzt. »Ich glaube auch, dass ein Mann und eine Frau spüren, wenn sie füreinander bestimmt sind.«

Er war mein Mann, wollte Johanna schreien. Er war für mich bestimmt. »Und seine Frau?«, fragte sie leise. »Was ist mit seiner Frau?«

Chiara seufzte. »Das geht ihm sehr nahe, glaube ich. Er mag diese Johanna, aber er liebt sie nicht mehr.«

Diese Johanna! Schau sie dir an, diese Johanna. Sie sitzt hier neben dir und würde am liebsten aus dem Auto springen, um sich all das nicht mehr anhören zu müssen. Aber sie hat dir auch etwas voraus. Sie weiß, dass beide Geschichten zu Ende sind. Ihre wie deine.

»Und du? Was ist mit dir, Chiara?«, fragte Johanna, und sie konnte einen leichten Vorwurf in ihrer Stimme nicht unterdrücken. »Hast du keinerlei Schuldgefühle? Immerhin geht deinetwegen eine Ehe auseinander.«

Chiara überlegte. Sie sah dabei aus, als würde sie etwas kauen, das sie von einer Seite des Mundes in die andere schob. »Natürlich habe ich auch darüber nachgedacht«, erwiderte sie schließlich. »Aber nein, ich habe kein schlechtes Gewissen. Wenn seine Ehe wirklich gut wäre, hätte Georg sich nicht auf mich eingelassen. Vielleicht für eine Nacht, weil so etwas schnell mal passiert, wenn sich zwei Menschen treffen, verstehen und einen netten Abend miteinander haben. Aber zwischen uns, da ist mehr. Er wäre niemals nach Sizilien gekommen, wenn es ihm nicht ernst wäre. Glaubst du das nicht auch?«

Johanna nickte. Was sollte sie auch anderes tun? Sie konnte hier nicht einfach aussteigen. Und zudem hatte Chiara nicht unrecht. Weshalb war Georg wohl nach Italien gereist? Nur um ein bisschen Abenteuer zu haben – und sich dabei der Gefahr auszusetzen, dass alles aufflog? Und danach noch ein Flugticket hierher zu buchen? Nein, so ein Mensch war er nicht. Er hatte sich stets gut überlegt, was er tat, und dann hatte er ganz bewusst entschieden. Er ging nicht gern um irgendwelche Ecken, er ging lieber geradeaus. Das hatte Johanna an ihm geliebt. Seine Klarheit. Manchmal war daraus Kompromisslosigkeit geworden. Das hatte sie dann nicht mehr geliebt. Doch warum hatte er mit ihr ebenfalls nach Bali reisen wollen? Das passte nicht zu ihm. Weshalb nur hatte er seine Gradlinigkeit verlassen und ihr auf der Bank eine Zweisamkeit vorgespielt, die es nach allem, was sie gerade hörte, schon längst nicht mehr gab?

»Innerlich hatte er sich bereits von seiner Frau getrennt, als wir uns zum ersten Mal begegnet sind«, fuhr Chiara fort, als wollte sie Johannas Gedanken bestätigen. »In Tràpani dann hat er den Entschluss gefasst, mit mir zu leben. Und wahrscheinlich hat er inzwischen mit ihr geredet und alles geklärt. Er ist, auf seine ganz eigene Weise, ein sehr ernsthafter Mann, Elisabeth. Keiner, der halbe Sachen macht. Und sicher auch kein Lügner.«

In der Hinsicht irrst du dich, dachte Johanna. Er ist ein Lügner. Die Frage bleibt nur, wen von uns beiden er angelogen hat – dich oder mich? Hätte er auf einer letzten Reise mit mir Schluss gemacht? War das sein Vorsatz? Nein, das schloss sie aus. Dafür flog man doch nicht um die halbe Welt. Das hätte er einfacher haben können. Zu Hause bei einem ihrer gemeinsamen Abendessen. Aber das hatte er nicht getan. Wollte er dann also mit dir hier alles beenden?

Johanna schüttelte den Kopf. Sie tat das, ohne nachzudenken.

Chiara sah sie erstaunt an. »Glaubst du das etwa nicht?«

»Doch, doch. Weshalb sollte ich dir nicht glauben? Ich kenne Georg ja schließlich nicht …«

»… aber du kennst ähnliche Fälle, ich verstehe. Als Scheidungsanwältin hast du sicher schon so einiges mitbekommen.«

Johanna hatte gar nicht mehr an den Beruf gedacht, den sie Chiara gestern Nachmittag hingeworfen hatte. Eine Notlüge, weil ihr im ersten Moment nichts Besseres eingefallen war. Jetzt erwies sich die als Rettungsanker.

»Ja, ja«, beeilte sie sich zu sagen. »Ich bin in dieser Hinsicht wohl etwas verdorben. Liebe und Lüge, das ist ein ziemlich unheilvolles Paar. Das habe ich oft erleben müssen.«

»Lügen Männer oder Frauen mehr?«

»Ich denke, es sind die Männer. Vielleicht aber sind die Frauen auch einfach besser im Lügen. Nicht so schnell zu durchschauen.« So wie ich gerade, schickte sie in Gedanken hinterher.

»Verliert man in deinem Job nicht irgendwann den Glauben an die Liebe?«, fragte Chiara.

»Ach, ich komm ganz gut klar.«

»Ich will nicht zu neugierig sein, aber gibt es gerade einen Mann in deinem Leben? Ich meine, mal abgesehen von deinem Ex-Mann?«

Johanna schüttelte den Kopf. »Wird auch nicht unbedingt leichter mit steigendem Alter.«

»Wie alt bist du denn?«

»Fast sechzig.« Sie machte sich ein bisschen älter, als sie war.

»Du siehst jünger aus.«

Sie wollte keine Komplimente von der Frau, die ihr den Mann genommen hatte. Eine Jüngere, die eine Ältere mal eben so ausgestochen hatte. »Sag mal, empfindest du so etwas wie Mitgefühl gegenüber Georgs Frau?« Sie musste diese Frage einfach stellen.

»Nein.« Die Antwort kam schneller als erwartet. »Ich kenne diese Frau doch gar nicht.«

»Aber letztlich verliert sie ihren Mann. Von meinen Scheidungsfällen in der Kanzlei weiß ich, wie schmerzhaft es sein kann, verlassen zu werden. Vor allem, wenn die Beteiligten nicht damit rechnen. Immerhin hat Johanna noch eine große Feier zur silbernen Hochzeit ausgerichtet. Sie scheint geglaubt zu haben, alles sei in bester Ordnung.«

»Und da hat sie sich eben getäuscht. Georg hat mir erzählt, sie habe gar nicht mehr wahrgenommen, was zwischen ihnen alles nicht stimmte. Sie sei manchmal richtig abweisend und hart gewesen. Ihm gegenüber und überhaupt. Er meinte, sogar ihre eigenen Schüler habe sie fast als Gegner betrachtet.«

Johanna schluckte. Es stimmte, was Chiara da sagte. Aber warum hatte Georg das alles nicht mit ihr beredet?

»Er hat wohl öfter mal versucht, mit ihr ins Gespräch zu kommen«, sagte Chiara jetzt. »Aber dann hat sie ihn abgewimmelt. Sie wollte einfach so weitermachen wie immer. Nur hat sie dabei außer Acht gelassen, dass es für die Liebe kein Dauer-Abo gibt.«

»Das ist bitter«, erwiderte Johanna. Sie meinte es genauso. Es war bitter, was sie da hörte. Und noch bitterer war, dass sie sich eingestehen musste, versagt zu haben. Nach Georgs Tod hatten sie begonnen, die leisen Selbstvorwürfe. Sie hatte sich vorgehalten, keine Anzeichen eines nahenden Infarkts bemerkt zu haben. Doch nun erkannte sie, dass sie auf ganzer Linie gescheitert war. Sie würde Zeit brauchen, um das ganze Ausmaß zu begreifen. Jetzt allerdings hatte sie das Gefühl, in einen Abgrund zu blicken, und den unmissverständlichen Drang, einen Schritt zurückzutreten, um sich in Sicherheit zu bringen. Ansonsten lief sie Gefahr abzustürzen. Sie spürte, dass sie am ganzen Körper zitterte.

»Hallo«, rief sie nach vorn Richtung Fahrer. »Könnten Sie vielleicht die Klimaanlage etwas herunterschalten?«

»Natürlich, Madam.« Der Mann drehte an einem Regler und ließ für einige Momente die Fensterscheiben herunter. Nur wenig später breitete sich feuchtwarme Luft im Inneren des Wagens aus. Dankbar lehnte sich Johanna zurück.

»Ich habe immer etwas Probleme mit dieser Air Condition«, sagte sie.

»Ist ja auch ungesund«, pflichtete Chiara ihr bei.

»Ja, viele holen sich da erst mal eine ziemliche Erkältung. Mich hat es auch mal ganz bös erwischt in so einem Tropenurlaub. Da lag ich dann die Hälfte der Zeit flach. Seitdem bin ich vorsichtiger.« Der Themenwechsel tat gut. Wie die feuchtwarme Luft. Johanna hatte die Gefahrenzone verlassen. Fürs Erste. Der Abgrund blieb da, das wusste sie, aber zumindest sah sie nun nicht mehr direkt hinein.

»Hey, Elisabeth, schau mal!« Chiara deutete auf eine Ansammlung von Männern auf Motorrädern, die alle in eine kleine Straße einbogen. »Wissen Sie, was da los ist?«, fragte sie den Fahrer.

»Ja, Madam«, nickte er. »Es gibt einen Hahnenkampf heute in diesem Dorf. Das ist eigentlich verboten, aber diese Kämpfe finden überall statt. Jeder weiß das, und es spricht sich schnell herum.«

»Und die Polizei?«

»Die drückt meist ein Auge zu.«

»Halten Sie doch mal kurz an«, bat Chiara.

Er trat auf die Bremse und brachte das Auto am Straßenrand zum Stehen.

»Wollen wir uns das ansehen?«, fragte Chiara, jetzt an Elisabeth gewandt. »Ich meine, so etwas bekommt man schließlich nicht alle Tage geboten.«

Johanna schüttelte den Kopf. »Ich denke, das ist keine gute Idee«, wandte sie vorsichtig ein.

»Warum denn nicht?«

»Es ist traditionell eine Männersache. Die Anwesenheit von Frauen ist da unerwünscht.«

Der Fahrer nickte. »Es stimmt, was Madam Elisabeth sagt. Wir sollten da nicht hinfahren.«

»Aber wir sind doch Touristinnen. Aus dem Westen. Wir

tun einfach so, als wüssten wir nichts von irgendwelchen Regeln.«

Dem Mann war es unangenehm, das spürte Johanna. Sie kannte die Balinesen; sie blieben stets freundlich, aber eine derart unverblümte Ansage wie diese war bereits mehr als das, was als gerade noch tragbar galt. Man musste das Gesicht wahren, durfte sein Gegenüber nicht brüskieren. Ein Lächeln kaschierte die unguten Gefühle. Gefühle wie Ärger, Angst, Wut. Auch der Fahrer lächelte bei seinem eindringlichen Appell.

Chiara missverstand sein Lächeln. Meinte nun, sie müsste nur ein bisschen bitten und betteln; dann würde er schon nachgeben.

Johanna sah von ihm zu ihr und zurück. Plötzlich durchfuhr sie ein Gedanke. Ein böser Gedanke, aber sie war schließlich auch böse. Böse auf diese junge Frau, die sich so unverblümt das Recht genommen hatte, Johannas Leben zu zerstören, und dabei noch nicht einmal Reue empfand.

»Schauen wir doch kurz vorbei«, sagte sie zum Fahrer. »Wenn Sie mit ihr unter die Männer gehen und denen das Ganze erklären, wird es schon klappen. Ich halte mich dabei im Hintergrund.«

Er sah Johanna an. In seinem Blick lag Sorge. Sorge um Chiara.

Johanna nickte. Sie verstand ihn, aber darum ging es jetzt nicht mehr. In ihr kroch das Verlangen hoch, Chiara dort ins Messer laufen zu lassen. Denn das würde sie. Die Männer würden nicht geizen mit ihrer Verachtung für eine Frau, die ihre Regeln brach.

Chiara lachte. »Danke, Elisabeth.« Und dann plapperte sie auch schon weiter. »Ich habe von diesen Hahnenkämpfen gehört und mir immer schon gewünscht, das mal erleben zu dürfen.«

Johanna dachte an Georg. Auch er hatte einst einen Hahnenkampf besucht. Mit Wayan. Ohne Johanna. Das sei nichts für schwache Nerven, hatte er damals gesagt, als er zurückkam. Johanna schaute Chiara von der Seite an. Sie gab sich munter und selbstgewiss, diese junge Italienerin, aber Johanna glaubte nicht, dass Chiaras Nerven besonders stark waren. So ein blutiger Kampf könnte ein Fanal sein für das, was unweigerlich folgen würde. Das Erlebnis des Todes würde die Nachricht des Todes quasi ankündigen. Eine Art Omen. Sie befanden sich schließlich auf der Insel der Götter und Dämonen; da lag es nahe, dass man hineingeriet in das Geflecht von Glauben und Aberglauben.

***

Der Fahrer ließ den Motor wieder an und reihte sich mit dem Auto in die Kolonne der Motorradfahrer ein. Es ging eine staubige Straße hügelaufwärts. Ein paar Kurven, viele Schlaglöcher, vorbei an einigen kleineren Tempeln, die nichts weiter waren als ummauerte Karrees mit den typischen strohbedeckten Türmen. Hier waren sie nicht besonders hoch, die Türme. In den großen, den bedeutenden Tempeln der Insel ragten sie mit bis zu neun Etagen in den Himmel. Das waren denn auch jene, die zu Tausenden von Touristen besucht wurden. Die kleinen stillen Dorftempel interessierten kaum jemanden. Georg hatten sie interessiert. Oft hatte er mit Johanna angehalten und sich mit ihr in einen solchen Tempel gesetzt. Manchmal kamen sie dabei ins Gespräch mit einem zufällig anwesenden Priester. Manchmal blieben sie auch ganz allein. Es waren gute Zeiten gewesen.

Keine Frage, sie hatten gute Zeiten gehabt.

Chiara hatte keine Augen für die Tempel. Ihre Blicke folgten den Männern, denen das Auto folgte.

Auf einem improvisierten Parkplatz am Ende der Straße stellte der Fahrer den Wagen ab. Ein Trampelpfad führte dorthin, wo der Kampf stattfinden sollte. Ein großer Platz, auf dem ein paar braune Grashalme wuchsen, umgeben von einigen mageren Bäumen. Am Rand ein paar eilends aufgebaute Verkaufsstände, in denen süße Getränke und klebrige Süßigkeiten angeboten wurden. Die Händlerinnen waren Frauen. Hier, im Außenbereich, durften sie ihren Geschäften nachgehen. Einige hatten ihre Kinder dabei, die zwischen ihnen hin und her liefen. Die ganz Kleinen wurden auf dem Rücken getragen oder lagen an der Brust ihrer Mütter. Man redete, gestikulierte, lachte. Die Stimmung war ausgelassen, hier unter den Frauen.

Johanna setzte sich zu einer Balinesin auf einen Plastikhocker und kaufte für ein paar Rupiahs eine Flasche Mineralwasser. Die junge Frau deutete auf Chiara, die mit dem Fahrer zur Mitte des Platzes ging. Sie bewegte ihren Zeigefinger von links nach rechts.

Ja, ja, nickte Johanna. Sie wisse, dass ihre Bekannte gegen Regeln verstoße, aber sie könne da nichts machen. Sie werde einfach hierbleiben und warten.

Die Balinesin schüttelte den Kopf und richtete ihre dunklen Augen Richtung Himmel. Verrückt, diese Touristinnen, mochte das heißen. Oder auch schamlos. So genau zeigte man eben nicht, was man dachte.

Johannas Blick folgte Chiara. Die Männer saßen auf einer Bale im Kreis. Es waren etwa hundert, vielleicht auch mehr. Sie hockten dicht an dicht am Boden, im Schneidersitz. Der Fahrer sprach einige an. Schließlich rückten ein paar zur Seite und ließen ihn und Chiara Platz nehmen.

Die Männer schrien. Ihre immer lauter werdenden Rufe gellten über den ganzen Platz. Hände flogen in die Luft. Hände, die mit dreckigen Geldscheinen wedelten. Es wurde gewettet. Einer überbot den anderen. Die kehligen Schreie verbanden sich zu einem bedrohlichen Chor, der die Anwesenden in eine Art Trance versetzte. Eine Kakofonie, die sich ins schier Unerträgliche steigerte, als endlich die ersten Hähne aufeinander losgelassen wurden.

Johanna wusste von Georg, dass man den Tieren, die von ihren Besitzern jahrelang liebevoll gepflegt und massiert und mit dem besten Futter gepäppelt wurden, zum Kampf kleine Messer an die Gelenke der Beine band. Dann reizte man sie, indem man ihnen schon mal den Gegner zeigte, mit dem sie es gleich zu tun bekommen würden. Ganz nah brachte man die kampfbereiten Hähne zusammen, und bereits bei diesem Vorspiel hatten die Besitzer Mühe, ihre immer aggressiver werdenden Tiere festzuhalten. Der Kamm schwoll ihnen an, die Sehnen waren bis zum Zerreißen gespannt, der ganze Körper vibrierte vor Erregung. Irgendwann war es dann so weit. Es kam der Moment, in dem die Hähne freigelassen wurden. Freigelassen, damit einer von ihnen starb. Es ging meist schnell mit dem Sterben. Ein paar Male flatterten die Tiere hoch, die Messer ließen Blut spritzen. Einige Hähne wurden in die Brust getroffen, andere verloren den Kopf. Wer zuerst zu Boden ging und nicht mehr hochkam, wurde ausgezählt. Am Ende trug dessen Besitzer seinen toten Hahn aus der Arena. Er hatte das Wertvollste verloren, was er besaß. Sein Stolz war binnen weniger Sekunden zerfetzt worden. Was blieb, waren Trauer und Demütigung. Wayan hatte Georg damals erzählt, die Männer beweinten ihre toten Tiere oft tagelang.

War ein Kampf vorbei, flogen wieder Rupiah-Scheine hin und her. Die Wetten wurden beglichen, bevor die nächste Runde begann. Der Blutrausch, er verlangte nach Fortsetzung. Die Männer schwitzten und brüllten und zogen an ihren Nelkenzigaretten. Ihre Stimmen wurden heiser, und trotzdem wollten sie immer nur mehr. Mehr Geld und mehr Blut.

Von ihrem Plastikschemel aus beobachtete Johanna die Menge, die an diesem brütend heißen Nachmittag auf diesem staubigen Dorfplatz in ein kollektives Delirium zu fallen schien. Die Menschen hier hatten nichts mehr gemein mit den so freundlich lächelnden Balinesen, denen man allerorten begegnete. Der Kampf und der Tod brachten sie über den Siedepunkt hinaus zum Kochen. Es war ein Zustand, in dem alles möglich wurde. Die Demarkationslinie von Frieden zu Gewalt, sie wurde eine fließende.

Johanna spürte, wie sich ihr der Magen umdrehte. Tief drinnen begann etwas zu rebellieren gegen das, was sie sah. Übelkeit stieg in ihr auf. Sie fühlte, wie ihr die Farbe aus dem Gesicht wich, Schweiß bildete sich auf ihrer Stirn. Sie nahm einen Schluck aus der Wasserflasche und zwang sich, ruhiger zu atmen.

Ob sie etwas Süßes wolle, fragte die Balinesin, die anscheinend mitbekommen hatte, dass die ältere Frau in dem grünen Kleid mit den roten Haaren einen Schwächeanfall hatte. Sie hielt ihr einen rosaroten Reisriegel hin und nickte aufmunternd.

Johanna nahm den Riegel und biss in das klebrig süße Zeug. Der Zucker tat seine Wirkung. Es ging ihr schlagartig besser.

Sie solle sich in den Schatten setzen, unter einen Baum, sagte die junge Frau und half Johanna, den Schemel ein paar Meter weiter zu tragen. Sie war fürsorglich, und zum Zeichen des Dankes drückte Johanna ihr die Hand. Am liebsten hätte sie gar nicht mehr losgelassen. Nach allem, was sie seit gestern Nachmittag erlebt und erfahren hatte, und inmitten des Gemetzels hier auf dem Platz erschien ihr diese kleine, feste, warme Hand wie ein Zeichen des Trostes.

Johanna rang sich ein Lächeln ab. »Jetzt geht es mir wieder besser«, sagte sie leise.

»Das hier ist nicht gut für Frauen«, erwiderte die Balinesin und machte eine ausladende Handbewegung. »Männer haben Spiele, die Frauen nicht verstehen.«

Das stimmte. Auch Georg hatte sein Spiel gehabt. Er hatte seine Wette verloren und mit dem Leben bezahlt, und nun saß seine Frau hier im Schatten eines staubigen Baumes auf der Insel, die ihre gemeinsame gewesen war, und verstand die Welt nicht mehr, die ebenfalls ihre gemeinsame gewesen war. Die Gemeinsamkeiten hatten sich davongemacht und alle Gewissheiten mitgenommen. Vermeintlich war geworden, was einst Schutz und Sicherheit geboten hatte. Johanna hatte sich geirrt, und das gründlich. Der Infarkt hatte ihr zuerst den Mann genommen, aber dann war sie zu dieser Reise aufgebrochen, in dem festen Glauben, sein Herz würde sie begleiten. Doch das Herz war auf Abwege geraten. Es hatte schon einer anderen gehört, bevor es implodierte und schließlich aufhörte zu schlagen.

In diesem Moment fühlte Johanna eine Einsamkeit wie noch nie in ihrem Leben. Sie war jetzt allein. Wirklich allein.

»Deine Freundin dort weiß das nicht«, fuhr die Balinesin fort.

»Nein«, entgegnete Johanna. »Sie weiß gar nichts. Und sie ist auch nicht meine Freundin.«

»Das ist gut.«

Johanna sah sie fragend an. »Was ist gut?«

»Dass ihr nicht befreundet seid.«

»Wieso?«

»Die Götter bestrafen Menschen, die gegen ihre Regeln verstoßen. Und manchmal bestrafen sie die Freunde gleich mit. Sie machen da wenig Unterschiede.«

Johanna lächelte. »Dann habe ich wohl in diesem Fall Glück.«

Die junge Frau nickte. »Man braucht Glück.«

Ja, dachte Johanna. Das braucht man.

Sie sah jetzt, wie sich Chiara und der Fahrer erhoben. Das Töten dort auf dem Platz ging weiter, aber die beiden lösten sich aus der Menge und kamen mit langsamen Schritten auf

Johanna zu. Chiara stolperte über einen Ast, der am Boden lag, und wankte. Ein paar Haarsträhnen hatten sich gelöst und hingen ihr über das Gesicht. Die schwarze Hose und das rote Oberteil waren mit Staub überzogen wie alles hier auf diesem Platz. Ihr Blick schien Orientierung zu suchen. Als sie Johanna unter dem Baum sitzen sah, hob sie den Arm, als wollte sie winken. Der Versuch misslang.

Johanna hatte erreicht, was sie wollte. Zitternd blieb Chiara vor ihr stehen. Eine Versehrte. Der erste Streifschuss, er hatte seine Wirkung nicht verfehlt. Das so Muntere und Selbstgewisse hatte Schrammen bekommen.

Nur Johanna wusste, dass dies erst der Anfang war.

Sie erhob sich und lächelte die junge Balinesin an. Was sie für den Reisriegel bekomme, fragte sie und holte ihr Portemonnaie aus der Handtasche.

Die Frau schüttelte den Kopf. »Ein Geschenk für dich«, erwiderte sie und senkte den Kopf.

Ein schöneres Geschenk konnte sich Johanna in diesem Augenblick nicht vorstellen.

Sie fuhren an dem Nachmittag noch nach Jatiluwih. So wie sie es geplant hatten. Doch sie gingen dort nicht mehr spazieren.

»Verzeih, Elisabeth, aber ich habe keine Energie, in den Reisfeldern herumzulaufen«, sagte Chiara, als sie wieder im Auto saßen. Ansonsten sagte sie nicht mehr viel. Sie schaute nur unentwegt aus dem Fenster. Teilnahmslos. Ohne irgendeine Regung.

Johanna tat es gut, dass sich nun Schweigen ausbreitete. Ein Schweigen wie ein Kissen, in das sie sich zurückfallen ließ, um ein wenig auszuruhen. Sie musste diesen Tag noch hinter sich bringen. Durfte sich keinen Fehler erlauben.

Chiara war jetzt angeschlagen; das machte es leichter für Johanna.

Sie ließen sich zu einem der Restaurants bringen, von denen aus sie einen Blick auf die Reisterrassen hatten, die am späten Nachmittag in allen nur denkbaren Grüntönen changierten. Sonne und Wolken transformierten das Grün und veranstalteten Lichtspiele mit ihm, die ihresgleichen suchten. Ein Kippbild, das sich von Augenblick zu Augenblick veränderte. Ein paar Bauern gingen ihrer Arbeit nach, einige Spaziergänger machten Fotos. Einer der großen Vulkane Balis zeigte sich am Horizont; nur kurz, dann hüllte er sich wieder in Wolken. Es war wie immer an diesem Ort. Es war schlicht schön.

Johanna bereute es, nicht allein zu sein. Noch gestern Morgen hatte sie sich ausgemalt, wie es sein würde, hier oben zu sitzen und sich vorzustellen, Georg wäre bei ihr. Georg, mit dem sie unzählige Male eingetaucht war in das mannigfache Grün.

»Es leuchtet einem in die Seele hinein«, hatte er beim letzten Mal gesagt.

Johanna hatte seine Hand genommen, die, an der er seinen Ehering trug. »Es leuchtet dorthin, wo die Dinge ihre Schönheit bewahren«, erwiderte sie.

Er streichelte mit dem Daumen über ihren Handrücken. »Wir sollten uns auch einiges bewahren, Johanna. Es gibt so viel Wunderbares, auf das wir blicken können. Das uns allein gehört. Wir vergessen es nur manchmal.«

»Deshalb fahren wir ja immer wieder her. Auf diese Insel. Sie erinnert uns an das, was sonst vielleicht verschwindet. Einfach so. Es gibt sie, diese Sachen, die irgendwann nicht mehr da sind, und dann man fragt sich, wo sie geblieben sind.«

»Wie Socken?«

Sie lachte. »Ein etwas profaner Vergleich, aber, ja, wenn du so willst, ist es mit Erinnerungen wie mit Socken. Plötzlich sind sie weg, und niemand weiß, wohin.«

»Dann passen wir jetzt auf unsere Socken auf.«

Das war drei Jahre her.

Vielleicht hatten Johanna und Georg sogar an diesem Tisch gesessen, an dem sie jetzt mit Chiara Platz nahm. So genau wusste sie das nicht mehr. Aber was sie noch wusste, war, dass sie damals gedacht hatte, nichts und niemand könnte sie trennen. Sie hatten ihre Erinnerungen. Sie hatten ihr gemeinsames Leben. Und sie würden auf ihre Socken achten. Trotz allem oder gerade deshalb. Sie merkten schließlich beide, dass der Alltag ihnen zusetzte.

Johanna hatte Momenten wie jenem vor drei Jahren nachspüren wollen. Um sich zu vergewissern. Um Georgs Liebe zu spüren. Um ihre eigene Liebe zu spüren. Um danach weiterleben zu können. Ohne und mit ihm, beides gleichermaßen. Es hatte sich richtig angefühlt, wieder nach Bali zu kommen. Jetzt fühlte sich alles falsch an. Als hätte jemand in einem Film die Rollen neu besetzt und gleich noch das Drehbuch umgeschrieben. Nichts stimmte mehr.

Chiara hatte bislang kaum etwas gesagt.

»Möchtest du einen Gin Tonic?«, fragte Johanna, bemüht, ihre Stimme mitfühlend klingen zu lassen.

»Nein, ich nehme lieber einen Tee.«

Johanna winkte den Kellner herbei und bestellte eine große Kanne schwarzen Tee und zwei Tassen.

»Etwas zu essen, Madam?«

»Einen Teller mit Früchten, bitte. Ananas, Bananen, Papayas, was Sie dahaben …«

Der Mann nickte und verschwand.

»Du hattest recht«, sagte Chiara leise. »Ich hätte da nicht hingehen sollen. Es war brutal.«

»Sie haben ihre Regeln, die wir nicht begreifen. Wir gehen zu verstandesmäßig vor, nehmen unsere Wertvorstellungen als Maß aller Dinge. Doch das, was da abläuft, ist fast archaisch. Zu so etwas haben wir keinen Zugang mehr.« Johanna dozierte. Wie eine Lehrerin. Und das war sie ja auch. Eine Lehrerin, die sich als Anwältin ausgab. Eine angebliche Rechtsversteherin, die sich das Recht nahm, ein Lügengebilde aufzubauen, um der Wahrheit ein Stück näherzukommen. Aber welcher Wahrheit? Gab es die Wahrheit überhaupt?

»Bist du mal bei so einem Kampf dabei gewesen?«, fragte Chiara.

»Nein, nein, aber ich habe mir davon erzählen lassen. Von meinem damaligen Mann.« Von Georg, ergänzte sie für sich, und sie empfand eine stille Genugtuung, im Beisein der anderen Frau, der vollkommen ahnungslosen Frau seinen Namen zu denken.

»Wie hat er es erlebt?«, fragte Chiara.

»Er hat gesagt, es sei nichts für schwache Nerven.«

»Diese Männer sind wie von Sinnen gewesen. Sie wollten einfach nur Blut sehen. Je mehr es spritzte, umso wilder wurden sie.«

»Das ist ihre Tradition. Seit Jahrhunderten schon lassen sie ihre Hähne aufeinander los. Sie opfern das, was ihnen am liebsten ist. Es geht ihnen um etwas, nun ja, irgendwie Höheres. In Spanien gibt es den Stierkampf ...«

»Das ist etwas anderes«, warf Chiara ein. »Dort sind auch Frauen im Publikum. Man kann es mögen oder ablehnen, je nachdem, wie man's sieht. Ein Stierkampf folgt einer eigenen Choreografie. Ich habe mir das vor Jahren einmal angeschaut. Natürlich floss auch Blut, aber es war eher eine Art Tanz. Ein Tanz, bei dem Mensch und Tier sich messen. Hier dagegen bricht sich etwas Bahn, das mir Angst macht.«

Johanna schwieg.

»Einer der Typen hat sogar seinen Sarong hochgehoben, damit ich seinen erigierten Penis sehen konnte«, fuhr Chiara fort. »Es war widerlich.«

»Du hast eine Grenze überschritten. Das deuten sie als ...« Sie suchte nach dem passenden Wort.

Chiara kam ihr zuvor. »Du meinst, ich bin in ihren Augen eine Hure?«

»So etwas in der Art, vermutlich.«

»Das ist schrecklich.«

»Auch das ist Bali.«

»Ich war so dumm, Elisabeth.«

»Du warst neugierig und hast mit dem Feuer gespielt …«

»… und mir dabei die Finger verbrannt. Es ist meine eigene Schuld.«

So ist es, dachte Johanna.

»Weißt du, ich fordere das Schicksal gern heraus«, ergänzte Chiara. »Das wird mir wahrscheinlich noch einmal zum Verhängnis.«

Johannas Blick wandte sich von Chiara ab. Sie sah auf die Reisfelder.

Der Kellner brachte den Tee und eine Platte mit Früchten.

Sie aßen und tranken schweigend.

»Es ist wirklich wunderschön hier«, sagte Chiara irgendwann. Erst jetzt schien sie die Reisterrassen wirklich wahrzunehmen. »Schade, dass ich uns den Ausflug so vermasselt habe.«

»Manchmal entwickeln sich die Dinge anders, als wir uns das vorstellen«, entgegnete Johanna. Sie sah auf ihre Armbanduhr. »Wir sollten bald aufbrechen. Es wird schnell dunkel auf Bali.«

Chiara nickte. »Georg sagt immer, es ist hier so, als würde jemand den Stecker aus der Dose ziehen.«

Ja, das war sein Satz gewesen. Das hatte Georg gesagt. Zu ihr, Johanna. Und zu ihr, Chiara. Sein Satz hatte sich einfach eine andere Frau gesucht. Und es war nicht bei einem Satz geblieben.

Als sie kurz vor Einbruch der Dunkelheit wieder in ihrem Hotel ankamen, reichte Johanna ihr die Hand. Sie war keine Küsse-Geberin.

»Ich werde morgen Vormittag abreisen«, sagte sie. »Zu meiner Freundin. In den Norden.«

»Ach, das ist schade. Ich hätte dir Georg gern vorgestellt«, erwiderte Chiara. »Wenn er denn irgendwann noch kommt …« Sie hielt Johannas Hand noch immer fest. »Ich finde, wir sollten das mit dem Gin Tonic noch nachholen«, sagte sie schließlich. »Was hältst du davon? Hier im Restaurant.«

Was sollte Johanna tun? Sie willigte ein. »Aber nicht mehr zu lange. Ich bin müde, und morgen habe ich eine lange Fahrt vor mir.«

»Kein Problem. Ich werde mich auch früh schlafen legen. Aber wir sollten nicht auseinandergehen, ohne noch einmal darauf anzustoßen, dass wir uns kennengelernt haben.«

Eine letzte Hürde. Ein letzter Gin Tonic. Und morgen, da wäre sie dann weg und würde Chiara nie wiedersehen.

»Ich danke dir für alles«, sagte Chiara, als sie kurz darauf vor ihren vollen Gläsern saßen.

»Was habe ich denn getan?«

»Du hast dir meine Geschichte angehört, und du hast mich auf diesen Ausflug heute mitgenommen. Den ich uns dann verdorben habe.«

»Ach, reden wir nicht mehr darüber.« Johanna konnte jetzt großzügig sein.

Chiara fuhr mit dem Zeigefinger am Rand ihres Glases entlang. »Meinst du, ich sollte morgen doch mal versuchen, Georg anzurufen? Immerhin wollte er vorgestern schon kommen.«

»Damit würdest du gegen eure Regeln verstoßen«, wandte Johanna ein. »Du hast mir erzählt, dass …«

»Ich weiß, ich weiß. Keine SMS, keine Mails, keine Anrufe.«

»Hast du überhaupt seine Telefonnummer und Adresse?«

Chiara nickte. »Er hat sie mir letzten Sommer hier auf Bali

gegeben. Seine Handy- und Praxisnummer. Für den Notfall, sagte er damals. Ich habe nie Gebrauch davon gemacht. Schließlich bin ich es gewesen, die besagte Regeln aufgestellt hat.«

»Und nun?«

»Nun beginne ich, mir Sorgen zu machen. Ich bin eigentlich keine Schwarzseherin, aber irgendwie passt es nicht zu Georg, sich zu verspäten und dann nichts zu sagen. Er ist so ein zuverlässiger Mann.«

Johanna ging darüber hinweg. »Vielleicht solltest du den morgigen Tag noch abwarten«, sagte sie vorsichtig. »Und es gegen späten Abend mal bei ihm versuchen. Die Zeitverschiebung eingerechnet, meine ich.«

»Ja, du hast recht. So werde ich es machen. Möglicherweise löst sich bis dahin sowieso alles, und er taucht hier auf. Magst du mir deine Handynummer geben, Elisabeth?«

Johanna erschrak. Damit hatte sie nicht gerechnet.

»Na ja«, erklärte Chiara, »vielleicht könnten wir uns zu dritt noch mal sehen. Nachdem ich dir so viel von Georg und mir erzählt habe. Das wäre sehr nett, denke ich. Du würdest ihn mögen, davon bin ich überzeugt.«

Nur noch zehn, fünfzehn Minuten, dachte Johanna. Dann hätten sie ihre Gin Tonics getrunken. Und dann wäre dieses Theater vorbei. Sie kam sich vor wie eine Marathonläuferin auf den letzten Metern. Sie musste durchhalten und spürte gleichzeitig, wie die Kräfte sie verließen. Die Muskeln gaben nach, die Luft wurde dünn. »Aber ihr wollt doch in den Westen, in dieses Haus an den Klippen«, sagte sie.

»Ja, das schon. Aber wer weiß. Kann ja sein, dass wir Lust auf einen Ausflug in den Norden bekommen.«

Johanna holte einen Stift aus ihrer Handtasche. Sie nahm die Serviette, auf der ihr Glas stand, und schrieb eine Nummer darauf. Ihre Handynummer. Doch sie vertauschte zwei Ziffern und schrieb zugleich eine Eins so, dass man sie als

Sieben lesen musste. Chiara würde sie unter dieser Nummer niemals erreichen.

Sie schob die Serviette über den Tisch.

»Danke«, sagte Chiara und tippte die Ziffernfolge in ihr Handy ein.

»Ach, magst du ihn mal sehen?«, fragte sie, und schon hielt sie Johanna ein Foto hin. Ein Foto von Georg und Chiara. Arm in Arm. Lachend.

Johanna wurde übel. Sie kämpfte augenblicklich mit dem Reiz, sich zu übergeben. Sie wollte das nicht sehen, dieses so offensichtliche Glück zweier Menschen, von denen einer doch zu ihr gehörte. Zu ihr gehört hatte, solange sie denken konnte. Sie zwang sich hinzuschauen, denn alles andere hätte verdächtig gewirkt, und sie durfte nicht verdächtig wirken. Bloß nicht jetzt noch, da sie es fast schon geschafft hatte.

»Er sieht nett aus«, brachte sie hervor.

Chiara nickte. »Das Bild hat mein Vater von uns gemacht. An jenem Abend in Tràpani, als Georg quasi um meine Hand angehalten hat. Wir waren so glücklich damals.«

»Ja, das kann man sehen«, erwiderte Johanna, bemüht, leichtfertig zu klingen. »Ich bin mir sicher, dass er bald hier ist und ihr zwei eine wunderbare Zeit miteinander haben werdet.«

»Es tut gut, dass du das sagst.« Chiara schaltete ihr Smartphone aus und legte es zurück auf den Tisch.

Ein Handy, das den Beweis lieferte, den es gar nicht mehr gebraucht hätte. Aber er schmerzte, wie ein Schlag mit einem harten Stock. In Georgs Handy hatte Johanna nichts dergleichen gefunden, denn natürlich hatte sie dort gesucht. Nach Fotos, nach Nachrichten, nach einer Telefonnummer. Sie trug sein Smartphone nach wie vor bei sich, angeblich, um eventuell wichtige Anrufe entgegenzunehmen. In Wahrheit scheute sie davor zurück, es abzumelden. Als würde es sie noch mit Georg verbinden. Als würde es eines Tages klingeln und er sich melden. Sie wusste, dass das verrückt war, aber so war es eben. Es gab Dinge, die sich nicht erklären ließen. Dinge, die man kaum sich selbst gegenüber zugab. Johannas SMS an Georg waren da gespeichert und seine an sie. Auch einige Schnappschüsse gab es, von den Kindern und von ihr. Von Weihnachtsfesten und von der silbernen Hochzeit. Von gemeinsamen Spaziergängen im Schnee und von Grillabenden mit Freunden im Garten. Von Bali existierten keine Handyfotos. Auf die Insel hatte er jedes Mal seine alte Spiegelreflexkamera mitgenommen und Diafilme. »Da bin ich altmodisch«, hatte er gesagt. Gab es womöglich Dias von Chiara? Johanna hatte ihn nach seiner Rückkehr im letzten September gefragt, ob er fotografiert habe. Er hatte den Kopf geschüttelt und irgendwas von fehlender Lust gemurmelt. Doch wie war sein Gesichtsausdruck dabei gewesen? Die Erinnerung wollte nicht kommen. Sie hielt sich versteckt im Hochnebel der Gedanken.

Johanna trank einen großen Schluck Gin Tonic. »Also dann«, sagte sie und stellte das leere Glas zurück. Sie stand auf, vielleicht ein bisschen zu abrupt, aber das war ihr egal. »Entschuldige mich, aber ich bin jetzt wirklich müde. Schließlich bin ich schon ein paar Jahre älter als du.« Das Lachen, das sie versuchte, misslang. Es wirkte blechern und leer.

»Na klar«, entgegnete Chiara, »obwohl das mit deinem Alter Unsinn ist. Lass mich die Rechnung übernehmen. Ich hab dich immerhin noch dazu überredet. Eine angenehme Fahrt morgen und viel Spaß mit deiner Freundin.« Sie stand auf, um Johanna zu umarmen. »Ich hoffe, wir sehen uns noch mal.«

Wieder gab sie ihr einen Kuss. Ein letztes Brandmal.

Als Johanna durch den dunklen Garten zurück zu ihrem Appartement ging, meinte sie plötzlich, der Boden würde unter ihr zu wanken beginnen.

Ein Erdbeben, durchfuhr es sie.

Doch es war kein Erdbeben. Es war nur sie, die im Begriff stand, ihr Gleichgewicht zu verlieren.

Einen Moment lang suchte sie Halt an einer Palme. Ihr Atem beruhigte sich. Der Boden schien wieder stabiler zu werden.

Es ist vorbei, redete sie sich ein.

Sie hatte erfahren, was sie erfahren wollte, und Chiara hatte nichts bemerkt. Wenn die junge Frau morgen versuchen würde, Georg zu erreichen, wäre Johanna bereits im Norden. Bei Ute. Ute würde ihr helfen, die Dinge wieder ins Gleichgewicht zu bringen. Sie kannte sich aus mit Menschen, deren inneres Lot versagte.

Jetzt würde Johanna ihren Koffer packen, um früh aufbrechen zu können. Sie hatte genug gehört und gesehen.

Sie schloss die Tür ihres Appartements auf. Die Erinnerungen, die hier gewohnt und sie in ihrer ersten Nacht umarmt hatten, waren ausgezogen. Sie hatten einen leeren Raum hinterlassen. Einen Raum, in dem Johanna nichts mehr verloren hatte.

CHIARA

Es war noch sehr früh am Morgen, als Chiara den ihr bekannten Weg durch den Affenwald nahm. Sie hatte kaum geschlafen. Der gestrige Tag, die zerfetzten Hähne, die blutgierigen Männer, all das war in ihre Träume gekrochen und hatte Spuren hinterlassen. Spuren, die sie ins Unterholz ihrer Gedanken führten und dort Angstfährten auslegten. Sosehr sie sich auch bemühte, sie fand keine Ruhe, und irgendwann gab sie es auf, danach zu suchen. Ohne zu duschen, warf sie sich ein Kleid über und lief los, mit ihrer Yogamatte unter dem Arm.

Die Affen ließen sie in Ruhe, als wüssten sie, dass bei einer einsamen Touristin um diese Zeit nichts zu holen war.

Die Hanoman Road war nahezu leer. Ein paar Frauen legten neu geflochtene Opferkörbchen auf dem Gehweg aus. Der gefärbte Reis und die bunten Blüten darin waren noch frisch. Frisch wie dieser Tag, bevor sich Hitze, Lärm und Staub seiner bemächtigen würden.

Eine Schulklasse kam Chiara entgegen. Jungen und Mädchen mit weißen Hemden und dunkelroten Hosen und Röcken. Die Jungen sauber gescheitelt, die Mädchen mit sorgfältig geflochtenen Zöpfen. Sie gingen in Zweierreihen, Hand in Hand. Sie wirkten fröhlich und ernsthaft zugleich. Als sie Chiara sahen, lachten sie und winkten und riefen »hello, hello«.

Chiara winkte zurück, aber sie lachte nicht.

Seit gestern hatte diese Insel für sie etwas Unheimliches bekommen. Sie wollte es abschütteln, aber es ließ sie nicht los. Die Bedrohung, sie wurde aufdringlich.

Hoffentlich war Georg bald da. Mit ihm würde sie ihr Lachen wiederfinden. Sie würden in das Haus am Meer fahren und sich Kokosnüsse aufschlagen lassen und zum Horizont sehen. Und bald, sehr bald würde er zu ihr nach Sizilien, auf ihre Insel, kommen und bei ihr bleiben. Nicht nur ein paar Tage und Nächte, sondern für immer. Sie spürte, wie ihre Sehnsucht nach Georg mit der nach Sizilien verschmolz. Bali geronn bereits zu Vergangenheit. Eine Vergangenheit, von der sie nicht mehr kosten wollte, weil sie einen üblen Geruch annahm. Was hatte sie zu tun mit all den Geistern und Dämonen? Mit den Masken, die man trug, um sein wahres Gesicht zu verbergen? Es war nicht ihre Welt. In ihrer Welt gab es die Mafia, das ja, aber die konnte sie einschätzen. Chiara hatte gelernt, mit den Männern ihrer Heimat umzugehen. Diese hier dagegen machten ihr Angst. Und Angst war etwas, das sie in ihrem Leben so gut wie nie gespürt hatte. Sie, die das Wagnis der Grenzüberschreitung so liebte.

Vielleicht war es doch keine gute Idee gewesen, sich ausgerechnet auf Bali mit Georg zu verabreden. Voller Freude hatte sie eingewilligt, als er vor zwei Monaten den Vorschlag gemacht hatte. In ihrer letzten gemeinsamen Nacht in Tràpani.

Sie blieb kurz stehen und schloss die Augen, um sich seine Stimme zurückzuholen. Ein weicher Klang mit einem leichten Kratzen darin, imstande, sie zu streicheln und Gänsehaut auszulösen. »Ich möchte noch einmal dort sein, wo alles begann, um dir dann hierher ans Ende der Welt zu folgen.« Das hatte er gesagt.

Und dort war sie nun. Dort, wo sie mit ihm an jenem 23. September letzten Jahres vor dem Taxi gestanden war und er gefragt hatte, ob sie sich am nächsten Tag wiedersehen würden. Aber jetzt schon eilten ihre Träume voraus nach Tràpani. An ihr Ende der Welt. Sie würden es gut haben da.

Das Yogastudio lag abseits der Straße. Man ging einen engen Weg an einfachen Häusern vorbei und irgendwann einen Trampelpfad steil abwärts. Durch Dschungelvegetation in eine Schlucht hinein. Auf halber Höhe befand sich ein Café, das so früh am Morgen noch geschlossen war.

Chiara stieg weiter hinab und gab dabei acht, auf den feuchten Baumwurzeln nicht auszurutschen. Unten gelangte sie zu einer großen strohüberdachten Halle. Es waren bereits einige Frauen und Männer dort. Man grüßte sich mit einem Kopfnicken, ließ die Schuhe im Vorraum stehen und begab sich barfuß in den offenen Übungsraum. Von dort ging der Blick hinaus auf taunasse Reisfelder, die unter Nebelschleiern lagen. Die Bäume auf der anderen Seite der Schlucht waren bereits klar zu erkennen; bald würden sie die ersten Sonnenstrahlen einfangen.

Chiara breitete ihre Matte auf dem Boden aus und wartete darauf, dass die Stunde begann. Es war ein australischer Lehrer, der heute unterrichtete. Einer dieser braun gebrannten Typen, die auch auf dem Surfbrett eine gute Figur machten. Es gab viele von denen auf Bali. Der Mann erledigte seine Sache routiniert, aber ohne große Emotion. So war es Chiara am liebsten. Sie wollte ihre müden Glieder aufwecken; nach spirituellem Beiwerk stand ihr nicht der Sinn. Es gab einige Aufwärmübungen, danach Sonnengrüße, ein paar Vorwärts- und Rückbeugen, zum Schluss Kopf- und Schulterstand. Und Savasana, die Totenstellung, bei der man einfach nur dalag und versuchte, die Gedanken ziehen zu lassen. Letzteres gelang ihr nicht. All das, was ihren Kopf besetzt hielt, ließ sich nicht vertreiben. Es hielt beharrlich die Stellung, darauf wartend, bei nächster Gelegenheit wieder loszuschlagen.

Seufzend erhob sie sich und rollte ihre Matte zusammen. Einige Leute standen noch in kleinen Gruppen beieinander und unterhielten sich, doch ihr war nicht danach, mit irgendjemandem zu reden. Langsam stieg sie wieder bergauf, bis sie zu dem Café kam, das gerade geöffnet hatte. Sie setzte sich an einen freien Tisch und bestellte einen frisch gepressten Fruchtsaft. Der Urwald um sie herum begann aufzuwachen. Von Minute zu Minute wurden die Geräusche der Vögel und Insekten und Affen lauter. Hinzu kamen die Stimmen der Menschen, die ins Café strömten. Die Sprachen mischten sich. Englisch, Französisch, Spanisch, Deutsch … Von weiter oben ließen sich die ersten Motorräder vernehmen. Die Stille des Morgens wich dem heraufziehenden Tag.

Chiara trank schnell und bezahlte. Dann machte sie sich auf den Rückweg. An der Hauptstraße musste sie bereits den Autos und Kleinbussen ausweichen, die laut hupend vorbeifuhren. Die Läden und Massagesalons und Galerien öffneten ihre Türen. Die Sonne eroberte sich ihren Platz am Himmel. Es war gerade erst neun Uhr, und schon war sie da, die Hitze, die jede kleinste Anstrengung mühsam machte.

Chiara beschloss, den Tag im Hotel auf ihrer Terrasse zu verbringen. Sie würde versuchen zu lesen, und vielleicht gelang es ihr sogar, etwas von dem versäumten Schlaf der letzten Nacht nachzuholen. Irgendwann würde sie dann die Telefonnummern wählen. Georgs Telefonnummern. Sie würde gegen ihre Abmachung verstoßen. Sie würde die Regel, die sie selbst aufgestellt hatte, brechen. Für den Notfall, hatte Georg gesagt. War dies ein Notfall? Etwas in ihrem Inneren scheute sich, das Wort zu denken.

Immerhin blieben ihr noch einige Stunden bis dahin. Bis sie den Notfall auslösen wollte. Sie stellte sich vor, wie es inzwischen an der Tür klopfen würde. Georg würde mit einem Lachen eintreten und alles fortwischen, das sich seit gestern in ihr aufgebaut hatte.

Als sie den Weg zu ihrem Hotel einbog, kam ihr ein Auto entgegen. Sie trat zur Seite, um es vorbeizulassen. Der Mann am Steuer war derselbe, der sie und Elisabeth gestern gefahren hatte. Er hob die Hand.

Chiara tat es ihm gleich und sah auf der Rückbank Elisabeth sitzen.

Die Frau mit den rot gefärbten Haaren bemerkte sie nicht.

Sie schien mit etwas beschäftigt zu sein, das auf ihrem Schoß lag. Ihrer Handtasche vielleicht. Sie hatte stets eine Handtasche dabei, im Gegensatz zu Chiara.

Es war nicht mehr als der Bruchteil einer Sekunde, doch es reichte für einen Blick. Dieser Blick zeigte Chiara, dass Elisabeth angespannt war. Gehetzt wie ein Tier in der Falle. Es war ein anderes Gesicht als das, das sie kennengelernt hatte. Das Gesicht einer anderen Frau.

Chiara meinte zu spüren, wie etwas nach ihr griff. Einer kalten Hand gleich, die ihr Herz umfasste. Erschrocken wandte sie sich ab.

Das Auto hinterließ eine Staubwolke.

An der Rezeption fragte Chiara, ob eine Nachricht für sie vorliege. Die Frau hinter dem Tresen sah in dem Schlüsselbord nach und schüttelte den Kopf.

»Nichts da, Madam.«

»Danke.« Chiara nahm den Schlüssel entgegen. »Kann ich bei Ihnen ein Frühstück aufs Zimmer bestellen?«

»Natürlich, Madam. Was wünschen Sie?«

Sie brauchte etwas, um das flaue Gefühl in ihrem Magen zu vertreiben. Sie wählte Kaffee und ein Omelett. Dazu Toast mit Butter und Joghurt mit Bananen.

Zurück in ihrem Appartement, ging sie sofort ins Bad, um zu duschen. Lang ließ sie das heiße Wasser laufen. Die Yogastunde hatte gutgetan. Ihre Glieder fühlten sich nicht mehr so müde an wie heute früh. Als sie sich im Spiegel betrachtete, lächelte sie. Es war ein Lächeln, das unwillkürlich kam, ausgelöst durch die Vorstellungen, die plötzlich in ihr abliefen wie ein in schnellen Sequenzen geschnittener Kurzfilm. Bild folgte auf Bild. Georgs Hände auf diesem Bauch, diesen Brüsten, diesen Beinen. Sein Gesicht in ihrem Haar. Sein Mund auf ihrem Mund.

Chiara sehnte sich nach seinen Berührungen. Über acht Wochen war es jetzt her, seit er sie zum letzten Mal im Arm gehalten, ihren Körper mit Küssen überzogen hatte. Zärtlich war er gewesen und gierig zugleich. Wie ausgehungert. Sie hatte ihn nie gefragt, ob er noch mit seiner Frau schlief. Das ging sie nichts an. Diese Johanna ging sie nichts an. Sie wollte so wenig wie möglich über sie wissen. Das Bild, das Georg von ihr gezeichnet hatte, genügte ihr. Ein guter Mensch, den das Leben hart und abweisend gemacht hatte. Georgs Skizze von Johanna lieferte Chiara den Grund für seinen Hunger. Seinen Hunger nach Leichtigkeit. Seinen Hunger nach ihr. Sie musste seine Frau, die bald seine Ex-Frau wäre, nicht verstehen. Nein, sie wollte mit ihm glücklich sein. Unbeschwert von seinem Eheballast. Sie hatte schließlich so lange auf den richtigen Mann gewartet. Jetzt war er da, und das allein zählte.

Ich liebe dich. Dachte sie. Womöglich flüsterte sie es auch.

Sie zog sich den weißen Bademantel über, der an einem Haken neben den Handtüchern hing. Er roch intensiv nach Rosen. Sie parfümierten hier alles so stark. Zu stark. Zu blumig. Auf Sizilien dagegen, da roch es nach Zitronen und Mandeln.

Sie fuhr mit einem Handtuch durch ihr nasses schwarzes Haar. Dann schüttelte sie den Kopf. Sie brauchte keinen Föhn. Die Haare würden in der warmen Luft schnell trocknen.

Ein Zimmermädchen hatte in der Zwischenzeit das Frühstück gebracht. Der Tisch auf der Terrasse war gedeckt.

Georg hatte damals in einem anderen Appartement gewohnt. Einem größeren, mit eigenem Pool, in dem sie jeden Morgen schwimmen gewesen waren. Manchmal schwammen sie auch nachts, bei Mondschein. Es war jenes Appartement gewesen, das nun Elisabeth bezogen hatte. Chiara hatte sich ein bisschen geärgert, als man ihr sagte, es sei bereits belegt. Aber dann hatte sie Elisabeth kennengelernt, und der Ärger war verflogen.

Sie war froh gewesen, dass die Deutsche sie angesprochen

hatte. Vorgestern. Sie hatte ihr nicht nur das Warten verkürzt. Das Warten auf Georg. Nein, diese Frau hatte sich ihre Geschichte angehört. Wirklich zugehört hatte sie. Fragen gestellt. Interesse gezeigt. So etwas gab es selten. Die meisten Menschen waren Selbstdarsteller. Auch Chiara war nicht frei davon, das wusste sie; Carlo zog sie manchmal damit auf. Doch Elisabeth war anders. Sie war bescheiden. Fast karg in ihren Andeutungen über das eigene Leben. Eine geschiedene Scheidungsanwältin aus Hamburg, die schon öfter auf Bali gewesen war und hier im Norden eine Freundin hatte. Erst bemerkte Chiara, dass sie nicht viel mehr erfahren hatte über die Frau mit den rot gefärbten Haaren.

Ja, diese Haare. Sie waren Chiara zuerst aufgefallen. Der Versuch, Alter zu kaschieren. Doch das Grau kam durch, zog eine bereits gut sichtbare Linie am Ansatz. Die Eitelkeit gab klein bei. Lass es ganz sein, hätte Chiara Elisabeth gern gesagt. Aber um so etwas sagen zu können, hätte man befreundet sein müssen. Und das waren sie nicht. Sie waren zwei Frauen, die sich zufällig im Urlaub getroffen hatten. Trotzdem waren sie sich nahgekommen. Sehr nah.

Zu nah? Chiara hatte sich offenbart. Hatte ihre Gefühle gezeigt. Und ihre Schwächen. Elisabeth dagegen war ihr lediglich gefolgt. Leise. Voller Verständnis. Selbst gestern, als Chiara sich den Hahnenkampf unbedingt ansehen wollte, hatte sie nicht wirklich eingegriffen. Obwohl sie es doch besser wusste. Sie mit ihrer Erfahrung und ihrem grauen Haaransatz.

Vielleicht war es ihr Beruf. Als Anwältin musste sie zuhören und verstehen. Die Leute, die zu ihr kamen, legten schließlich ihr Innerstes offen. Hatten die Liebe verloren, spürten Wut und Schmerz und Trauer. Da wurde man wohl zwangsläufig zu einer Art Therapeutin.

Jedenfalls hatte sie Chiara geholfen, auf unaufdringliche Weise. Hatte diese Zeit des Wartens mit ihr totgeschlagen.

»Ich schlage nur noch meine Zeit mit Johanna tot«, hatte Georg einmal zu Chiara gesagt.

»Dafür ist die Zeit zu kostbar«, hatte Chiara erwidert. »Wir sollten sie nutzen, statt sie zu erschlagen. Tot ist sie nichts mehr wert. Ich lebe lieber nach dem Carpe-diem-Prinzip.«

»Dann lebe ich fortan mit dir.«

Wie Schnipsel fielen die Erinnerungen jetzt in Chiaras Gedanken. Verdünnten die Realität dieses Tages. Tag drei des Wartens.

Sie sah auf die Uhr. Mittlerweile war es elf.

Chiara hängte das »Do not disturb«-Schild an ihre Zimmertür. Dann griff sie nach ihrem Handy. Carlo hatte ihr eine SMS geschickt.

»*Was macht die Liebe?*«

»*Nichts*«, schrieb sie zurück.

Kurz darauf klingelte es.

»Was ist los?«, fragte Carlo. Seine Stimme klang ganz nah. So als würden sie auf Sizilien miteinander telefonieren. Er in Palermo, sie in Tràpani.

»Georg ist noch nicht hier«, erwiderte sie.

»Wann hätte er kommen sollen?«

»Vorgestern.«

»Und du hast nichts von ihm gehört?«

»Nein. Du kennst ja unsere Abmachung. Deshalb habe ich mir auch erst mal keine großen Sorgen gemacht. Flüge können überbucht sein. Eine Maschine verspätet sich, man verpasst seinen Anschlussflug. Lauter mögliche Erklärungen, mit denen ich mich vertröstet habe …«

»… aber drei Tage sind zu viel, Chiara. Er hätte sich melden sollen. Er hat schließlich deine Nummer.«

Sie erwiderte nichts, sondern nickte nur, obwohl Carlo das nicht sehen konnte.

»Hast du im Hotel nachgefragt? Vielleicht hat er dort eine Nachricht für dich hinterlassen.«

»Natürlich habe ich das. Es ist nichts da.«

»Mist!«

»Was bedeutet das, Carlo?«

»Das kann vieles bedeuten.«

»Meinst du …?« Sie traute sich nicht auszusprechen, was sie dachte.

Carlo tat es. »Dass er es sich anders überlegt hat?«

»Das kann nicht sein.«

»Das darf nicht sein, willst du wohl sagen.«

»Du kennst ihn nicht.«

»Leider noch nicht.«

»Das wird sich ändern. Wenn er nach Sizilien kommt.«

»Na ja, erst mal sollte er nach Bali kommen. Was für eine eigenartige Idee auch, einmal um den halben Globus zu fliegen, um sich wiederzusehen.«

»Ich hab die Idee damals ganz romantisch gefunden, aber vielleicht hast du recht. Inzwischen beginne auch ich, daran zu zweifeln. Ich mag das hier alles nicht mehr. Es ist so fremd, und es bedrückt mich.«

»Früher warst du begeistert von der Insel.«

»Jaja, ich weiß. Da fand ich das Kunsthandwerk und John Hardy, die Menschen und die Landschaft faszinierend. Und dann war da irgendwann natürlich Georg. Er und Bali, das war für mich eins. Aber ohne ihn macht das keinen Sinn mehr. Es macht mir Angst.«

»Angst? Du bist keine ängstliche Frau, Chiara.«

»Vielleicht war es auch dieser Hahnenkampf.«

»Was für ein Hahnenkampf?«

»Ach, ich habe einen Ausflug gemacht. Mit einer netten älteren Frau aus Deutschland. Sie heißt Elisabeth. Wir haben uns zufällig hier im Hotel kennengelernt. Und bei diesem Ausflug, da kamen wir in ein Dorf, wo die Männer ihre Hähne haben kämpfen lassen. Das ist eigentlich verboten, und Frauen sollten nicht dabei sein …«

»… aber du hast mal wieder deinen Kopf durchgesetzt.«

Jetzt musste sie lachen. »Du kennst mich gut. Ja, ich wollte mir das unbedingt ansehen. Aber es war schrecklich, Carlo. So viel Blut und Gewalt. Ein Mann ist sogar zudringlich geworden. Er hat seinen Sarong zur Seite geschoben und mir seinen … na ja, du weißt schon, gezeigt.«

»Ich fass es nicht …«

»Er meinte wohl, ich sei billig zu haben. Ich war danach völlig fertig.«

»Und die andere Frau? Diese Deutsche?«

»Sie hat sich das nicht angeschaut. Sie hat mich noch davon abbringen wollen, weil sie Bali und die Balinesen und die verdammten Traditionen hier recht gut kennt. Es war alles meine Schuld. Aber es war gut, dass sie da war. Leider ist sie heute Morgen abgefahren.«

»Zurück nach Deutschland?«

»Nein, sie hat irgendwo im Norden der Insel eine Freundin, die sie besuchen will. Sie war eine gute Zuhörerin.«

»Hast du ihr von dir und Georg erzählt?«

»Ja, es hat sich so ergeben. Sie fragte, und irgendwann habe ich mehr geredet, als ich eigentlich wollte.«

»Das tust du ja gern.«

»Ach, lass deine Anspielungen. Ich weiß, dass ich manchmal zu viel rede. Aber sie schien wirklich Interesse zu haben, und für mich war es schön, die ganze Geschichte auszurollen. Ein Stück weit habe ich sie mir vielleicht auch noch mal selbst erzählt. Um Klarheit zu bekommen über mich und Georg und unsere Gefühle füreinander. Aber nun ist Elisabeth weg, und ich bin allein. Es fühlt sich nicht gut an, Carlo. Eben war ich beim Yoga. Das hat zumindest meinen völlig verspannten Körper etwas aufgeweckt.«

»Was willst du jetzt tun?«

»Elisabeth hat mir geraten, Georg heute anzurufen.«

»Das würde ich dir auch empfehlen. Drei Tage sind eindeutig zu viel. Ich hätte längst … Aber egal. Du hast eben deine Prinzipien.«

»Du meinst unsere Abmachung?«

»Ja, die habe ich schon immer komisch gefunden, das weißt du.«

»Damals schien es mir so folgerichtig. Irgendwie auch konspirativ. Fest mit ihm verbunden zu sein, nur in Gedanken. Ohne Spuren auf irgendwelchen Geräten zu hinterlassen, die seine Frau hätte finden können. Er hat zum Beispiel auch nie Handyfotos von mir gemacht, nur ein paar Dias mit einer altmodischen Kamera.«

»Du weißt, dass ich solche Kameras sehr mag. Erinnerst du dich an den Fotografen damals im Kreuzgang von San Giovanni degli Eremiti?«

»Ja, natürlich erinnere ich mich. Du würdest übrigens auch Georg mögen. Da bin ich sicher.«

»Wenn er bald bei dir auftauchen würde, würde ich ihn gleich ein bisschen mehr mögen.« Er bemühte sich, seiner Stimme einen lockeren Unterton zu geben.

»Ich werde ihn nachher anrufen.«

»Gib mir bitte Bescheid, wenn du ihn erreicht hast.«

»Versprochen! Weißt du, ich wäre jetzt gern bei dir. Wenigstens für ein paar Stunden. Dann würden wir einen Spaziergang machen Richtung San Giovanni degli Eremiti.«

»Ich hätte dich auch gern hier in Palermo. Mir gefällt es nicht, dass du so weit weg bist.«

»Hast du viel zu tun im Moment?«, wechselte sie das Thema.

»Gerade herrscht etwas Flaute. Ein paar kleinere Aufträge. Im nächsten Monat kommt wieder was Größeres rein.«

»Und sonst?«

»Du meinst die Männer?«

»Ja, genau. Du hast mir doch kürzlich von einem erzählt. Wie hieß er noch?«

»Er heißt Giovanni. Ja, den gibt es noch. Er ist ein liebenswerter, introvertierter Mann, und er hat eine Vorliebe für seltene Pflanzen.«

»Pflanzen?«

»Ja, er ist Biologe und mit seinen Kollegen ständig unterwegs hier in der Macchia.«

»Wie meine Mutter.«

»Daran hab ich auch denken müssen.«

»Lerne ich ihn bald mal kennen?«

»Natürlich. Das wird dann ein Vierer-Treffen. Du und ich, Georg und Giovanni. Die Namen unserer Geliebten ähneln sich sogar.«

»Bist du verliebt?«

»Ja, und ich sage jetzt nicht ein bisschen, wie du damals.«

»Was Ernstes also?«

»Ich hoffe es. Diesmal fühlt es sich zumindest so an.«

Sie spürte einen kleinen Stich. Sie wehrte sich dagegen, aber sie war da, die Eifersucht, begleitet von einer stetig wachsenden Unruhe.

»Ich freu mich für dich«, brachte sie hervor.

»Alles wird gut, Chiara«, entgegnete er.

Sie wusste, dass er sie aufmuntern wollte. Er wusste, dass sie genau das jetzt brauchte.

* * *

Nachdem sie aufgelegt hatten, holte sich Chiara eines der Bücher, die sie mitgenommen hatte, und begann zu lesen. Ein Krimi. Solche Romane nahm sie gern mit auf Reisen. Eine Leiche. Ein Kommissar, der ermittelt. Und sehr viel Lokalkolorit mit einigen Rezepten darin.

»Ich mag eben Spannung, und ich mag gute Küche«, hatte sie damals in dem Haus an der Klippe zu Georg gesagt und ihn damit aufgezogen, dass er Thomas Manns »Zauberberg«

im Gepäck hatte. »Siechtum im Sanatorium und dazu hochgeistige Gespräche über den Zustand der Welt … Ist nicht unbedingt das, was ich mir unter Entspannung vorstelle.«

»Kennst du den Roman?«

»Ja, bei meinen Großeltern in Deutschland standen sämtliche Klassiker der Weltliteratur herum. Ich habe damals viele von denen gelesen. Immer wenn ich in den Ferien war.«

»Da haben wir eine Gemeinsamkeit. Ich sage mir, in jedem Urlaub so ein Werk, das kann nicht schaden. Wo ich doch sonst nur pädiatrische Fachbücher wälze.«

Am Ende hatte er dann ihre Krimis gelesen, und sie hatten gemeinsam über die Rezepte darin gesprochen. Manchmal hatte sie ihm auch verraten, wer der Mörder war, und er hatte ein bisschen böse geschaut.

»Du bist gemein, Chiara. Jetzt ist die ganze Spannung dahin. Warum tust du das?«

»Weil ich es mag, wenn du dich ärgerst. Du guckst dann wie ein Junge, dem man sein Spielzeug weggenommen hat. Das finde ich niedlich.«

»Niedlich? So hat mich noch niemand genannt.«

»Ich hab es gern, wenn ich die Erste bin.«

Er legte das Buch zur Seite und nahm sie in den Arm. Jetzt sah er gar nicht mehr böse aus. »Es ist schön, dass ich mit dir wieder Premieren erlebe«, sagte er.

»Wie meinst du das?«

»Nun, wenn man jung ist, gibt es viele erste Male. Aber mit der Zeit werden es weniger. So eine Ehe, wie ich sie führe, ist eine Endlosschleife von Wiederholungen. Wir überraschen uns nicht mehr, Johanna und ich.«

Chiara seufzte.

»Stört es dich, wenn ich davon rede?«, fragte er.

Sie schüttelte den Kopf. »Nein, nein. Es ist dein Leben, und das interessiert mich. Alles daran. Aber es ist so … so entmutigend.«

»Ja, das ist es.«

»Hast du manchmal den Eindruck, Jahre vergeudet zu haben?«

Er dachte nach. »Weißt du, am Ende ist einem gar nicht mehr klar, wann es eigentlich angefangen hat mit dem Trott. Es ist wie auf einer leicht schiefen Ebene. Man rutscht ganz langsam einen Abhang hinunter, und zwar so langsam, dass man zu Beginn gar nicht bemerkt, dass es bergab geht. Ich habe mich in meine Arbeit vergraben und am Wochenende versucht, ein guter Ehemann und guter Vater zu sein. Das hat auch einigermaßen funktioniert, aber irgendwann sind die Bedenken gekommen. Meistens kommen die nachts, wenn ich nicht schlafen kann. Oft setze ich mich dann in unserem Garten auf die Terrasse und schaue den Mond an oder den dunklen Himmel. Je nachdem.«

»Was geht dir dabei so durch den Kopf?«

»Ob ich noch einmal etwas drehen könnte in meiner Ehe. Ob man einen Schalter umlegen kann, der Rost angesetzt hat. Ob Johanna mich überhaupt noch versteht oder längst auf einer völlig anderen Reise ist. Solche Sachen …«

»Und wie lauten deine Antworten?«

»Ich glaube, meine Zeit mit ihr ist abgelaufen. Sie hat sich verändert. Ich mich wahrscheinlich auch, aber das, was ich mal an ihr geliebt habe, hat sich verdünnt – als hätte jemand Wasser in Milch geschüttet. Wir sprechen unterschiedliche Sprachen, haben eine unterschiedliche Sicht auf die Dinge. Was uns früher verbunden hat, trennt uns inzwischen. Es passt einfach nicht mehr. Jetzt, da die Kinder aus dem Haus sind, wird es offenkundig. Wir haben unsere Rituale, das ja, aber die kommen mir inzwischen vor wie die Grundmauern eines Hauses, in denen man noch hockt, während der Rest längst eingestürzt ist.«

»Welche Rolle spiele ich dabei?«

Er zog sie noch etwas fester an sich heran. »Du hast mich

aufgeweckt. Durch dich lerne ich, neu zu sehen und zu fühlen. Wie gesagt, mit dir erlebe ich Premieren. Entdecke Seiten an mir, die ich noch gar nicht kannte – und sei es nur, dass ich niedlich bin. Es ist, als hättest du mir den Staub von meinem Herzen geputzt. Es darf wieder pochen vor Aufregung, dieses Herz.«

»Du willst also nicht die Mauern deines Hauses wiederaufbauen?«

Er schüttelte den Kopf. »Irgendjemand hat mal gesagt, man muss aufgeben, was man hat, um zu bekommen, was man will. Und ich will dich, Chiara. Mit dir möchte ich ein anderes Haus bauen.«

Sie spürte, wie ihr Tränen in die Augen stiegen. Sie weinte selten, aber nun kamen die Tränen, ohne dass sie etwas dagegen tun konnte.

Georg fuhr mit seinem Zeigefinger über ihre Wangen. »Du bist schön. Dein Gesicht hat etwas von Morgentau.«

Sie lachte. »Na ja, wenn ich heule …«

»Gerade dann bist du schön.«

Sie wurde verlegen und griff nach dem Buch. »Soll ich dir die letzten zwei Kapitel vorlesen? Jetzt, da du das Ende schon weißt.«

»Du meinst, um es mir ein wenig zu versüßen?«

Sie nickte. »Genau. Als kleine Wiedergutmachung sozusagen. Du kannst es auch Abbitte nennen.«

»Aber vorher mixe ich uns zwei Gin Tonics.«

Er stand auf, und sie sah ihm nach, wie er am Pool vorbei ins Haus ging. Vor ihnen lagen noch fünf Tage.

Tage, die sie heute als die intensivsten ihres Lebens empfand. Und die Tage in Tràpani natürlich, Monate später. Es waren Zeiten der reinen Essenz gewesen. Die Liebe offenbarte sich in unverdünnter Form. Schenkte ihr und ihm Stunden vollkommenen Glücks, die bereits, während sie verrannen, die Sehnsucht nach mehr produzierten. Einer Droge gleich, von der man sich Vorräte anlegen wollte, um das so berauschende Gefühl mit in die Zukunft nehmen, es stets aufs Neue wiederaufleben lassen zu können. Tollkühne Hingabe war das, vollkommenes Sich-Hineinwerfen in das, was man erhoffte. Ein Sprung in die Erwartung. Kopfüber. Lebensgefährlich zugleich, weil die Liebe keine Geschäfte mit der Zukunft machte. Sie ließ alle Ausgänge offen. Blieb stets im Ungewissen.

Chiara strich sich die feuchten Haare aus der Stirn, als könnte sie damit auch ihre Gedanken wegstreichen. Das Gute und das Ungute schienen einen Pakt zu schließen, mit dem Ziel, Verwirrung zu stiften, und sie konnte jetzt keine Verwirrung gebrauchen. Sie brauchte einen klaren Kopf.

Carlo hatte gesagt, es gefalle ihm nicht, dass sie so ganz allein und so weit weg von Sizilien saß und auf einen Mann wartete, der nicht kam. Sie hatte ihm angehört, dass er sich Sorgen machte, und das wiederum ließ ihre eigenen Sorgen wachsen.

Sie stand auf und nahm ihre Kaffeetasse mit zu dem Daybed, das auch hier auf der Terrasse stand. Wie drüben, in dem anderen Appartement. Sie rückte die darauf verteilten Keilkissen so zurecht, dass sie sich bequem anlehnen konnte. Sie musste sich ablenken bis zum frühen Nachmittag. Erst dann konnte sie Georgs Nummer wählen.

Sie zählte die Stunden zurück. Um zwei Uhr wäre es acht Uhr in Deutschland. Da wäre er wach. Er war ein Frühaufsteher. Er sei immer der Erste morgens in seiner Praxis, hatte er ihr erzählt. Aber was sollte er noch in seiner Praxis? Er hatte schließlich Urlaub genommen. Wahrscheinlich saß er irgendwo in irgendeinem Hotel. Vielleicht in Singapur; da ließ es sich leicht stranden. Eine Freundin von ihr hatte dort auch einmal einen Anschlussflug verpasst und tagelang festgesessen.

Ja, so würde es sein. Chiara war sich jetzt ganz sicher. Er

rief sie nur deswegen nicht an, weil er ihr Spiel mitspielte. Er hielt sich an die Abmachung. Nahm es ernst mit der Kontaktsperre. Es war eben Verlass auf ihn. Er war keiner, der Versprechungen machte und sie dann brach. Da konnte Carlo denken, was er wollte. Carlo kannte Georg nicht. Er kannte die Männer, das schon, aber Georg war nicht wie alle Männer. Er war anders. Deshalb liebte sie ihn auch. Sie hatte ihm das noch immer nicht gesagt. Beide hatten sie diese drei Worte bislang vermieden. Sie hatten zwar beschlossen, fortan zusammenzuleben, doch es fehlte das Bekenntnis. Es wurde Zeit, das Unausgesprochene auszusprechen.

Chiara griff nach ihrem Buch und begann zu lesen. Zunächst fiel es ihr schwer, sich zu konzentrieren, doch schließlich setzte die erhoffte Wirkung ein. Sie ergab sich der Geschichte, die ihr ein italienischer Krimiautor erzählte. Für ein paar Stunden versank sie in eine Welt, die sie fortholte aus diesem balinesischen Hotel.

Sie las den Roman bis zum Schluss. Als sie wieder aufsah, war ihr, als ob sie aus einem langen Traum erwachte. Sie schaute sich um, als ob sie ihre Orientierung erst wiederfinden müsste. Die Sonne stand jetzt hoch am Himmel. Es war heiß. Mittagsheiß. Die Luft flimmerte. Chiara trug noch immer den weißen Bademantel, den sie nach dem Duschen angezogen hatte. Das Frühstücksgeschirr stand nach wie vor auf dem Tisch. Das Schild an der Zimmertür tat seine Wirkung. Hier störte sie wirklich niemand.

Sie stand auf, holte eine Flasche eiskaltes Wasser aus der Minibar und trank sie in einem Zug leer. Beim Blick aus dem Fenster sah sie ein Paar durch den Garten gehen. Sie folgten einem Angestellten mit einem großen Rollkoffer, der auf das Appartement zuging, in dem Georg und Chiara damals gewohnt hatten und das Elisabeth vor ein paar Stunden verlassen hatte.

Die beiden hielten sich an der Hand, und auf eine gewisse

Weise tat es Chiara weh, unfreiwillig Zeugin dieses fremden Glücks zu sein. Das hätten sie sein sollen, die da jetzt so Eintracht demonstrierend über den Rasen schlenderten, durchfuhr es sie. Sie und Georg.

Elisabeth kam ihr in den Sinn. Das letzte Bild von ihr auf der Rückbank des Wagens heute früh. Das andere Gesicht einer anderen Frau. Einer gehetzten Frau, die nichts gemein hatte mit der geduldigen und aufmerksamen Zuhörerin, die sie gewesen war. Nicht mehr als ein sekundenschneller Eindruck, aber einer, der auf nahezu unheimliche Art nachwirkte.

Vielleicht hatte sie eine schlechte Nachricht erhalten, dachte Chiara. Vielleicht trug sie auch etwas mit sich herum, über das sie nicht hatte reden wollen. Vielleicht … Nein, sie wusste einfach zu wenig von dieser Frau. Sie hatte alles über sich ausgepackt und sich selbst mit ein paar Wissenshappen zufriedengegeben. Aber das war nun auch egal. Elisabeth war abgefahren, und sie, Chiara, saß nach wie vor hier.

Ihr Handy zeigte kurz nach zwei Uhr an. Chiara tippte Georgs Nummer ein. Ihre Hand zitterte, als ob sie etwas Verbotenes täte, bei dem sie nicht ertappt werden wollte.

Sie wartete etwa zwanzig, dreißig Sekunden, bis sie auf »Anrufen« drückte. Es dauerte einige Zeit, bis die Verbindung hergestellt war. Es knackte in der Leitung. Dann kam der Klingelton. Sieben Mal. Sie zählte leise mit. Als sie plötzlich Georgs Stimme hörte, mit der er den Anrufbeantworter besprochen hatte, erschrak sie. Sie klang so nah. Er klang so nah. Als ob er hier in diesem Zimmer direkt neben ihr stände.

»Guten Tag. Es tut mir leid, dass Sie mich nicht erreicht haben, aber wenn Sie mir eine Nachricht auf meinem Band hinterlassen, rufe ich Sie umgehend zurück. Bitte sprechen Sie einfach nach dem Piepton. Auf Wiederhören.«

Chiara holte tief Luft, bis sie etwas sagte. »Mein Liebster.

Hier bin ich. Chiara. Ich weiß, was wir uns geschworen hatten, aber ... nun ja, ich denke, dies ist so etwas wie ein kleiner Notfall. Ich warte, Georg. Warte schon seit fast drei Tagen auf dich, hier in unserem Hotel auf Bali. Wahrscheinlich bist du irgendwo stecken geblieben, hoffst auf einen Weiterflug. Vielleicht gab es auch einen Zwischenfall in deiner Praxis oder in deiner Familie. Was weiß ich ... Aber bitte gib mir jetzt Bescheid. Ich ...« Ihre Stimme drohte wegzusacken. »... ich mache mir Sorgen. Ziemlich große Sorgen sogar, wenn ich ehrlich bin. Sonst hätte ich dich jetzt auch nicht angerufen. Melde dich ganz bald bei mir, ja? Du ...«

Der Piepton unterbrach sie. Die Aufnahme war beendet.

Chiara wählte die Nummer erneut, hörte wieder den siebenmaligen Klingelton und schließlich Georgs Ansage.

»Du fehlst mir so sehr«, sagte sie. »Ich sehne mich nach dir. Kann es nicht erwarten, dich endlich in den Armen zu halten.« Sie ließ einige Sekunden verstreichen. Bevor der Piepton sie erneut unterbrechen konnte, ließ sie die drei Worte frei. »Ich liebe dich.«

Dann drückte sie auf »Anruf beenden« und ließ das Handy sinken. Erst jetzt merkte sie, dass es nicht nur ihre Hand war, die zitterte, sondern ihr ganzer Körper.

Sie wankte etwas, als sie zum Bett ging. Das Moskitonetz hing noch darüber, die Laken waren noch zerwühlt, der Geruch der vergangenen Nacht hing darin. Chiara ließ sich in die Kissen fallen und schloss die Augen. Das Handy legte sie neben sich. Es war auf »laut« gestellt. Falls Georg zurückrief. Sie schlief fast auf der Stelle ein.

Als sie aufwachte, war es sechs Uhr am Abend. Ein Blick auf ihr Handy bestätigte: Kein Anruf.

Ohne lang zu überlegen, griff sie zum allerletzten Mittel. Sie wählte die Nummer der Kinderarztpraxis. Georgs Praxis.

Auch dort meldete sich ein Anrufbeantworter: »Hier ist die automatische Sprachbox von Dr. Wittmark. Sie rufen außerhalb unserer Sprechzeiten an. Diese sind montags bis freitags von neun bis zwölf Uhr sowie dienstags und donnerstags von fünfzehn bis achtzehn Uhr. In dringenden Fällen wenden Sie sich bitte an den ärztlichen Notdienst. Auf Wiederhören.«

Sie war zu spät. Genau drei Minuten zu spät. Es war Freitag, kurz nach zwölf Uhr in Deutschland. Irgendeine Sprechstundenhilfe hatte pünktlich das Band eingeschaltet, um sich danach schnell ins Wochenende zu verabschieden. Das Warten würde für Chiara also weitergehen.

Plötzlich setzte sie sich ruckartig auf. Da war noch etwas. Der Name. Es war ein anderer als Georgs Name. Georg hieß Claassen. Das wusste Chiara; schließlich hatte sie für sie beide hier im Hotel das Zimmer sowie das Haus an der Klippe reserviert.

Hatte sie eben richtig gehört?

Sie rief ein zweites Mal an. Kein Zweifel. Die Frauenstimme, die den Anrufbeantworter besprochen hatte, sagte klar und deutlich »Dr. Wittmark«.

Was hatte das zu bedeuten? Ihre Gedanken fuhren Karussell mit ihr. Es war ein Karussell, das immer schneller wurde und sich nicht mehr anhalten ließ. Ihr Hals fühlte sich trocken an; auf ihrer Brust schien ein Gewicht zu sitzen, das ihr die Luft nahm. Eine Panikattacke. Chiara kannte das. Es passierte selten, aber wenn sie die Welle überrollte, hieß es alle Kraft zusammenzunehmen und dagegen zu arbeiten. Die Stimme ihrer Mutter fiel ihr ein. Als Sechsjährige war Chiara von einem Schäferhund verfolgt worden. Sie hatte sich in einen alten Schuppen geflüchtet und die Tür hinter sich zugeschlagen. Dort blieb sie endlos scheinende Minuten, in denen der Hund draußen an der Tür kratzte und wütend bellte. Irgendwann hörte sie die Stimme ihrer Mutter und die eines Mannes, der wohl der Besitzer des Hundes war. Das Bellen wurde leiser, und die Tür öffnete sich. Die Mutter nahm ihre zitternde Tochter in die Arme und streichelte ihr über den Kopf. »Atme, Liebes«, sagte sie. »Ganz tief in deinen Bauch hinein. Sieh zu, wie sich der Bauch aufpumpt. Wie ein großer dicker Luftballon. Und dann lass alle Luft aus dem Ballon heraus. Ja, ja, genau so. Das machst du gut. Und noch einmal. Siehst du, es wird besser. Du atmest deine Angst weg, vertreibst sie mit deiner Luft. Du hast Kraft in dir, ganz viel Kraft.«

Und wie damals das kleine Mädchen befolgte Chiara auch jetzt die Anweisungen ihrer Mutter. Sie spürte die feste Umarmung. Sie meinte sogar den Seifengeruch wahrzunehmen, der so typisch für die Mutter gewesen war. Ein leichter Duft nach Zitronen.

Langsam beruhigte sie sich. Der Anfall war vorüber.

Ich muss etwas essen, dachte sie. Auch wenn ich keinen Hunger habe, muss ich etwas essen. Sie hob den Hörer des Telefons ab, das auf dem Nachttisch stand, und wählte die Nummer des Restaurants. Sie bestellte einen Tisch für eine Person. Ja, jetzt gleich, in etwa einer halben Stunde. Danach beauftragte sie den Room Service, ihr Zimmer aufzuräumen. Sie brauchte Ordnung, nun, da alles andere in Unordnung geraten war.

Kurz bevor sie ging, betrachtete sie sich im Spiegel. Das Haar ließ sie offen über die Schultern fallen. Sie trug ein tiefblaues Kleid, eine silberne Halskette mit einem grünen Stein und natürlich den kleinen Blechring. Georgs Geschenk an sie. Ein Geschenk, ähnlich dem, das er dem sommersprossigen Mädchen in seiner Schule gemacht hatte. Seiner ersten Liebe. Das war seine Art, ihr, Chiara, seine Liebe zu gestehen.

Ja, sie liebten sich. Sie mussten sich nur noch wiederfinden.

***

Das Wochenende schien nicht vergehen zu wollen. Die Sekunden, Minuten, Stunden zogen sich hin, als hätte jemand ihnen Gewichte angehängt, die den Fortgang der Zeit erschwerten. Hinzu kamen die Schwüle und die Hitze, die sich bleiern auf alles legten, das vorankommen wollte.

Chiara telefonierte ein weiteres Mal mit Carlo, aber der Freund konnte ihr auch nichts anderes sagen als das, was sie sich selbst sagte. Sie müsse den Montag abwarten, um dann noch mal in der Praxis anzurufen. Möglicherweise sei der andere Name auf dem Anrufbeantworter der eines Kollegen von Georg, der für die Zeit seines Urlaubs einsprang. Das war Carlos Trost, und damit rettete Chiara sich über den Samstag und den Sonntag.

Sie ging noch zwei Mal frühmorgens durch den Affenwald in das Yogazentrum im Dschungel. Diesmal belegte sie Stunden, die ihren Körper an seine Grenzen brachten. Je mehr sie schwitzte, umso besser konnte sie das Gefühl der aufsteigenden Angst in sich abwehren. Ihr war, als müsste sie einen bösen Geist vertreiben, der ständig aufs Neue zum großen Sprung ansetzte. Die Masken der Zähne fletschenden Dämonen, die Chiara auf ihrem Weg durch Ubud aus den Souvenirläden ansahen, erschienen ihr wie ein Spiegel dessen, was ihr Innerstes zerfraß.

An den Nachmittagen schwamm sie viele Bahnen im Pool des Hotels. Das Appartement, in dem sie mit Georg gewohnt hatte, hatte ein Privatbecken gehabt. Jetzt musste sie den öffentlichen Bereich benutzen. Sie mochte es nicht, wenn ihr andere Gäste zusahen; besonders die Männer verfolgten sie mit Blicken, während ihre Frauen im Schatten der Sonnenschirme nichts ahnend vor sich hindösten. Es waren verhohlen anzügliche Blicke, aber die nahm Chiara in Kauf. Das Wasser verschaffte ihr Kühle, und ihr Körper tat, was sie von ihm verlangte: Er kapitulierte vor den Dämonen und wurde müde.

Sie brauchte die Müdigkeit, um die Nächte zu überstehen. Bevor sie sich schlafen legte, machte sie sich drei, vier Gin Tonics. Die Gin-Flasche, die sie für sich und Georg im Duty Free Shop in Singapur gekauft hatte, hatte sie am Freitagabend geöffnet. Am Sonntag war sie nahezu leer. Noch nie hatte Chiara so viel Alkohol in so kurzer Zeit getrunken. Aber auch der schenkte ihr Bettschwere und betäubte das, was sonst grell schmerzen würde. Georg hatte noch immer nicht angerufen. Er blieb stumm.

Ständig sah sie auf ihr Handy, aber da waren nur ein paar aufmunternde Worte von Carlo, die er ihr per Voicemail geschickt hatte. Die Stimme des Freundes klang aufgekratzt. Daran merkte Chiara, dass er verliebt war. So hörte er sich stets an, wenn ein neuer Mann ins Spiel kam. Diesmal traf es sie härter als sonst, doch es war weniger Eifersucht, sondern vielmehr das Gefühl des Verlassenseins, das an ihr nagte wie ein Hund an einem nahezu blanken Knochen.

Zwei Mal täglich fragte sie an der Hotelrezeption, ob eine Nachricht für sie vorliege. In der Zwischenzeit schüttelten die Angestellten dort bereits den Kopf, sobald Chiara sich ihnen näherte. Sie hatte das Appartement bis zum Dienstag verlängert und den Besitzern des Hauses an der Klippe Bescheid gegeben, dass sie und Georg etwas später kämen.

Chiara und Georg – würde es überhaupt eine Fortsetzung der Geschichte geben? Ihre Zweifel daran ließen sich kaum noch bändigen.

Montagnachmittag hatte sie ihren letzten Kriminalroman gelesen. Der Gin war ausgetrunken.

Chiara saß auf dem großen Doppelbett und starrte auf die Zeitangabe ihres Handys. Pünktlich um drei Uhr drückte sie die Wahlwiederholungstaste.

Es klingelte mehrmals. Dann schaltete sich wieder ein Band ein. Diesmal mit einer anderen Ansage – man möge bitte etwas Geduld haben. Alle freien Leitungen seien gerade belegt. Es folgte eine Melodie. Vivaldi, Vier Jahreszeiten, verzerrt bis zu fast völliger Unkenntlichkeit.

Irgendwann knackte es in der Leitung, und eine Frauenstimme meldete sich.

»Praxis Dr. Wittmark. Guten Morgen.«

»Hallo. Ich hätte gern Dr. Claassen gesprochen.«

Die Frau räusperte sich. »Wer spricht denn da?«

»Mein Name ist Chiara Ferrace.«

»Sind Sie die Mutter eines unserer Patienten?«

»Nein, nein. Es ist privat. Ich bin eine Bekannte von Dr. Claassen, und er hat mir seine Nummer gegeben, und nun … na ja, nun bin ich etwas verwirrt, weil der Anrufbeantworter und Sie einen Dr. Wittmark nennen. Habe ich vielleicht eine falsche Nummer?«

»Nein, Sie sind … Sie sind schon richtig hier. Wie gut kannten Sie Dr. Claassen denn?«

»Wieso kannten? Ich kenne ihn noch. Wir sind verabredet, und er ist bis jetzt nicht gekommen. Und gemeldet hat er sich auch nicht. Das passt nicht zu ihm, wissen Sie …«

»Ja«, unterbrach die Frau sie, und Chiara hörte, dass sie in einen anderen Raum ging und die Tür hinter sich schloss. Es war jetzt ganz still im Hintergrund. »Mein Name ist Paula«, begann sie und stockte.

»Und? Ich verstehe nicht.«

»Ich bin Sprechstundenhilfe in dieser Praxis«, fuhr die Frau fort. »Seit vielen, vielen Jahren schon. Eigentlich fast von Beginn an.«

»Wieso erzählen Sie mir das?«

»Georg Claassen ist lange Zeit mein Chef gewesen. Fast so etwas wie ein Freund. Und …« Sie schluckte. »… und vor zwei Monaten ist er plötzlich gestorben. Ein Herzinfarkt. Ich habe ihn morgens hier in seinem Sprechzimmer gefunden. Jede Hilfe kam zu spät. Es war nichts mehr zu machen. Er muss sofort tot gewesen sein.«

»Oh mein Gott …« Weiter kam Chiara nicht. Ihr wurde heiß und kalt zugleich. Ihre Zähne schlugen aufeinander.

»Kannten Sie ihn gut?«, fragte die Frau.

»Ja«, flüsterte Chiara.

»Es war furchtbar. Wir waren alle völlig erschüttert. Seine Frau, seine Kinder, niemand konnte es fassen. Es ging so schnell. Dr. Wittmark hat die Praxis erst vor Kurzem übernommen.«

»Ich verstehe.« Sie verstand überhaupt nichts. Es war nicht zu verstehen, was hier gerade geschah.

»Kann ich noch etwas für Sie tun?«

»Nein. Danke, dass … Ich muss jetzt erst mal …« Die Worte entfielen ihr. Der Atem stockte. Die Stimme versagte. Nichts ging mehr.

»Es tut mir so leid, dass Sie es auf diese Weise von mir erfahren«, sagte die Frau, die Paula hieß. »Ich lege dann jetzt auf. Alles Gute für Sie.«

Die Verbindung wurde beendet.

Chiara umklammerte das Handy, als könnte es ihr einen Rest an Halt geben.

Georg. Tot. Seit zwei Monaten. Während sie das Appartement in diesem Hotel buchte und das Haus an der Klippe. Während sie ihren und seinen Namen eintragen ließ, die Namen eines Paares, das zu dem Zeitpunkt schon keines mehr war. Während sie Wochen und Tage und Stunden zählte, ein Flugzeug bestieg und sich in die Zukunft träumte. Eine Zukunft mit Georg, der bereits begraben war. Begraben von seiner Frau und seinen Kindern.

Das konnte nicht sein. Das durfte nicht sein. Er sollte doch hier durch die Tür treten und sie in seine Arme nehmen. So war es verabredet gewesen. So hatte er es geplant.

Sie schloss die Augen. Holte sich seine Stimme und die letzte gemeinsame Nacht in Tràpani zurück.

»Ich möchte noch einmal dort sein, wo alles begann, um

dir dann hierher ans Ende der Welt zu folgen.« Ein Satz, der sie getragen hatte und dem jetzt die Luft ausging.

Nun saß sie dort, wo alles begonnen hatte. Ohne ihn. Er würde ihr nicht mehr ans Ende der Welt folgen. Er hatte die Welt verlassen. Ohne sie.

Sie war allein. Unfähig zu denken. Unfähig, etwas zu tun. Als sie die Augen wieder öffnete, sah sie nur die leere Gin-Flasche.

»Ich mix uns noch einen Gin Tonic.« Nie wieder würde er das zu ihr sagen. Er würde überhaupt nie wieder etwas sagen. Er hatte alles mit in den Tod genommen. Seine Stimme. Sein Lachen. Und seine Liebe.

Menschen hatten um ihn getrauert. Johanna. Tessa. Max. Paula. Chiara kannte nur diese vier Namen, aber natürlich waren es mehr. Freunde, die nichts von ihr wussten. Niemand wusste von ihr. Von Georgs Geliebter. So war das mit Geliebten. Sie lebten im Verborgenen. Ungekannt und unerkannt. Schattenwesen. Sie, Chiara, hatte keine Spuren hinterlassen. Bis auf ihre Nachricht auf seiner Mailbox. Eine Nachricht für einen Toten.

Ein Klopfen an der Tür ließ sie aufschrecken.

Georg?

Für den Bruchteil einer Sekunde wollte Chiara glauben, die Frau in der Praxis habe die Unwahrheit gesagt. Oder die letzten Minuten hätten gar nicht stattgefunden. Alles nur ein böses Spiel böser Geister.

Dann hörte sie das Zimmermädchen fragen, ob sie sauber machen dürfe.

»Nein«, rief Chiara. »Nein! Nicht sauber machen!«

»Sorry, Madam.« Schritte entfernten sich leise und hinterließen eine dumpfe Stille. Kein Vogel, kein Gecko, keine Zikade. Die kamen erst zur Nacht.

Wie lange Chiara auf dem Bett gesessen hatte, wusste sie nicht. Irgendwann wurde es dunkel draußen. Schlagartig.

Wie immer. Die Welt drehte sich weiter. Nur Chiara kam sich in der drückenden Hitze dieses Zimmers vor wie eingefroren.

Als ihr Handy klingelte, ließ sie es vor Schreck fallen. Sie bückte sich, um es aufzuheben. Sie meldete sich, doch ihre Stimme blieb tonlos.

»Hallo, Chiara carissima, bist du das?«, fragte Carlo.

Sie nickte.

»Hörst du mich?«

»Er ist tot«, flüsterte sie.

»Was sagst du da? Wer ist tot?«

»Georg. Georg ist tot.«

»Wie ... Ich begreife nicht. Woher ...?«

Sie fand ihre Sprache wieder. Sammelte die Worte ein wie Krümel von etwas, das längst gegessen war. »Ich habe in seiner Praxis angerufen. Dort hat mir eine Frau gesagt, dass er gestorben ist.«

»Um Gottes willen, wann? Wann ist das passiert?«

»Vor zwei Monaten. Ein Herzinfarkt. Ich bin umsonst hierhergeflogen, Carlo. Ich habe umsonst gewartet. Alles umsonst.« Sie lieferte ihm einen Bericht. Trennte das Gefühl ab von dem, was sie sagte.

»Chiara, das ist ... das ist furchtbar. Ich mag mir gar nicht ausmalen, wie es dir geht. Was willst du jetzt tun?«

Es war diese Frage, die sie aus ihrer Lethargie holte. Ja, was sollte sie jetzt tun? Sie wusste es nicht. Sie hatte keine Antwort. Sie saß seit Stunden auf diesem Bett und tat nichts.

Und plötzlich begann sie zu weinen. Erst leise, dann immer lauter. Am Ende schrie sie, bis sich ihre Schreie zu einem Schluchzen bündelten, das ihren ganzen Körper durchschüttelte.

»Ich weiß es nicht«, brachte sie endlich hervor. »Sag du mir, was ...«

»Versuch erst mal, ruhig zu atmen.«

Da war sie wieder, ihre Mutter. Die Mutter, die sie getröstet und irgendwann verlassen hatte. Carlo redete wie ihre Mutter.

Chiara tat, was er von ihr verlangte. Das Schluchzen versiegte. Das Beben ließ nach.

»Ich will weg von hier«, sagte sie. »Ich will nach Hause.«

»Am besten, du versuchst, deinen Flug umzubuchen oder dir gleich eine neue Verbindung zu suchen. Egal, wie viel es kostet, du musst von dieser Insel runter.«

»Ja, das muss ich.«

»Wo bist du gerade?«

»Ich sitze auf dem Bett in meinem Zimmer.«

»Wie spät ist es bei dir?«

»Kurz nach sechs am Abend.«

»Gut. Hier haben wir Mittagszeit. Ruf deine Fluggesellschaft an. Gib ihnen deine Daten und frag sie nach Ersatzflügen. Schaffst du das?«

»Ja. Ich denke schon.« Sie nickte. Dankbar, dass Carlo ihr Aufgaben gab.

»Falls du Schwierigkeiten hast, melde dich sofort bei mir. Dann versuche ich von hier aus zu helfen. Sag mir auf jeden Fall Bescheid, was du erreichen konntest.«

»Ja.«

»Hast du schon etwas gegessen?«

»Nein. Gefrühstückt habe ich heute Morgen, sonst nichts. Wieso?«

»Du musst etwas zu dir nehmen. Und bestell dir viel Wasser oder eine große Kanne Tee. Kein Alkohol, versprich mir das.«

»Davon hatte ich am Wochenende schon genug.«

»Schluss damit! Bis du wieder zu Hause bist. Versprich mir das.«

Sie hätte ihm alles versprochen.

»Ich höre von dir, okay?«, sagte er.

»Okay«, erwiderte sie.

Nachdem sie aufgelegt hatte, tat sie alles, was Carlo ihr aufgetragen hatte. Sie musste jetzt konzentriert vorgehen, durfte sich nicht von dem ständig heranrollenden Schmerz überwältigen lassen. Sie rief den Room Service an und bestellte ein Nasigoreng, frische Früchte und drei Flaschen Wasser. Sie duschte und zog sich ein frisches Kleid an. Die Laken auf dem Bett zog sie selbst glatt; sie brauchte dafür kein Zimmermädchen.

Als ein Angestellter mit dem Essen kam, bat sie ihn, alles auf dem Tisch draußen abzustellen. In der Zwischenzeit suchte sie ihre Flugbestätigungen heraus. Dort fand sie eine Telefonnummer, die sie sofort anrief.

Dem Mann am anderen Ende der Leitung gab sie ihre Verbindungen durch und fragte, ob sie umbuchen könnte.

Er tippte irgendetwas in seinen Computer. Sie hörte die Anschläge auf der Tastatur.

»Tut mir leid, Signora. Der Flug lässt sich nicht umbuchen. Es ist ein Spartarif; da kann ich nichts machen.«

»Dann suchen Sie mir bitte einen neuen.«

»Für welchen Tag?«

»So bald wie möglich.«

Abermals Tastaturanschläge. Dazwischen Stille.

»Ich hätte da einen Flug für nächsten Montag.«

»Aber das ist ja noch eine ganze Woche. Ich kann unmöglich so lange warten.« Sie spürte, wie sich erneut Schweißtropfen auf der Stirn bildeten. Das Kleid klebte schon wieder an ihrem Körper. Mit dem Telefon am Ohr stand sie auf, um die Klimaanlage einzuschalten.

»Da gibt es noch eine Möglichkeit am Freitag«, erklärte der Mann. »Sie müssten allerdings drei Mal umsteigen, und die Wartezeiten wären recht lang. Zudem kostet der Flug gut fünfhundert Euro mehr.«

»Der Preis ist mir egal. Und früher haben Sie gar nichts mehr?«

»Nein, ich bedaure, Signora. Es ist Hauptreisezeit.«

Sie überlegte. Freitag. Das waren noch fünf Tage. Fünf Tage auf dieser verfluchten Insel.

»In Ordnung«, sagte sie schließlich. »Ich nehme ihn.«

»Montag oder Freitag?«

»Freitag.«

»Trotz der ungünstigen Verbindung und des höheren Preises?«

»Ja, ich muss hier so schnell wie möglich weg.«

»In Ordnung. Ich schicke Ihnen gleich die Bestätigung per Mail.«

»Danke.«

Sie legte auf. Der Schmerz schien nur darauf gewartet zu haben. Jetzt griff er an, mit voller Wucht.

Sie musste Carlo Bescheid geben. Das hatte sie versprochen.

Zitternd wählte Chiara seine Nummer.

Er hob sofort ab. »Und?«

»Am Freitag. Ich habe für Freitag einen Flug bekommen.«

»Nicht eher?«

»Nein, da war nichts zu machen.«

»Und was tust du bis dahin?«

»Ich weiß es nicht, Carlo.«

»Du solltest nicht allein sein.«

»Aber da ist niemand.«

»Was ist mit dieser Frau, die du kennengelernt hast.«

»Elisabeth?«

»Ja, genau die.«

»Sie ist weg. In den Norden gereist, das hab ich dir doch erzählt.«

»Hast du ihre Telefonnummer?«

»Die hat sie mir gegeben, ja.«

»Dann ruf sie an. Du hast gesagt, ihr hättet euch gut verstanden. Sie kennt deine Geschichte. Such dir irgendwo in ihrer Nähe einen Bungalow, und dann triff dich ab und zu mit ihr. Du bist in einer Ausnahmesituation. Sie wird das verstehen. Jeder würde das verstehen.«

Er wollte ihr helfen. Er suchte nach Lösungen. Und er hatte recht. Dies war eine Lösung. Allein der Gedanke an Elisabeth beruhigte sie. Sie hatte ihr zugehört. Sie würde ihr auch jetzt zuhören.

»Danke, Carlo«, erwiderte sie. »Das mache ich. Ich melde mich jetzt gleich bei ihr. Und morgen früh fahre ich los. Dieses Hotel hier, es steckt so voller Erinnerungen. Es ist … Georg ist …« Der Schmerz schlug erneut zu. Unvermittelt. Nahm ihr die Luft, die Stimme.

»Chiara?« Er wartete. »Chiara?«

»Ja, ja. Ich kann nur nicht …«

»Natürlich kannst du nicht. Das verlangt auch niemand von dir. Du hast einen Schock. Doch bislang hast du alles richtig gemacht. Du hast mich angerufen, du hast dir einen neuen Flug gebucht, du hast dir hoffentlich auch etwas zu essen bestellt?«

»Ja, habe ich. Es steht schon da.«

»Gut. Dann sieh zu, dass du jetzt erst mal was in den Magen bekommst. Hast du Schlaftabletten dabei?«

»Melatonin, ja. Das ist kein richtiges Schlafmittel, aber es macht schläfrig. Ich nehme es immer auf langen Flügen.«

»Dann nimm es auch heute Nacht. Und vorher rufst du diese Elisabeth an.«

Sie nickte. »Was täte ich ohne dich?«

»Du bist nicht ohne mich.«

»Ich bin jetzt nur ohne Georg. Er kommt nie wieder, Carlo. Er ist einfach gegangen. Stell dir vor, wenn Giovanni …«

»Stopp, Chiara. Versuch, diese Gedanken nicht zuzulassen. Sie sind zulässig, das ja, aber nicht im Moment. Jetzt geht es darum, dass du die nächsten Tage überstehst. Denk daran, dass du nun Schritt für Schritt tun musst. Schau dabei nur auf deine Füße, und heb nicht den Blick, um das große Ganze zu sehen. Dafür ist später noch genug Zeit.«

Später. Was war es nun noch wert, dieses Später? Ein Ticket, in das der Tod ein Loch gestanzt hatte. Die Zukunft, die sich Chiara und Georg ausgemalt hatten, sie war ungültig geworden.

»Es sind die normalen, ganz alltäglichen Dinge, die dir jetzt helfen«, fuhr er fort, und während er das sagte, hörte sie ein paar Autos bei ihm unten auf der Straße hupen. Palermo, ihre Dachterrasse, die Passeggiata, der Vucciria – all das war da und unerreichbar zugleich.

»Welche Dinge?«, fragte sie.

»Die, die ich schon genannt habe. Essen, trinken, schlafen, ein bisschen was organisieren. So ein Schock schützt einen auch ein Stück weit. Der Schmerz wird kommen, immer wieder …«

»Er ist schon da«, unterbrach sie ihn. »Er überfällt mich geradezu.«

»Natürlich, das ist ganz normal, aber setz alles daran, ihn zu verdrängen. Indem du etwas tust. Indem du dich ablenkst. Stell dir eine Brücke über eine Schlucht vor, die du überqueren musst. Am gegenüberliegenden Ufer liegt Sizilien, dein Zuhause. Doch bis dahin schau nicht in die Tiefe, sondern mach das, was ansteht, um rüberzukommen. Teil dir deinen Proviant gut ein. Nicht mehr und nicht weniger. Verstehst du, was ich sage?«

»Ich denke schon«, erwiderte sie leise.

»Ich umarme dich, carissima. Und bitte ruf an, wenn irgendetwas ist. Zu jeder Tages- und Nachtzeit, okay?«

»Okay.«

»Buonanotte.«

»Buonanotte.«

Er legte auf.

Chiara schloss die Augen. Für einen kurzen Moment

konnte sie es sehen, das andere Ufer, von dem Carlo gesprochen hatte. Seine vertraute Stimme, die italienischen Worte holten es ganz nah heran. Doch dann versank es wieder im Unscharfen. Sie wusste, dass sie noch einen weiten Weg vor sich hatte. Fünf lange Tage. Sie betete inständig, dass ihre Füße sie tragen würden. Dass sie dem Blick in die Tiefe widerstehen, dass die Angst nicht den Proviant auffressen würde.

Chiara aß an diesem Abend das Nasigoreng und die Früchte, ohne zu schmecken, was sie da zu sich nahm. Sie trank ein Glas Wasser nach dem anderen und sah in einen stockdunklen Himmel. Der zunehmende Vollmond hatte sich hinter schweren Wolken versteckt. Die Schwärze da oben übermalte alles, was bunt gewesen war. Auf eine gewisse Weise beruhigte sie das sogar.

Es war ungefähr zehn Uhr, als sie Elisabeths Nummer wählte.

Eine Frauenstimme erklärte erst auf Deutsch, danach auf Englisch, dass dieser Anschluss nicht existierte.

Chiara versuchte es erneut, und wieder hörte sie nur die Frauenstimme.

Es bestand kein Zweifel. Sie hatte eine falsche Nummer.

Die Erinnerung löste sich aus der Schwärze des Himmels. Zwei Frauen und zwei Gin Tonics. Elisabeth hatte die Ziffern am Abend vor ihrer Abreise auf eine Serviette gekritzelt, und Chiara hatte sie in ihr Handy übertragen. Dabei musste es passiert sein. Eine von ihnen hatte einen Fehler gemacht. So etwas kam vor.

So etwas schloss eine Tür, die sich gerade erst einen Spaltbreit geöffnet hatte. Elisabeth war fort, und Chiara wusste nicht, wohin. Sie hatte keinen Ort genannt, nur vom Norden gesprochen. Der Norden war groß. Zu groß, um einen einzigen Menschen zu finden.

Die Frau mit den roten Haaren, die so gut zuhören konnte,

war verschwunden. Die Ziffern einer Telefonnummer hatten sich hoffnungslos verdreht und einen Knoten hinterlassen, der sich nicht mehr auflösen ließ. Bei ihren Gold- oder Silberketten nahm Chiara in solchen Fällen ein Stück heraus und setzte die Enden danach neu zusammen. Doch hier ließ sich nichts herausnehmen und schon gar nicht neu zusammensetzen. Hier war alles verloren.

Sie löschte die Nummer aus ihrer Kontaktliste. Sie löschte auch Elisabeths Namen.

Anschließend suchte sie in ihrem Koffer nach dem Melatonin. Sie zählte die Tabletten, die noch in der Packung waren. Elf Stück. Das reichte. Zumindest für die Nächte, die sie noch vom anderen Ufer trennten.

JOHANNA

Die Fahrt in den Norden dauerte ungefähr vier Stunden. Kurz hinter Ubud wurde der Verkehr ruhiger. Einige Last- und Lieferwagen, viele Mopeds, ein paar Autos. Johanna kam es vor, als würde sich der Pulsschlag der Insel verlangsamen, wieder zurückfinden in den Rhythmus, der hier seit Jahrzehnten vorherrschte. Die Souvenirshops mit den Buddhas und Ganeshas und Garudas wurden weniger. Es gab kaum noch Reklametafeln für Coca-Cola, Ferienresorts oder Mobilfunkanbieter an den Straßenrändern. Und Verkehrsampeln gab es gar keine mehr. Die Fahrer verständigten sich mit Hand- und Hupzeichen.

Auch die Landschaft veränderte sich. Statt Reisfeldern waren da nun Bambuswälder, irgendwann prägten Orangenplantagen und Felder mit blühenden Tagetes die Szenerie. Hoch oben am Batur-Tempel bot er sich einem dar, der Vulkan gleichen Namens, dessen Krater sich wie eine eitle Diva in einen Schleier aus Wolken hüllte.

Sie hatten den höchsten Punkt der Strecke erreicht. Als der Chauffeur den Wagen kurz anhielt, klopften sofort ein paar Sarong-Verkäuferinnen an die Scheiben. Die Frauen zeigten Zahnlückenlächeln und hielten ihre bunten Tücher hoch. Johanna schüttelte den Kopf. Ebenfalls lächelnd. Das mit dem Lächeln war ihr früher leichtgefallen; heute kostete es sie Mühe.

Nichts war heute mehr wie früher.

Von nun an ging es bergab. Die Straße wurde kurvenreicher, führte durch dichten Wald. Johanna atmete auf. Die alten Banyan-Bäume links und rechts spendeten nicht nur Schatten, sondern auch Trost. Tausendfach verwurzelt standen sie dort. Unerschütterliche Riesen. Zeichen der Beständigkeit in einer Welt, die alles daranzusetzen schien, auseinanderzubrechen. Johanna kam es vor, als würden diese Bäume sie in ihre Arme nehmen. Die Anspannung in ihrem Körper begann nachzulassen.

Heute Morgen bei der Abfahrt aus Wayans Hotel hatte sie Chiara ein letztes Mal gesehen. Eine junge Frau mit aufrechtem Gang und einer Yogamatte unter dem Arm. Johanna hatte schnell den Blick gesenkt, um dieser Frau nicht mehr in die Augen schauen zu müssen. Sie wollte die Geliebte ihres Mannes ausradieren. Tilgen aus ihrem Leben. Sie hatte von Chiara erfahren, was sie niemals hatte wissen wollen. Jetzt war es an ihr, Johanna, damit umzugehen. Eine Frau namens Elisabeth hatte sie zurückgelassen, zusammen mit einer falschen Telefonnummer. Sie hatte sich der Lüge bedient, um eine Lüge aufzuspüren, und mit einer Lüge hatte sie sich fortgeschlichen. Was nun daraus folgte, ging sie nichts mehr an. Chiara würde sich ihrem Schmerz stellen müssen. So wie Johanna sich dem ihren stellte. Die Lüge hatte ihren Zweck erfüllt, hatte offengelegt, was Georg verschwiegen und am Ende mit in den Tod genommen hatte. Nun wurde sie nicht mehr gebraucht. Im Gegenteil. Jegliche Fortschreibung hätte ihre fragile Existenz gefährdet; dadurch drohte nur aufzufliegen, was Johanna sorgsam eingesponnen hatte.

Chiara würde Johanna als Elisabeth in Erinnerung behalten. Eine Frau, der sie die Geschichte ihrer Liebe erzählt hatte. Eine Frau, die ihr zugehört hatte. Das traurige Ende jener Geschichte, das Chiara noch nicht kannte, würde sie anderen erzählen müssen. Sie hatte schließlich Freunde. Carlo zum Beispiel, von dem sie so oft gesprochen hatte. Elisabeth war nicht ihre Freundin und würde es niemals sein. Elisabeth gab es nicht mehr.

Johanna war bis zum Äußersten gegangen, doch jetzt erst merkte sie, wie viel Kraft sie das gekostet hatte. Jetzt, da die alten Banyan-Bäume sie in ihre Arme nahmen.

Sie passierten einige Häuseransammlungen. Eher Gehöfte mit Matten voller Nelken vor den Toren, die dort in der Sonne zum Trocknen lagen. Mit Körben am Eingang, in denen Hähne hockten, die vielleicht schon beim nächsten Kampf ihr Leben lassen würden. Mit Koben voller Schweine, aus denen irgendwann Saté-Spieße würden. Mit Haustempeln, die mit Bändern und Schirmen und weiß-schwarzen Tüchern geschmückt waren. Alles hatte hier seine Ordnung, und auch das trug auf unaufdringliche Weise dazu bei, dass Johanna ruhiger wurde.

Bei Tejakula erreichten sie die Hauptstraße, die im Norden der Insel die Dörfer und Städte miteinander verband. Von dort aus führten diverse Wege hinunter an die Küste. Auch Utes Haus lag am Meer. Nachdem der Fahrer einige Schlaglöcher umkurvt hatte, hielt er vor einem großen Eisentor an.

»Wir sind da, Madam.«

Johanna nickte und stieg aus.

»Soll ich Ihnen mit dem Gepäck helfen?«

»Nein, danke. Das erledigt einer der Angestellten meiner Freundin.« Auf Bali war es üblich, Personal zu haben. Auch Ute beschäftigte eine Frau zum Putzen, einen Gärtner und natürlich Putu, die Köchin.

Der Fahrer reichte ihr die Hand. »Auf Wiedersehen, Madam Elisabeth. Ich wünsche Ihnen eine gute Zeit. Es ist ruhig hier. Anders als in Ubud.«

Sie zuckte kurz zusammen, aber dann erinnerte sie sich, dass sie für ihn ja Elisabeth war. Wayan hatte sie ihm damals mit diesem Namen vorgestellt, um die Lüge wasserdicht zu halten.

»Ja, ja, das ist es«, beeilte sie sich zu sagen. »Deshalb bin ich auch hergekommen. Ich brauche etwas Ruhe.«

Er lächelte und schlug den Deckel des Kofferraums zu. Dann stieg er wieder ins Auto, legte den Gang ein und wendete. Diese Straße war eine Sackgasse; sie mündete in den Ozean.

Johanna blieb stehen und sah dem Wagen nach. Mit ihm fuhr das letzte Stück ihrer Lüge davon. Am Ende war Elisabeth nichts mehr als eine Staubwolke zwischen Schlaglöchern.

Das Tor öffnete sich, und Ute kam heraus. Sie trug ein langes weißes Kleid, eine Kette mit Muscheln und ein hellgrünes Tuch um den Hals. Ihre ehemals schwarzen Haare waren von Silberfäden durchzogen. Die Sonne hatte der gebräunten Haut ein paar tiefe Falten hinzugefügt. Trotzdem sah Ute gut aus. Sehr gut sogar.

»Ich hab ein Auto kommen hören«, rief sie. »Das konntest nur du sein.« Sie breitete ihre Arme aus. »Komm her. Lass dich erst mal ganz fest drücken.«

Johanna nahm einen leichten Duft von Parfüm wahr. Und Wärme. Unendlich viel Wärme. Sie spürte, wie ihr die Tränen in die Augen schossen und über die Wangen liefen. Als hätte jemand in ihr Schleusentore geöffnet und ließe das Wasser nun einfach laufen.

»Hey, was ist mit dir los?«, fragte Ute, als Johanna aufschluchzte. »Tränen? Das passt gar nicht zu dir.«

»Ach, das ist eine lange Geschichte.«

»Du wirst sie mir erzählen«, erwiderte die Freundin, bückte sich, um den auf der Straße stehenden Koffer aufzuheben, und wandte sich zum Tor. »Komm, gehen wir erst einmal rein.«

Johanna wischte sich mit dem Handrücken über die nassen Wangen und folgte ihr.

Sie gingen über einen großen gepflegten Rasen, der jetzt nach der langen Regenzeit im Winter und Frühjahr frische neue Grashalme zeigte. Kokospalmen, Frangipani-Bäume, Hibiskusbüsche verteilten sich über das ausladende Grün. Utes Haus stand zum Meer gewandt. Ein einstöckiges Gebäude mit dem inseltypischen spitzen Strohdach. Eine Terrasse mit Polstermöbeln, zwei Sonnenliegen und einem Esstisch, die um das Haus herum führte. Einige Meter entfernt lag ein kleinerer Bau – die Küche. Herd, Ofen, Spüle und Arbeitsbereiche befanden sich außen unter einem großen Dach; lediglich Speisekammer und Kühlschrank waren im Inneren untergebracht. Daran schloss sich Putus Küchengarten an. Dort wuchsen Bohnen, Wasserspinat, Auberginen, Papayas, Mangos, Maracujas, Bananen, Pandanblätter, Erdnüsse, Koriander, Basilikum, Zitronengras und vieles mehr.

Ein großer Pool bildete eine Art Übergang zwischen Utes Grundstück und dem Meer, das hier direkt hinter einer Steinmauer und einem schmalen schwarzen Sandstreifen begann. Am Ende des türkisblauen Beckens stand ein steinerner Ganesha. Ihren guten Hausgeist nannte Ute den. Heute trug der Elefantengott einen Kranz aus bunten Blüten. So einen bekam er jedes Mal umgehängt, um eintreffende Gäste zu begrüßen.

Alles hier war Johanna von ihren vielen Besuchen mit Georg vertraut. Sie hatte diesen Ort lieb gewonnen, und jetzt war ihr, als ob er sie in seine Arme nahm. Wie die alten Banyan-Bäume. Und ihre Freundin.

»Ich habe dir das Gästehaus herrichten lassen«, sagte Ute. »Dort unten kannst du dann bei offenem Schiebefenster das tun, was du am liebsten tust. Dich von den Wellen in den Schlaf schaukeln lassen. Aber jetzt trinken wir erst einen guten balinesischen Kaffee. Putu hat Kokoskuchen gebacken.« Sie zeigte auf ein Sofa, vor dem auf einem kleinen Tisch bereits eine Karaffe Wasser, zwei Gläser, Tassen, eine Kanne und ein Teller mit Kuchenstücken standen. »Später gibt es dann ein kleines Festessen zum Abend. Zur Feier deiner Ankunft.«

»Danke«, erwiderte Johanna leise und nahm auf der Kante des Sofas Platz. »Das ist sehr lieb von dir.«

»Na ja, du kommst schließlich nicht alle Tage zu Besuch.« Sie sah Johanna prüfend an. Man konnte Ute nichts vormachen. Johanna wusste das. Die Freundin war Psychoanalytikerin, und wenn sie sich auf etwas verstand, dann war es, in Gestik und Mimik anderer Menschen zu lesen.

»Was ist los?«, fragte sie denn auch unvermittelt, während sie den Kaffee einschenkte. »Du siehst blass aus, Johanna. Du weinst bei der Ankunft, was sonst nicht deine Art ist. Du kommst allein.«

»Ich weiß nicht, wo ich beginnen soll.« Johanna nahm die Tasse, hielt sie einen Moment fest und stellte sie dann zurück auf den Tisch, ohne getrunken zu haben.

»Am besten, du fängst von vorn an.«

»Das ist das Schwerste. Ich wollte es dir nicht schreiben, weil ich finde … nun, ich finde, man teilt so etwas nicht in einer Mail mit. Es ist etwas passiert …« Sie griff erneut nach der Tasse.

»Was ist passiert?«

»Georg … Er hat einen Herzinfarkt gehabt. Er ist … Er ist tot, Ute.«

»Oh, Johanna. Das ist … Das ist ja …« Sie rückte näher heran und legte ihren Arm um die Freundin. »Ich sage jetzt erst mal nichts.«

Eine Weile saßen sie so da. Schweigend. Die Stille nahm dem Schrecken die Spitze, schuf Raum, damit sich setzen konnte, was kaum fassbar war. Irgendwann löste Ute die Umarmung und griff nach Johannas Hand. »Wann ist es geschehen?«, fragte sie leise. Ihre Stimme schien sich auf Zehenspitzen zu bewegen.

»Vor zwei Monaten. Danach stürzte alles auf mich ein. Die Beerdigung, der Nachlass, der Verkauf der Praxis. Max und Tessa haben mir geholfen, so gut sie konnten. Aber ich wollte ihnen nicht zu viel zumuten. Sie trauern ja auch um ihren Vater. Und, ja, irgendwann saß ich allein in unserem großen leeren Haus und sah mir die alten Dias von Bali an. Weißt du, das haben Georg und ich immer gemeinsam getan. Jedes Jahr an Silvester. Das war unser Ritual. Und plötzlich … Na ja, plötzlich wollte ich hierher. Ich habe noch in derselben Nacht einen Flug gebucht und dir eine Mail geschickt. Ich dachte, ich könnte Georg hier noch mal nah sein. Verstehst du?«

Ute nickte.

»Wir sind verlässlich glücklich gewesen auf unserer Insel. So eine Ehe ist nicht immer einfach, sie kriegt im Alltag ihre Schrammen, nutzt sich ab, wird manchmal auch unschön, aber … Aber sobald wir auf Bali waren, schienen wir wieder die zu sein, die wir einst waren. Das wollte ich mir zurückholen. Ich wollte verstehen, was uns verband. Und trennte, ja, auch trennte.«

Sie redete und redete. So viel wie seit Wochen nicht mehr. Und Ute hörte zu. Unterbrach sie nicht, sondern hielt nur ihre Hand.

»Es hat uns mehr getrennt, als ich dachte«, sagte Johanna schließlich.

»Wie meinst du das?«

»Lass uns später davon sprechen. Es gibt da noch etwas, aber ich brauche ein bisschen Zeit. Alles auf einmal zu erzählen, das ist zu viel für mich.«

Ute nickte. »Du bestimmst, wann du was sagst.«

Sie tranken ihren Kaffee, aßen etwas von dem Kuchen und sahen aufs Meer, das nahezu glatt dalag. Kaum eine Welle kräuselte die Oberfläche. Kein Fischerboot war um diese Zeit unterwegs. Stille auch dort. Als würde der Nachmittag den Atem anhalten.

»Georg hat oft gesagt, dass dieser Platz magisch ist«, sagte Johanna nach einer Weile.

»Ja, ich weiß. Er hat sich gern da unten auf die Mauer gesetzt und in Gedanken den Horizont vermessen. Einmal hat er gemeint, diese Linie werde wahrscheinlich nur von uns

Menschen als Grenze angesehen. Weil wir es gewohnt seien, in Grenzen zu denken.«

»Ich hätte mit ihm mehr über solche Dinge reden sollen statt darüber, ob noch genug Butter im Kühlschrank ist oder wann das Auto zum TÜV muss.«

»Keine Konjunktive, Johanna. All dieses Hätte und Wäre bringt dich jetzt nicht mehr weiter.«

»Glaubst du, er war ein glücklicher Mann?«

Ute holte tief Luft und atmete danach hörbar aus. »Das ist keine leichte Frage. Wann haben wir uns zum letzten Mal gesehen? Das war vor ungefähr drei Jahren, glaube ich. Er schien mir damals etwas verschlossener zu sein als früher. Verkapselter, wenn du verstehst, was ich meine. Glücklich? Das war er, wenn er zum Beispiel bei Putu in der Küche helfen konnte. Ich sehe die beiden noch vor mir, wie sie zusammen Kräuter im Garten gepflückt haben und sich danach überlegten, was sie mit den zwei Hummern anstellen sollten, die uns einer der Fischer hier morgens gefangen hatte.«

»Ich erinnere mich, ja. Putu und Georg haben daraus einen wunderbaren Salat gemacht.« Sie biss sich auf die Unterlippe. »Vielleicht war er wirklich mit anderen Menschen glücklicher als mit mir«, sagte sie dann.

»Du hast dich seit unserem letzten Treffen verändert, Johanna.«

»Inwiefern?«

»Du kommst mir weicher vor. Fast ein bisschen so wie damals, als wir uns kennengelernt haben. Zwischenzeitlich warst du unzugänglicher …«

»Strenger?«

»Ja, das trifft es. Auf eine Art fast unerbittlich. Du hattest dir eine Härte zugelegt, unter der dein Kern nur noch schwer zu erkennen war. Georg schob es auf deinen Job, als ich ihn mal darauf ansprach. Ihr hättet einen unterschiedlichen Blick auf die Kinder, sagte er. Du auf deine Schüler, er auf seine Patienten. Aber letztlich meinte er wohl auch einen unterschiedlichen Blick auf das Leben. Das eine führt eben oft zum anderen. Heute dagegen wirkst du wie ausgewechselt. Weich und verletzlich. Wahrscheinlich ist es deine Trauer, die hervorholt, was früher das Glück in dir ausgelöst hat. Als ich euch getroffen habe damals, wart ihr ein großartiges Paar.«

Über dreißig Jahre war das jetzt her. Johanna dachte an die Frau aus Deutschland, die ihr und Georg in Ubud eines Tages über den Weg gelaufen war. Zu der Zeit hatte Ute den Entschluss gefasst, auf Bali zu bleiben. Ihr Vater hatte ihr so viel Geld vererbt, dass sie sich das leisten konnte. Sie hatte ihre psychotherapeutische Praxis in Köln aufgelöst, ihre Möbel verkauft oder verschenkt und war mit ein paar Koffern auf die Insel gezogen. »Es wird sich etwas finden, das ich tun kann«, sagte sie damals. »Es findet sich immer etwas, wenn man hinschaut.«

Ute hatte Türen geöffnet bei dem jungen Paar. Sehnsuchtstüren. Einen Spaltbreit nur, doch genug, um selbst nach der Hochzeit und der Geburt der Kinder noch Möglichkeiten auszuloten. Georg hatte zu träumen begonnen, und Johanna hatte ihn in seine Träume hinein begleitet. Was-wäre-wenn hieß ihr Spiel, und sie gefielen sich darin, in tropischen Nächten unter dem Kreuz des Südens das Drehbuch ihres Lebens umzuschreiben. Was wäre, wenn sie mit ihren beiden kleinen Kindern ebenfalls auswandern würden – auf die Insel, die ihnen einst die Delfine gezeigt hatte? Das Glücksomen schlechthin. Statt einen teuren Kredit für ein Haus in Norddeutschland abzuzahlen, könnten sie doch für weniger Geld auf Bali ein Haus bauen. Georg würde als Kinderarzt arbeiten, und Johanna würde Kinder unterrichten. Und Max und Tessa hätten Freunde, die Wayan und Ketut und Kadek und Illuh und Putu hießen. Es gab nur eine überschaubare Auswahl an Namen auf Bali, und überhaupt schien vieles überschaubarer zu sein. Um nicht zu sagen, leichter. Die guten und die bösen

Geister sorgten schon dafür, dass alles irgendwie ins Gleichgewicht kam. Georg und Johanna malten sich einen ewigen Sommer aus. Doch das Paradies blieb ihren Träumen vorbehalten, denn am Ende übernahmen die Bedenken. Sie gingen bereits mit an Bord der Maschine, die sie zurück nach Deutschland brachte, und als sie ihre Koffer am Hamburger Flughafen vom Gepäckband hoben, wogen sie so schwer, dass den Träumen die Luft entwich. Ein fünfzehnstündiger Flug reichte aus, um sie in einer Realität landen zu lassen, in der sich ihre balinesischen Gedankengespinste geradezu grotesk ausnahmen. In der Parkgarage für Urlauber stiegen sie in ihr Auto und waren erleichtert, dass es sofort ansprang. Danach holten sie Tessa und Max bei Johannas Eltern ab und brachten sie abends in ihrem neuen Eigenheim zu Bett.

»War's das?«, fragte Georg, als sie vor dem Schlafengehen ein letztes Glas Wein tranken.

»Ich fürchte, ja«, erwiderte Johanna.

Die Wehmut, die sie beide erfasste, hatte da noch etwas Verbindendes. Sie fühlten gemeinsam, dass vermeintliche Zwänge und Pflichten sie fortzogen von dem, was sich angeschickt hatte, in ihren Herzen Wurzeln zu schlagen. Vielleicht war das der Grund, warum sie immer und immer wieder zurückkamen auf die Insel. Zusahen, wie Ute Wirklichkeit werden ließ, was bei ihnen lediglich Wünsche geblieben waren. So manches Mal putzten sie diese Wünsche noch auf, versuchten, ihnen neues Leben einzuhauchen, wenn sie mit der Freundin zusammensaßen. Aber es ging ihnen zunehmend der Mut aus. Ihm wie ihr. Die Weichen, die sie fortan stellten, sollten sie in verschiedene Richtungen führen.

»Ja, das waren wir wohl«, sagte Johanna jetzt. »Ein großartiges Paar. Aber irgendwann haben wir uns verloren und immer seltener gefunden. Es stimmt, was du sagst. Ich wurde härter, und Georg wurde einsamer.«

»Und trotzdem hat er nie aufgehört, dich zu lieben.«

»Glaubst du das?«

»Als wir uns das letzte Mal da unten am Wasser unterhalten haben, hat er es mir gesagt. Und, ja, ich habe es ihm geglaubt. Du hast sicher recht mit der Einsamkeit, die ihn umgab. Aber die hat er ertragen, weil er dich in seiner Nähe wusste und daran festhielt, dass du tief in deinem Inneren das Mädchen geblieben bist, das er vor mehr als einem Vierteljahrhundert zu lieben begonnen hat.«

»Wir hätten hierherziehen sollen. Damals, als es noch Zeit war. Wir hätten es so machen sollen wie du, statt uns hasenfüßig im Mittelmaß einzurichten und darin zu vergrämen.«

»Bitte, Johanna, quäl dich nicht. Niemand weiß, was dann geworden wäre. Es bleiben Vorstellungen, die du dir jetzt schönfärbst. Ihr seid euren Weg gegangen, und nun ist Georg tot, und du musst allein weitergehen. Das ist hart genug.«

Johanna nickte. »Ich packe jetzt erst mal meine Sachen aus«, erwiderte sie schließlich. »Vielleicht lege ich mich danach noch etwas hin. Die Fahrt hierher ist doch jedes Mal lang und anstrengend.« Sie hielt kurz inne. »Und, ja, heute Abend erfährst du das Ende der Geschichte. Es ist ein Ende, das sich besser im Dunkeln erzählen lässt.«

»Wir haben fast Vollmond.«

»Nun, dann leuchtet der vielleicht die wesentlichen Dinge aus.«

»Das hört sich nicht gut an.«

»Es ist auch nicht gut. Gar nicht gut.«

***

Ute hatte den Tisch wunderschön decken lassen. Mit Kerzen und Blüten. Eine Flasche Weißwein stand in einem Eiskühler bereit. Zu hören waren nur das leise Plätschern der Wellen und der Gesang der Zikaden, der in unregelmäßigen Abständen anschwoll und wieder abnahm.

Putu stellte gerade einige Schüsseln mit Gemüse und Reis und Currys ab, als Johanna die Terrasse betrat. Die Köchin drehte sich um und breitete die Arme aus. Sie trug einen grünen Sarong und eine weiße Bluse. Ihr langes schwarzes Haar hatte sie zu einem Zopf geflochten. Sie musste jetzt ungefähr Mitte oder Ende dreißig sein, so genau ließ sich das nicht sagen. Schön war sie noch immer, trotz der kleinen Altersspuren, die sich inzwischen in ihrem Gesicht zeigten. In ihren dunklen Augen spiegelten sich Freude und Ernsthaftigkeit zugleich.

»Hallo, Putu«, sagte Johanna und ließ sich von der Frau, die Georg seine Freundin genannt hatte, umarmen.

»Gut, dass du gekommen bist«, erwiderte Putu. »Ute hat mir gesagt, was mit Georg geschehen ist. Ich bin mit dir sehr traurig. Doch hier ist ein Ort, an dem du noch einmal mit ihm sein kannst.«

Ein paar Worte nur, aber sie trafen den Kern dessen, was Johanna fühlte. Sie lächelte. »Ich danke dir.«

»Du bist nicht allein, Johanna. Ute ist da, und ich bin es auch. Und mein Mann sagt immer, die Toten sind bei uns, in unseren Erinnerungen, und irgendwann kehren sie wieder zurück. In einem anderen Körper. So ist der Kreislauf. Georg wusste das auch. Wir haben oft darüber gesprochen, wenn er bei mir in der Küche war.«

Johanna sah erstaunt auf. Sie hatte keine Ahnung gehabt, über was Georg mit den Menschen geredet hatte. Es waren die alten Themen, die er und sie früher auch gehabt hatten. Nur ihr waren sie verloren gegangen, während er sie mit anderen fortgeführt hatte.

»Wie geht es deinem Mann?«, fragte sie jetzt. Sie wusste, dass Gede Priester geworden war. Vor etwa einem Jahr. Ute hatte es in ihrer Mail zu Weihnachten erwähnt.

»Er muss viel lernen«, entgegnete Putu. »Die ganzen heiligen Schriften. Da hat er wenig Zeit für die Familie. Und ich muss zu Hause nun alles trennen. Das Essen für einen Priester wird in einem eigenen Topf gekocht, und die Wäsche darf sich nicht mit meiner und der unserer Kinder vermischen. Es ist nicht leicht, die neuen Regeln zu befolgen. Ich habe jetzt auch mehr zu tun, wenn eine Zeremonie ist. Du weißt schon, all die Opfergaben.«

Johanna nickte. Ja, sie wusste, welche Rolle den rituellen Festen hier zukam. Manche Familien verschuldeten sich, nur um den religiösen Anforderungen zu genügen.

»Aber ich klage nicht«, fuhr Putu fort. »Es ist eine große Ehre für mich, die Frau des Priesters im Dorf zu sein. Kommst du morgen auch?«

»Was ist morgen?«

»Wir haben eine Vollmondzeremonie oben im Tempel. Die Gamelan-Musiker sind da und die Tänzer und Tänzerinnen. Alte und ganz junge. Und Gede gibt uns den Segen der Götter.«

»Ich werde da sein.«

»Es wird auch einen Segen für Georg geben. Er braucht das, um gut aufgehoben zu sein dort, wo er jetzt ist. Wenn er irgendwann zurückkommt, darf ihn nichts beschweren.«

Wie bei Wayan spürte Johanna auch jetzt, auf welch selbstverständliche Weise der Glauben die Menschen auf dieser Insel trug. Für Putu hatten die Dinge ihre feste Ordnung. Sie trauerte um den Mann, mit dem sie so viele Stunden lachend am Herd gestanden und in Töpfen und Pfannen gerührt hatte, und doch zweifelte sie keine Sekunde daran, dass Georg seinen neuen Platz gefunden hatte. Einen Platz in einer Art Zwischenreich.

Johanna musste daran denken, was Georg auf ihrer letzten Reise in dem Coffee Shop am Flughafen von Singapur gesagt hatte. Transit, das sei wie ein Schwebezustand zwischen Nicht-mehr und Noch-nicht … Sie erinnerte sich, dass sie ihn in dem Moment geliebt hatte. Das Ausmaß ihrer Liebe wurde ihr erst jetzt bewusst. Ebenso wie die Bedeutung seiner Worte. Es war zu spät. In diesem Leben würde sie ihm das nicht mehr offenbaren können, und für die Zuversicht auf ein Später fehlte ihr der Glaube der Balinesen. Und trotzdem legten Putus Worte so etwas wie heilende Kräuter, mit denen sie hier Wunden versorgten, auf die Blessuren ihrer Seele. Ja, Putu hatte recht. Es war gut, dass Johanna an diesen Ort gekommen war. Er würde auch den Schmerz über das, was sie in Ubud von Chiara erfahren hatte, ein wenig lindern. Zumindest hoffte Johanna das.

Sie begann mit der Geschichte von Georg und der jungen Frau aus Sizilien, nachdem Ute und sie am Tisch Platz genommen hatten, als wollte sie sogleich einlösen, was sie am Nachmittag angekündigt hatte. Sie aßen und tranken, und Johanna redete. Sie sprach leise und setzte ihre Worte mit Bedacht. Nahm sich Zeit, um ja nichts auszulassen, achtete auf die Details.

Sie erzählte, wie sie den Kontakt geknüpft hatte, beschrieb sogar die Schmuckstücke und die Kleider, die Chiara getragen hatte. An jenem ersten Nachmittag im Hotel, abends im Restaurant und bei ihrem gemeinsamen Ausflug nach Jatiluwih. Sie berichtete von dem Hahnenkampf und davon, dass Chiara dort zum ersten Mal ihre perfekte Fassade verloren habe. Sie tat das mit monotoner Stimme, bemüht um Sachlichkeit. Als sie fertig war, lehnte sie sich zurück und sah Ute an.

»So, nun weißt du alles«, sagte sie. Sie fühlte sich erschöpft.

Ute goss ihnen Wein nach und trank selbst einen großen Schluck. »Wie geht es dir damit?«, fragte sie, nachdem sie ihr Glas abgestellt hatte.

Eine einfache Frage und doch eine, die Johannas bemühte Nüchternheit mit einem Schlag zum Einsturz brachte. Sie rang um Fassung. Vergebens. »Beschissen«, brachte sie schließlich hervor. »Mir geht es beschissen.«

»Gut.«

Sie schaute die Freundin erstaunt an. »Was ist daran gut?«

»Versteh mich nicht falsch. Ich finde es nicht gut, dass du dich so fühlst, sondern dass du es benennst. Die Geschichte, die du erzählst, ist ungeheuerlich. Sie hat eine zerstörerische Wucht, die es auszuhalten gilt, was fast unmenschlich ist. Du hast sie mir berichtet, als ob dich das alles kaum etwas anginge. Fast wie die Zusammenfassung eines Films, in der eine andere als du die Hauptrolle spielt.«

Johanna nickte, und schon wieder spürte sie, wie ihr Tränen über die Wangen liefen.

»Wein ruhig«, fuhr Ute fort. »Ich bin ja da. Hier bei dir.«

»Ich verstehe einfach nicht, warum Georg so etwas tun konnte«, schluchzte Johanna.

»Es ist auch zu früh, irgendetwas verstehen zu wollen«, entgegnete Ute. »Erst einmal müssen der Kummer und die Wut raus, bevor wir anfangen können, uns anzusehen, was da eigentlich geschehen ist.«

»Wir?«

»Ja. Du, mit meiner Hilfe. Du solltest etwas versuchen, was dir eigentlich fremd geworden ist.«

»Was denn?«

»Früher konntest du noch aus der Haut fahren, wenn dich eine Sache aufgeregt hat. Darum geht es jetzt wieder. Du darfst dich nicht beherrschen, Johanna. Das macht alles nur noch schlimmer. Wenn du deinen Schmerz unterdrückst, verkapselt er sich und wiegt dann irgendwann wie ein tonnenschwerer Stein.«

»Ich hasse diese Frau«, stieß Johanna hervor.

»Das ist völlig normal. Alles ist noch so frisch. Wie eine Wunde, die blutet. Da muss sich auch erst mal Schorf bilden.«

»Weißt du, bei diesem Hahnenkampf … Ich habe es fast genossen, dass sie so zusammengebrochen ist. Wenn ich ehrlich bin, habe ich es sogar darauf angelegt.«

»So was nennt man Rache. Sie hilft dir zunächst über den besinnungslosen Schmerz hinweg, holt dich aus der Ohnmacht heraus, indem sie dich etwas tun lässt. Du hast diese Frau eben einem Blutbad ausgesetzt und dem Scham der Grenzüberschreitung. Sie hat es dir ja fast leicht gemacht in ihrer Weigerung, deinen anfänglichen Mahnungen zu folgen. Im Grunde hat sie dir deine Rache vor die Füße gelegt. Du brauchtest nur noch zuzugreifen, und das hast du getan.«

»Du meinst, Hass und Rache sind …«

»… in deiner Situation fast schon ein Naturgesetz. Jeder, der schon mal betrogen wurde, kennt dieses Gefühl. Und du bist betrogen worden. Da Georg nicht mehr da ist, an dem du deine Wut auslassen kannst, bekommt nun eben diese Frau alles ab. Du hast dich zwei Tage lang zusammengerissen, um in fast detektivischer Kleinarbeit den Betrug aufzudecken. Das hat dich unglaublich Kraft gekostet. Da ist es nur zu verständlich, dass du sie in diesen Hahnenkampf geschickt hast. Niemand verlangt da von dir, edel zu sein.«

»Sie war so selbstherrlich. So überzeugt, dass ihr das Glück mit Georg zusteht. Sie hatte gar keine Gewissensbisse mir gegenüber.«

»Warum auch? Sie wusste nicht, dass Elisabeth eigentlich Johanna ist. Und, ja, eine Geliebte will nun mal den Mann, den sie liebt. Und wenn er ihre Gefühle erwidert, macht sie das sicher. Sie hat sich überhaupt nicht ungewöhnlich verhalten. In dir sah sie so etwas wie eine Freundin, der gegenüber sie sich zeigen konnte, wie sie war.«

»Ich habe sie am Ende nicht mehr ertragen.«

»Das glaube ich dir.«

»Als sie mir dann noch das Foto von sich und Georg zeigte, war es fast um mich geschehen.«

»Deshalb hast du ihr ja auch eine falsche Handynummer gegeben. Weil du eine Fortsetzung dieses Theaters nicht mehr aushalten konntest.«

»Ein Schmierentheater.«

»Sei nicht zu streng mit dir. Du bist auf etwas gestoßen, das dich erschüttert hat, und dann wolltest du die ganze Wahrheit erfahren.«

»Nun, das habe ich ja auch. Vielleicht wäre es besser gewesen, das alles nicht zu wissen.«

»Es ist müßig, darüber zu spekulieren. In dem Moment, als dir Wayan mitteilte, eine Schwester von Georg sei in seinem Hotel abgestiegen, haben die Dinge ihren Lauf genommen. Wenn du nichts unternommen hättest, würdest du jetzt hier bei mir sitzen und dir den Kopf darüber zerbrechen, wer diese Frau war.«

Johanna nickte. »Ja, du hast recht. Möglicherweise musste ich die Geschichte von ihr erfahren. Ich bin nach Bali gekommen, um zu verstehen, was zwischen mir und Georg war. Dass so etwas dabei herauskommen würde, konnte ich nicht ahnen.«

»Wie denn auch? Immerhin hat er dich zwei Tage vor seinem Tod noch gefragt, ob ihr nicht mal wieder gemeinsam hierherreisen wollt.«

»Und hatte dabei bereits das Flugticket gebucht, um sich genau hier mit seiner Geliebten zu treffen. Um mit ihr die gemeinsame Zukunft zu besiegeln. Das passt doch nicht zusammen.«

»Tut es auch nicht. Es hat das Zeug, dich verrückt zu machen.«

»Genau das ist es. Es macht mich verrückt. Immer und immer wieder frage ich mich, was er im Schilde geführt hat. Wie sein Plan aussah.«

»Vielleicht hatte er keinen.«

»Aber er muss doch …«

»Nein, Johanna. Muss er nicht. Menschen handeln oft irrational. Möglicherweise verspürte er den Wunsch, dir wieder näher zu sein, und gleichzeitig wollte er diese andere

Frau an sich binden, um mit ihr etwas zu haben, das ihm bei dir abhandengekommen war. Das wirkt zwar auf den ersten Blick völlig widersprüchlich, könnte jedoch eine Erklärung sein. Du kennst ja den Spruch von den zwei Herzen in einer Brust.«

»Und ihm hat es die Brust zerrissen.«

»Im wahrsten Sinne des Wortes, ja. Die Vermutung liegt nahe, dass diese Zerrissenheit zum Infarkt geführt hat.«

Johanna fuhr sich mit der Hand über die tränennassen Wangen. »Für wen, glaubst du, hätte er sich am Ende entschieden?«

Ute nahm sich Zeit für eine Antwort. Sie goss der Freundin noch etwas Wein nach. »Ich kann es dir nicht sagen«, erwiderte sie schließlich.

»Du hast uns vorhin ein großartiges Paar genannt.«

»Das habe ich, weil ihr es wart. Ich weiß nicht, was er und Chiara waren. So eine junge Liebe kann alles auf den Kopf stellen, die Koordinaten eines ganzen Lebens verschieben – oder auch schnell wieder verpuffen wie ein Feuerwerk, von dem am Ende außer ein paar furiosen Erinnerungen und Rauch nichts übrig bleibt.«

»Darf ich dich noch etwas fragen?«

»Nur zu.«

»Hat das, was ich dir heute Abend erzählt habe, deine Meinung über Georg geändert?«

Ute schüttelte den Kopf. »Nein. Er war ein Freund, und das wird er bleiben. Die Geschichte hat mein Bild von ihm lediglich um eine Facette erweitert.«

»Um welche?«

»Ich habe dir nach deiner Ankunft gesagt, dass ich eine gewisse Verschlossenheit an ihm wahrgenommen habe, als ihr das letzte Mal bei mir zu Besuch wart. Nun, er hat wohl eine Möglichkeit gefunden, diese Kapsel, in der er sich eingerichtet hatte, aufzubrechen. Daraus mache ich ihm keinen Vorwurf.«

»Aber?«

»Es war nicht fair, dass er dir gegenüber nichts gesagt hat.«

»Was denkst du, warum er es nicht getan hat?«

»Ich kann nur mutmaßen. Entweder war er sich noch nicht sicher, ob seine Zukunft wirklich auf Sizilien spielen sollte, oder er hatte schlicht Angst vor deiner Reaktion. Ich habe ihn immer als aufrichtigen Mann erlebt. Er war kein Lügner und kein Feigling.« Sie unterbrach sich. »Wir werden es nie erfahren«, sagte sie dann.

»Dieses Nie, es ist so endgültig.«

»Ja, und es ist schrecklich für dich. Du musst jetzt mit einer unauflösbaren Ungewissheit weiterleben.«

»Ich weiß nicht, ob ich das schaffe.«

»Darum geht es heute auch gar nicht. Ich kann nicht genau sagen, wer es gesagt hat. Ein Dichter jedenfalls, ich glaube, es war Camus. Der Weg schiebt sich dir beim Gehen unter die Füße. Das ist genau das, was du nun tun solltest – einen Schritt vor den anderen setzen. Letztlich entsteht so dein Weg von ganz allein.«

»Mit deiner Unterstützung.«

»Ich bin deine Freundin …«

»… und Psychologin.«

»Ach, eine Analytikerin kann auch nur das sehen, was man ihr zeigt.«

»Ich hab dir heute jedenfalls schon ganz schön viel gezeigt.«

»Es war genau das Maß, das du zugelassen hast. Daneben brauchst du jetzt Ruhe, damit sich das alles sortiert und setzt. Vielleicht findest du hier an diesem Ort auch wieder gute Erinnerungen an Georg, die dir helfen, dich irgendwann mit dem offenen Ende zu versöhnen. Vielleicht brauchst du aber auch einfach ein bisschen Ablenkung. Es liegt an dir.«

»Putu hat mich zum Vollmondfest morgen eingeladen. Ich habe schon zugesagt.«

Ute lachte. »Sie sind im Dorf seit Tagen ganz aufgeregt. Putu denkt an nichts anderes mehr. Wir gehen gemeinsam hin. Das ist immer eine große Sache. Du wirst sehen.«

Es war der Schlusspunkt ihres Gesprächs, das spürten sie beide. Ute pustete die Kerzen aus, die auf dem Tisch standen.

»Das Essen hat wunderbar geschmeckt«, sagte Johanna und stand auf.

»Putu wird sich freuen, das zu hören.«

Sie nahmen sich in den Arm und wünschten sich eine gute Nacht.

Ute verschwand in ihrem Schlafzimmer, das im ersten Stock lag und über eine Außentreppe erreichbar war. Sie winkte der Freundin noch einmal von oben zu, bevor sie die Tür hinter sich schloss.

Johanna ging langsam über den Rasen zu dem kleinen Gästehaus, das unweit des Pools lag. Es bestand nur aus einem großen Raum, an den sich ein Badezimmer unter freiem Himmel anschloss; davor lag eine überdachte Terrasse mit Blick auf die Javasee. Früher hatten dort zwei alte Sofas gestanden, auf denen Johanna und Georg so manche Nacht verbracht und in die Sterne geguckt hatten. Die Möbel hatte Ute inzwischen ausgetauscht gegen zwei Teakholzliegen mit dunkelblauen Polstern darauf. An der Wand hing eine balinesische Maske, wie sie bei den hiesigen Tanzaufführungen getragen wurden. Ein zottelhaariges Ding mit großen Augen und gefährlich aussehenden Zähnen. Der Barong. Herrscher über die guten Geister. Erzfeind der bösen Königin Rangda. Die zwei fochten einen ewigen Kampf aus. Nahm das Böse überhand, musste alles getan werden, damit das Gute wieder die Oberhand gewann. Wie einfach manches doch wurde, wenn einem der Glaube die Richtung vorgab. Johanna strich dem Barong durchs wilde Haar, und in diesem Moment wünschte sie sich, er möge auch sie beschützen.

Über dem großen Bett drinnen hatte jemand ein Moskitonetz gespannt. Das Schiebefenster zum Meer hin stand weit offen. Es wehte ein leichter Wind ins Zimmer, der hier an der Küste sogar etwas Kühle mitbrachte. Das war wohltuend nach der Stickigkeit und Schwüle in Ubud. Die Wellen, die herankamen, verhielten sich leise, als wollten sie nicht stören. Weit draußen auf dem Wasser konnte Johanna ein paar Lichter sehen. Bei ruhigem Wetter fuhren mehr Fischer hinaus.

Sie stand noch eine ganze Weile am Fenster und schaute aufs Meer. Dorthin, wo der Horizont lag. Von dem Georg gesagt hatte, er sei wohl von Menschen erdacht worden, weil sie es gewohnt seien, in Grenzen zu denken. Wollte er Grenzen überschreiten, indem er mit seiner Geliebten an einem neuen Leben baute? So, wie er vor vielen Jahren mit Johanna ein Haus auf Bali hatte bauen wollen?

Vielleicht würde sie sich irgendwann Antworten auf ihre Fragen geben können.

Der Weg schiebt sich dir beim Gehen unter die Füße. Es war dieser Satz von Ute, den sie mit in die Nacht nehmen wollte.

Johanna spürte, wie sich die sanften Wellen da draußen mit denen in ihr verbanden. Sie spürte Dankbarkeit.

Bevor sie zu Bett ging, sah sie noch auf ihr Handy. Keine neuen SMS oder Mails.

Sie sah auch auf Georgs Handy. Eine Sprachnachricht. Eine Nummer mit italienischer Vorwahl.

Johanna drückte auf Wiedergabe und hielt das Gerät dann an ihr Ohr.

Chiaras Stimme war auf einmal wieder ganz nah. Drang ein in dieses Zimmer und nahm es in Beschlag.

»Liebster«, nannte sie Georg. Von »einem kleinen Notfall« sprach sie. Davon, dass sie warte in »unserem Hotel«, das sie sich so mal eben aneignete. Sie erdachte Probleme mit dem Weiterflug, einen möglichen »Zwischenfall« in der Praxis oder Familie. Sie flehte, ihr Bescheid zu geben, redete von »ziemlich großen Sorgen«, die sie sich machte.

Irgendwann war die Ansage beendet. Es folgte eine zweite.

Der Stimme war jetzt unverhohlen Zärtlichkeit beigemischt. Übertrieben wirkte das. Dick aufgetragen, wie Theaterschminke. »Du fehlst mir so sehr. Ich sehne mich nach dir. Kann es nicht erwarten, dich endlich in den Armen zu halten.« Und schließlich: »Ich liebe dich.«

Johanna fühlte Wut in sich aufsteigen. Es sei wichtig, die rauszulassen, hatte Ute vorhin gesagt. Also gut. Johanna schleuderte das Handy auf den Boden. Das Display zersprang. Chiaras Nummer lag unter Scherben.

»Vergiss es! Du wirst meinen Mann nicht in den Armen halten«, stieß Johanna hervor, während sie unverwandt auf das Handy starrte. »Er kann dich nicht hören. Ich bin es, die dich hört. Seine Frau! Und ich weiß etwas, das du noch nicht weißt. Etwas, das deine Zukunftspläne durchkreuzen wird. Du hast ihn mir genommen, zumindest hast du es versucht. Eingesponnen hast du ihn mit deiner Plapperei und deiner Fröhlichkeit, ihn wie eine Spinne in dein Netz gelockt. Doch eure Liebe ist tot. So tot wie er. Einfach weggestorben ist er. Hat sich allen Zumutungen entzogen. Du wirst es erfahren. Heute noch oder morgen oder nächste Woche. Du wirst in seiner Praxis anrufen, und sie werden es dir sagen, und dann wirst du dich allein fühlen, verdammt allein dort in *eurem* Hotel, das eigentlich unseres war. Das hat er dir natürlich nie erzählt. Dass er und ich in dem Bett geschlafen haben, in dem du mit ihm … Ach, lassen wir das. Du wirst leiden, und Leiden tut weh. Das kannst du mir glauben. Ich weiß, wie sich das anfühlt. Mein einziger Trost ist nur, dass ich dich nie wiedersehen muss. Hörst du? Nie wieder!«

Sie hielt inne. Die letzten Worte hatte sie fast herausgeschrien. Die Stille, die jetzt folgte, schien ihnen noch mehr Nachdruck zu verleihen.

Johanna fühlte sich leer, aber da war noch etwas. Erleichterung.

Heute Nacht würde sie keine Schlaftablette brauchen.

Sie wandte sich zum Bett, öffnete das Moskitonetz und kroch unter das kühle Laken.

Der fast volle Mond schien jetzt durch das Fenster. Er warf sein Licht auf das zerbrochene Handy auf dem Boden.

***

Der nächste Tag stand ganz im Zeichen des Abends. Alles war auf das große Fest ausgerichtet. Putu kam nicht zur Arbeit; es gab anderes zu tun für die Frau des Ortspriesters. Für Ute und Johanna hatte sie eine mit Chilis und Ingwer gewürzte Kürbissuppe und ein paar Frühlingsrollen vorbereitet, die sich die beiden Frauen nur aufzuwärmen brauchten.

Johanna sprach nicht von Georg und nicht von Chiara, und Ute fragte nicht danach. Als hätten sie sich insgeheim verständigt, das Thema erst einmal liegen zu lassen. Ein heißes Eisen, das abkühlen musste, bevor man sich ihm wieder nähern konnte.

Sie schwammen im Pool und lagen anschließend auf zwei nebeneinanderstehenden Liegen unter einem großen Sonnenschirm. Der Ganesha sah ihnen zu, und sie sahen aufs Meer, das sein Wasser ein wenig zurückgeholt hatte. Es herrschte Ebbe.

Ute brachte das Gespräch auf sich. Sie erzählte, dass sie noch immer an der örtlichen Schule ein paar Stunden gab. Englischunterricht, das war gefragt bei den Touristen, die in immer größerer Zahl nach Bali kamen. Bald würde sie in einem neuen Resort in der Nachbarschaft Seminare leiten. Die boten dort Yoga- und Meditationskurse an. Wie eigentlich alle inzwischen auf der Insel.

»Vor zwanzig Jahren war Yoga hier noch kein Thema, aber

nach diesem amerikanischen Bestseller *Eat. Pray. Love.* sind die Leute ganz verrückt danach. Die Familie des alten Guru, der in dem Buch vorkommt, hat ein florierendes Geschäft daraus gemacht. Man musste Eintritt zahlen, um sich einmal von ihm berühren zu lassen. Inzwischen ist er gestorben, aber der ganze Hype, der lebt weiter.« Sie lachte.

Johannas Gedanken flogen für einen Moment zu Chiara. Chiara und ihre Yogamatte in dem Restaurant von Wayans Hotel. »Und was für Seminare sind das?«, fragte sie dann. »Du machst doch kein Yoga, oder?«

»Gott bewahre, nein. Einige wenige Übungen, um nicht einzurosten, aber das war's denn auch. Ich sehe das eher als Gymnastik an. Das Spirituelle hole ich mir bei den Zeremonien und Tempelfesten. Du weißt ja, das war schon immer so. Die Balinesen selbst sind schließlich auch keine geborenen Yogis. Nein, die Leute vom Resort haben mich gefragt, ob ich bei ihnen so eine Art Psycho-Coaching anbieten könnte.«

»In welche Richtung soll das gehen?«

»Ich hab denen abends bei einem Wein mal von meiner Ausbildung erzählt, und da meinten sie, immer mehr Urlauber würden unter Stress leiden, was dann irgendwann im Burn-out mündet. Die sind völlig ausgebrannt, wenn sie hier ankommen, und denken dann, mit ein bisschen Yoga kriegen sie das schon wieder hin. Tja, herausgekommen ist der Plan, mal etwas ins Programm zu nehmen, das diesen Leuten hilft zu erkennen, wo es in ihrem Leben hakt.«

»Also keine Therapie im klassischen Sinne.«

»Nein, nein, das kann ich in so einem Rahmen gar nicht leisten. Manchmal helfen ein paar Gruppengespräche bereits, um zumindest den Blick für das Problem zu schärfen. Im Juli soll's losgehen. Ich freu mich drauf, wieder in meinem Fach arbeiten zu können. Außerdem kann ich etwas Taschengeld ganz gut gebrauchen. Ewig lässt sich auch nicht von einer Erbschaft leben, obwohl ich hier ja nicht viel zum Leben brauche.«

»Hast du je daran gedacht, wieder nach Deutschland zurückzugehen?«

»Nein, niemals. Ich bin angekommen. Fühle mich an diesem Ort zu Hause und will bleiben. Es fehlt mir an nichts. Ich habe ein paar gute Freunde gefunden, die ebenfalls dauerhaft hier leben. Cécile zum Beispiel. Eine Ärztin aus Frankreich mit ihrem Mann Claude. Er macht irgendetwas im Finanzbereich, das er am Laptop erledigen kann und mit dem sich anscheinend gut Geld verdienen lässt. Die zwei haben ein wunderschönes Haus, nur zwei Kilometer von hier, gleich neben dem neuen Resort. Wenn du magst, stelle ich sie dir mal vor.«

»Mein Französisch ist … nun ja … bescheiden.« Eine Ausflucht.

»Keine Sorge. Sie sprechen Englisch«, hielt Ute dagegen. »Und außerdem …«

»Ich verstehe schon«, lenkte Johanna ein. »Vielleicht tut mir das ganz gut. Ich meine, andere Menschen kennenzulernen. An so was hab ich in den letzten Monaten nicht gedacht.«

»Na ja, du hattest anderes zu tun.«

Johanna strich sich eine Haarsträhne aus der Stirn. »Aber wenn ich ehrlich bin, gibt es schon seit Jahren keine neuen Bekanntschaften mehr«, sagte sie dann. »Ich hab mich eingerichtet in meinem Kosmos. Unterricht. Konferenzen. Elternsprechabende. Klassenarbeiten korrigieren. Zeugnisse schreiben. Daneben etwas Haushalt und … Tja, die Kinder sind jetzt groß, machen ihr eigenes Ding. Ich weiß noch nicht, wie es weitergeht, wenn ich wieder zurück in Deutschland bin.«

»Musst du auch nicht. Es ist zu früh, darüber nachzudenken.« Ute richtete sich auf. »Komm, wir schwimmen noch eine Runde. Dann essen wir das, was Putu uns vorbereitet hat, und danach ziehen wir uns um für das große Fest.«

Johanna wusste, was das hieß. Feiner Sarong. Weiße Bluse. Goldbestickte Schärpe. Eine Frangipani- oder Hibiskus-Blüte im Haar oder im Knopfloch.

Oft hatten Georg und sie sich für solche Ereignisse zurechtgemacht. Feierlich war ihnen dabei zumute gewesen. Eine tiefe Freude hatten sie empfunden, weil die Balinesen sie Teil von etwas werden ließen. Sie einluden, dabei zu sein, wenn sie ihre Traditionen lebten.

»Ich leihe dir einen Sarong und eine Schärpe«, sagte Ute, als sie kurz darauf Richtung Küche gingen.

»Danke. Ich hab diesmal nichts dabei. Außer so einem alten Fetzen, der eher eine Notlösung für Tempelbesuche ist.«

»Du bist ja auch recht überstürzt aufgebrochen.«

»Kann man so sagen. Max und Tessa waren ziemlich irritiert, als ich ihnen sagte, dass ich ein Flugticket nach Bali gebucht habe. Sie fanden die Idee gar nicht gut.«

»Nun, irgendwann machen sich die Kinder Sorgen um ihre Eltern. Das ist ganz normal. Damit müssen sie klarkommen.«

»Du findest es richtig, dass ich hergekommen bin?«

»Ich finde es richtig, dass du deinem Gefühl folgst. Du bist in den letzten Jahren zunehmend ein Verstandesmensch geworden, Johanna. Emotionen hast du kurzgehalten. Ganz anders als die junge Frau, die ich damals in Ubud kennengelernt habe. Es ist gut, dass jetzt dein Herz mal wieder übernimmt.«

»Auch wenn Chaos dabei herauskommt?«

»Das Leben ist Chaos. Und wir irren voran – im doppelten Sinne. Oft täuschen wir uns, und oft verlaufen wir uns. Das nennt sich dann Erfahrung.«

In Putus Küche angekommen, holte Ute Teller aus dem Schrank, schaltete den Gasherd an, auf dem der Suppentopf stand, und schob die bereits fertig ausgebackenen Frühlingsrollen kurz in den Ofen.

Als die Suppe heiß war, gab sie etwas Koriandergrün darauf.

Johannas Blick fiel auf die Wand neben dem Herd. Ein Foto hing dort neben Rührbesen und Pfannenwendern. Johanna, Georg, Ute. Alle drei lachten in die Kamera. Putu hatte die Aufnahme gemacht. Etwa zehn, zwölf Jahre war das her. Die Farben waren bereits verblichen. Trotzdem konnte man noch das Leuchten in Johannas Haar erkennen. Georg hatte es geliebt, ihr rotes Haar. Er hatte auch sie geliebt. Noch vor drei Jahren hatte er es Ute gesagt. Dort unten auf der Mauer am Meer. Was war nur geschehen in diesen letzten drei Jahren? Nicht nur ihr Haar war grau geworden und kam ohne künstliches Rot nicht mehr aus.

Utes Blick folgte dem von Johanna. »Niemand kann dir das nehmen«, sagte sie dann. »Es bleibt dir, egal was geschehen ist.«

»Die Dinge erscheinen jetzt nur in einem völlig anderen Licht.«

»Ja, das stimmt. Aber sieh es mal so – eine Münze hat auch zwei Seiten. Trotzdem bleibt es dieselbe Münze, egal, von wo aus man sie betrachtet. Sie zeigt nur ein jeweils anderes Bild. Ein etwas schiefer Vergleich, ich geb's zu, aber ein bisschen Wahrheit steckt drin.« Sie schob Johanna den Teller mit den Frühlingsrollen hin. »Greif zu. Putu hat uns noch eine scharfe Soße dazu gemacht.« Sie stellte eine Schale daneben.

Sie aßen schweigend. Vielleicht, weil sie Georg nicht vertreiben wollten, spürten sie doch beide, dass er bei ihnen war. Nicht nur auf dem alten Foto an der Küchenwand.

Es war bereits früher Abend, als die beiden Frauen fertig angezogen auf der Terrasse saßen und den Einbruch der Dunkelheit abwarteten. Hier oben im Norden gab es keine spektakulären Sonnenuntergänge. Das Meer bekam kurz einen silbergrauen Schimmer, und der Tag machte sich davon. Wie ein Schauspieler, der überstürzt die Bühne verlässt und dabei schnell sämtliche Lichter ausknipst.

»Wir nehmen mein Mofa«, sagte Ute und stand auf. »Es ist nicht weit bis zum großen Tempel.«

Johanna lächelte. »Ich weiß. Ich kann mich noch daran erinnern, als wir das letzte Mal zusammen dort waren.«

Die Freundin fuhr gut. Sie schien jedes Schlagloch zu kennen. Auf der Hauptstraße fädelte sie sich geschickt in den Verkehr ein, um kurz darauf in einen Weg einzubiegen, der sie bergauf führte. Viele andere Mofafahrer waren hier unterwegs, alle festlich gekleidet, die Sarongs hochgezogen, unter denen nackte Beine und Füße in Flipflops hervorschauten. Die Männer trugen weiße Turbane, die Frauen hatten ihr Haar zu langen Zöpfen geflochten. Die Kinder saßen hinten auf den Mofas und hielten sich an ihren Eltern fest. Babys wurden in großen Tüchern auf dem Rücken oder vor der Brust getragen. Alle aus dem Dorf waren unterwegs. In einer Nacht wie heute blieb niemand zu Hause. Man winkte sich zu und lachte. Auch Ute winkte und lachte. Die Leute kannten die deutsche Frau, die seit so vielen Jahren schon unten am Wasser lebte. Sie war eine von hier geworden. Eine von ihnen.

Auf einem großen Platz vor dem Tempel wurden die Mofas abgestellt und die Sarongs wieder über die nackten Beine gezogen. Dann betrat man den ersten Hof – über drei Stufen zwischen zwei hochgezogenen steinernen Säulen, die aussahen, als hätte man ein Tor in der Mitte geteilt. Die Menschen standen in Gruppen zusammen und redeten. Immer wieder ging der Blick hinauf in den Himmel, wo der Hauptdarsteller erwartet wurde. Der Vollmond.

Auf einer großen Bale links hatte das Gamelan-Orchester

Platz genommen. Die Musiker trugen ihre festliche Tracht – dunkel schimmerndes Rot, irisierendes Blau, strahlendes Gold. Noch wurden die Instrumente gestimmt. Hier und da strich jemand mit einem Klöppel über ein hölzernes Xylofon oder schlug einen Gong an. Gegenüber hielt sich eine Gruppe von Tänzerinnen bereit. Mädchen im Alter von etwa zehn Jahren. Die zarten, fast hageren Körper in kunstvoll verzierte Gewänder gehüllt, das schwarze Haar von Kopfschmuck gekrönt, die Gesichter stark geschminkt. Heller Puder, schwarzer Kajal, roter Lippenstift. Noch kicherten und tuschelten sie, stießen sich gegenseitig in die Rippen, schubsten die jüngeren Brüder weg, die um sie herumsprangen. Kleine dunkelhäutige Jungs mit kleinen weißen Turbanen, für die das Ganze hier ein großes Abenteuer war.

Die Szenerie ähnelte der auf Georgs alten Dias. Nahezu nichts hatte sich verändert. Die Kinder waren noch genauso neugierig wie vor über dreißig Jahren, nur dass sie heute Smartphones kannten und sofort die Fotos sehen wollten, die man von ihnen machte.

Als das Gamelan-Orchester zu spielen begann, begaben sich die Mädchen in die Mitte des Hofes auf eine hölzerne Bühne. Die eng anliegenden Gewänder nötigten ihnen Tippelschritte auf. Ein letztes nervöses Kichern machte Platz für den nun nötigen Ernst. Die Choreografie folgte strengen Regeln. Jede Bewegung der Arme, der Hände, des Oberkörpers, des Kopfes war vorgegeben. Einstudiert bis ins kleinste Detail. Hauptakteure waren jedoch die Augen. Blitzschnell wechselten sie die Blickrichtung, hüpften von links nach rechts und wieder zurück. Als würden sie Ball spielen.

Die Menschen hatten einen Kreis um die Mädchen gebildet. Manche lächelten, andere schauten ihnen andächtig zu. Es gab auch solche, denen der Stolz anzusehen war. Vermutlich die Eltern, die hier bewunderten, wofür ihre Töchter alles gaben. In einer Tanzschule aufgenommen zu werden und dort weiterzukommen – diese Ehre war ohne Ehrgeiz nicht zu haben.

Es gab viel Applaus. Danach verließen die Mädchen die Bühne. Das Kichern war wieder hörbar; nun klang es erleichtert.

Es folgte eine Gruppe alter Tänzerinnen. Die Haare bereits grau, die Haut von Falten durchzogen. Geblieben war ihnen die Anmut, jahrzehntelang geübt, gezeigt, gelebt. Auch diese Frauen hatten einst als junge Mädchen angefangen, hatten ihren Körpern strengste Disziplin abverlangt. Die Generationen, sie gaben einander hier auf dem Platz die Hand. Der ewige Kreislauf, an den die Balinesen so fest glaubten, er zeigte sich in jeder Facette ihres Lebens. Aus vermeintlichen Gegensätzen wurde ein Ganzes. Jung und Alt, Gestern und Heute, Kommen und Gehen.

Ute zog an Johannas Ärmel. »Lass uns Putu begrüßen«, sagte sie.

Sie lösten sich aus der Menge und wandten sich zum zweiten Hof. Hunderte von Opferkörbchen lagen auf den steinernen Stufen. Die Menschen drängten dorthin, wo ein langer, von einem weißen Tuch bedeckter Altar aufgebaut war. Darauf vor sich hin glimmende Räucherstäbchen, Pyramiden verschiedenster Früchte und Türme aus bunt eingefärbtem Reis in einem Meer aus Blüten. Ein paar Hunde strichen herum, wissend, dass sie sich irgendwann über das hermachen könnten, was vom großen Fest übrig bliebe. Was die Menschen den Göttern zum Geschenk machten, um sie zu ehren und versöhnlich zu stimmen, überließen die am Ende den hungrigen Hunden. Auch dies ein Kreislauf.

Leicht erhöht, unter einem mit gelben Bändern und Schirmen und Bambuswimpeln geschmückten Baldachin saß Gede. Die Beine vor sich gekreuzt, ganz in Weiß gekleidet. Ein Mitte vierzigjähriger Mann, den sein Priesterstatus älter aussehen ließ. Ihn separierte man von den anderen. Selbst von seiner Familie. Johanna erinnerte sich daran, was Putu ihr am Abend zuvor erzählt hatte. Sie aßen nicht mehr aus einem Topf, wuschen die Wäsche nicht mehr in einem Trog. Ihr Miteinander hatte sich in eine neue Dimension begeben. Die Koordinaten hatten sich verschoben, und doch hatte alles seinen Platz. Behielt seine Richtigkeit. So ganz anders als bei uns, dachte Johanna. Bei Georg und mir. Da hatten die Dinge ihren Platz verlassen.

Gede gab den Leuten, die vor ihm niederknieten, seinen Segen. Drei Reiskörner auf die Stirn und geweihtes Wasser, von dem man zu trinken nur vorgab, in die hohle Hand.

Putu saß neben ihm, und als sie Ute und Johanna sah, winkte sie die beiden Frauen zu sich.

Ein Lächeln huschte über Gedes Gesicht. Er kannte Ute gut, und von Putu hatte er erfahren, dass Johanna zu Besuch gekommen war. Die Frau, die gerade ihren Mann verloren hatte. Georg. Auch an ihn erinnerte er sich. An die Gespräche mit dem Mann aus Deutschland, nachdem man den Leichnam von Gedes Vater verbrannt hatte.

Der Priester ließ sich viel Zeit mit ihr, murmelte die Verse, die seine Götter ihm vorgaben. Irgendwann neigte er den Kopf und berührte für einen kurzen Moment Johannas Hände.

»Nun ist für Georgs Seele alles bereitet«, sagte er leise.

Johanna senkte den Kopf. In dem Augenblick fühlte sie sich auf sonderbare Art aufgehoben. Getragen. Beschützt. Es war nur ein Moment, und doch bündelte sich in ihm etwas, von dem sie jetzt noch nicht ermessen konnte, was es irgendwann sein würde.

»Danke«, erwiderte sie. Dann erhob sie sich und suchte sich einen Platz auf den Steinstufen. Ute folgte ihr.

Gede wandte sich anderen Menschen zu. Die Reihe derer, die von ihm den Segen bekommen wollten, riss nicht ab.

»Schau«, sagte Ute und deutete zum Himmel.

Hinter den dunklen Schatten der riesigen, den Tempel umgebenden Bäume trat der Vollmond hervor. Noch honiggelb. Schon bald würde er zu gleißendem Weiß wechseln.

Johanna griff nach Utes Hand, und kurz meinte sie, es sei Georgs Hand, die sie damals gehalten hatte. Als Gedes Vater verbrannt worden war. Auch er ein Priester. Wie sein Sohn.

Eine große Zeremonie war das gewesen; in einer riesigen Tierfigur aus Holz wurden die sterblichen Überreste verbrannt. Ein Büffel trug den alten Geistlichen ins Jenseits. Er war bereits im Jahr zuvor gestorben, aber erst als seine Familie das Geld für die Bestattungsfeier beisammenhatte, wurden seine Knochen gesäubert, in weiße Leinentücher gewickelt und in den Körper des Büffels gelegt, damit er mit ihm seine Reise antreten konnte. Durch das Feuer wurden die Seelen der Verstorbenen frei. Frei, um irgendwann wiederzukommen. Georg sagte damals, dass er auf jenem Dorfplatz, in der feuchtschwülen Hitze eines Oktobertages, inmitten von festlich gekleideten Menschen, begriffen habe, dass es ein Freudenfest sein konnte, wenn jemand seine Reise in eine andere Welt antrat. Seine und Johannas anfängliche Beklommenheit hatte sich verflüchtigt; sie ließen sich anstecken von der Fröhlichkeit, die um sie herum herrschte. Die Leute aßen und tranken und lachten, während die Feuer loderten. Ein Priester sang, und ein Gamelan-Orchester spielte, und Georg sprach mit Gede, der an diesem Tag einfach nur glücklich war. Später übergab man die Asche des Verstorbenen dem Meer und führte sein Leben weiter, in dem Wissen, dass alles seine Ordnung hatte.

Johanna hatte schon sehr lange nicht mehr daran gedacht, doch nun, hier auf den Stufen des Tempels, schien der Mond da oben noch die letzten Versatzstücke ihrer Vergangenheit auszuleuchten.

Sie hatte Georgs Körper zunächst verbrennen lassen wollen. Vor zwei Monaten, direkt nach seinem Tod. Aber ihre

Kinder waren dagegen gewesen, und am Ende hatte sie sich gefügt, um Tessa und Max nicht zu verstören und weil es in Deutschland ja sowieso alles völlig anders war als auf Bali. Sie hatte nicht die Kraft gehabt, etwas durchzusetzen, von dem ihr die Erinnerung ohnehin nur noch Schemen vorsetzte.

Das änderte sich jetzt schlagartig.

Sie setzte sich aufrecht hin und verstärkte den Druck ihrer Hand.

»Was ist mit dir?«, fragte Ute.

»Ich habe gerade einen Entschluss gefasst«, entgegnete Johanna.

Die Freundin sah sie fragend an.

»Ich werde unsere Eheringe dort dem Meer übergeben, wo wir damals die Delfine gesehen haben.«

»Ich verstehe nicht ganz …«

»Ich musste gerade an die Verbrennung von Gedes Vater denken. An dieses Fest damals.«

»Ja, ja, ich weiß, wir waren zusammen dort. Aber was hat das mit den Delfinen zu tun?«

»Ich habe Georg in Deutschland beerdigen lassen, weil … nun ja, weil die Kinder es so wollten und mir so vieles verloren gegangen ist, was ihm wichtig war. Und wenn es schon nicht seine Asche ist, die ich ins Wasser streuen kann, dann sollen wenigstens unsere Ringe dort sein.«

»Wo genau ist dieser Ort?«

»Fast an der Meerenge nach Java. Ich weiß, dass man an der Stelle ein Resort hingesetzt hat. Früher standen da nur ein paar Bambushütten. Es liegt eine gute Autostunde von hier entfernt. Ich werde die letzte Nacht in dem Hotel verbringen, bevor ich zurück nach Deutschland fliege.«

»Wann geht denn dein Flug überhaupt?«

»Nächsten Freitag. Am späten Abend. Wir haben also fast noch eine Woche zusammen.«

Ute streichelte Johannas Hand. »Besser wäre es, du würdest ein wenig länger bleiben.«

»Aber die Schulferien sind dann zu Ende, und ich muss …«

»Du musst gar nichts, Johanna. Denk darüber nach. Der Gedanke mit den Ringen gefällt mir, nicht zuletzt, weil er auch Georg gefallen hätte. Aber da ist noch so vieles, das wund ist in dir. Du brauchst Zeit, um zu heilen. Das geht nicht, indem du einfach den Schalter umlegst.«

»Und meine Kolleginnen?«

»Die können auch mal auf dich verzichten. Du mailst ihnen einfach, du seist krank geworden auf Bali. Wenn man's genau nimmt, bist du das ja auch. Deine Seele hat einen massiven Schlag bekommen.«

»Du meinst …«

»Ich meine, du mutest dir zu viel zu. Du trauerst, und du bist wütend. Das sind zwei extrem starke Gefühle, die sich zudem in dir bekämpfen. Gib ihnen den Raum, den sie brauchen.« Ute scheuchte ein paar Moskitos weg. »Komm, lass uns aufbrechen. Irgendwann fangen die Männer nämlich an, Arrak zu trinken, und dieser Palmschnaps löst so manche Hemmungen. Da ist es besser, sich mit dem Moped in Sicherheit zu bringen.«

Johanna nickte und erhob sich. Ute beherrschte das perfekt. Blitzschnell konnte sie einem Gespräch die Schwere nehmen, es hinaussteuern aus gefährlichen Strömungen. Intuitiv erspürte sie, wann es Zeit war, Kurs auf flachere Gewässer zu nehmen.

Auf dem Weg zurück ließ der Fahrtwind ihre Haare fliegen.

»Eigentlich Leichtsinn, keinen Helm aufzusetzen«, sagte Ute, als sie vor dem großen Eisentor abstiegen. »Aber ich meine immer, für diese kurzen Strecken …«

Johanna lachte. »Ach, früher waren wir noch viel leichtsinniger. Wenn ich daran denke, was Georg und ich auf unseren Reisen so alles gewagt haben. Wir waren in schrottreifen Autos ohne Sicherheitsgurt unterwegs oder auf irgendwelchen Dampfern, die kaum noch verkehrstauglich waren. Ganz zu schweigen davon, dass wir in Hütten wohnten, die sich nicht wirklich abschließen ließen.«

Ute legte ihr den Arm um die Schulter. »Zeigt sich da gerade dein risikofreudiges Alter Ego?«

»Gut möglich. Ich gebe zu, ich habe es lange nicht mehr getroffen.«

»Ich hoffe, die Wiedersehensfreude ist groß.«

Sie tranken noch ein Glas Wein zusammen auf Utes Terrasse. Danach wünschten sie sich eine gute Nacht.

Johanna schien es, als würde sie in den folgenden Tagen an Kraft gewinnen. Utes Gegenwart tat ihr gut. Das gleichmäßige Rauschen der Wellen besänftigte den Aufruhr in ihr, zumindest so, dass er sich aushalten ließ. Die Trauer erwies sich der Wut überlegen, meistens jedenfalls.

Niemand könne ihr die Vergangenheit mit Georg nehmen, hatte Ute gesagt. Also begab sich Johanna hinein in das, was einmal gewesen war. Hielt Ausschau nach dem, was sie so lange schon außer Acht gelassen hatte. Fand den Mann wieder, den sie gleich doppelt verloren hatte. Oft saß sie auf der Mauer am Meer, und nicht selten hatte sie dabei den Eindruck, er säße neben ihr. Mit seinem blonden Haar, das durch die Sonne noch heller und durch das Salzwasser noch widerspenstiger wurde. Manchmal sprach sie auch mit ihm – und ließ ihm Zeit zu antworten. Sie tat, was sie in den letzten Jahren nicht getan hatte: Sie hörte ihm zu. Nur von Chiara wollte sie nichts wissen. Die Gedanken an die junge Frau blieben vermintes Gelände, in dem sich die Wut verschanzt hatte. Dorthin wagte sich Johanna nicht vor. Es war wie mit den bösen Geistern hier auf Bali. Man durfte sie nicht herausfordern.

Ute spürte, wann sie die Freundin allein lassen musste.

Aber es kam auch vor, dass sie Johanna herausholte aus der Welt, in die sie sich zurückgezogen hatte.

»Putu würde sich freuen, wenn du ihr in der Küche etwas zur Hand gehst«, sagte sie am Dienstagnachmittag zu Johanna.

»Aber ich habe nicht viel Ahnung vom Kochen. Das war doch immer Georgs Sache.«

»Gerade deshalb. Auch dort in der Küche findest du ihn.«

Ute bewies wieder einmal, dass sie verstand, und sie sollte recht behalten.

Putu ging mit Johanna zunächst durch ihren Garten, zeigte ihr alles, was sie dort angepflanzt hatte. Zupfte an Stängeln und Blättern, zerrieb sie zwischen den Fingern, ließ Johanna daran riechen und raten, um was es sich handelte. In den meisten Fällen lag Johanna daneben.

Danach erklärte die Balinesin ihr, was sie heute kochen würden. In der Küche lagen ein Huhn, Ingwer, Galgant, Chilis, Knoblauch, Schalotten, Koriandersamen, langer Pfeffer, Nelken, Muskatnuss, Zitronengras.

»Wir machen Ayam Betutu«, sagte Putu.

»Was ist das?«, fragte Johanna.

»Hähnchen in Chilisoße. Dazu gibt es Teron Santan. Das sind Auberginen in Kokosmilch. Die bereiten wir mit Frühlingszwiebeln, etwas Paprika und Tomate und natürlich auch wieder Chilis und Schalotten zu.«

»Kannte Georg all diese Gerichte?«

»Aber ja. Er hatte ein kleines Notizbuch, in dem er sich genau aufschrieb, was wir zusammen gekocht haben.«

Wo war es geblieben, dieses Buch?, fragte Johanna sich. Und vage erinnerte sie sich, dass Georg zu Hause einmal balinesisch kochen wollte. Etwa fünf Jahre war das her. Er hatte Schwierigkeiten, die Zutaten zu bekommen, dort, wo sie wohnten. »Ich muss nach Hamburg fahren. Da gibt es Läden, die …« »Ach, lass es doch sein«, hatte Johanna ihn unterbrochen. »Das ist den ganzen Aufwand nicht wert.« Damit war die Sache erledigt gewesen. Er hatte nie wieder davon gesprochen, und das Notizbuch verschwand.

Jetzt wies Putu Johanna an, was zu tun war. Ließ sie Schalotten, Knoblauch, Ingwer und Galgant schälen und grob hacken. Dann holte sie einen schweren großen Mörser. Eher eine flache Schale aus schwarzem Lavastein, glatt gerieben von hundertfachem Gebrauch.

»Es gibt einen Mann hier im Dorf, der die Mörser herstellt«, erzählte Putu. »Sein Material bekommt er vom Batur. Du weißt schon, der Vulkan oben in den Bergen. Georg wollte beim letzten Mal so einen Mörser kaufen und mit nach Deutschland nehmen, aber er war wohl zu schwer. Es gibt da ja die Gewichtsbeschränkungen beim Gepäck.«

Wieder etwas, von dem Johanna nichts mitbekommen hatte. Als hätte Georg ein Parallel-Leben geführt. Und genau das hatte er ja auch getan. Immer weiter hatte er sich von ihr, von Johanna entfernt, und am Ende war es nicht nur um einen schwarzen Stein gegangen. Die Zukunft, die er sich ausgemalt hatte, hatte schwerer gewogen.

»Wo sind deine Gedanken?« Putu stieß Johanna in die Seite.

»Entschuldige, ich musste nur … Egal! Was soll ich weiter tun?«

Die Balinesin gab all das, was Johanna klein geschnitten hatte, zusammen mit den Gewürzen in den Mörser und zeigte ihr, wie man den dazugehörenden Steinstößel zu bewegen hatte. Eine scheinbar leichte Drehung aus dem Handgelenk, mit der sich Johanna allerdings schwertat.

Putu kicherte. »Du lernst das«, ermunterte sie Johanna. »Georg hatte auch erst Schwierigkeiten damit, aber mit diesem Mörser bekommst du wunderbare Pasten hin.«

Johanna lachte, und sie spürte, wie befreiend es war zu lachen. Und sei es auch nur über ihre eigene Ungeschicklichkeit.

Am Ende hatte sie jedenfalls eine passable Masse hergestellt, mit der das Huhn eingestrichen und gefüllt wurde.

Nun hatten sie Zeit für das Gemüse. Wieder schälen, schneiden, hacken. Die Kokosmilch hatte Putu bereits zuvor zubereitet.

»Wie hast du das gemacht?«, fragte Johanna. »Ich kenne Kokosmilch nur fertig in Dosen.«

»Ganz einfach. Ich raspel das weiße Fleisch der Kokosnuss und weiche die Flocken in Wasser ein. Dann drücke ich sie mit der Hand aus und gieße die Flüssigkeit durch ein Sieb. Das ist alles.«

Johanna staunte. »Ich bin ziemlich unerfahren in solchen Dingen.«

»Aber du lernst schnell.«

»Na ja, das ist das Mindeste für eine Lehrerin.« Sie wischte sich mit dem Handrücken über die Stirn. Sie schwitzte. Es war heiß in dieser kleinen Küche, und doch fühlte sie sich wohl.

»Zum Nachtisch gibt es frittierte Bananen«, erklärte Putu. »Du kannst mir schnell ein paar aus dem Garten holen. Ich bereite sie dann später ganz frisch zu.«

Johanna schlüpfte in ihre Flipflops und machte sich auf den Weg. Sie sah die Bananenstauden schon von Weitem.

Und dann sah sie noch etwas.

Eine schmale Frauengestalt, die langsam über den Rasen ging und sich suchend umschaute. Ein paar Sekunden. Dann hatte sie Johanna entdeckt.

Sie winkte. Sie kam jetzt direkt auf Johanna zu.

Es war Chiara.

CHIARA

Die roten Haare neben den Bananenstauden ließen keinen Zweifel zu. Chiara hatte Elisabeth gefunden. Sie spürte Erleichterung. Es gab auf dieser Insel mit all ihren Dämonen diese Frau, die sie kannte. Die ihre Geschichte kannte. Und die so gut zuhören und trösten konnte. Carlo hatte ihr den richtigen Rat gegeben, das fühlte sie in diesem Augenblick. Die lange beschwerliche Fahrt hinauf in den Norden hatte sich gelohnt. Wie ein Lichtschimmer schien das hier in all dem Unglück.

Elisabeth blieb dort stehen, wo sie war. Sie winkte nicht. Sie sah Chiara nur entgegen. Mit unbewegter Miene. War sie vielleicht kurzsichtig und hatte die Person, die sich ihr näherte, noch nicht erkannt?

Chiara beschleunigte ihren Schritt. »Ich bin so froh, dass ich dich gefunden habe«, rief sie der Frau mit den roten Haaren entgegen.

»Wie … Wie hast du …?« Elisabeth schluckte. Irgendetwas hinderte sie am Weitersprechen.

Chiara war jetzt bei ihr. »Es ist etwas Furchtbares passiert«, stieß sie hervor. »Georg … Er ist … Ich habe versucht, ihn anzurufen. Am Freitag. Wie du gesagt hast. Doch ich habe ihn nicht erreicht. Nur seine Mailbox. Aber er hat nicht zurückgerufen. Er konnte nicht zurückrufen. Weil er … Er ist tot, Elisabeth. Eine Frau in seiner Praxis hat es mir gesagt. Gestern war das. Da habe ich es erfahren. Gestern Nachmittag. Von dieser Frau. Ein Herzinfarkt, hat sie gesagt. Vor zwei Monaten schon. Und ich habe es nicht gewusst. Ich hab dort in dem Hotel gesessen und auf ihn gewartet, obwohl er …« Sie begann zu weinen.

Elisabeth rührte sich nicht.

Chiara sah sie an. Die Tränen ließen das Bild verschwimmen. Etwas stimmte hier nicht. »Es tut mir leid, dass ich dich hier so überfalle«, sagte sie. Vorsichtiger jetzt. »Aber ich wusste nicht, was ich tun sollte. Carlo hat gesagt, ich darf jetzt nicht allein sein.«

»Carlo?«

»Du weißt schon, mein Freund in Palermo. Er ist der Einzige, mit dem ich geredet habe, seit ich … Ich wollte meinen Flug umbuchen, aber das ging nicht. Nun muss ich noch fünf Tage auf dieser schrecklichen Insel bleiben. Ich halte das nicht aus allein. Und du … Du warst mir … na ja, du warst mir fast so etwas wie eine Freundin in Ubud. Du kennst meine ganze Geschichte. Ich hab Carlo von dir erzählt, und er meinte, ich solle versuchen … Ich weiß, dass du mit deiner Freundin …« Atemlos sammelte sie alle Erklärungsfetzen, die sie finden konnte, ein und warf sie der Frau hin.

Die räusperte sich. »Wie bist du auf diesen Ort gekommen?«, fragte sie schließlich.

Das war es also. Sie verstand nicht, wie Chiara sie gefunden hatte. Vielleicht verhielt sie sich deshalb so eigenartig.

»Die Handynummer, die du mir aufgeschrieben hast, stimmte nicht«, erklärte Chiara. »Wahrscheinlich ein Zahlendreher. Oder ich hab's falsch von der Serviette abgeschrieben. Jedenfalls war der Anschluss nicht vergeben. Ich wusste nicht mehr, was ich tun sollte. Also …«

»Und?« Die Stimme hatte etwas Lauerndes.

»Ich hab dich gesehen, letzten Freitagmorgen, als du in Ubud aufgebrochen bist. Du hast hinten im Auto gesessen und mich nicht bemerkt, aber der Fahrer hat mir zugewinkt. Du weißt schon, es war der, der uns auch zu den Reisterrassen gebracht hat. Der mit mir bei dem furchtbaren Hahnenkampf war. Ich habe heute Morgen an der Rezeption nach ihm gefragt, und, nun ja, er wusste natürlich, wo er dich hingefahren hat. Es war ein Glücksfall. Ich hätte dich sonst nie gefunden. Ich hätte nicht gewusst, was ich tun soll. Du bist der einzige Mensch, der …«

»Wo wirst du wohnen?«, unterbrach Elisabeth sie. »Hier … Hier ist kein Platz. Ich meine, ich bin ja selbst nur zu Gast.«

»Der Fahrer meinte, nebenan gibt es ein neues Resort. Da würde er mich hinbringen. Er wartet draußen mit meinem Gepäck.«

Elisabeth atmete hörbar aus. »Dann frag dort jetzt erst mal nach einem freien Bungalow. Anschließend … sehen wir weiter.«

»Kann ich dich heute Abend sehen?«

Elisabeth nickte. Geistesabwesend. »Ja, ja«, stammelte sie, als fiele ihr keine andere Antwort ein.

Chiara sah sie fragend an. »Wann …?«, begann sie zögernd.

»Ach so, ja. Wir essen gegen halb sieben.«

»Danke, Elisabeth. Was würde ich nur ohne dich tun?«

Die Frau mit den roten Haaren machte eine müde Handbewegung. Lass gut sein, mochte das heißen.

Chiara gab ihr dieses Mal keinen Kuss. Was in Ubud selbstverständlich gewesen war, schien hier unpassend. Sie beließ es bei einem fast beiläufigen Nicken.

Langsam ging sie zurück zu dem Wagen, der vor dem Tor auf sie wartete. Sie stieg ein und sagte dem Fahrer, er solle sie nun zu dem Resort bringen. Auf der kurzen Fahrt dorthin hatte sie keine Zeit, über die Begegnung mit Elisabeth nachzudenken. Das dumpfe Gefühl, das sich in ihr ausbreitete, ignorierte sie zunächst. Wie einen Druck im Magen, von dem man hoffte, er würde schon wieder verschwinden, wenn man ihm keine Beachtung schenkte. Nur keine Übelkeit aufsteigen lassen.

Sie bekam einen kleinen Bungalow. Bett, Moskitonetz, zwei Rattan-Sessel, Tisch, Schrank, Deckenventilator. Einfach. Aufs Nötigste reduziert. Im Bad Betonboden, ein winziges Waschbecken, darüber ein Spiegel, auf dem ein paar Fliegen herumkrabbelten, darunter ein dreibeiniger roter Plastikschemel, ein Duschkopf, der aus der unverputzten Wand ragte.

Es war heiß. Die Sonne kochte den Bungalow regelrecht hoch. Dagegen hätten selbst etwas kühlere Nächte und das nahe Meer kaum Chancen. Es gab nur ein kleines Fenster, vor das ein Netz gespannt war, das Insekten fernhalten sollte. Es hatte Löcher. Chiara ließ sich auf das Bett sinken und sah hoch zu dem Ventilator, der stillstand. Alles stand still in diesem Moment.

Sie war angekommen. Und doch verloren. An einem Ort, der ihr fremd war. Der Mann an der Rezeption hatte ihr den Schlüssel ausgehändigt und ihr mit dem Gepäck geholfen. Dabei hatte er ihr gesagt, zu welchen Zeiten es Frühstück gebe, im Restaurant, unten am Wasser. Und er hatte gefragt, ob sie einen Yoga-Kurs buchen wolle. Das wollten schließlich alle, die herkämen.

Chiara hatte den Kopf geschüttelt. Nein, sie habe kein Interesse an Yoga.

Sein Erstaunen hatte der Mann hinter einem Lächeln versteckt. Dieses verfluchte Lächeln. Man wusste nie, woran man war bei den Menschen hier. Alles Maske. Alles Fassade. Alles Täuschung.

Die Übelkeit kroch in ihr hoch. Es hatte keinen Zweck, sie musste dem dumpfen Gefühl in sich nachgeben – und nachgehen. Elisabeth hatte kaum Regung gezeigt. Keine Anteilnahme. Kein Wort des Trostes. Sie hatte sie eingeladen für heute Abend, das schon, aber wenn man es genau nahm, hatte Chiara sich selbst eingeladen. Elisabeth hatte lediglich zugestimmt.

Chiara dachte an den kurzen Moment, in dem sie Elisabeth am Freitagmorgen im Auto hatte sitzen sehen. Angespannt. Gehetzt, wie ein Tier in der Falle. So war sie ihr vorgekommen. Ein anderes Gesicht zeigend. Dieses andere Gesicht war ihr auch eben begegnet. Und es machte ihr Angst. Alles machte ihr Angst.

Sie stand auf und holte ihr Handy aus der Reisetasche.

Carlo hob sofort ab. »Wie geht es dir, Chiara?«

»Ich bin jetzt im Norden. Ich hab Elisabeth gefunden.«

»Da bin ich erleichtert.«

Chiara ging gar nicht darauf ein. Sie fuhr einfach fort: »Die Telefonnummer, die sie mir gegeben hatte, stimmte nicht, aber ihr Fahrer wusste die Adresse. Ich habe mir einen Bungalow in der Nachbarschaft gemietet. Heute Abend bin ich bei ihr und ihrer Freundin zum Essen eingeladen.« Sie merkte selbst, dass sie klang, als ob sie einen Bericht ablieferte.

»Du hörst dich merkwürdig an. Was ist passiert?«

»Du weißt doch, was passiert ist. Georg ist tot. Und ich lebe. Irgendwie.«

»Es ist auf jeden Fall gut, dass du diese Elisabeth gefunden hast«, beruhigte er sie. »Sie wird dir helfen. Da bin ich mir ganz sicher, nach allem, was du über sie erzählt hast.«

»Ich weiß es nicht.«

»Wie meinst du das?«

»Sie war … Sie reagierte ganz eigenartig, als ich ihr sagte, was geschehen ist. Fast ablehnend. Sie hat noch nicht einmal gesagt, dass es ihr leidtut.«

»Du hast sie eben überrumpelt. Sie macht Urlaub bei ihrer Freundin, und plötzlich stehst du vor ihr, mit einer solchen Nachricht. Aber nach dem, wie du sie mir beschrieben hast, ist sie eine offene, empathische Frau. Du wirst sehen, es wird dir guttun, so ein Abend mit ihr und ihrer Freundin. Du kannst mit den Frauen reden und kommst vielleicht sogar ein bisschen auf andere Gedanken. Ich bin jedenfalls sehr, sehr froh, dass du nicht mehr allein bist.«

Sie nickte. »Ja«, sagte sie dann. Es klang wenig überzeugt. »Und du? Was machst du?«

»Ich mache mir Sorgen um dich.«

»Und sonst?«

»Ich werde Giovanni und seine Freunde auf eine kleine Exkursion begleiten. Zwei, drei Tage. Im Zingaro Nationalpark. Du weißt …«

»Ja, ich weiß. Ich bin mit Georg dort gewesen. Im März. Wir waren schwimmen, und er war völlig erschöpft danach. Außer Atem. Daran erinnere ich mich noch. Vielleicht war sein Herz damals bereits schwach. Ich hab's überspielt, aber ich glaube, er hat gemerkt, dass … Geredet haben wir nicht darüber. Er hat mich danach nur gefragt, ob ich traurig oder glücklich bin. Und ich habe gesagt, beides. Das war oben in Segesta.«

Carlo seufzte. »Versuch, nicht an alle Einzelheiten zu denken. Lass nicht zu viele Erinnerungen an dich heran. Das quält dich nur.«

»Aber Erinnerungen sind doch das Einzige, was ich habe«, hielt sie dagegen. »Neben ein paar Fotos auf meinem Handy. Seine Mailbox, eigenartig …«

»Was meinst du mit eigenartig?«

»Seine Mailbox hat noch funktioniert, als ich Freitag anrief. Da war seine Stimme, so nah. So lebendig. So …« Sie schluckte. »So lieb. Ich liebe seine Stimme, Carlo. Sein Lachen. Ich liebe ihn. Und jetzt ist er weg. Einfach weg. Für immer.«

»Bitte, Chiara. Du kannst alles versuchen zu begreifen, wenn du zurück bist. Und das, was nicht zu begreifen ist, wird sich irgendwann setzen. Es ist immer so, glaub mir. Warte, bis du wieder hier bist. Dann kommst du erst einmal zu mir. Nach Palermo.«

»Aber die Filme, sie sind da. Ich werde sie auch in Sizilien sehen. Sie gehören nun zu mir. Man kann sie nicht einfach abschalten.«

»Ich bin bei dir, Chiara. Vergiss das nicht.«

»Du bist nun erst einmal bei Giovanni. Ich war mit meiner Mutter übrigens früher auch manchmal unterwegs, hab ihr geholfen, seltene Pflanzen zu finden. Das hat mir Spaß gemacht.«

Sie lenkte bewusst vom Thema ab. Sie wusste, dass er das merkte.

»Wir hören uns«, sagte er. »Bitte melde dich, wenn irgendetwas ist. Und auch wenn nichts ist, hörst du?«

»Ja«, erwiderte sie, aber es war weniger als ein Versprechen. »Ciao«, fügte sie hinzu. Ihre Stimme klang matt.

»Bis bald«, erwiderte er. Seine Stimme klang resigniert.

Er konnte ihr nicht helfen. Niemand konnte das. Alle hatten ihr eigenes Leben. Carlo und Giovanni. Elisabeth und ihre Freundin.

Sie erhob sich vom Bett und merkte, dass sie leicht schwankte. Die Hitze in diesem Raum war nicht zu ertragen. In Ubud hatte es wenigstens noch eine Klimaanlage gegeben. Und mehr Komfort. Eine Schale mit frischen Früchten. Eine Minibar. Einen weißen Bademantel. Unaufdringlichen Luxus, der einem das Gefühl gab, umsorgt zu sein. Aber da war eben auch Georg gewesen. Überall hatte Chiara ihn gesehen. Im Garten. Im Restaurant. An der Rezeption. Heute Morgen noch hatte sie gemeint, er würde ihr nachwinken, als sie aufbrach. Traurig hatte er dort in der Auffahrt zum Hotel gestanden und die Hand gehoben. Ein letztes Winken. Zum Abschied. Trugbilder und Realität verzahnten sich; die Trennungslinie verschwamm und schuf eine vermeintliche Wirklichkeit, in der Chiara die Orientierung zu verlieren begann.

Suchend sah sie sich um. Der Schalter für den Ventilator befand sich neben der Tür. Als sie darauf drückte, begann das Ding an der Decke, mit einem leisen Quietschen Kreise zu ziehen. Die Bewegungen waren so schwerfällig, dass sie nahezu nichts ausrichteten.

Sie riss die Tür auf. Die Sonne flutete fast die gesamte Fläche der winzigen Terrasse. Es war nicht auszuhalten. Chiara lief zurück, holte ihren Badeanzug aus der Reisetasche, zog ihn über und lief die paar Schritte zum Strand. Ohne nachzudenken, stürzte sie sich ins Meer. Eine Sandbank ließ das Wasser knietief werden, danach wurde es ganz plötzlich sehr tief. Chiara schwamm hinaus. Sie schwamm schnell. Nach etwa zwanzig Minuten war sie zurück auf der Terrasse. Außer Atem. In der äußersten linken Ecke spendete eine Palme nun etwas Schatten. Chiara schob einen Stuhl dorthin und setzte sich. Sie würde hier sitzen bleiben. Die Stunden bis zum Abend aussitzen. Vielleicht würde ihr Inneres ruhiger, wenn sie sich einfach nicht mehr von der Stelle rührte.

Sie sah auf sauber geharkte Wege. Sie sah weitere Palmen, unter deren Baumkronen Büschel an Kokosnüssen hingen. Sie sah Hibiskusbüsche, die ein paar rote Blüten abgeworfen hatten. Sie sah all das, und doch nahm sie es kaum wahr. Als hätte sich eine unsichtbare Wand zwischen sie und die Welt da draußen geschoben.

Ein paar Frauen kamen vorbei. Yogamatten unter dem Arm. Sie winkten und lachten Chiara zu.

Chiara winkte nicht zurück. Und ihr Lachen hatte sich ohnehin an einen Ort verabschiedet, wo sie es nicht mehr erreichen konnte. Es war sinnlos, danach zu suchen. So vieles war sinnlos geworden.

Vorhin noch war sie erleichtert gewesen, als sie Elisabeths rote Haare zwischen den Bananenstauden entdeckt hatte. Doch jetzt wusste sie schon nicht mehr, weshalb sie diese lange Fahrt in den Norden überhaupt auf sich genommen hatte. Um eine Frau zu sehen, die sie kaum kannte. Eine Frau, die plötzlich ein anderes Gesicht zeigte. Carlo hatte helfen wollen, indem er ihr geraten hatte, Elisabeth aufzusuchen. Aber die Elisabeth, die sie letzte Woche in Ubud kennengelernt hatte, war verschwunden. Wie Georg verschwunden war. Auf gewisse Weise verschwand sogar Carlo. Carlo mit seinem neuen Freund. Die Exkursion würde länger dauern als zwei, drei Tage, und sie würden mehr finden als seltene Pflanzen. Die Wohnung in Palermo, Zuflucht seit so vielen Jahren, sie wäre besetzt. Besetzt von einem Glück, das Chiara verwehrt blieb. Natürlich bot Carlo ihr an, dort zu wohnen, wenn sie zurückkäme, aber letztlich würde sie doch nur stören. Geduldet allenfalls. Zweisamkeit ertrug niemand Dritten.

Es war gegen fünf Uhr, als sie sich von ihrem Stuhl erhob. Die Sonne stand jetzt tief. Die Palmen warfen lange Schatten.

Chiara holte ein Kleid aus ihrer Reisetasche. Sie griff einfach hinein und zog wahllos eines heraus. Das grüne, das sie letzten Mittwoch zu dem Abendessen mit Elisabeth getragen hatte. Es war zerknittert, aber das störte sie nicht. Sich schön machen, das war Georg vorbehalten gewesen und ihrer Vorfreude auf ihn. Nun ergab das keinen Sinn mehr.

Das Wasser, das aus dem Duschkopf tröpfelte, war lauwarm. Der Seifenspender gab erst auf gehörigen Druck hin etwas zähe gelbe Flüssigkeit frei.

Was suche ich hier?, dachte Chiara, während sie sich mit einem dünnen Handtuch abrubbelte. Eine Frage in Wiederholungsschleife. Eine Antwort blieb aus.

Sie bürstete ihr nasses Haar durch und drehte daraus einen festen Knoten im Nacken. Sie schminkte sich nicht. Sie legte auch keinen Schmuck an. Bis auf den kleinen Blechring. Er hatte sich bereits ein wenig verbogen vom ständigen Tragen. Sie hatte ihn nie abgelegt, seit …

Ein Gedanke streifte sie. Ein Gedanke wie ein Streifschuss. Der erste Kuss. Vor diesem billigen Souvenirladen in Ubud. Nachdem Georg ihr den Ring geschenkt hatte. Ihre Lippen auf seinen Lippen.

Sie stöhnte auf. Wusste sie doch, dass da noch einige Erinnerungen nur darauf warteten, ihr mehr Schmerz zuzufügen.

Letzte Woche noch hatten sie sich wohlig angefühlt, die Gedanken an das, was gewesen war. Ausgekostet hatte Chiara sie. Immer und immer wieder abgerufen. Inzwischen waren sie ihre Feinde geworden. Feinde, denen sie schutzlos ausgeliefert war.

Sie schlüpfte in ihre Sandalen.

Schöne Füße habe sie, hatte Georg gesagt. Er möge es, wenn Frauen sich die Nägel lackieren. Johanna tue das nur noch selten. Johanna, die er verlassen wollte. Weil der Lack ab war, in jeder Beziehung. In Tràpani war Chiara zur Pediküre gegangen. Vor ihrem Abflug. Etwa zehn Tage war das jetzt her. Es hätten auch zehn Jahre sein können. Der Schmerz atomisierte jedes Zeitgefühl. Was blieb, waren sauber lackierte Fußnägel. Chiara hatte Korallenrot gewählt. Weil das so gut zu ihren Kleidern, ihrem Schmuck, ihrer Haut passte. Und zum Meer. An solche Dinge hatte sie gedacht, als sie ihre Tasche packte. Sie hatte Georgs liebende Blicke mitgedacht. Er konnte sie mit diesen Blicken streicheln.

»Ich bekomme Gänsehaut, wenn du mich ansiehst«, hatte sie einmal zu ihm gesagt. Das war beim Frühstück gewesen. In ihrem Haus an der Steilküste. Sie hatte nur einen leichten Bademantel getragen. Darunter war sie nackt.

»Magst du Gänsehaut?«, hatte er gefragt. Sein Lächeln dabei hatte etwas Herausforderndes.

»Ich kann nicht genug davon kriegen.«

Sein Blick ließ nicht von ihr ab, und sie merkte, wie sehr sie das erregte. Als sie es kaum noch aushielt, griff er über den Tisch hinweg, um ihren Bademantel langsam zu öffnen. Er streichelte ihre Brüste mit einer kaum wahrnehmbaren Bewegung seiner Augen. Sie wussten beide, was folgen würde, und sie zögerten es hinaus, um ihre Lust zu steigern.

Als sie später auf dem großen Bett lagen, nahm er ihre Hand und legte sie auf seinen Bauch. »Ich habe mein Leben lang von dir geträumt«, sagte er.

»Aber du kanntest mich doch gar nicht.«

»Ich wusste, dass es dich gibt, aber ich hatte schon nicht mehr zu hoffen gewagt, dich irgendwann zu finden. Und nun, da du endlich da bist, will ich dich nie wieder verlieren.«

Chiara sah von ihren korallenroten Fußnägeln hoch, dorthin, wo sie den Himmel vermutete. Doch da war nur der Deckenventilator.

»So kann's gehen, Georg«, sagte sie. »Jetzt habe ich dich verloren. Und fühle mich selbst so verloren wie nie zuvor.«

Sie griff nach dem Zimmerschlüssel, der auf dem Nachttisch lag, und machte sich auf den Weg.

Draußen war es bereits dunkel. Vom Restaurant kam Musik. Gamelan. Was sonst? Chiara schien es, als würden die Klöppel sie schlagen. Sie hielt sich die Ohren zu, während sie zur Rezeption lief.

»Kann ich etwas für Sie tun, Madam?«, fragte ein Mann hinter dem Tresen. Es war ein anderer als der, der ihr am Nachmittag den Bungalow gezeigt hatte, aber sein Lächeln, das war das gleiche.

»Ja, bitte bestellen Sie mir ein Taxi«, erwiderte sie hastig. »Es ist nicht weit, aber in der Dunkelheit mag ich nicht am Strand entlanglaufen.«

»Natürlich, Madam. Ich sage unserem Fahrer Bescheid. Er holt Sie dann auch später wieder ab, wenn Sie möchten. Hier, ich gebe Ihnen die Telefonnummer, unter der Sie uns erreichen können.«

Chiara nahm die Karte, die er ihr entgegenhielt, und steckte sie in die Tasche ihres Kleides.

Kurz darauf saß sie im Fond eines Wagens und ließ sich in die Nacht fahren.

***

Die beiden Frauen saßen bereits am Tisch, als Chiara über den weiten Rasen auf das hell erleuchtete Haus zuging. Das Meer dahinter reflektierte die Lichter. Einen Moment lang blieb sie stehen. Ein leichter Wind bewegte ihr zerknittertes Kleid, hob es über die Knie. Etwas in ihr zögerte weiterzugehen. Eine Art inneres Warnsystem, das da aufflackerte und sie zurückhielt. Kurz überlegte sie, einfach umzukehren, doch schließlich gab sie sich einen Ruck und setzte ihren Weg fort.

Elisabeth kehrte ihr den Rücken zu. Die Freundin stand auf und kam Chiara entgegen. Sie mochte in Elisabeths Alter sein, aber ihre Bewegungen waren die einer jüngeren Frau. Die langen, silbrig schwarzen Haare trug sie offen, in ihr Gesicht hatte die Sonne im Laufe der Jahre Falten gezeichnet. Das weite türkisfarbene Kleid fiel fast bis zum Boden; um den rechten Knöchel wand sich eine kleine silberne Kette. Sie war barfuß. Ihre Zehen waren zartrosa lackiert.

Sie hielt sich zurück mit einem Lächeln. Stattdessen streckte sie Chiara die Hand entgegen.

»Ich bin Ute«, sagte sie. »Sie müssen Chiara sein.«

Chiara nickte.

»Kommen Sie. Setzen Sie sich. Ich hoffe, Sie haben etwas Hunger.«

Auf dem Tisch standen eine Platte mit Hähnchenteilen, Schüsseln mit Gemüse und Reis sowie zwei Schälchen mit Soßen. Einige Kerzen flackerten vor sich hin.

»Danke.« Chiara nahm gegenüber von Elisabeth Platz. »Hallo«, sagte sie.

Elisabeth räusperte sich und sah auf. Ihr »Hallo« war kaum zu hören.

»Ich gebe Ihnen etwas Fleisch und Auberginen«, wandte sich Ute an Chiara. Sie nahm deren Teller und füllte ihn ungefragt.

»Wein?« Sie hielt eine Flasche hoch.

»Gern.« Chiara schob ihr Glas in Utes Richtung. »Es ist sehr freundlich von Ihnen, dass ich heute Abend hier sein darf«, brachte sie hervor. »Elisabeth hat Ihnen sicher ...«

»Ja, meine Freundin hat mir erzählt, was geschehen ist.«

Elisabeth schaute mit unbewegter Miene auf den Tisch. Dann griff sie nach ihrem Weinglas und trank einen großen Schluck.

»Es tut mir leid für Sie«, fuhr Ute fort. »Das muss ein furchtbarer Schlag gewesen sein. Wann haben Sie denn davon erfahren?«

»Gestern. Ich habe es gestern erfahren.«

»Und nun wollen Sie sicher bald zurück nach Hause, nehme ich an.«

»Ja, aber mein Flug geht erst am Freitag. Also in drei Tagen. Einen früheren habe ich nicht bekommen. Ich habe alles versucht. Bis dahin ... Ich weiß es nicht. Ich weiß eigentlich gar nichts mehr. Ich dachte, Elisabeth könnte mir helfen. Sie war so nett zu mir, in Ubud, wissen Sie. Hat sich meine ganze Geschichte angehört, mich sogar auf einen Ausflug eingeladen. Und ein Freund von mir aus Palermo sagte, ich dürfte jetzt nicht allein sein, und da ich ihm von Elisabeth erzählt habe, nun ja ... Er hat vorgeschlagen, dass ich mich an sie wende.«

Bei der Nennung ihres Namens zuckte Elisabeth zusammen. Sie trank einen weiteren Schluck Wein und behielt das Glas in der Hand. Während Chiara geredet hatte, hatte sie kein einziges Mal aufgeblickt.

Chiara sah Ute Hilfe suchend an. Dann spießte sie ein Stück Hühnerfleisch auf, führte es zum Mund und kaute langsam. Es war hervorragend gekocht, aber sie brachte den Bissen kaum herunter.

»Das ist sehr gut. Das Hühnchen, meine ich«, sagte sie.

»Ja, danke, Putu ist eine ausgezeichnete Köchin. Meine Freundin hat ihr heute in der Küche geholfen.«

»Ich koche auch gern«, erwiderte Chiara. »Das hatten er und ich gemeinsam. Georg, so hieß mein Freund. Der, der gestorben ist.«

Ute nickte langsam. »Haben Sie da drüben eine passable Unterkunft bekommen?«, wechselte sie das Thema. Sie behielt Chiara im Blick und sah dabei kurz zu Elisabeth hinüber.

»Nun ja, der Raum ist klein und heiß«, sagte Chiara. »Und einfach. Sehr einfach. Ehrlich gestanden, hält man es drinnen kaum aus.«

»Ach, dann haben die Ihnen wohl eine der älteren Hütten gegeben, die früher schon auf dem Gelände standen. Wenn Sie wollen, spreche ich mal mit dem Manager. Ich kenne ihn ganz gut. Es gibt dort auch neuere Bungalows. Die haben zwar auch keine Air Condition, aber sie sind größer und luftiger.«

»Danke, aber das ist nicht nötig. Ich will niemandem Umstände machen. Das habe ich wahrscheinlich schon, weil ich einfach hier aufgetaucht bin.« Sie schaute Elisabeth nun direkt an, doch die reagierte nicht. Chiara spürte, wie ihr Innerstes zu frieren begann.

»Sie kommen aus Sizilien, habe ich gehört«, sagte Ute.

Chiara nickte. Die Unterhaltung strengte sie an, doch die Frau ihr gegenüber gab sich Mühe, das war offensichtlich, und sie wollte nicht unhöflich sein. Sie wollte das hier durchstehen, und dann wollte sie nur noch weg. Egal wohin. Selbst das heiße Zimmer mit dem quietschenden Deckenventilator schien ihr inzwischen erträglicher als diese Terrasse mit den zwei Frauen. »Ja, aus Tràpani«, entgegnete sie. »Kennen Sie Sizilien?«

»Nein, leider nicht.«

»Nun, Georg … Georg wollte zu mir ziehen. Wir wollten uns dort zusammen eine Zukunft aufbauen. Ich weiß nicht, was genau Elisabeth Ihnen erzählt hat …«

»Sie hat mir alles erzählt«, unterbrach Ute sie. »Sie hat …«

In diesem Augenblick stellte Elisabeth ihr leeres Glas, das sie bis jetzt umklammert gehalten hatte, mit einem Knall zurück auf den Tisch. Sie stand abrupt auf. Der Stuhl fiel hinter ihr auf den Boden. Sie griff nach Chiaras Arm und riss sie hoch.

»Komm mit«, sagte sie, und ohne eine Antwort abzuwarten, zerrte sie Chiara hinter sich her. Dabei verstärkte sie den Druck ihrer Hand. Wie ein Tier, das seine Beute nicht mehr aus den Fängen lassen wollte.

Chiara sah sich Hilfe suchend nach Ute um, doch die blieb am Tisch sitzen. Der Blick, den sie ihnen nachwarf, verriet Sorge. Sorge, durchsetzt von Angst.

Elisabeth lief ohne ein Wort über die große Terrasse, ein paar Stufen abwärts in Richtung eines kleinen Gebäudes. Chiara stolperte zwei, drei Mal. Sie drohte hinzufallen, fing sich aber stets wieder. Panik kroch in ihr hoch, drückte auf ihren Brustraum, griff nach ihrem Hals. Sie fühlte sich gefangen in einem Albtraum. Aufwachen ausgeschlossen.

»Was willst du von mir?«, keuchte sie.

Elisabeth hielt plötzlich inne und drehte an einem Schalter.

Das grelle Licht blendete Chiara. Verwirrt sah sie sich um. Sie standen in einer Küche. Herd, Arbeitsplatte, Spülbecken, alles war blank geputzt. Eine Holzschale stand dort, mit Ingwer, Limetten, Knoblauch, Chilis darin. Daneben ein Messerblock, aus dem sechs Griffe herausragten.

Chiaras Panik verstärkte sich. Wollte Elisabeth …?

Doch die hatte kein Interesse an den Messern.

»Da«, sagte sie eisig. Sie zeigte auf ein Foto an der Wand neben dem Herd. »Sieh dir das an. Schau genau hin.« Sie ließ Chiaras Arm los. Der harte Griff ihrer Finger blieb spürbar. Wirkte schmerzhaft nach.

Chiara trat näher, um besser sehen zu können.

Sie begriff nicht, was sie sah. Auf dem Bild erkannte sie

Georg. Jünger, aber kein Zweifel. Er war es. Neben ihm Ute. Und Elisabeth. Alle drei lachten.

Unmöglich. Das konnte nicht sein. Das durfte nicht sein. Das ergab keinen Sinn. Der Albtraum, er wurde zum Tunnel, der nur eine Richtung kannte. Abwärts. In ein lichtloses Nirgendwo.

Die drei lachenden Gesichter, sie wirkten wie Hohn. Als würden sie Chiara verspotten.

»Was ist das?«, stammelte sie.

»Es ist genau das, wonach es aussieht«, erwiderte Elisabeth. »Das sind Ute, Georg und ich.« Die letzten beiden Worte spuckte sie regelrecht heraus.

»Aber wieso …? Ich verstehe nicht, Elisabeth …«

»Du verstehst so manches nicht. Und nenn mich nie wieder Elisabeth, hörst du. Nie wieder! Ich bin Johanna.«

»Johanna? Das kann nicht … Dann bist du …?«

»Ja, ich bin seine Frau. Begreif das endlich! Georg ist mein Mann.«

Mit diesen Worten drehte sie sich um und stürzte aus der Küche. Eher eine Flucht als ein Abgang. Den letzten Satz wie eine Trophäe mitnehmend, die ihr niemand mehr nehmen sollte.

Chiara spürte, wie ihr die Beine versagen wollten. Keuchend hielt sie sich am Herd fest, den Blick nach wie vor starr auf das Foto gerichtet.

In ihrem Kopf wirbelten die Gedanken durcheinander. Nicht einen bekam sie zu fassen.

Johanna. Warum war Elisabeth Johanna? Und was tat sie hier? Hier auf Bali? Wie hatte sie Chiara gefunden? War sie ihr gefolgt? Aber Georg hatte doch nirgends Spuren hinterlassen. Sie hatten schließlich ihre Abmachung. Es war unmöglich. Und trotzdem war das Unmögliche wahr. Sie, Chiara, stand in dieser Küche, und da war dieses Foto. Der Beweis für etwas, das nicht sein konnte.

Die Panik ließ ihren Puls rasen. Drängte sie, einfach wegzulaufen. Hinaus in die Dunkelheit. Egal, wohin. An den Strand. Auf die Straße. Nur fort. Doch da war auch etwas anderes. Eine innere Stimme, die sie zurückhielt und Antworten einklagte. Sie durfte jetzt nicht gehen, ohne zu wissen, was geschehen war. Es ging um sie. Um Georg. Um ihre Liebe.

***

Sie riss das Bild von der Wand, umschloss es mit ihrer rechten Hand. Der Hand, an der sie den Blechring trug. Mit letzter Kraft taumelte sie zurück zu dem großen Haus. Obwohl es so hell erleuchtet war, kam es ihr jetzt düster vor. Aber sie musste dorthin. Hinein in die Düsternis. Sie merkte, dass sich ihr Haarknoten auflöste; das Haar fiel ihr jetzt ungebändigt ins Gesicht.

Die beiden Frauen saßen wieder zusammen am Tisch. Sie redeten. Ute redete anscheinend mehr. Sie gestikulierte, während sie sprach. Das Essen stand unberührt da. Nur eine neue Weinflasche war hinzugekommen.

Chiara ließ sich auf ihren Stuhl fallen.

»Ich will Klarheit«, sagte sie leise und legte das Foto neben den Teller. »Was bedeutet das? Ich habe ein Recht, alles zu erfahren …«

»Du hast überhaupt kein Recht«, fuhr Elisabeth sie an. Ihr Ton ließ nichts mehr von der erkennen, die sie gewesen war.

Aber nein, es war ja nicht Elisabeth. Es war Johanna. Elisabeth hatte ihre Hülle in Ubud zurückgelassen. Die liebenswerte Frau, die so gut zuhören konnte, sie gab es nicht mehr. Ein guter Geist, dem ein böser entstiegen war. Derartiges brachten nur Dämonen fertig. Diese Insel, die sich als Paradies ausgab, schien deren bevorzugtes Spielfeld zu sein.

Ute legte ihre Hand auf die ihrer Freundin. »Bitte, Johanna«, sagte sie. »Lass mich das machen.« Dann wandte sie sich an Chiara. »Ich werde Ihnen jetzt alles sagen, was Sie wissen sollten. Es ist etwas kompliziert. Hören Sie mir einfach nur zu.« Sie klang sachlich. Hatte aus ihrer Stimme jegliche Emotion wegradiert. Das half Chiara, sich ein wenig zu beruhigen.

Ute begann mit dem Foto. Der Freundschaft, die sie und Georg und Johanna seit Jahren verband. Sie erzählte von zahllosen Besuchen ihrer Freunde hier auf der Insel. Von deren Kindern, die sie nie begleitet hätten, weil Bali den Eltern vorbehalten blieb. Dem Paar, das sich hier einst gefunden und ineinander verliebt hatte. Aber Ute hatte viel gehört von dem Sohn und der Tochter, hatte zahlreiche Bilder von den beiden gesehen. Ein Junge und ein Mädchen, die mit der Zeit größer geworden waren und die nun in Hamburg studierten und Vater und Mutter ein leeres Haus hinterlassen hatten. So war das eben, wenn Kinder auszogen. Dadurch veränderten sich Dinge und Rollen. Man musste sich neu finden und erfinden. Eine tektonische Plattenverschiebung der Gefühle, nannte Ute das. Sie berichtete, wie und wann genau Georg gestorben war und dass Johanna danach spontan beschlossen hatte herzukommen. Um ihm nah zu sein an den Orten, an denen sie sich so oft so nah gewesen waren. Und dann war sie hier plötzlich auf Chiara gestoßen. Die angebliche Schwester von Georg, der gar keine Schwester hatte. Der Hotelbesitzer in Ubud, ein Bekannter des Paares, das viele Jahre schon bei ihm zu Gast gewesen war, hatte es Johanna verraten. Nebenbei. Unabsichtlich. Ein Zufall, der etwas lostrat, das nicht mehr aufzuhalten war. Denn nun hatte die Frau, die gerade ihren Mann verloren hatte, alles wissen wollen, und der einzige Weg hin zu diesem Wissen war, sich als eine andere auszugeben. Sie hatte erfahren, was sie kaum ertragen konnte, und schließlich war sie abgereist und hatte nichts weiter hinterlassen als eine falsche Telefonnummer. Sie wollte einen Strich ziehen unter die Begegnung, die ihr Leben zum zweiten Mal innerhalb von zwei Monaten erschütterte. Sie war in den Norden der Insel gefahren, weil sie meinte, hier in einer vertrauten Umgebung ihre Wunden versorgen zu können. Von Heilung zu sprechen, war zu früh. Und dann stand da am heutigen Nachmittag auf einmal wieder die Geliebte ihres Mannes vor ihr. Anteilnahme, Trost, Mitgefühl einfordernd.

»Ich hatte gehofft, diesen Abend ohne Kollisionen zum Abschluss bringen zu können«, beendete Ute ihre Ausführungen. »Ich wollte Ihnen beim Abschied mitteilen, dass Johanna und ich morgen für einige Tage in einen anderen Teil der Insel verreisen, und Ihnen alles Gute wünschen. Es wäre eine Lüge gewesen, das mit der Reise, aber ich fand das legitim. Um meine Freundin zu schützen vor dem, was unerträglich ist für sie.«

»Auch für mich ist es unerträglich«, wandte Chiara ein.

»Das ist es. Ohne jeden Zweifel. Aber …« Sie konnte ihren Satz nicht zu Ende bringen.

»Halt deinen Mund«, fuhr Johanna Chiara an. »Du bist es doch gewesen, die mir meinen Mann weggenommen hat. Du …«

»Wir haben uns geliebt«, unterbrach Chiara sie.

»Georg hat mich geliebt. Hörst du? Mich! Seit über fünfundzwanzig Jahren. Du hast es doch eben selbst gehört. Wir hatten ein Leben miteinander. Zwei Kinder. Ein Zuhause. Aber das hat dich alles nicht interessiert. Du hast es mir ja selbst gesagt. Verhöhnt hast du seine Frau, nicht ahnend, dass sie neben dir sitzt. Nur an dich hast du gedacht. An dein billiges kleines Abenteuer mit einem Mann, den du nicht verdient hast.«

Chiaras Augen füllten sich mit Tränen.

Johanna redete unbeirrt weiter. »Er hat mich gefragt, ob wir wieder zusammen nach Bali fahren wollen. Und weißt du, wann er das gefragt hat?«

Chiara schüttelte den Kopf. Ihre Tränen liefen nun ungehindert die Wangen hinunter. Sie machte keine Anstalten, sie wegzuwischen.

»Zwei Tage, bevor er gestorben ist!«, sagte Johanna. Triumphierend. Sie warf ihren Joker auf den Tisch. »An einem Platz, den wir beide liebten. Der unser war. Ja, es gibt diese Plätze von Menschen, die lange verbunden sind. Dabei hat er mein Gesicht gestreichelt. Glaubst du etwa, ein Mann tut so etwas, wenn er schon auf dem Absprung zu seiner Geliebten ist? Will noch mit seiner Frau verreisen, während er doch eigentlich alles hinter sich lassen will? Glaubst du das allen Ernstes?«

»Aber er hat gesagt, dass er ein Leben lang von mir geträumt hat«, schluchzte Chiara. »Dass sich eure Liebe abgenutzt hat. Dass er auf Sizilien als Kinderarzt arbeiten möchte. Dass …«

»Ach«, Johanna machte eine wegwerfende Handbewegung, »so was sagt sich leicht.«

»Aber Georg war kein leichtfertiger Mensch. Niemand, der vorschnell Entscheidungen traf. Er hat genau abgewogen, was er wollte, als er bei mir in Tràpani war.«

»Willst du mir etwa erzählen, dass du meinen Mann besser gekannt hast als ich? Nur weil er ein paar Mal mit dir ins Bett gegangen ist?«

»Du hältst es nur nicht aus, dass er weg von dir wollte«, schrie Chiara plötzlich auf. »Dass er sich nichts sehnlicher wünschte, als endlich bei mir zu sein. Nach all den stumpfen Jahren mit dir. Weißt du, was du bist? Eine verbitterte, hässliche, alte Frau.« Es war einfach aus ihr herausgebrochen. Das Schreien. Die Worte. Die Wut. Jetzt blieb nur noch Leere. Eine Leere, die furchtbarer war als die Panik von vorhin. Weil sie fühllos machte. Absterben ließ, was bislang in ihr gepocht hatte. Ihr Herz, es schien tot.

Johanna sackte in sich zusammen. Ihr Blick verließ den

Tisch. Richtete sich aufs Meer. Dorthin, wo der Horizont liegen musste, den man in der Dunkelheit nicht sah.

Die ans Ufer rauschenden Wellen füllten die entstandene Stille aus.

Es war alles gesagt.

»Ich denke, es ist besser, wenn Sie jetzt gehen«, erklärte Ute nach einigen Minuten. »Ich rufe im Resort an und bestelle einen Fahrer, der Sie abholt.« Ohne eine Antwort abzuwarten, stand sie auf und griff nach ihrem Telefon, das auf einem kleinen Tisch vor dem Sofa lag.

Während Ute redete, sah Johanna unverwandt aufs Meer. Sie beachtete Chiara nicht mehr, als diese sich von ihrem Stuhl erhob, Ute ein Nicken zuwarf und dann wortlos verschwand.

Ein paar Lampen beleuchteten den Weg, der zum Tor führte. Chiara sah auf ihre Füße mit den korallenrot lackierten Nägeln. Sie schienen das einzig Verbliebene aus einem anderen Leben zu sein. Einem Leben, das sich heute endgültig aufgelöst hatte.

Vor dem Tor wartete sie. Drei, vier, fünf Minuten. Sie hatte jegliches Zeitgefühl verloren.

Ein abnehmender Mond beschien die Reste der Opferkörbchen vom vergangenen Tag. Zerfetztes Bambusstroh. Welke Blüten. Schmutzige Reiskörner. Es roch nach Exkrementen von Hühnern und Schweinen und Hunden. Die feuchtwarme Luft konservierte den Gestank.

Als endlich das Auto vorfuhr, stieg der Chauffeur aus, um für Chiara die Tür zu öffnen. Wieder dieses Lächeln. Ihr wurde übel. Von dem Gestank und dem Lächeln.

Während der Fahrt sah sie auf ihre Hände, die sie im Schoß verschränkt hielt. Sie sah auf den Blechring an ihrem Ringfinger.

An der Rezeption verlangte sie nach dem Schlüssel für ihren Bungalow.

»Have a good night, Madam.«

Der Mann hatte ja keine Ahnung, was er da sagte. Es gab keine guten Nächte mehr für sie. So wenig, wie es gute Tage gab. Da war nur noch dieses unendliche Nichts, das sie mit fauligem Atem angähnte.

Ich muss mein Melatonin nehmen, dachte Chiara, als sie sich auszog. Sie riss den Beutel auf, in dem sie die Tabletten aufbewahrte, doch im selben Moment wurde ihr die Sinnlosigkeit ihres Tuns bewusst. An Schlaf war nicht zu denken, denn dort, wo gerade noch Leere gewesen war, setzten die Gedanken nun zum Sturm an, boten eine Streitmacht auf, die ihren Kopf zu zerschmettern drohte.

Bis heute Morgen hatte sie geglaubt, der Schmerz, der in ihr tobte, sei nicht mehr steigerbar. Hätte ihr bereits das höchstmögliche Quantum zugemutet. Doch jetzt schien er sein Werk erst richtig aufzunehmen. Sein Ziel war die totale Verwüstung, seine Mittel waren Geschütze, die sich auf alles richteten, was ihr Glück und Halt geboten hatte.

Womöglich hatte Georg sie gar nicht geliebt. Hatte doch nur mit ihr gespielt, um sie danach wegzuwerfen. Hatte seine Frau nie wirklich verlassen wollen. Weshalb sonst hatte er Johanna gefragt, ob sie mit ihm nach Bali fahren wollte? War Chiara blind gewesen, hatte in ihm einen Mann gesehen, den es gar nicht gab?

Sie wollte ihn rütteln und schütteln und ihm Flüche an den Kopf werfen. Sie wollte ihn umarmen und küssen und von seiner Wärme trinken. Sie wollte all das, aber er war weg. Unwiederbringlich. Er würde sie nie mehr ansehen, ihr nie mehr Antworten geben, sie nie mehr anlügen oder ihr die Wahrheit sagen können. Ihr letzter Halt war der Glaube an seine Liebe gewesen. Jetzt hatte Johanna auch den eingerissen. Mit diesem Triumph in der Stimme. Die Frau, der sie sich anvertraut hatte, die Verständnis und Mitgefühl geheuchelt hatte, um alles aus Chiara herauszusaugen. Nun war da nichts mehr in ihr außer diesem tobenden Schmerz. Auf Trost hatte sie gehofft; einen Tritt hatte sie bekommen.

Das Bettzeug war bereits durchgeschwitzt. Chiara sah auf ihr Handy. Zehn Uhr. Die Geräusche aus dem Restaurant wurden leiser. Die Gamelan-Musik brach ab. Ein paar Stimmen noch waren zu hören, einige Rufe, letzte Lacher, danach nichts mehr.

Auf Sizilien war es jetzt vier Uhr morgens. Keine Zeit, um Carlo anzurufen. Und überhaupt … Er war mit Giovanni unterwegs, seinem neuen Freund. Im Zingaro. Dort gab es kein Funknetz. Dort gab es nur den Duft der Macchia und eine junge Liebe, die nicht gestört werden wollte.

Chiara war allein. Völlig allein. Auf einer Insel, die all ihre Dämonen aufgeboten hatte, um sie niederzuringen.

Gegen vier Uhr fasste sie ihren Entschluss.

Sie stand auf und taumelte durch das Zimmer. Dann zog sie das weiße Kleid an. Das Kleid, das sie an ihrem ersten Abend mit Georg getragen hatte. Das Kleid mit den großen Taschen.

JOHANNA UND CHIARA

Ich bin so froh, dass du noch nicht abgefahren bist.« Johanna schreckt hoch.

Ute steht vor ihr, außer Atem. Plötzlich da, aufgetaucht wie aus dem Nichts.

»Was machst du denn hier?«, stammelt Johanna.

»Du hattest mir gesagt, in welchem Resort du absteigst. Und ich weiß, dass dein Flug heute Abend geht.«

»Ja. Der Fahrer, der mich zum Airport bringen soll, müsste jeden Moment kommen. Mein Koffer steht bereits an der Rezeption.«

»Du kannst nicht fliegen, Johanna. Jedenfalls noch nicht heute.«

»Ich verstehe nicht.«

»Das ist auch schwer zu verstehen. Aber es ist etwas passiert. Etwas Schlimmes.« Sie setzt sich Johanna gegenüber auf einen Stuhl.

»Was ist passiert? Was kann so schlimm sein, dass …?«

»Chiara hat versucht, sich umzubringen. In der Nacht, nachdem sie bei uns gewesen ist. Sie hat sich Steine in die Taschen ihres Kleides gepackt und ist ins Meer gegangen. Sie hat es ernst gemeint, glaubte wahrscheinlich, es sieht sie keiner in der Dunkelheit. Doch da war ein Fischer am Strand, der hat sie rausgeholt und das Richtige getan. Er kannte sich aus mit Wiederbelebungsmaßnahmen.«

Johanna ist blass geworden. Sie versucht, etwas zu sagen, doch es kommt kein Wort heraus.

Ute fährt fort: »Cécile, du weißt schon, meine französische Freundin, ich habe dir von ihr erzählt. Sie ist Ärztin, und die Leute haben sie dazugeholt. Sie hat sich um Chiara gekümmert, sie zurück in den Bungalow gebracht und ihr erst mal etwas zur Beruhigung gegeben. Chiara hat wohl den ganzen Tag geschlafen. Abends hat Cécile dann noch mal nach ihr gesehen. Es schien ihr zu riskant, Chiara dort allein zu lassen. Ganz abgesehen davon, dass es unerträglich heiß in dem Raum ist. Sie hat sie also kurzerhand mit zu sich nach Hause genommen. Dort liegt Chiara nun im Gästezimmer. Und Cécile tut, was zu tun ist.«

»Wann hast du davon erfahren?«, fragt Johanna leise.

»Heute Morgen. Putu hat mir erzählt, eine junge Italienerin sei ins Wasser gegangen. Leute aus dem Dorf hätten auf dem Markt darüber geredet. Sie war ganz aufgeregt und sagte, die Frau würde nun bei Cécile wohnen. Sie kennt die Französin ja, da sie und ihr Mann mit mir befreundet und öfter bei mir zu Besuch sind. Na ja, ich hab natürlich gleich an Chiara gedacht. Und als ich Cécile anrief, hat sie es bestätigt.«

Johanna streicht mit den Händen über das noch immer aufgeschlagene Buch, als wollte sie mit der Bewegung etwas glatt ziehen. »Ich weiß nicht, was …«, beginnt sie.

»Du musst mit mir zurückkommen.«

»Aber mein Flug …«

»Vergiss den Flug. Wir buchen dir einen anderen.«

»Ich kann doch nicht … Wie stellst du dir das vor?«

»Das weiß ich auch noch nicht genau. Aber eines weiß ich: dass du nicht einfach abreisen kannst.« Ute hat jetzt einen strengen Ton, den Johanna noch nicht an ihrer Freundin kennt, sondern allenfalls an sich selbst. »Das wäre eine billige Flucht mit einem Haufen ungelöster Probleme im Gepäck. So kannst du nicht in dein Leben zurückkehren.«

»Aber gestern, als wir uns verabschiedet haben, hast du noch gesagt …«

»Gestern früh wusste ich auch noch nicht, was geschehen war. Begreifst du denn nicht? Das ändert alles. Wenn ich eines gelernt habe in meinem Beruf, dann dies: Dinge verschwinden nicht einfach, nur weil man sie ignoriert. Sie melden sich immer und immer wieder, bis man sie durchdrungen und verstanden hat. Glaub mir, die ganze Geschichte hier hat das Zeug, dir noch jahrelang deine Seele zu zermalmen, wenn du jetzt nicht handelst. Weglaufen bringt gar nichts. Die Tragödie wird dich stets einholen.«

Johannas Widerstand wird schwächer. »Ich weiß nicht, ob ich das kann«, flüstert sie. Ein letzter Fluchtversuch.

»Dir bleibt keine andere Wahl.« Ute beugt sich vor. Ihre Stimme wird jetzt sanfter. »Ich bin ja bei dir.«

In dem Moment nähert sich ein Angestellter des Hotels, verbeugt sich vor den beiden Frauen und wendet sich dann an Johanna. »Entschuldigen Sie, dass ich störe, Madam, aber Ihr Wagen ist jetzt da.«

Ute wirft ihrer Freundin einen Blick zu.

Johanna nickt kaum merklich.

Es sind nur ein paar unverständliche Sätze auf Balinesisch, die Ute dem Mann im Sarong sagt. Sie endet mit einem Lächeln.

Er erwidert ihr Lächeln und erklärt etwas, das Johanna ebenso wenig versteht. Danach bringt er seine Hände vor der Brust zusammen, senkt kurz den Kopf und entfernt sich so leise, wie er gekommen ist.

Ute steht auf. »Ich habe den Wagen abbestellt. Komm jetzt. Wir haben hier nichts mehr verloren. Pack deine letzten Sachen ein, und dann fahren wir.«

Johanna klappt ihr Buch zu. Ihr Blick geht zu der Packung Streichhölzer, die neben dem Aschenbecher auf dem Tisch liegt. Sie greift danach und steckt sie ein, und ein letztes Mal denkt sie an die Holzkiste, die seit einigen Stunden auf dem Grund des Meeres liegt. Eine fest verschnürte Holzkiste mit zwei Ringen darin.

Ute kümmert sich um alles, was noch zu tun ist. »Geh schon mal vor zu meinem Auto«, fordert sie Johanna auf und zeigt auf einen alten graugrünen Jeep in der Auffahrt. Danach gibt sie an der Rezeption Bescheid, dass der Koffer der Freundin umgeladen werden soll. Sie bittet auch um die Fertigstellung der Rechnung. Ein Blick darauf genügt ihr, um festzustellen, dass Johanna außer einem Frühstück nichts gegessen hat. Sie begleicht den Betrag in bar. Auf dieser Insel hat man stets Millionen an Rupiah-Scheinen bei sich.

»Kannst du mir später zurückgeben«, sagt sie, als Johanna sie vom Beifahrersitz aus fragend ansieht und Anstalten macht, nach ihrem Portemonnaie zu suchen.

Ute steigt rechts ein, zieht an einem verklemmten Sicherheitsgurt und startet den Wagen. Der Motor gibt ein lautes Geräusch von sich, das sich wie ein lang gezogenes Stöhnen anhört.

Sie reden wenig auf der Fahrt. Und sie reden gar nicht über das, was Ute »die ganze Geschichte« genannt hat.

Nach einer guten Stunde erreichen sie Utes Haus, das Johanna erst vor etwas mehr als vierundzwanzig Stunden verlassen hat.

Putu begrüßt sie. Auf ihre zurückhaltende Art zeigt sie, wie froh sie ist, Johanna wiederzusehen. Sie hat bereits den Tisch gedeckt. Zwei Teller, zwei Gläser.

»Du hast schon damit gerechnet, dass ich mitkomme?«, fragt Johanna.

»Ich war fest entschlossen«, erwidert Ute. »Meine einzige Sorge war, dich nicht mehr anzutreffen, aber dann wäre ich wahrscheinlich nach Denpasar zum Flughafen gerast.«

»Ich muss noch stornieren und …«

»Zerbrich dir darüber nicht den Kopf. Das erledige ich für dich. Ich brauche nur deine Flugnummer. Du gibst deinen Kindern nachher Bescheid, dass sich deine Heimreise etwas verzögert, und dann schickst du deinen Kolleginnen in der Schule eine Mail und meldest dich krank. Hohes Fieber, irgendein Virus, lass dir was einfallen.«

»Aber ich brauche eine Bescheinigung.«

Ute zieht die Augenbrauen hoch. »Die bekommst du. Von Cécile.«

»Wie lange soll ich denn hierbleiben?«

»So lange, wie es nötig ist. Chiara fliegt am Montag zurück nach Sizilien. Ich denke, du wirst danach noch etwas Zeit brauchen. Ich lasse dich hier nicht weg, bis ich glaube, dass du stabil bist.«

»Und ich dachte, ich hätte alles hinter mir. Heute Morgen, als ich unsere Ringe zu den Delfinen habe bringen lassen, fühlte sich das wie ein Abschluss an. Traurig, aber auch endgültig. Nun dagegen ...«

»... geht alles von vorn los. Willst du das sagen?«

Johanna nickt. »Chiara ist ... Ich meine, sie lässt mich wohl nie mehr los.« Sie sieht Ute an. »Es ist schrecklich, was ...« Tränen sammeln sich in ihren Augen. »Das wollte ich nicht, Ute. Vorgestern Abend, da ist irgendwie alles aus dem Ruder gelaufen. Ich weiß, du und ich, wir hatten ausgemacht, dass ich mich zurückhalte, nicht sage, wer ich bin, und dann ... Es ist einfach aus mir herausgebrochen.«

»Darüber haben wir doch gestern früh schon gesprochen. Natürlich wäre einiges verhindert worden, wenn du ruhig geblieben wärst. Aber Menschen verhalten sich nicht immer so, wie sie wollen. Manchmal gibt es da etwas, das stärker ist, und alle guten Vorsätze sind dahin. Du hast die Spannung schlicht nicht mehr ausgehalten. Da hat sich etwas entladen, das du seit Tagen mit dir herumgetragen hast. Von dem Moment an, in dem du Chiara in Ubud begegnet bist, hat sich immer mehr in dir angestaut. Ich dachte, die Tage hier bei mir hätten dich ein Stück weit beruhigt, doch das erneute Zusammentreffen mit Chiara, ihre Trauer über den Tod deines Mannes, das war zu viel für dich.«

Putu kommt mit einer großen Platte. Darauf liegen grüne Päckchen, mit Zahnstocher zusammengehalten, umgeben von einigen Tomatenschnitzen.

»Tum Ikan«, erklärt Putu und stellt die Platte in die Mitte des Tisches. »Fisch mit Kokosnuss, viel Chili, Schalotten, Limetten und etwas Macadamia, gedämpft in Bananenblättern«, fügt sie hinzu, als sie Johannas fragenden Blick sieht.

»Greif zu«, sagt Ute.

»Es ist bestimmt wunderbar, aber ich hab keinen großen Hunger.«

»Den solltest du aber haben. Schließlich hast du kaum etwas gegessen.«

»Woher weißt du das?«

»Na ja, ich hab deine Rechnung in dem Resort gesehen.«

Zögernd nimmt Johanna zwei der Päckchen und setzt sie auf ihren Teller. Sie entfernt die Zahnstocher und öffnet die Bananenblätter. Der warme Duft von Kokos und Gewürzen steigt ihr in die Nase. Sie merkt, dass sie Appetit bekommt.

»Dir entgeht nichts«, sagt sie, während sie sich eine Gabel der Fischfüllung in den Mund schiebt.

»Ich habe jahrelang gelernt, aufmerksam zu sein«, entgegnet Ute und schenkt ihnen Wasser ein. »Vorgestern, da habe ich allerdings auch Fehler gemacht. Ich habe die Wucht deiner Gefühle unterschätzt.«

»Sie hat mich eine verbitterte, hässliche, alte Frau genannt.«

»Sie wollte dir wehtun, nachdem du ihr wehgetan hast.«

»Mich hat das getroffen. Und weißt du auch, warum?«

»Sag du es mir.«

»Weil sie damit recht hat. Ich bin verbittert. Alt bin ich auch geworden. Und das zusammen macht hässlich. Hart, so hat Georg mich genannt, wenn wir uns gestritten haben, und vermutlich hat er das irgendwann nicht mehr ausgehalten. Selbst du hast gemeint, ich sei so unerbittlich geworden. Und dann kommt da so eine junge, schöne, fröhliche Frau …«

Statt etwas zu erwidern, trinkt Ute einen Schluck Wasser.

»Ich bin ziemlich selbstgerecht geworden«, schließt Johanna.

Ute stellt das Glas zurück auf den Tisch. »Ich sehe es weniger kategorisch als du«, sagt sie dann. »Ich habe es dir ja schon gesagt. In den Tagen, bevor Chiara hier auftauchte, habe ich an dir etwas wahrgenommen, das ich von früher kannte. Johanna, deine weiche Seite, deine offene Art, deine empathische Neugier, all das ist noch da. Du hattest es nur zugeschüttet in all den Jahren, aber glaub mir, auch Georg wusste, dass es da irgendwo verborgen schlummerte.«

Johanna seufzt. »Er hat wohl nur aufgegeben, danach zu suchen.«

»Mag sein. Die Antwort bleibt er uns schuldig. Was er letztlich vorhatte mit seiner Zukunft, das wusste nur er selbst. Und möglicherweise war er sogar da noch im Zweifel.«

»Wie geht es Chiara jetzt? Hat Cécile am Telefon irgendetwas zu dir gesagt?«

Ute greift über den Tisch nach Johannas Hand. »Es ist gut, dass du danach fragst. Chiara ist wohl noch sehr schwach. Meine Freundin gibt ihr starke Beruhigungsmittel. Die dimmen den ganzen emotionalen Apparat etwas herunter. Céciles Mann Claude hat nachgesehen, was für einen Flug Chiara gebucht hat. Eine fürchterliche Odyssee mit diversen Zwischenstopps. Sie wollte wohl so schnell wie möglich weg von hier und hat sich deshalb darauf eingelassen. In ihrem Zustand jetzt wäre es jedoch äußerst riskant. Sie ist einfach noch viel zu labil. Claude hat es geschafft, eine andere Verbindung zu kriegen. Fast nonstop. Lediglich der Zubringer nach Palermo kommt hinzu.«

»Meinst du …?« Johanna sucht nach Worten.

»Ob ihr euch noch mal sehen solltet?«, springt Ute ihr bei.

»Ja.«

»Unbedingt, Johanna. Ich halte das für unerlässlich. Sonst hätte ich dich heute Morgen nicht zurückgeholt. Ihr müsst das zu Ende bringen, du und sie. Sonst findet ihr beide keinen Frieden mehr.«

»Glaubst du, dass Chiara das überhaupt möchte?«

»Cécile hat sie bereits gefragt.«

»Und?«

»Sie hat eingewilligt.«

»Wann? Habt ihr schon etwas ausgemacht?«

»Am Sonntag. Bis dahin hat sie Zeit, sich weiter auszuruhen. Und auch du kannst noch einmal über alles nachdenken. Sieh es als Chance, Johanna.«

Nach dem Essen bleiben die beiden Frauen noch eine Weile zusammen sitzen. Wind ist aufgekommen und setzt den Wellen Schaumkronen auf. Schulkinder kommen vorbei; sie freuen sich über die Gischt, die das Meer ihnen auf Gesicht, Arme und Beine spritzt, und winken Ute und Johanna über die Mauer zu. Ihr Lachen ist noch ungestüm. Keine Höflichkeitsgeste, sondern ungebremste Freude.

Max und Tessa hätten hier aufwachsen können, zwischen diesen fröhlichen Kindern. Wenn sie und Georg damals …

In diesem Moment spürt Johanna, dass Reue sehr nachtragend und sehr ausdauernd sein kann. Als würde sie geduldig auf ihren Einsatz warten, um dann Erkenntnis freizusetzen. Erst jetzt wird Johanna klar, dass sie und Georg mutiger hätten sein, sich in das Mögliche hätten hineinwagen sollen. Wahrscheinlich hätte das Verbindende zwischen ihnen gesiegt und sich nicht irgendwann dem Trennenden ergeben. Letztlich hatten sie beide vor ihren Träumen kapituliert. Wäre ihr Weg ein anderer gewesen, hätte Georg wahrscheinlich nicht anderswo sein Glück gesucht. Und die Verbitterung, von der Chiara gesprochen hatte, sie wäre Johanna erspart geblieben.

Sie winkt den Jungen und Mädchen in ihren Schuluniformen zu und löst damit noch größere Freude aus. Die Freude dieser Kinder, sie erscheint ihr wie eine Bestätigung dessen, was sie gerade gedacht hat.

Ihr Blick fällt auf ihre rechte Hand. Von der Sonne leicht gebräunt, doch unübersehbar von dunklen Flecken gezeichnet. Eine Hand ohne Ring. Alt geworden und nun allein.

Die zwei Ringe, die jetzt auf dem Meeresgrund bei den Delfinen liegen, stehen sinnbildlich für das, was Johanna und Georg nicht vermocht haben. Sie sind an den Ort zurückgekehrt, an dem sich ihren Trägern die Glücksbringer erstmals gezeigt haben. Sie sind zurückgekehrt, um zu bleiben.

Die Balinesen übergeben die Asche ihrer Liebsten dem Meer, damit deren Seelen frei werden. Frei, um sich irgendwann wieder zu zeigen. In anderer Gestalt, doch im Kern unverändert. Geblieben, was sie gewesen sind. Jene unumstößliche Ordnung hat Georg gefallen. Ute hat recht gehabt vor einigen Tagen auf dem Vollmondfest oben im Dorftempel. Das mit den beiden Ringen hätte ihm auch gefallen.

An diesem Nachmittag beginnt Johanna, nach dem Blechring zu suchen. Natürlich hat jemand das Bananenblatt weggefegt. Sie kriecht auf allen vieren um die Terrasse herum, schaut unter jedem Busch nach, durchstreift mit den Händen das Gras. Und plötzlich entdeckt sie ihn. Unter zwei welken Blüten. Verbogen, aber noch ganz.

Sie steckt den Ring in die Tasche ihres Kleides.

***

Die Tage greifen ineinander. Einer gleicht dem anderen; lediglich die Nächte setzen sich dunkel dazwischen und markieren so etwas wie Fortgang.

Heute Morgen hat Cécile das Frühstück gebracht – Früchte, eine Schale Joghurt, ein Rührei, ein gebuttertes Toastbrot. Dazu starken Kaffee und heiße Milch.

Chiara hat nach dem Wochentag gefragt.

Sonntag. Es ist Sonntag.

Am Montag würde sie zurück nach Sizilien fliegen.

Claude habe sich um alles gekümmert, hat Cécile ihr versichert. Chiara werde nonstop nach Rom fliegen, von dort aus direkt nach Palermo.

Irgendwann ist auch Ute mal da gewesen. Die Freundin jener Elisabeth, die es in Wirklichkeit nie gegeben hat. Ute hat hier an Chiaras Bett gestanden und gefragt, wie es ihr gehe und ob da jemand sei, den sie benachrichtigen solle.

Carlo. Chiara hat ihr die Nummer von Carlo aufgeschrieben.

Es dauerte etwas länger, bis Ute zurückkam.

»Ich habe ihn erreicht«, sagte sie und setzte sich auf einen Stuhl neben dem Bett. »Er scheint ein sehr guter Freund zu sein.«

Chiara nickte.

»Ich habe ihm gesagt, was vorgefallen ist.«

»Und?« Chiara schloss bei ihrer Frage die Augen. Sie sah Carlo vor sich. Carlo in seinem Liegestuhl auf der Terrasse in Palermo.

»Er hat geweint«, erwiderte Ute. »Ich habe gewartet, bis er sich etwas beruhigt hat. Danach konnten wir reden. Er sagte, er habe sich schon bei eurem letzten Telefonat große Sorgen gemacht und noch größere, als er dich die darauffolgenden Tage nicht erreichen konnte. Du hattest dein Handy ausgeschaltet.«

Chiara registrierte, dass Ute ganz selbstverständlich zum Du übergegangen war. Diese neue Vertrautheit tat ihr gut. Sie fühlte sich aufgehoben bei Ute. Bei Cécile. Bei Claude. Die drei hatten in den letzten Tagen einen Kokon um sie gesponnen. Zum Schutz vor allem da draußen und vor ihr selbst.

»Carlo wird dich am Flughafen abholen«, erklärte Ute. »Und er wird sich um dich kümmern. Alles Weitere habe ich mit ihm besprochen. Er weiß, was zu tun ist, aber das soll dich jetzt nicht kümmern.«

Chiara öffnete die Augen. Dankbarkeit lag in ihrem Blick. »Ihr seid sehr gut zu mir.«

Ute lächelte. »Na ja, das ist das Mindeste, was wir tun können. Immerhin hat meine Freundin Johanna …«

»Cécile hat mich gefragt, ob ich mit ihr sprechen möchte«, unterbrach Chiara sie.

»Ich weiß. Und du hast eingewilligt.«

»Ja.«

»Zugegeben, es ist ein Wagnis, aber ich denke, ihr solltet es riskieren. Es gibt mehr zu gewinnen als zu verlieren.«

»Hast du mit ihr über mich geredet?«

»Immerzu. Johanna war bereits abgereist, aber ich habe sie zurückgeholt und sie davon überzeugt, ihren Flug nach Deutschland zu verschieben.«

»Wegen mir?«

»Nicht nur. Ihr habt beide eine Geschichte, und die will zu Ende erzählt werden. Man klappt doch auch ein Buch nicht einige Seiten vor dem Schluss zu und stellt es ins Regal.«

»Cécile hat Sonntag vorgeschlagen. Für das Gespräch.«

Ute nickte, und dann war sie auf einmal wieder verschwunden. So wie sie gekommen war. Nahezu unbemerkt. Die Medikamente, die Chiara mit dem Essen bekam, nahmen allem die Trennschärfe. Den Ereignissen, den Gesprächen, der Zeit.

Und nun also ist Sonntag.

Das leere Frühstückstablett ist abgeräumt. Chiara hat sich geduscht, die Haare gebürstet und ein dünnes Kleid angezogen. Danach hat sie sich wieder aufs Bett gelegt.

Der Raum ist groß und hell. An den Wänden hängt moderne Kunst. Abstraktes in kräftigen Farben. Es gibt einen kleinen Schreibtisch mit Stuhl und ein Sofa mit Beistelltisch. Das Fenster geht auf einen Garten hinaus. Eine Art Innenhof, vermutet Chiara. So genau weiß sie es nicht. Sie kann sich nicht mehr erinnern, wie sie in dieses Zimmer gelangt ist. Cécile ist bei ihr gewesen; auch Claudes Stimme hat sie gehört. Draußen ist es dunkel gewesen, und am nächsten Morgen hat Chiara einen Baum mit weißen Frangipani-Blüten gesehen und Vogelstimmen gehört.

Das Meer hat sie nicht mehr gesehen und gehört. Das Meer, in das sie gegangen ist und aus dem sie ein Mann mit dunklen Haaren und dunkler Haut und dunklen Augen herausgezogen hat. Ein Mann mit rissigen Händen und dem Geruch nach Tabak. Ein Fischer, hat man ihr erzählt, der sich frühmorgens an seinem Boot zu schaffen machte.

Bruchstücke ihrer Erinnerung zeigen Chiara noch den stickigen Bungalow, den trägen Deckenventilator, das verschwitzte Laken.

Irgendwer muss ihre Sachen gepackt und sie fortgebracht haben. Die Luft in diesem Raum ist klar. Es gibt eine fast geräuschlose Klimaanlage. Das Bettzeug duftet leicht nach Zitronen, wie die Seife ihrer Mutter.

Man hält alles von ihr fern. Selbst ihr Handy. Ob sie auch mit Carlo reden wolle, hat Ute sie gefragt, bevor sie zum Telefonieren nach draußen ging. Doch Chiara hat nur den Kopf geschüttelt. Sie würde Carlos Schmerz spüren, und damit bekäme ihr eigener erneut eine Schwere, die sie im Augenblick nicht zu tragen imstande wäre.

Am liebsten schläft sie. Die Tabletten von Cécile gewähren ihr einen traumlosen Schlaf. Warum die Ärztin sie zu sich nach Hause genommen hat, weshalb sie und Claude und Ute sich kümmern, das alles entzieht sich Chiara auf eine Weise, die ihr nicht unangenehm ist. Der watteweiche Nebel, der sie umgibt, polstert ab, was ihr zu nahe kommen will.

Es klopft an der Tür. Leise, kaum hörbar.

»Komm rein«, ruft Chiara.

Johanna trägt ihr rotes Haar offen. Der graue Ansatz ist breiter geworden. Unter den Augen zeigen sich dunkle Ringe.

Sie setzt sich auf den Stuhl, auf dem auch Ute gesessen hat.

Gestern oder vorgestern. So genau weiß Chiara das nicht mehr.

»Hallo.« Johannas Stimme ist schwächer, als Chiara sie in Erinnerung hat. Rauer. Als hätte ihr jemand Risse zugefügt.

»Hallo.«

Zwei Hallos, die nun den Raum einnehmen, aber noch nicht wissen, wohin es gehen soll. Schwebeteilchen gleich, scheinbar ziellos umhertreibend.

»Ich bin nicht gut in solchen Dingen«, beginnt Johanna.

»Was sind solche Dinge?«

»Aussprachen. Ich konnte das nie.«

»Wie geht es dir?«

Johanna sieht sie erstaunt an. Als sei sie ertappt worden. Angeklagt durch eine simple Frage. Eine Begrüßungsformel im Grunde, die sich hier als leiser Vorwurf tarnt. »Das hätte ich dich fragen sollen«, stammelt sie.

»Man gibt mir Medikamente, die helfen«, entgegnet Chiara. »Es geht besser, ja, das tut es.«

Johanna rutscht auf ihrem Stuhl hin und her. »Es tut mir so leid, was passiert ist«, sagt sie schließlich. »Es tut mir leid, was ich alles zu dir gesagt habe an jenem Abend. Ich möchte, dass du das weißt. Ich wollte nicht, dass …«

»… dass ich ins Wasser gehe? Dass ich Schluss mache mit dem Leben? Das glaube ich dir sogar. Aber ich wollte wohl, dass du es erfährst.«

»Ich weiß. Ich habe deinen Ring am nächsten Morgen vor meiner Tür gefunden. Du hattest gesagt, du würdest ihn nicht ablegen, solange du lebst. Als ich ihn dort sah, war plötzlich etwas in mir …«

»Was?«

»Eine Art Ahnung. Aber ich hab sie fortgefegt, weil ich nicht zulassen wollte, dass sie Raum in mir einnimmt. Gewissheit wird. Erst als Ute mir gesagt hat, was du getan hast, wurde die Ahnung real.«

»Wann hast du es erfahren?«

»Am Freitag. Zwei Tage später. Ich hatte meine Koffer bereits gepackt. Auf meine Weise habe ich Georg Adieu gesagt, an dem Ort, an dem wir uns damals ineinander verliebt haben. Ich wollte unsere Geschichte abkoppeln von der, die ihr miteinander gehabt habt.«

»Ich habe ihn auch geliebt, Elisa… verzeih, Johanna. Ehrlich geliebt. Selbst wenn diese Liebe so viel kürzer war als eure.«

Johanna nickt. »Elisabeth hat das wohl verstanden. Johanna dagegen ist durchgedreht.«

»Diese zwei Frauen, die ich kennengelernt habe, sie sind sehr verschieden.«

»Ich hätte nie Elisabeth werden dürfen. Sie entstand aus der fixen Idee, alles wissen zu wollen. Sie lechzte regelrecht nach Details, bot ihre ganze Kraft auf, um von dir noch die letzte Kleinigkeit zu erfahren. Konnte nicht genug kriegen, um Johanna damit zu quälen. Die wusste ja, dass Georg tot war. Dass sie ihn nie würde fragen können, ob …«

»… er sie verlassen wollte?« Chiara setzt sich auf. Dabei rutscht ihr Kleid nach oben, entblößt ihre Beine.

Johanna wendet den Blick ab.

»Hat er dich wirklich zwei Tage vor seinem Tod gefragt, ob du mit ihm nach Bali fahren willst?«

Johanna räuspert sich. »Ja, das hat er.«

»Als du mir das an den Kopf geworfen hast, habe ich gar nichts mehr verstanden. Es war, als würde sich ein Vorhang schließen und alles verdunkeln, woran ich bis dahin geglaubt hatte. Ich wollte nicht mehr sein. Ich wollte nur noch fort.«

Johanna beißt sich auf die Unterlippe. »Da ist noch etwas. Etwas, das ich dir verschwiegen habe.«

Chiara wartet.

»Ich habe mich in sein Bankkonto eingeloggt«, erklärt Johanna. »Nachdem du mir erzählt hattest, dass er sich mit dir in Ubud treffen wollte. In unserem Hotel. Ich konnte es nicht glauben, da er doch mit mir … Und, ja, er hatte einen Flug nach Bali gebucht. Er wollte zu dir. Er hatte alles geplant und bezahlt. Ende März bereits. Wohl gleich nach seinem Besuch bei dir in Tràpani.«

Chiara lässt sich zurück in die Kissen fallen. »Dann ist also auch das wahr?«

»Alles ist wahr, Chiara. Und irgendwo dazwischen versteckt sich eine Lüge. Vielleicht kommt noch Feigheit hinzu.«

»Er war nicht feige.«

»Nein, das war er nicht.«

»Du hast ihn sehr geliebt.«

Johanna wischt mit der rechten Hand über ihre Augen. Als würde sie im nächsten Moment Tränen erwarten. »Ja, natürlich. Er war mein Mann. Der Vater unserer Kinder. Da gab es viel Liebe, doch die hat sich im Laufe der Jahre verdünnt.«

»Abgenutzt, hat Georg gesagt.«

»Ja. Verdünnt, abgenutzt … es läuft doch auf dasselbe hinaus. Ich habe sie nur weniger infrage gestellt, unsere Liebe. Er dagegen …«

»… hat mich gefunden und mit mir eine Zukunft gemalt. Doch was er wirklich gewollt hat, weiß ich nun auch nicht mehr.«

»Wir wissen es beide nicht. Jede von uns hat in ihrer Wahrheit gelebt, und wenn wir uns nicht zufällig getroffen hätten, hätte es am Ende eine trauernde Witwe und eine trauernde Geliebte gegeben. Zwar mit geplatzten Träumen und verpassten Chancen, aber nicht beschädigt durch die Lüge. Diese Lüge ist es, die es für dich und mich so schwer macht.«

Chiara streicht ihr Kleid glatt, fährt mit den Fingern über den dünnen Stoff. »Ich begreife langsam. Du und ich, wir sind betrogen worden. Jede auf ihre Weise.«

»Es sieht so aus. Vielleicht ist es aber auch ganz anders.«

»Wie meinst du das?«

»Es kann sein, dass Georg am Ende in zwei Welten zu Hause gewesen ist.«

»Ein Pendler?«

»Sozusagen. Einer, der sich nicht entscheiden konnte und den genau das zerrissen hat.«

»Er hatte schon bei seinem Besuch auf Sizilien Probleme mit dem Herzen. Als wir zusammen schwimmen waren.«

»Ja, ich erinnere mich. Du hast es erzählt. Dir ist es aufgefallen; ich dagegen habe nichts bemerkt.«

»Hast du Schuldgefühle?«

»Ja. Ich habe erst begonnen, mir Fragen zu stellen, als es zu spät war. Das Eigenartige ist, dass man immer glaubt, man hätte noch so viel Zeit, und dann stirbt einer, und man steht plötzlich vor einer verschlossenen Tür, die sich nie wieder öffnen lässt.« Sie seufzt. »Es ist vorbei, und doch habe ich das Gefühl, es hätte gerade erst begonnen. Da liegt wohl noch ein ziemlicher Weg vor mir.«

»Und vor mir.«

»Mein Gott, ich bin so froh, dass dich dieser Mann aus dem Wasser gezogen hat. Ich hab dich verflucht und gehasst, aber niemals hätte ich ...«

»Lass gut sein«, unterbricht Chiara sie. Blässe legt sich über ihr Gesicht. »Entschuldige mich, ich bin sehr müde. Ich kann mich nicht gut konzentrieren. Das sind die starken Beruhigungsmittel, verstehst du?«

»Natürlich. Cécile und Ute sagten schon, du bräuchtest viel Ruhe.« Johanna greift in ihre Tasche. Sie nimmt Chiaras Hand und legt den Blechring hinein. »Ich finde, du solltest ihn zurückbekommen. Du lebst. Und du wirst weiterleben.«

Chiaras Finger schließen sich um den Ring. Um ihren Mund herum bildet sich ein feines Lächeln. »Danke, Johanna. Für den Ring und dafür, dass du gekommen bist.«

»Ich lass dir meine Telefonnummer hier. Die richtige diesmal. Falls du einmal ...«

»Ja, wer weiß. Ich sollte dir vielleicht auch meine geben.«

»Die hab ich schon.«

»Woher?«

»Du hast Georg in Ubud auf seine Mailbox gesprochen. Kurz nachdem ich abgereist war. Sein Handy hatte ich noch bei mir, eigentlich aus anderen Gründen. Ab und an kommen noch Anrufe für ihn. Nun ja, und da habe ich deine Nummer gesehen.«

»Hast du auch meine Nachricht abgehört?«

Johanna nickt. »Ich hätte das nicht tun sollen. Ich hätte vieles nicht tun sollen.«

»Ich hätte es wohl auch getan. An deiner Stelle.« Chiara merkt, dass ihr die Augen zufallen. Dass Johanna aufsteht und zur Tür geht, bekommt sie schon nicht mehr mit. Wieder einmal sinkt sie in einen traumlosen Schlaf.

Als sie aufwacht, versucht sie, sich das Gespräch in Erinnerung zu rufen. Wortfetzen fallen ihr ein, Blicke, Gesten, Satzfragmente. Ihr Gedächtnis zeigt Lücken, trotzdem fühlt sie, dass sich erste Sedimente von Verzweiflung und Trauer zu lösen beginnen.

Sie steht auf und geht zum Fenster. Die Frangipani-Blüten an dem Baum im Innenhof scheinen wie kleine Sonnen. Diese Insel, die sich ihr von ihrer düstersten Seite gezeigt hat, wartet am Ende mit ein wenig Licht auf. Ein Wiedergutmachungsversuch, so kommt es Chiara vor.

Morgen wird sie ihre Reisetasche nehmen. Claude wird sie zum Flughafen in Denpasar bringen. Dorthin, wo Georg und Chiara sich damals zusammen ein Taxi genommen haben. Die Medikamente werden dem Kummer in ihr die Spitze nehmen. Auf die Tabletten, die Cécile ihr abzählt, ist Verlass. Wenn sie erst einmal angeschnallt auf ihrem Platz im Flugzeug sitzt, wird sie einen letzten Blick auf das große weiße Terminal werfen. Danach werden da nur noch Bilder sein. Schnellschüsse von oben. Klein und kleiner werdend. Strände, Palmen, Meer. Ein Paradies, das seine Metamorphose zur Hölle vollzogen und dabei all seine Dämonen aufgeboten hat. Irgendwann Wolken. Chiara wird sich hineinsinken lassen in die Wolken.

Sie wird nie wieder zurückkommen nach Bali. Das schwört sie in diesem Augenblick den Frangipani-Blüten, die sie so freundlich anlachen.

Zu mehr Entscheidungen ist sie nicht in der Lage.

Carlo wird da sein, in Palermo, und es wird weitergehen, ihr Leben. Wie dieses Weiter aussehen wird, das vermag sie jetzt noch nicht zu sagen.

Den Blechring hält sie nach wie vor fest umschlossen. Langsam öffnet sie ihre Hand. Dann streift sie den Ring schließlich wieder über ihren Finger.

***

Johanna bleibt noch vier Wochen auf der Insel.

Sie nimmt sich die Zeit, die sie braucht, um sich dem Verstehen zu öffnen. Die Geschichten – von Georg und Johanna, von Chiara und Georg, von Johanna und Chiara –, sie sind wie unreife Mangostans. Sie lassen sich nicht öffnen, widersetzen sich jedem Versuch, an sie heranzukommen. Man muss ihnen Zeit lassen; erst dann brechen sie auf und geben ihr Innerstes frei.

Jeder Tag, der vergeht, lässt Johanna mehr begreifen. Am Ende wird sie vorstoßen zu dem Unbegreiflichen. Dem nicht Fassbaren. Die letzten Fragen, das weiß sie, werden sich einer Antwort entziehen. Jede Geschichte ist irgendwann auserzählt, und es gibt eben solche mit offenem Schluss, wie die ihre. Mehr als das, was dann sichtbar bleibt, wird es für sie nicht geben. Den ungeklärten Rest hat Georg mitgenommen.

Chiaras Selbstmordversuch, das erneute Zusammentreffen mit ihr, all das hat Johanna aufgewühlt, doch irgendwann haben die Wellen begonnen, sich zu glätten – wie die auf einem Meer, das von keiner Böe bewegt wird. Die Flaute in ihrem Inneren ist genau das gewesen, von dem Ute gemeint hat, sie würde es brauchen.

Ihren Kolleginnen hat Johanna das ärztliche Attest geschickt, das Cécile ihr ausgestellt hat. Sie erhielt verständnisvolle Mails mit Genesungswünschen. Einer Witwe sieht man vieles nach. Erschöpfungszustände allemal.

Max und Tessa hat sie angerufen, nachdem sie sich entschlossen hatte, länger zu bleiben. Sie hat ihnen nicht erzählt, was vorgefallen ist. Das sind nicht die Geschichten, die Kinder von ihrem Vater wissen sollten. Stattdessen hat sie von sich berichtet. Davon, dass sie kraftloser, zerschlagener gewesen sei, als sie habe zugeben können, und dass es ihr wohltue, bei Ute zu sein, dort, wo sie so viele Male mit Georg gewesen ist. Das ist die halbe Wahrheit gewesen – und trotzdem keine Lüge. Max und Tessa waren beruhigt, geradezu erleichtert, und erst da hat Johanna realisiert, wie groß die Sorgen waren, die sich die beiden um sie gemacht haben. Verstörend muss es sich für sie angefühlt haben, dass ihre sonst so beherrschte Mutter kurz nach der Beerdigung des Vaters alles stehen und liegen ließ und sich in das nächste Flugzeug setzte. Um zu fliehen, zu überwinden, zu vergessen – so genau konnte das niemand wissen, am wenigsten sie, die Kinder. Max bangte im Stillen, Tessa machte ihrer Furcht lautstark Luft. Das erste Gespräch mit ihnen war mühsam; schließlich hatten sie außer ein paar beschwichtigenden SMS nichts von ihr gehört. Irgendwann übernahm Ute, berichtete den beiden in ihrer so klaren Art, dass die Mutter auf dem Wege der Besserung sei. Dass sie nur noch etwas Zeit brauche.

Ute. Ohne sie wäre manches anders gekommen. Hätte sie Johanna nicht vor Wochen davon abgehalten abzureisen, hätte die eine Menge Steine mit nach Hause genommen. Steine, so schwer, dass sie imstande waren, zwei Ringe auf den Meeresgrund zu schicken, oder Chiara fast in die Tiefe gezogen hätten. Mittlerweile ist Johanna einige davon losgeworden. Mit den verbleibenden würde sie sich arrangieren müssen.

An ihrem letzten Nachmittag hat Ute sie in ein Restaurant inmitten der Reisterrassen oberhalb von Amlapura eingeladen. Es ist ein stiller, ein friedlicher Ort. Die Angestellten bewegen sich nahezu geräuschlos zwischen den Holztischen im überdachten, nach drei Seiten hin offenen Raum. Das Grün von draußen flutet herein. Ein leichter Wind spielt mit an der Decke befestigten Windspielen, deren Metallrohre leise aneinanderschlagen.

Nur wenige Gäste sind um diese Zeit da. Gegen Abend würden es ein paar mehr, sagt Ute, aber Unmengen an Touristen würden sich eher nicht hierher verirren. Zu abseits liege der Platz. Dafür bekomme man hier ein Essen, das außergewöhnlich sei. Nasigoreng oder Gado-Gado oder Club-Sandwich, die allerorts üblichen Standards, suche man auf der Karte vergebens.

Ute bestellt auf Balinesisch. Der Kellner nickt zustimmend, während er alles sorgfältig auf einem Schreibblock notiert.

Johanna lehnt sich zurück.

»Das hätte Georg gefallen«, sagt sie, als kurz darauf eine große Platte mit verschiedensten Kleinigkeiten serviert wird.

»Das glaube ich auch«, entgegnet Ute. »Vor drei Jahren, als ihr das letzte Mal zusammen hier wart, gab es dieses Restaurant noch nicht. Sonst wäre ich mit euch sicher hergekommen.« Sie greift sich zwei Stäbchen und holt damit eine Garnele von der Platte, die sie in ein Schälchen mit einer grünen Soße tunkt. »Die haben sogar eine Kochschule hier«, sagt sie kauend. »Ich denke, da hätte er sich sofort angemeldet.«

»Ich habe seine Leidenschaft fürs Kochen unterschätzt,

scheint mir. Wie ich so manch anderes ebenfalls unterschätzt habe.«

»Und nun folgst du seinen Fußstapfen. Ich habe dich in letzter Zeit öfter bei Putu in der Küche gesehen.«

Johanna lacht. »Ja, es macht mir Spaß. Überhaupt habe ich in den letzten Wochen wieder Leben in mir gespürt.«

»Es war also gut, dass ich dich sozusagen gezwungen habe, noch eine Weile zu bleiben?«

»Etwas Besseres hätte mir nicht passieren können. Ich reise morgen mit deutlich leichterem Gepäck zurück. Auch das Gespräch mit Chiara …«

Ute sieht auf. »Du hast nicht davon gesprochen, seit du bei ihr warst. Zumindest bist du nicht ins Detail gegangen.«

»Du hast nicht gefragt.«

»Ich hatte meine Gründe. Manchmal ist es besser, abzuwarten, als zu drängen.«

»Wahrscheinlich musste ich selbst abwarten, was mit mir geschieht.«

»Und?«

»Georg hätte nie gewollt, dass Chiara und ich uns begegnen. Das war in seinem Plan nicht vorgesehen, wie immer der ausgesehen hat. Vielleicht hätte er mir irgendwann eröffnet, dass er die Scheidung will. Vielleicht wäre er aber auch nach Bali zu seiner Geliebten geflogen, um die Beziehung dort zu beenden, wo sie begonnen hat.«

»Glaubst du das?«

»Er hatte manchmal so fixe Ideen von einer Ordnung, die nur er durchdrang. Ich habe das früher immer seine geheimnisvolle Seite genannt. Aber ob er diesmal etwas Derartiges vorgehabt hat, kann ich nicht wissen. Das weiß niemand. Er ist gegangen, und irgendwer hat Schicksal gespielt.«

»Wer soll das gewesen sein?«

»Götter, Dämonen … Hier auf Bali gibt es ja einige davon.«

Ute lächelt. »Du weißt schon, dass die Kräfte stets ausgeglichen sein müssen. Sonst gibt es Chaos.«

»Ja, ja. Stell dir vor, ich habe in den letzten Wochen sogar einige Opferkörbchen in den Tempel gebracht. Kann nicht schaden, hab ich gedacht.«

»Auch das hätte Georg gefallen.«

Johanna nimmt einen Schluck von dem Jasmintee, den der Kellner aus einer gusseisernen Kanne in winzige Tässchen gegossen hat. »Ich habe viel zu wenig dafür getan, dass er mich sieht. Im Gegenteil. Ich bin ihm ausgewichen und habe das, was in mir steckt, verborgen. Vor mir selbst und vor ihm.«

»Bist du eigentlich wütend auf ihn?«

»Seltsamerweise nicht. Obwohl er mich betrogen und mit einer anderen Frau Zukunftspläne gemacht hat. Ziemlich konkrete Pläne sogar, wenn man Chiara glauben kann. Und ich glaube ihr mittlerweile. Anfangs habe ich meinen ganzen Zorn auf sie geladen. Ich habe sie dafür verantwortlich gemacht, dass ich eine so selbstgefällige Ehefrau gewesen bin. Im Grunde war es einfach, eine Schuldige zu haben. Quasi der leichteste Weg …«

»Und inzwischen?«

»Sehe ich das anders. Mit meinem Verhalten habe ich fast eine Katastrophe ausgelöst. Ich bin so unendlich froh, dass sie überlebt hat. Das habe ich ihr auch gesagt.«

»Am Anfang steht noch immer Georg, der zwei Frauen … tja, welches Wort passt hier? … hintergangen hat. Ja, das ist es, er hat jede von euch hintergangen.«

»Ich habe es Betrug genannt in meinem Gespräch mit Chiara. Und wenn ich es mir recht überlege, hätten wir beide, sie und ich, einen Grund, wütend zu sein.«

»Vielleicht hebt sich da etwas auf. Der Schmerz, den jede von euch beiden auf ihre Weise erfahren und empfunden hat, verbindet durchaus. Neutralisiert euren Zorn aufeinander und lenkt ihn auf den Dritten im Bunde. Macht euch zwei sozusagen zu Leidensgenossinnen.«

Johanna nickt und nimmt sich ein Stück Fleisch. Es ist zart und doch unglaublich scharf gewürzt. Ein überraschender Gegensatz. Es ist wohl immer das Unerwartete, das aufmerken lässt. Johanna spürt dem Geschmack nach. Sie spürt auch dem nach, was ihre Freundin gerade gesagt hat. »Ja, so eine Dreierkonstellation kann erstaunliche Wendungen produzieren«, erwidert sie schließlich.

»Welchen Eindruck hattest du von ihr, von Chiara?«

»Sie war noch sehr matt. Stand unter dem Einfluss der Medikamente, aber sie wirkte zugewandt. Wir haben uns versöhnlich getrennt, wenn man das so sagen kann. Niemals hätte ich gedacht …«

»Das ist ja das Eigentümliche am Leben«, unterbricht Ute sie. »Wir denken und tun und machen, und es sucht sich einfach seine eigenen Wege.«

»Ganz so schicksalsgläubig bin ich nicht.«

»Aber du bist dabei, dem Schicksal etwas mehr freie Hand zu lassen, scheint mir. Die Dinge bekommen bei dir jetzt den Raum, den sie brauchen. Du spürst diesem wichtigen Treffen mit Chiara zum Beispiel vier Wochen nach, bevor du davon erzählst. In der Zwischenzeit bringst du den Göttern Opfergaben.«

»Das ist wohl der Einfluss dieser Insel – und deiner.«

»Weil du davon sprichst. Du reist morgen ab. Wirst du wiederkommen?«

Johanna schweigt. Dann schiebt sie ihren Stuhl zurück und steht auf. »Entschuldige mich kurz. Wo sind hier die Toiletten?«

Ute zieht die Augenbrauen hoch und deutet mit dem Kopf ein Nicken nach rechts an.

Johanna folgt der Kopfbewegung. Die Frage hat sie erwartet, sie hat sie sich selbst in den letzten Wochen immer wieder gestellt. Nun steht sie plötzlich im Raum und verlangt eine Antwort. Eine ehrliche Antwort. Kein »Vielleicht«, kein »Mal sehen«, vor allem kein »Ich weiß nicht«. Denn sie weiß, dass sie bereits weiß. Sie muss es nur herauslassen, dieses Wissen, das sich in ihr manifestiert hat. »Wenn du etwas sagst, ist es in der Welt.« Ein Georg-Satz. Oft fallen ihr in letzter Zeit Sätze von ihm ein.

In einem kleinen, blank geputzten Bad lässt sie sich kaltes Wasser über die Handgelenke laufen. Sie spritzt sich auch etwas ins Gesicht, streicht sich die roten Haare aus der Stirn und sieht sich im Spiegel an. Ihre Haut hat sich gebräunt, die Ringe unter den Augen sind zurückgegangen, ihr Blick ist klarer geworden.

Sie nimmt eines der sorgsam gefalteten weißen Frotteetücher von einem Stapel und trocknet sich die Hände ab. Durch ein Fenster sieht sie auf die Reisterrassen. Irisierendes Grün. Darüber Himmelblau. Unwirklich und wirklich zugleich.

Johanna spürt Sehnsucht. Sehnsucht nach einem Ort, den sie noch gar nicht verlassen hat. Vorauseilende Sehnsucht.

Als sie zurück an den Tisch geht, jongliert sie mit ihrem Entschluss. Wirft ihn in die Höhe, lässt ihn fliegen, fängt ihn wieder auf, sorgsam darauf bedacht, dass er nicht hinunterfällt und zerbricht, bevor sie ihn in die Welt lassen kann.

»Ich werde wiederkommen«, sagt sie, nachdem sie sich gesetzt hat.

»Das freut mich sehr, Johanna. Weißt du schon, wann?«

»Du hattest doch davon gesprochen, dass du bald deine Seminare anbietest, in dem Yoga-Resort.«

»Ja. Aber was hat das mit dir zu tun?«

»Könntest du dir vorstellen, dass ich an deiner Stelle in der Dorfschule den Englischunterricht übernehme? Ich meine, natürlich nur, wenn …«

»Moment mal.« Ute beugt sich vor. »Willst du damit sagen, dass du überlegst, nach Bali zu ziehen?«

»Na ja, ich habe viel auf der Mauer gesessen. Du weißt schon, die am Meer, auf der auch Georg oft saß. Ich habe an unsere Träume von damals gedacht und daran, dass unser Herz hier ein Stück weit zu Hause ist. Nun, mein Herz schlägt noch, und zu Hause, da sind …«

»… deine Kinder.«

»Ja, an Max und Tessa musste ich ebenfalls viel denken. Georg und ich haben uns einmal vorgestellt, sie hier aufwachsen zu lassen. Jetzt sind sie erwachsen und führen ihr eigenes Leben. Sie brauchen mich nicht mehr so, wie sie mich früher gebraucht haben. Ich würde sie oft besuchen, und sie könnten hierherkommen, wann immer sie wollen. Es wäre eben eine andere Art von Familienleben, zumal sich ja jetzt ohnehin vieles neu ausrichtet.«

»Und deine Arbeit? Deine Freunde? Euer Haus?« Es ist Ute, die nun alle Fragen ins Feld führt, die sich Johanna schon gestellt und in den vorangegangenen Wochen abgetragen hat.

»Die Schule ist bereits seit Längerem mühsam für mich, das weißt du. Das Unterrichten der Kinder dort in Deutschland fällt mir zunehmend schwerer. Das Haus ist groß und leer. Es steckt voller Erinnerungen an eine Zeit, die vorbei ist. Was soll ich noch da? Und die einzig wirkliche Freundin, die ich habe, bist du.«

Ute legt die Essstäbchen, die sie noch immer in der Hand hält, auf ihren Teller. »Du scheinst alles gut überlegt zu haben.«

»Ich hatte ja genug Zeit. Du hast ja vorhin selbst gesagt, dass ich den Dingen mehr Raum gebe. Aber die endgültige Entscheidung, die habe ich eben erst getroffen. Auf einmal stand sie neben mir, als wollte sie mir sagen: Nimm meine Hand – und dann los! Glaubst du jetzt, ich bin verrückt?«

Ute schüttelt den Kopf. »Nein, nein, im Gegenteil. Ich hatte gehofft, dass sich bei dir etwas bewegt. Dass es allerdings gleich so viel sein würde, damit hatte ich nicht gerechnet. Nein, verrückt ist das nicht, Johanna. Es ist mutig.«

»Ich möchte endlich meine Träume leben. Unsere Träume, die von Georg und mir, wenn du so willst. Die, die wir auf der Strecke gelassen haben.«

»Jetzt sind wir bei Nummer drei.«

»Ich verstehe nicht …«

»Nun, auch das hätte ihm gefallen. Du hättest ihm gefallen.«

»Vielleicht schaut er ja von irgendwoher zu.«

»Bestimmt tut er das. Die Seelen der Menschen, die gegangen sind, bleiben. So sehen es zumindest die Balinesen, und in der Hinsicht hat Georg gedacht wie ein Balinese.«

»Es wird viel zu tun sein für mich in nächster Zeit. Als Erstes muss ich mit Tessa und Max reden, und dann muss ich vorzeitigen Ruhestand beantragen und kündigen, und dann muss ich das Haus verkaufen. Das wird einiges einbringen. Einen Teil davon bekommen die Kinder, und von dem Rest suche ich mir hier etwas …«

»Stop!« Ute winkt den Kellner herbei und bestellt zwei Mojitos. »Wir können das jetzt nicht mit Tee begießen«, sagt sie, als kurz darauf zwei Gläser mit Bambus-Strohhalmen vor ihnen stehen. »Ich habe gerade eine Idee.«

»Was für eine?«

»Auf meinem Grundstück ist Platz genug, und das Gästehaus ließe sich erweitern.«

»Willst du damit sagen, dass ich bei dir leben könnte?«

»Genau das meine ich.«

»Aber ist das nicht ein Riesenaufwand, so ein Umbau?«

»Wo denkst du hin? Wir sind nicht in Deutschland. Ich kenne die Handwerker im Ort. Für die ist es kein Problem, zwei, drei Zimmer dranzubauen. Mit den nötigen Verbindungen geht das hier ganz fix.«

»Du hast jahrzehntelang allein gelebt, bist deine Selbstständigkeit gewohnt. Meinst du nicht, dass …?«

»Im Gegenteil. Es wird mir guttun, dich in meiner Nähe zu haben. Manchmal ist mir dort schon etwas einsam zumute. Ich ertappe mich dabei, dass ich beginne, immer öfter ans Älterwerden zu denken. Da ist es schön, nicht allein zu sein. Und wenn jede von uns ihr eigenes Haus hat, ist ja für ausreichend Privatsphäre gesorgt.«

»Ich weiß nicht, was ich sagen soll.«

»Sagen wir erst einmal Prost.« Ute hebt ihr Glas. »Auf alles, was kommt.«

Sie bleiben bis in den frühen Abend hinein in dem Restaurant sitzen. Die untergehende Sonne gießt irgendwann ihr letztes Licht über die Reisfelder, lässt wie Solitäre dazwischenstehende Palmen noch einmal glühen. Ein eindrückliches Auflodern, bevor die Dunkelheit alle Farben einkassiert.

Gegen sechs Uhr brechen die beiden Frauen auf. In engen Serpentinen geht es zurück an die Küste.

Ute hat die Autofenster heruntergekurbelt; die laue Luft dringt von draußen in das Wageninnere.

»Ich werde weniger frieren im Leben«, sagt Johanna und hält ihre linke Hand in den Fahrtwind.

Mehr sagt sie nicht. Es ist alles gesagt.

***

Er hängt noch da, in ihrer Küche, der Kalender. Als wäre die Zeit stehen geblieben, zeigt er März. Der Vierzehnte des Monats ist rot eingekreist. Der Tag, an dem Georg vor ihrer Tür stand. Im April war Georg bereits tot.

Nach ihrer Rückkehr aus Bali hatte Chiara den Kalender nicht von der Wand genommen. Sie ließ ihn einfach so, wie er war. Manchmal erinnerte er sie an die Freude, die sie damals beim Anblick des roten Kreises verspürt hatte. Doch das waren kurze Momente, die sofort eingeholt wurden von der Realität. Die Träume von einst zerplatzten darin.

Inzwischen ist wieder März. Ein Jahr ist vergangen.

Chiara stellt eine schwere Einkaufstasche auf dem Küchentisch ab und öffnet die Kühlschranktür, um die Sachen einzuräumen. Sie fährt sich mit der Hand durchs Haar. Sie hat es abschneiden lassen. Im letzten Sommer. Sie hatte oft davon gehört, dass Frauen so etwas taten, wenn sie mit einer Sache abschließen wollten. Und sie wollte abschließen. Sie musste abschließen. Platz machen für Neues, was immer das sein würde.

Irgendwann würde sie auch den Kalender von der Wand nehmen. »Warum hängt er noch dort?«, fragte Carlo kürzlich.

Sie zuckte mit den Schultern. Sie brauchte nicht zu antworten. Sein Blick sagte ihr, dass er auch so verstand.

Ihr Handy klingelt.

Suchend sieht sie sich um. Das Telefon liegt vibrierend neben dem Herd. Die Nummer kennt sie nicht. Eine lange Nummer mit einer fremden Vorwahl. Mit dem Ellbogen schließt sie die geöffnete Kühlschranktür und drückt gleichzeitig auf den grünen Button, um das Gespräch anzunehmen.

»Hallo.«

»Spreche ich mit Chiara?« Eine Frau. Die Stimme weckt Erinnerungen. Nicht sofort kann Chiara sie einer Person zuordnen. »Ja«, erwidert sie vorsichtig.

»Hier ist Johanna.«

Chiara lehnt sich gegen das Spülbecken. Sie bringt kein Wort heraus.

»Komme ich ungelegen mit meinem Anruf? Soll ich mich später noch mal melden?« Johanna klingt verunsichert.

»Nein, nein«, beeilt Chiara sich zu sagen. »Ich bin nur … Ich hatte nicht mit dir gerechnet.«

»Das verstehe ich.«

»Weshalb rufst du an?«

»Ich will nicht lang herumreden. Ich sitze unten.«

»Wo unten?«

»Unten an der Mauer, von der du mir erzählt hast. Dein Ende der Welt hast du sie genannt. Sie war nicht schwer zu finden. Tràpani ist hier zu Ende. Die Straße mündet ins Meer. So hast du es damals beschrieben. Ich habe es mir gemerkt.«

»Ich begreife nicht ganz. Du sitzt vor meiner Tür?«

»Ja.«

»Was tust du hier? Ich meine, wie bist du hergekommen? Und warum?«

»Ich habe mir in Palermo einen Wagen gemietet und bin hergefahren. Es gibt etwas, das ich dir geben möchte.«

»Was ist es?«

»Hast du Zeit?«

»Ein, zwei Stunden, ja. Danach bin ich verabredet.«

»Kommst du zu mir?«

Chiara lässt sich ein paar Sekunden Zeit mit der Antwort. »Okay«, sagt sie dann. »Ich bin gleich da.«

Sie drückt das Gespräch weg, ohne sich zu verabschieden. Ihr Herz gibt Klopfzeichen. Lautstark tut es das, als wollte es aus ihrer Brust springen und davoneilen.

Alles ist plötzlich wieder da. Georg. Johanna. Bali.

Zitternd legt sie ihr Handy auf den Tisch. Sie greift sich eine Strickjacke, die sie über einen Stuhl geworfen hat, und hängt sie sich um die Schultern. Die Tüte mit den Einkäufen lässt sie stehen. Sie wirft einen letzten Blick auf den roten Kreis in dem Kalender. Dann läuft sie aus der Wohnung.

Im Treppenhaus kommt ihr eine Nachbarin entgegen. Eine ältere Dame, mit der Chiara normalerweise ein paar Sätze wechselt. Doch heute wirft sie der Frau nur einen kurzen Gruß zu und eilt weiter.

Unten angekommen, stemmt sie die schwere Haustür auf. Auf der Straße sieht sie nach rechts. Es sind nur einige Meter bis zum Meer. Bis zur Mauer.

Die Frau, die dort sitzt, hat graue Haare, die mit einer Spange hochgesteckt sind. Sie hat die Beine angezogen. Sie trägt Jeans, einen weiten hellblauen Pullover und Sneakers. Als sie Schritte hinter sich hört, dreht sie sich um.

Es ist Johanna. Sie sieht jünger aus, als Chiara sie in Erinnerung hat. Trotz der grauen Haare.

»Sitzt du schon lange hier?«, fragt Chiara und nimmt neben ihr Platz. Sie denkt an den roten Kreis. Sie denkt an letztes Jahr. An Georg, an sie beide auf dieser Mauer. Nun ist Johanna hier. An seiner Stelle. Eine Stellvertreterin.

»Eine ganze Weile, ja«, entgegnet Johanna. »Ich habe etwas Zeit gebraucht, um mich zu trauen, dich anzurufen. Ich war mir nicht sicher, wie du reagieren würdest. Ob du kommst.«

»Ich bin da.«

»Wie geht es dir?« Diesmal ist es Johanna, die diese Frage zuerst stellt.

»Noch nicht gut, aber besser. Ich taste mich zurück ins Leben.«

»Kommst du voran?«

»Ich bin mal mehr, mal weniger erfolgreich. Erst haben mir Carlo, mein Vater und Therapeuten geholfen, nun ist es der Alltag.«

»Therapeuten?«

Chiara nickt. »Carlos Mutter hat mir einen Platz in einer Klinik besorgt, in der Nähe von Rom. Sie ist Professorin und hat Beziehungen, damit ging es leichter. Ich war vier Wochen dort. Danach habe ich noch einige Zeit in Palermo gewohnt, bei Carlo. Im Herbst bin ich schließlich zurück nach Tràpani gegangen. Ich arbeite wieder in meinem Laden, zusammen mit einer Freundin, die mich unterstützt. Manchmal helfe ich auch meinem Vater in der Trattoria. Es lenkt mich ab, dort ab und an einen Abend in der Küche zu stehen. Und er freut sich, mich in seiner Nähe zu haben.«

»Weiß dein Vater, was geschehen ist?«

Sie schüttelt den Kopf. »Ich habe ihm nichts von dem Suizidversuch erzählt, wenn du das meinst. Natürlich weiß er, dass Georg gestorben ist und dass ich einen Zusammenbruch hatte und in einer Klinik war. Die Einzelheiten habe ich ihm jedoch erspart. Er hat Georg gemocht, und er hat mit mir getrauert.«

»Denkst du noch oft an ihn? An Georg?«

»Ja.« Sie sieht Johanna an. »Deine roten Haare, sie sind weg.«

»Und deine sind kurz.«

Sie lächeln beide.

»Und wie ist es dir ergangen?«, fragt Chiara.

»Ich bin damals noch vier Wochen auf Bali geblieben und habe eine Entscheidung getroffen.«

»Was für eine Entscheidung?«

»Ich werde dort hinziehen. Für immer. Georg und ich wollten es damals schon, als die Kinder noch ganz klein waren. Wir haben uns nicht getraut. Aber jetzt … Ich fand, es wird Zeit. Jedenfalls habe ich unser Haus in Norddeutschland verkauft, und Ute baut mir gerade ein neues. In drei Tagen fliege ich rüber. Ein kleiner Container mit meinen wichtigsten Sachen ist schon da.«

»Das ist mutig.«

»Ich weiß nicht, ob es Mut ist. Mir erschien es konsequent. Nach allem, was passiert ist.«

»Und deine Kinder?«

»Ich hatte mit Widerstand gerechnet, aber seltsamerweise haben sie mich bestärkt. Sie haben wohl gespürt, dass es für mich der richtige Weg ist. Wir werden uns regelmäßig sehen. Sie sind noch nie auf der Insel gewesen, da Georg und ich ja immer allein dorthin gereist sind. Sie freuen sich, den Platz kennenzulernen, an dem für ihre Eltern alles begonnen hat.«

Chiara sieht zum Horizont, der heute von leichtem Dunst weichgezeichnet ist. »Bist du schon lange auf Sizilien?«

»Nein. Ich habe mir für vier Tage in Palermo ein Hotel genommen, aber die Stadt ist mir etwas zu laut, muss ich sagen. Ich ertrage diesen Lärm nicht gut.«

»Warum bist du gekommen? Doch sicher nicht, um Palermo zu besuchen und bei der Gelegenheit mal kurz bei mir vorbeizuschauen …«

Johanna greift nach der Handtasche, die neben ihr steht. Sie holt eine kleine Dose heraus und reicht sie Chiara. »Ich wollte dir das hier geben.«

»Was ist das?«

»Ein Diafilm. Ich habe ihn in Georgs Schreibtischschublade gefunden. Es klebte ein Zettel daran. *Bali September 2016* stand darauf. Ich dachte, du solltest ihn bekommen. Es sind die Bilder eurer Reise. Sie gehören nicht mir, sondern dir. Mach damit, was du willst. Lass sie entwickeln, oder wirf sie weg.«

Chiara lässt die Dose von einer Hand in die andere gleiten. An dem rechten Ringfinger steckt der kleine Blechring. »Ich werde sie mir anschauen«, sagt sie schließlich. »Du hättest sie auch mit der Post schicken können. Weshalb hast du die weite Reise gemacht?«

»Ich wollte dich noch einmal sehen. Unser letztes Treffen auf Bali war so kurz, und alles war noch so … so wund. Und ob wir wollen oder nicht, Georg hat uns zusammengebracht, und dann hat er uns verlassen. Er ist weg, und wir sind noch da.«

»Ja, das sind wir. Noch da und doch verändert.«

»Ich habe viel nachgedacht. Das Schicksal hat uns aufeinander angesetzt. Wayan, dieser Hotelbesitzer in Ubud, du erinnerst dich vielleicht, hat mir mal gesagt, die Götter lassen manchmal Dinge zu, die wir Menschen nicht verstehen, aber sie haben immer einen Plan. Einen großen Plan. Genau so hat er sich ausgedrückt.«

»Und wie, glaubst du, sah ihr Plan für uns aus?«

»Ich bin damals nach Bali gereist, um Antworten zu finden. Die habe ich bekommen, aber es waren nicht die, die ich erhofft hatte. Stattdessen warst da plötzlich du und hast mir gezeigt, was ich nicht mehr bin. Was ich verloren habe. Erst langsam hat sich für mich aufgefächert, was Georg und ich versäumt haben, wo wir falsch abgebogen sind und wann ich ihn verlassen habe.«

»Du hast ihn verlassen?«

Johanna nickte. »Hört sich eigenartig an, ich weiß. Aber so war es. Ich habe ihm die Frau vorenthalten, die er mal geliebt hat. Dabei habe ich noch nicht einmal bemerkt, wie es ihm mit diesem Verlust ging. Ich hätte einfach immer so weitergemacht. Und dann war er plötzlich tot, und du tauchtest auf. Du mit deiner offenen und liebenswerten und fröhlichen Art. In allem das Gegenteil von mir und doch ein Spiegel der Frau, die ich einst war. Der Schmerz war kaum auszuhalten.«

»Wir haben uns ganz schön was angetan.«

»Ja, das haben wir. Und trotzdem: Ohne dich stünde ich nicht dort, wo ich heute stehe. Auf eine Weise habe ich Georg wiedergefunden, obwohl oder weil ich ihn an dich verloren habe. Deshalb knüpfe ich jetzt an das an, was er und ich einmal zusammen hatten. Möglicherweise war das der große Plan der Götter.«

»Was meinst du damit, dass du ihn an mich verloren hast? Wir wissen doch gar nicht, ob er sich wirklich für mich entschieden hätte.«

»Nein, das wissen wir nicht. Er ist ohne eine Antwort gegangen, und das hat es dir und mir ja auch so schwer gemacht. Wir haben eine lange Nacht hinter uns, die einiges an den Tag gebracht hat.«

»Was meinst du damit?«

»Ich glaube inzwischen, dass er mit dir das Leben hat führen wollen, das ich ihm zunehmend verwehrt habe. Wenn man so will, kann man sagen, ich habe es nicht besser verdient. Für selbstgerechte Ehefrauen gibt es eine Höchststrafe, und das ist eine attraktive Geliebte.«

Chiara fährt sich mit dem Daumen über ihre Lippen, zeichnet die Konturen nach, als wollte sie etwas gerade ziehen. »Ich habe in dieser Klinik übrigens einen Mann kennengelernt«, sagt sie schließlich. »Er hat auch versucht, sich umzubringen. Seine Frau hatte ihn nach dreizehn Jahren Ehe betrogen und verlassen. Er wollte mit dem anderen Mann reden, aber wurde mit einem verächtlichen Lachen weggeschickt. Darüber ist er nicht hinweggekommen. Da hab ich an dich denken müssen. Auch ich habe auf deinen Gefühlen herumgetrampelt, als ich auf unserem Ausflug gesagt habe, dass Georgs Frau mich nicht interessiert. Ich konnte zwar nicht ahnen, dass du diese Frau warst, aber das macht es nicht besser. Auf gewisse Weise war ich also ebenfalls selbstgerecht.«

»Wie geht es dem Mann jetzt? Ich meine den, der betrogen wurde?«

»Wir haben uns angefreundet, sehen uns ab und an. Er lebt in Messina, also gar nicht so weit weg. Es tut gut, miteinander zu reden. Er ist ein liebenswerter Mensch. Vielleicht entwickelt sich irgendwann mehr daraus, wer weiß. Im Moment sind wir beide noch nicht so weit. Es gibt da keine Eile.«

»Du trägst ihn wieder.« Johanna deutet auf den Blechring.

»Ja. Er erinnert mich daran, dass ich zu leben habe. Ich war sehr froh, dass du ihn mir damals zurückgebracht hast. Auch wenn sich das jetzt eigenartig anhört, es war gut, dass du da warst. Du und Ute und Cécile und Claude.«

»Hast du noch Kontakt zu ihnen?«

»Wir mailen uns hin und wieder. Sie haben nach meiner Rückkehr öfter mit Carlo telefoniert. Auch Ute hat mit ihm gesprochen. Inzwischen ist unsere Kommunikation etwas ausgedünnt, aber das ist normal, denke ich.«

»Was macht Carlo?«